KARL WITTLINGER

Wunschpartner

Karl Wittlinger

Wunschpartner

Roman

Langen Müller

Karl Wittlinger schrieb diesen Roman nach seiner ZDF-Serie gleichen Titels, einer Produktion der WM Medio-Vision GmbH, München

Schutzumschlagmotiv: Wolfgang Völz (Gregor), Eva-Ingeborg Scholz (Franziska), Margit Geißler (Romy) und Bernd Herzsprung (Felix) in der ZDF-Serie »Wunschpartner«

Schutzumschlaggestaltung: Christel Aumann, unter Verwendung eines Fotos der WM Medio-Vision GmbH, München
Satz: Filmsatz Schröter GmbH, München
Gesetzt aus: 11/13 ITC-Garamond auf Linotron 202
Druck und Binden: Mohndruck,
Graphische Betriebe GmbH, Gütersloh
Printed in Germany
ISBN: 3-7844-2173-3

Inhalt

Der Start

Es ist Juli. Über Mitteleuropa steht ein stabiles Hoch. Das ideale Wetter, um baden zu gehen oder im Schatten zu wandern. Aber manchen, besonders den älteren Leuten, bekommt die trockene Hitze leider gar nicht – vor allem, wenn sie, statt sich im Freien zu bewegen, in ihrem Büro sitzen.

Die Rede ist hier von dem Wirtschaftsprüfer Dr. Edwin von Trautwein, einem etwas korpulent gewordenen Herrn Anfang sechzig, der diesen herrlichen Tag am Schreibtisch verbringt: in seiner großzügigen Villa in Grünwald bei München, wo er lebt und arbeitet.

Er ist Junggeselle und war fünfzig Jahre lang in jeder Hinsicht recht lebhaft, hat dann aber, nach einem ersten Infarkt, alle beruflichen und privaten Ambitionen sorgsam reduziert: auf nur noch wenige gute Klienten und einen exzellent sortierten Weinkeller.

Inzwischen braucht er nicht einmal mehr Angestellte. Nur Franziska Schongauer ist noch bei ihm, Gott sei Dank! Eine charmante Frau, etwas jünger als er, zuständig für das Sekretariat wie für den Haushalt, verantwortlich also praktisch für alles und entsprechend unentbehrlich. Ohne sie wäre Herr von Trautwein verloren. Gäste, die zum ersten Mal kommen, muß sie oft lächelnd aufklären: Sie ist *nicht* die Gattin!

Franziskas Tochter Romy ist Mitte zwanzig und bemerkenswert hübsch. Ihre Augen kann man sogar als besonders schön bezeichnen, und sie sprechen oft etwas aus, was die Lippen noch skeptisch zurückhalten.

Beide Frauen haben je ein Zimmer im oberen Stockwerk, das, als die Villa erbaut wurde, noch die »Beletage« genannt wurde. Zwei andere Räume bewohnt der Chef, daneben gibt es noch das Gästezimmer, die Küche und das Bad. Im Erdgeschoß sind die Büroräume, eine weitere Küche, vor allem die sehr große und reich ausgestattete Bibliothek mit Ausgang in den Garten, den man schon beinahe als kleinen, sorgsam gepflegten Park bezeichnen kann.
Herr von Trautwein hat keine Verwandten mehr. Nur noch einen Neffen mit Namen Felix, so um die dreißig. An ihn denkt er nicht gern. Denn der schlaksige Kerl hat ihn zeitlebens nur geärgert. Er war nämlich zu faul zu studieren und dann die Praxis zu übernehmen. Stattdessen treibt er sich herum, der Teufel weiß, wo und stellt zur Zeit – angeblich – Werbespots her für jene kleinen Sender, die neuerdings wie Pilze aus dem Boden schießen.
Übrigens: Auch Romy Schongauer kann man beruflich nicht gerade dem Establishment zuordnen: Sie hat schon in mehreren, großen und kleinen ›Instituten für Partnervermittlung‹ gearbeitet. Freilich nirgends sehr lange, und auch im Augenblick wechselt sie mal wieder.
Das also sind die allgemeinen Umstände, als der Tod Herrn von Trautwein abberuft. Er tut dies übrigens in bemerkenswert rücksichtsvoller Weise: Plötzlich spürt er auf der Zunge einen undefinierbaren Geschmack, dazu ein sanftes Prickeln in der ganzen linken Körperhälfte. Und bevor er sich über beides wundern kann, wird es in ihm und um ihn gleichzeitig sehr dunkel und sehr hell. Daß er mitsamt dem hochlehnigen Schreibtischsessel umkippt, nimmt er schon nicht mehr wahr.
Aber natürlich hört Franziska Schongauer nebenan in ihrem Büro das Gepolter und schreckt von ihrem Stuhl hoch.

Die folgenden drei Tage sind von so hektischer Betriebsamkeit ausgefüllt, daß Franziska kaum dazu kommt, über die Bedeutung dieses Verlustes nachzudenken. Und der trifft sie hart. Nach neunzehneinhalb Jahren geradezu kameradschaftlicher Zusammenarbeit mit dem »letzten Gentleman«, wie sie ihren Chef heimlich nannte, steht die Suche nach einer neuen Anstellung – beim Nachfolger oder anderswo – erst gar nicht zur Diskussion. Und die Wohnung muß sie mit ihrer Tochter jetzt wohl auch räumen. Denn der einzige Neffe, von dem sie nur den Namen kennt, wird die Villa erben und diese, nach allem, was man von ihm weiß, gewiß mitsamt der Praxis verkaufen.
Franziska erledigt, wie immer, zuerst das Dienstliche. Da gilt es einen schon unterschriebenen Gesellschaftsvertrag fertigzustellen. Dann ist eine Bilanz zu überprüfen. Sämtliche Klienten müssen benachrichtigt werden. Einige kommen zur Beratung, wie's mit ihnen jetzt weitergehen soll. Dann die Todesanzeige, der Termin mit der Friedhofsverwaltung, dazu Versicherungen und alle möglichen Behörden.
Obwohl ihr Romy einiges davon abnehmen kann, ist sie erst am dritten Tag soweit, daß sie in der gediegen und geschmackvoll eingerichteten Bibliothek – von Trautwein war ein Mann von Bildung und Kultur gewesen – den geradezu überdimensionalen privaten Schreibtisch sichten kann. Und dieser birgt, zu ihrer Verblüffung, denn der Prinzipal hatte ihr gegenüber nie etwas geheimgehalten, ein Dokument, von dessen Existenz sie nichts wußte: »Kopie meines Testaments – zu öffnen von Frau Franziska Schongauer«, steht auf dem braunen Geschäftsumschlag.
Als sie es gelesen hat, kommen ihr die Tränen. Und dabei schämt sie sich, daß sie erst jetzt, sozusagen aus aktuellem Anlaß, so richtig weinen kann; aber bisher hat sie ja sogar nicht einmal Zeit zum Schlafen gefunden!

Edwin von Trautwein vermacht dem untauglichen Neffen zwar Villa und Vermögen, ihr selbst aber die Praxis. Verkaufswert ein Brutto-Jahresumsatz, also etwa zweihunderttausend Mark.
Zur Beerdigung haben Ausläufer eines Tiefs auch das Wetter auf trist gestimmt, und zwar unter Einsatz so heftiger Regengüsse, daß nur wenige Klienten und ein paar Nachbarn erscheinen. Und der Pfarrer unter triefendem Schirm ärgert sich, daß es vom Vaterunser keine Kurzfassung gibt.
Auch Felix von Trautwein ist nicht da. Ihn hat Franziska telefonisch und telegrafisch bis hinauf nach Kiel und Flensburg bei Werbeagenturen, Fernsehgesellschaften und Produzenten suchen lassen – offensichtlich vergebens.
Während sich die Trauergemeinde in dürftiger Anzahl und trüber Stimmung an Franziska und Romy vorbeikondoliert, hört der Platzregen plötzlich auf, so daß die beiden Frauen noch allein am offenen Grab stehen bleiben – in ehrlicher Trauer, aber auch froh, daß sie es nun hinter sich haben.

Knappe zwei Stunden zuvor hatte eines der Telegramme den Neffen Felix von Trautwein auf Umwegen denn doch noch erreicht: in seinem Augsburger Atelier, wo er in der Tat gemeinsam mit seinem Freund René und seiner derzeitigen Lebensgefährtin Anita Werbespots fabriziert. René war ein überaus talentierter Produktionsleiter gewesen, hatte aber zum Nachteil seiner Firma vor allem Reisekostenabrechnungen so unübersichtlich gestaltet, daß ihm fristlos gekündigt worden war. Anita wollte eigentlich zum Ballett, aber dafür ißt sie zu gern und zu oft. Außerdem findet sie klassische Musik ziemlich öde.
Dem Atelier, einigermaßen hell unter vergrößerten Dachluken, sieht man an, daß hier arme Profis am Werk sind: Kamera und Stative älterer Bauart, Mehrzweckkulissen oft

überpinselt, Requisiten vom Flohmarkt, abenteuerlicher Kleiderfundus.
Vor dem Prospekt »Geisterschloß« steht René mit wilder Perücke und Draculagebiß. Er bietet der Kamera mit großer Geste einen Fruchtsaft an.
Felix, offensichtlich der Chef, gibt die Anweisungen: »Flasche etwas höher! Und das Grinsen: breit wie eine Nudel!«
»Okay!«
»Also! Kamera, Ton, läuft!«
René grinst nudelbreit in die Kamera:
»Keine Angst: Ich brauche Ihr Blut nicht mehr!« –
Er zeigt die Flasche vor –
»Seit es ihn gibt«, er nimmt gierig einen Schluck, »schmeckt mir nur noch der rote Saft der lebenden Johannisbeere!«
Ende der Aufnahme. Er nimmt sich angewidert die Draculaprothese aus dem Mund und greift nach der Bierflasche, um den Geschmack der lebenden Johannisbeere loszuwerden.
Und da kommt auch schon Anita herein und bringt endlich auf einem Pappteller heiße Würstchen, Brot und Senf. Dazu ein Telegramm, das an Felix adressiert ist und dessen Couvert auf der Rückseite mehrere Nachsendestempel zeigt.
Während Anita und René hungrig ihre Würstchen in den Senf tunken, wundert sich Felix: »Woher wissen die, wo ich bin?«
»Haben ja lange genug gesucht«, meint Anita mit vollem Mund.
Dann liest Felix und stellt fest: »Mein Onkel ist tot. Die Beerdigung« – er schaut auf seine Uhr – »o je!« Dann rennt er ohne weiteren Kommentar hinaus.
Anita ist blitzartige Reaktionen von ihm gewöhnt. ›Irgendwann wird er wiederkommen‹, denkt sie, ›oder auch nicht.‹
Anita nimmt das Leben, einschließlich der Männer, nicht so unheimlich wichtig.
Felix schafft es noch, vielmehr sein betagter Jaguar schafft es,

der seit Jahren Schwierigkeiten macht: mit dem Vergaser, zwei Zylindern, die nur selten mitlaufen, der Wasserpumpe, einem kratzenden Getriebe und so weiter. Aber Felix hat seinen Stolz und behauptet, erst vom Jaguar an sei das Fahrzeug ein Auto und der Mann drin ein Mensch! (Übrigens sagt er sich das nicht ohne Ironie, denn er ist weder dumm noch auf primitive Weise eitel.)

Vor dem Friedhof angekommen, kurvt er gefährlich schwungvoll in eine enge Parklücke, zieht den Zündschlüssel ab, wirft dabei einen Blick in den Rückspiegel. Dann schaut er erschrocken an sich hinunter: Der Mantel ist zum Glück relativ dunkel, aber sonst – alles irrsinnig leger: Jeans, Turnschuhe, nicht mal eine Krawatte!

Er sieht als einziges Geschäft am Friedhofsportal einen Blumenladen und rennt hinein: »Haben Sie schwarze Krawatten?«

Der alte Herr, der bedient, ist indigniert: »Natürlich nicht!«

»Natürlich doch!« Denn Felix hat entdeckt, was er sucht: Kranzschleifen, Bänder, Tüll und Seide, die zum Verkauf über einer Stange hängen. Er zieht ein schmales, schwarzes Band herunter und bindet es sich unterm Hemdkragen zu einer romantischen und Trauer andeutenden Schleife.

»Und ein paar Blumen, bitte!«

Glücklicherweise begegnen ihm die letzten Beerdigungsgäste, und so findet er auf beinahe kürzestem Weg den frischen Erdhügel, auf dem das provisorische Holzkreuz steckt. Die beiden Frauen bemerken ihn erst, als er, noch ziemlich außer Atem und etwas verlegen, neben ihnen steht und schließlich sein Sträußchen in die Gruft fallen läßt.

Franziska spricht ihn an: »Herr von Trautwein?«

»Ja, ich bin Felix, der Neffe. Haben Sie mich suchen lassen?«

Sie nickt und reicht ihm die Hand: »Schongauer. Ich bin, ich war seine Sekretärin.«

Dann stellt sie Romy vor: »Meine Tochter!«
Der Händedruck zwischen Felix und Romy ist fast so kurz wie der Blick, den sie wechseln.
›Zum Fressen!‹ denkt er dabei.
Und sie: ›Harmlos ist der nicht!‹
Um die entstehende Pause nicht ins Peinliche zu dehnen, grinst er entschuldigend, mit einem Blick aufs Grab: »Onkel Edwin würde jetzt sagen: Sogar zu meiner Beerdigung kommt er zu spät!«
Während sie den Friedhof verlassen, bleibt das Gespräch einsilbig.
»Ist er – ganz plötzlich?« will Felix wissen.
Franziska nickt: »Es war ein Infarkt.«
So kommen sie zu seinem Wagen. ›Angeberschlitten‹, denkt Romy, und Felix fragt die beiden, ob er sie mitnehmen darf.
Romy lehnt ab: Sie muß wieder in ihr Büro, doch Franziska widerspricht: »Aber das ist kaum ein Umweg!«
Dabei öffnet Felix schon mit einladender Geste die Türen, und seine Stimme läßt keinen Widerspruch zu: »Also – bitte!«
Zehn Minuten später deutet Romy gegen die Windschutzscheibe: »Dort, neben dem Tabakladen!«
Felix hält an, und Romy verabschiedet sich von ihrer Mama mit Küßchen und »Tschüs!«, von Felix aber nur mit einem trockenen »Danke!«
Während sie aussteigt, mahnt Franziska sehr besorgt: »Aber bitte, Romy: Nicht gleich wieder kündigen! Es wird immer schwerer, was zu finden!«
Und Romy seufzt zurück: »Weiß ich doch selber, Mami!«
Felix kann am Hauseingang, in dem sie verschwindet, das Türschild erkennen: *»Sibylle, der sichere Weg ins Glück.«*
Dann fährt er weiter und fragt: »Arbeitet sie in dieser Partnervermittlung?«

»Seit gestern. Vorher war sie in einem größeren Institut. Aber das ging auch nicht gut.«
Weitere zehn Minuten später sind sie am Ziel und steigen aus. Felix holt aus dem Kofferraum, in dem auch eine Filmkamera und viele Kassetten liegen, den einzigen Koffer, den er, eilig vollgestopft, mitgebracht hat. Am Gittertor, das in den Vorgarten führt, wartet Franziska, die vorangegangen ist. Felix stellt sich neben sie und schaut an der Fassade hoch, an die er sich kaum mehr erinnert. Als kleiner Junge war er hier ein paarmal zu Besuch gewesen – mit seinen Eltern, die, zwanzig Jahre ist das jetzt her, tödlich verunglückten.
Franziska lächelt ihn von der Seite an und stellt neidlos fest: »Ja, die gehört jetzt Ihnen!«
Felix lächelt mit einem Seufzer zurück: »Frage: Was fang ich damit an?«
So gehen sie ins Haus, beide geradezu freudig animiert: Felix, weil er hier nicht, wie befürchtet, einen trockenen Nachlaßverwalter antrifft und auch nicht einen mißgünstigen alten Hausdrachen, sondern eine gescheite und attraktive Frau mit einer sogar noch attraktiveren Tocher. Letztere ist ihm vielleicht ein bißchen zu introvertiert, denkt er, aber da läßt sich immer was machen.
Und auch Franziska ist erleichtert: Sie hat einen irgendwie fragwürdigen Aussteiger erwartet. Statt dessen kommt da ein liebenswerter Junge, hinter dessen Schnodderigkeit zweifelsohne Verstand steckt und Humor. Ob Romy das auch so sieht?
Kurz darauf sitzen sie im Büro einander gegenüber: Franziska auf dem Besucherstuhl, Felix hinterm Schreibtisch, auf dem hochlehnigen Sessel seines Onkels.
»Ich war für ihn der klassische Versager! Nicht mal Abitur, zweimal geschieden, jedes Jahr ein neuer Job, und im Augenblick nicht mal das!«

Franziska will ihn aufmuntern: »Nun, finanziell sind Sie ja vorerst aus dem Schneider! Wenn Sie das Haus verkaufen, haben Sie ein ganz schönes Startkapital!«
Felix steht auf und ruft in heller Verzweiflung: »Wofür? Wofür?? – Frau Schongauer, Sie haben ja keine Ahnung von meinem Talent alles falsch zu machen!«

Das Büro von Sibylle, die »den sicheren Weg zum Glück« verspricht, steht in krassem Gegensatz zu dem wohnlichen und wohlgeordneten Arbeitsplatz von Franziska. Supermodisch eingerichtet, aber die Akten ringsum unübersichtlich aufgetürmt. Überall Fotos glücklicher, schöner Paare, hinter Glas gerahmte Diplome und Dankschreiben, dazu eine wandfüllende Karte der Bundesrepublik mit hundert verschiedenfarbigen Steckfähnchen.
Sibylle selbst thront modeschmuckbehängt hinter ihrem furchterregenden Schreibtisch: Barock, aber in Marmor – wo sie den wohl her hat? Darauf stehen unter anderem ein innen ausgeleuchteter Globus und drei Telefone.
Sie hat gerade einen Klienten zu Besuch. Dieser heißt Gregor Seidelmann, ist sechzig Jahre alt und hat als Oberkellner gearbeitet, zeitweilig auch als Koch. Seit einigen Monaten ist er ohne Anstellung, und aushelfen will er nicht. Aber er hat einige Ersparnisse?
Noch eine dritte Person ist anwesend: Romy Schongauer sitzt unterm Fenster an ihrem Tischchen, ordnet Karteikarten und hört dabei der Chefin zu. Ihr Gesicht zeigt deutlich, daß das Gespräch sie anwidert, obwohl sich Frau Sibylle im Augenblick gar nicht mit ihrem Besucher beschäftigt, sondern in eines ihrer Telefone lacht:
»Ja, wer die Wahl hat, hat die Qual! – Eben, Frau Doktor Konrad ist die jüngere, und die beiden Kinderchen sind ja so süß! – Also mein Rat: Stellen Sie beide auf die Probe, stapeln

Sie tief, das heißt: Eigentlich brauchen Sie das gar nicht! Ihr Geschäft geht ja wirklich nicht ganz so gut, wie wir's dargestellt haben! – Okay, rufen Sie mich dann an! Wiederhören!«
Sie legt den Hörer auf, greift zu der Akte, die vor ihr liegt und wird ungnädig: »Ja, Herr Seidelmann, ich weiß nicht, ganz ehrlich, warum Sie eigentlich nochmal hier sind! Es war vereinbart: Wöchentlich ein Partnerangebot, wir haben das strikt eingehalten! Es ist die dritte Woche: zwei Partnerinnen!«
Gregor Seidelmann rafft sich zu entschlossenem Widerspruch auf: »Eben nicht! Von der ersten Dame kam mein Brief zurück: Adressatin unbekannt verzogen!«
Sibylle unterbricht: »Schön, da hatten wir Pech – ich auch. Schließlich sitzen wir ja im selben Boot.«
Aber Gregor fährt fort: »Der zweiten Dame sagten Sie, ich sei fünfzig ...«
»Sie sehen aus wie Ende vierzig!«
»... und Akademiker!«
Sibylle schaut in die Akte: »Bitte, hier: Hotelfachschule!«
Gregor winkt ab: »Vor vierzig Jahren drei Semester.«
Madame wird ungeduldig. Sie drückt eine der beiden unter der Schreibtischplatte, also für Gregor unsichtbar angebrachten Tasten. Eines der Telefone läutet, sie entschuldigt sich bei Herrn Seidelmann – »Pardon!« –, dann ins Telefon: »Ja? – Zu schüchtern? – Wahrscheinlich auch Angst, daß er gesehen wird – hm, was machen wir da?«
Und dabei drückt sie schon die zweite Taste. Eines der beiden anderen Telefone läutet, und sie entschuldigt sich wieder, diesmal beim ersten Telefonpartner: »Kleinen Moment, bitte!«
Sie legt den ersten Hörer neben die Gabel und hebt den zweiten ab: »Ja! – Ohh! – Und wann ist das, lassen Sie mich nachschauen! – Nein, zur Trauung geht es leider nicht, aber

wo sind Sie hinterher? – Auf jeden Fall komm' ich vorbei! – Aber natürlich, das Glück meiner Klienten ist ja immer auch meines! – Schön, ich freu mich!«
Sie legt den zweiten Hörer auf und nimmt wieder den ersten ans Ohr: »Wissen Sie was: Ich lade ihn ein, zu mir nach Hause, zu einem Gespräch! Und Sie kommen dann zufällig vorbei! – Aber ich bitte Sie, das ist natürlich im Preis drin, und einmal muß das Eis ja brechen! – Morgen abend oder übermorgen – ja, ich rufe ihn gleich an! – Ja, sobald ich ihn erreiche. Wiederhören!«
Damit liegen endlich wieder beide Hörer auf der Gabel, und die Dame des Hauses kann sich erneut ihrem Opfer zuwenden, allerdings noch um eine Nuance strenger als zuvor: »Herr Seidelmann! Wir haben Ihnen Sonderkonditionen eingeräumt! Die meisten Herren entrichten eine weit höhere Aufnahmegebühr! Und bei einer Chance pro Woche ...«
»Hätte ich nach zwei Jahren viertausendachthundert Mark bezahlt!«
Sibylles Augen werden kleiner: »Wie meinen Sie das: *hätte*?«
»Wenn ich auf weitere Angebote verzichte ...«
Sibylle zieht die Schultern fast bis ans Ohrgehänge empor: »Bitte, aber an unserm Vertrag ändert das nichts! Und aus dem kommen wir beide auch nicht mehr raus!«
Gregor weiß nun Bescheid. Er steht auf. »Sowas Ähnliches habe ich befürchtet.«
Und Sibylle lächelt: »Genau, ich sagte Ihnen ja schon: Wir sitzen jetzt im gleichen Boot!«
Dabei drückt sie wieder eine ihrer Tasten: Das angeschlossene Telefon läutet.
Die Entschuldigung kann sie sich diesmal sparen, da sich Gregor schon erhoben hat und zum Abschied eine Verbeugung andeutet.

So lächelt sie nur: »Oh, Sie wollen schon gehen?« Und zu Romy ruft sie hinüber: »Fräulein Schongauer, begleiten Sie Herrn Seidelmann hinaus!«
Auch zum Telefonat kommt es nicht mehr. Sie hebt den Hörer nur ab und behält ihn in der Hand, bis die beiden draußen sind. Dann legt sie wieder auf, schiebt die Akte Seidelmann irgendwohin beiseite und widmet sich ihrer Kaffeemaschine.
Romy jedoch hatte inzwischen etwas notiert: Eine Adresse. Im Flur drückt sie dem Klienten den Zettel in die Hand, und Gregor liest: »Rechtsanwalt?«
Romy nickt: »Ein Bekannter von mir. Grüßen sie ihn! Sagen Sie ihm, wie's Ihnen ergangen ist!«
Gregor ist mißtrauisch: »Und – was kostet mich das?«
Aber Romy beruhigt ihn: »Nichts. Er ruft hier an, und die Sache ist erledigt.«
Ehe der erstaunte Herr Seidelmann sich bedanken kann, ist Romy schon wieder im Büro verschwunden und beginnt, ihre persönlichen Sachen vom Schreibtisch wegzuräumen und in eine Plastiktüte zu packen, was der Chefin, die noch an der Kaffeemaschine hantiert, zunächst gar nicht auffällt.
Sie meint: »Dem schicken wir morgen eine halbwegs akzeptable Adresse und köcheln ihn dann weiter auf kleinem Feuer. Sie wissen ja: Wir leben von denen, die wir *nicht* vermitteln!«
»Wieviele lassen das eigentlich auf Dauer mit sich machen?«
»Fast alle. Hundert oder zweihundert Mark im Monat für das bißchen Chance, das sich jeder doch noch ausrechnet! Und den Paragraphen sechssechsundzwanzig BGB kennen sie nicht. Die meisten genieren sich auch, zum Rechtsanwalt zu gehen!«
Jetzt registriert sie endlich, daß Romy packt und wird laut: »Wollen Sie schon wieder –? Also Fräulein Romy, so geht das

nicht: Vor einer Stunde kommen Sie von einer Beerdigung...«
Aber auch Romy kann laut werden: »Und jetzt beerdige ich schon wieder: meine Anstellung bei Ihnen! Weil nämlich hier keine Partner vermittelt, sondern nur ganz arme Schweine geschlachtet und ausgenommen werden!«

Franziska hat Felix durchs Haus geführt, in dem er zunächst einmal das Gästezimmer bewohnen wird. Denn eines ist ihm jetzt schon klar: Zurück will er nicht mehr! René und Anita schaffen das auch allein. Und dieses Atelier, das er mit ihnen geteilt hat: zum Arbeiten zu dunkel, zum Schlafen zu hell, schlecht gelüftet, deshalb erfüllt von einer nicht auszurottenden Miefpalette, die von Ölfarbe und Mottenpulver bis zu verbranntem Fett reicht. Nein, Onkel Edwin war wirklich ein Schatz, und er hat ja nicht nur die Villa hinterlassen. Viel interessanter erscheint ihm nämlich das lebende Inventar, vor allem diese kleine Romy, die wahrscheinlich gar nicht klein ist. Hoffentlich kommt sie bald!
Felix und Franziska sitzen in der Couchecke der Bibliothek bei Tee und Gebäck. Franziska deutet auf die Filmkamera, die irgendwo herumliegt: »Zuletzt haben Sie also Werbespots gemacht?«
Felix nickt: »Vorher Reiseleiter, zwischendurch Vertreter.«
»Nun – da könnten Sie doch jetzt zum Beispiel eine gute Generalvertretung übernehmen!«
»Ach, das ist alles so deprimierend!« Felix winkt ab. »Ob man Lexika verkauft oder Klaviere: Man kennt den Artikel und weiß, daß er nicht wert ist, was er kostet!«
»Und ein Reiseunternehmen mit eigenem Bus?«
Aber auch in dieser Branche sind seine Erfahrungen deprimierend: »Dazu fehlt mir die Autorität. Alleine schon, bis ich immer wieder alle zur Weiterfahrt eingesammelt hatte! Aber

mal was anderes: Ich habe Hunger! Gibt's hier in der Nähe ein ordentliches Restaurant?«
Natürlich gibt es das, aber Franziska hat einen besseren Vorschlag: »Warum essen Sie nicht einfach mit uns?«
Draußen wird die schwere Haustür geöffnet, und Franziska erschrickt: »Das kann sie doch noch nicht sein?«
»Ihre Tochter?«
»Das ist doch viel zu früh!«
Eine schlimme Ahnung treibt Franziska hinaus auf die Diele, und dort bestätigt sie sich: Romy ist wieder einmal vorzeitig und endgültig zurück. In der einen Hand trägt sie ihre Tasche, in der anderen eine ebenso prall gefüllte Plastiktüte.
»Kind!!«

Felix packt das bißchen Wäsche aus, das er mitgebracht hat. Während er die Hemden ins Fach schmeißt, denkt er über die Zukunft nach. Man sollte die Villa abstoßen, dann hätte man Kapital. Man könnte also irgendwie oder irgendwo groß einsteigen – mit Franziska als Geschäftsführerin und Romy als – na ja, man wird sehen! Nur hätte man dann eben keine Villa mehr! Und ohne die Villa – nein, dann lieber kein Kapital!
Er hört die beiden Frauen, die nebenan in der Küche mit dem Geschirr klappern. Verstehen kann er nichts, nur die Stimmen unterscheiden. Die von Romy ist dunkler und voller als jene ihrer Mama. Dann bittet ihn Franziska zu Tisch.
Romy hat sich noch rasch umgezogen, hat die Hose abgelegt und ist in einen Rock geschlüpft, ohne daß sie eigentlich so recht weiß warum. Wahrscheinlich hat sie die Kündigung doch nervöser gemacht, als sie sich eingesteht. Und jetzt auch dieser Typ, der sich einfach hier einnistet! Aber warum auch nicht: Das Haus gehört ihm schließlich!
Franziska hat eine Gulaschsuppe kreiert, dazu Salat vom

Garten heraufgeholt, und der Hunger von Felix ist so gewaltig, daß auch vom Käse, den es hinterher gibt, fast nichts mehr übrig bleibt. Die Frauen entwickeln weniger Appetit.
Franziska denkt an Romys Zukunft, und Romy ärgert sich, daß sie auch noch darüber redet. Auch dieser Felix hat für ihre beruflichen Probleme überhaupt kein Verständnis.
»Warum machen Sie sich nicht einfach selbständig?« meint er zu ihr über den Tisch weg. »Dann brauchen Sie nirgends mehr zu kündigen!«
Und Franziska pflichtet ihm auch noch bei: »Eben! Das war schon immer ihr Traum!«
»Also: eigenes Institut für Partnervermittlung, ganz klarer Fall!«
Dieses Übermaß an Naivität hält Romy nun doch nicht mehr aus. Sie wird aggressiv: »Ganz klarer Fall? Haben Sie noch nie auf ein falsches Pferd gesetzt?«
»Mein Pferd war immer das falsche!« grinst er. »Ja, die haben mich alle bloß ausgebeutet. Hier« – er zeigt seine Brieftasche – »und hier!« Er schlägt sich gegen die Brust und winkt ab: »Inzwischen bin ich restlos bedient!«
Romys Antwort kommt spontan: »Ich auch!«
Franziska wundert sich: »Das ist doch gar nicht wahr!«
»Doch!« kontert Romy trotzig und nimmt dann doch etwas zurück: »Jedenfalls hatte ich auch schon Ärger damit!«
»Ach?« Felix lacht sie aus: »Und deshalb vermitteln Sie jetzt Partner? Quasi als Racheakt: Warum soll's anderen besser gehen als mir?«
»Hören Sie!« Romy wird wütend: »Sie sind ein ganz widerlicher Zyniker!«
Doch Franziska beschwichtigt sie: »Romy! Nun halt dich mal ein bißchen fest!«
Und Felix lacht wieder: »Wieso? Sie hat doch recht: Zynis-

mus ist die einzige Art von Ehrlichkeit, mit der man noch durchkommt!«
Es ist kurz nach Mitternacht. Man ist längst umgezogen und hat sich's in der Clubecke der Bibliothek bequem gemacht. Drei Flaschen aus dem erlesenen Weinkeller des Verblichenen sind bereits leer, und bei aller Trinkfestigkeit der Damen und des Gastes stellt sich endlich die Wirkung ein. Die Gespräche werden ruhiger, auch grundsätzlicher, und Felix beginnt zu meditieren:
»Chancen hat das Individuum nur noch im Team!«
Romy nickt: »Stimmt. Aber woher nehmen?«
»Was?«
»Das Team. Wo heute ja keiner mehr dem andern traut!«
»Sagen Sie das nicht! Ich zum Beispiel bin zwar saublöd, aber hochanständig!« versichert Felix. Er hält eine der leeren Flaschen hoch und erinnert sich: »Mein lieber Onkel: Ein guter Tropfen war doch sein einziger Luxus! Da wird doch sicher noch was im Keller sein?«
Er steht auf, Franziska ebenfalls, sie unterdrückt dabei ein Gähnen: »Ja schon, aber mir reicht's für heute!«
Auch Romy ist aufgestanden, doch Felix fleht sie an: »Bitte bleiben Sie noch zur Krönung des kleinen Festes: Der große Lafite! Premier Grand Cru! Nur eine Flasche!«
Romy lächelt über seinen Eifer: »Also wenn Sie versprechen, daß es bei der einen bleibt!«
»Na sehen Sie! Wie sagt der Dichter? ›Die Jungfrau sträubte sich vergebens!‹«
Dieser Keller ist in der Tat überwältigend: ringsum aufgemauerte Tonröhren – höher, als man greifen kann, darin ausschließlich alte Bordeaux- und Burgunderweine.
Felix hat zwei Flaschen in der Hand und studiert die Etiketten: »Lauter Châteauabzüge. Und nur die besten Jahrgänge. Allein dieses Lager ist ein Vermögen wert!«

Er setzt sich auf eine Kiste und seufzt: »Ach, war ich behämmert! Er wollte, daß ich Steuerberater werde. Da könnte ich mich jetzt einfach hinter den Schreibtisch pflanzen und weitermachen!«
Aus Romys Augen spricht milder Sarkasmus: »Möchten Sie jetzt vielleicht getröstet werden?«
Felix steht auf und mustert sie lächelnd von oben nach unten: »Warum nicht? Von Ihnen mal ganz intensiv getröstet werden, stell ich mir unheimlich gut vor!«
Romy überlegt einen Augenblick, ob sie dem Flegel die Sprudelflasche, die sie gerade in der Hand hat, als Antwort auf dem Kopf zertrümmern soll. Aber dann zwingt sie sich zur Zurückhaltung und bleibt sachlich: »Hören Sie: Vorhin wollten Sie mit mir irgendein Geschäft aufmachen!«
Felix bestätigt das: »Und dazu brauchen wir als erstes eine Idee!« Dabei deutet er auf die Sprudelflasche: »Und *davon* kriegt man keine! Von dieser frustrierenden Flüssigkeit kriegt man höchstens einen Schluckauf!«
Um dies zu vermeiden, hocken sie sich auf den Boden und öffnen einen siebziger Mouton Rothschild. Auf einem Bord finden sie auch noch zwei saubere Probiergläser.
»Wichtig ist«, philosophiert Felix, »daß wir pragmatisch vorgehen!«
»Ausgehend von unseren potentiellen Möglichkeiten!«
»... also von unserer Ausgangsposition.«
»Die wäre drüben: das Büro Ihres Onkels.«
»Du sagst es!« Felix geht auf die Knie, »schauen wir uns dieses Büro also mal an! – Komm, nimm dein Glas mit!«
Romy versucht es und schwankt beängstigend: »Gar nicht so einfach: aufstehen mit einem vollen Glas in der Hand!« Dann arbeitet sie sich aber doch hoch und steht neben ihm. Schließlich sind sie ja beide keineswegs betrunken! Nur die Kellertreppe ist etwas steiler als sonst, und dann, im Büro,

sind Fenster, Tische und Aktenschränke manchmal nicht mehr genau im Winkel, aber das macht nichts:
»Eines ist jedenfalls gebongt: Deine Mama macht das Sekretaritat und den Computer!«
Romy nickt vorsichtig: »Und du, alter Vertreter, besorgst die Klienten! Fragt sich jetzt bloß noch, was für welche!«
Felix zuckt die Schultern: »Für die Firma, die wir gründen!«
Romy: »Wir? Du!! Ich kann nichts gründen! Ich kann überhaupt nichts! Alles, was ich gelernt habe, ist Partner vermitteln!«
»Okay, vermitteln wir eben Partner!« Felix stutzt. »Du, das ist überhaupt *der* Hammer! Da können wir beide unser Know how voll einschießen.«
Doch Romy winkt nur müde ab. Die Beerdigung, die Kündigung und auch ein bißchen der Wein haben sie zu sehr erschöpft.
Anders Felix: Er erkennt trotz seines schweren Kopfes, daß mit dem Stichwort ›vermitteln wir eben Partner‹ die große Entscheidung gefallen ist: »Klar! Genau dafür sind wir das optimale Team! Ich schleppe die Kunden an, nehme sie auf Video. Mama jagt sie durch den Computer, du führst den Club. Ein Club gehört auch dazu, natürlich kombinieren wir sämtliche Systeme!«
Erst jetzt bemerken sie, daß inzwischen Franziska, Morgenmantel überm Nachthemd, in der offenen Tür steht. Sie hat auf einem kleinen Tablett ein paar belegte Brote gerichtet.
Romy, vor Schreck beinahe ernüchtert, springt auf: »Mami! Sind wir zu laut?«
Doch Franziska lächelt beruhigend: »Das auch. Aber vor allem müßt ihr zwischendurch mal was essen zu dem vielen Wein!«

Der folgende Morgen findet Romy zur gewohnten Zeit, also kurz vor acht, in der Küche. Frühstück für zwei oder für drei? Wann steht er überhaupt auf? Und trinkt er Tee oder Kaffee? Kurz darauf kommt Franziska mit den Semmeln. Der ziemlich weite Weg zum Bäcker ist ihr täglicher Frühsport. Es folgt die übliche Begrüßung: Küßchen, »Guten Morgen, mein Schatz!«
»Morgen, Mami!«
Franziska registriert erleichtet, daß Romy drei und nicht nur zwei Gedecke holt, und fragt ganz beiläufig: »Wann bist du denn ins Bett?«
Die Antwort klingt eher uninteressiert: »Glaube, so gegen vier. Er dann wahrscheinlich auch.«
»Ich finde ihn ja gar nicht so unsympatisch!«
Das ist Romy schon zu deutlich, und sie kontert hart: »Kannst ihn ja adoptieren!«
»Sag mal: Warum warst du eigentlich immer so aggressiv zu ihm?«
Romy weiß es nicht. Sie kann auch nicht mehr antworten, denn Felix steht in der Tür. Er ist noch in Bademantel und Schlafanzug, aber schon geduscht und rasiert.
Unternehmungslustig reibt er sich die Hände: »Morgen! Kann ich was tun?«
Romy lehnt ab: »Danke, wir brauchen Sie nicht. Trinken Sie Tee oder Kaffee?«
»Morgens Kaffee, nachmittags Tee, nach dem Essen und am Abend Espresso!« Dabei kommt er herein und macht hinter sich die Tür zu.
»Aber was anderes: Ich höre immer *Sie*? Dachte, wir duzen uns!«
Romy löffelt Kaffee in den Filter und entgegnet unfreundlich: »Kann schon sein. Zum Schluß . . .«
Weiter kommt sie nicht. Felix grinst sie von der Seite an und

unterbricht: »... durfte ich dir sogar einen Gutenachtkuß geben!«
»... der ausgereicht hätte für einen mittleren Winterschlaf!«
Romy ist so wütend, daß Franziska eingreift:
»Kinder, könnt ihr eigentlich immer nur streiten? Wenn ich das richtig mitgekriegt habe heute nacht, wolltet ihr doch miteinander eine *Partnervermittlung* aufmachen!«
»So ist es«, konstatiert Felix, »und deshalb werden wir am besten gleich mal konkret!«
Während Romy noch wartet, bis der Kaffee durch den Filter gelaufen ist und Franziska den Tisch deckt, wandert Felix – jung, dynamisch, erfolgreich – auf und ab: »Also, wie funktioniert sowas? Als erstes werden die Daten eingespeist, in den Computer. Was kommt da unten dann raus?«
»Fragebögen.«
»Wieviele? Was für welche?«
»Zwei: *Persönlichkeitsprofil,* und *Partnerwunschbild.* Aber...« Romy will erläutern, kann jedoch Felix nicht bremsen.
»Nächste Station: Die ermittelten Partner lernen sich kennen, erst mal per Video!«
Draußen läutet es, Franziska stutzt: »Die Post kann das doch noch nicht sein! Schaust du mal, Romy?«
Es ist Gregor Seidelmann, der alte Herr, dem Sibylle »den sicheren Weg zum Glück« weisen wollte.
Er hat einen kleinen, bunten Strauß Wiesenblumen in der Hand und ist ebenso verlegen wie Romy erstaunt.
»Guten Tag!«
»Guten Tag!«
»Sie erinnern sich vielleicht noch an gestern...«
»Ja, natürlich!«
»Und, bitte entschuldigen Sie, aber ich bin Frühaufsteher

und wollte ja auch nur… als ein bescheidenes Dankeschön…«
Damit hält er Romy das Sträußchen hin. Sie nimmt es entgegen und freut sich: »Das ist sehr, sehr nett von Ihnen, aber bitte, kommen Sie doch rein!«
So gehen sie ins Büro. Romy findet eine Vase, füllt sie am Handwaschbecken, stellt die Blumen hinein, ordnet liebevoll den Strauß und fragt: »Wo haben Sie denn meine Adresse her?«
»Von dem Anwalt. Er konnte mir tatsächlich diesen Vertrag vom Hals schaffen. Hoffentlich kommt Ihr Institut nicht dahinter, daß Sie mir da geholfen haben!«
»Keine Angst, ich habe dort inzwischen gekündigt.«
Gregor ist beeindruckt: »Ach! Und gleich wieder eine Stelle gefunden, hier, in dieser Steuerberatung?«
»Das war mal eine: Der Besitzer ist tot.«
Hätte sie nur die Tür nicht offengelassen! So hatte Felix hören können, wer da gekommen war und worum es ging. Am Vorabend hatte man schließlich davon gesprochen. Und natürlich wittert er die Chance, zieht den Gürtel seines Bademantels enger, tritt ein und setzt Romys Erklärung fort:
»…und wir haben das Büro übernommen und führen es als Partnervermittlung weiter!«
Er streckt Gregor herzlich die Hand hin, »Trautwein«, und auch dieser stellt sich vor: »Seidelmann!«
Romy, schon einigermaßen irritiert, will erklären: »Der Herr, dem gestern meine Chefin diesen unverschämten Vertrag aufgedrückt hat«, aber Felix winkt ab:
»Weiß ich, weiß ich alles!«
Dabei wendet er sich schon wieder dem Besucher zu und greift auch gleich frontal an: »Und jetzt kommen Sie zu uns: sehr vernünftig! Bei uns werden Sie reell bedient!«

Romy kriegt es mit der Angst und ergänzt rasch: »Später mal! Wir sind noch nicht soweit.«
Aber Felix sieht das anders: »Was meine Mitarbeiterin sagen will: Unser Klientenstamm ist noch nicht stark genug, um jedem das Glück, das er bei uns sucht, auch wirklich zu garantieren!«
Romy fängt an zu verzweifeln: »Eben! Wir bereiten erst alles vor!«
Dem stimmt Felix zu: »Genau! Wenn die Organisation dann steht, arbeiten wir« – er wird souverän, doziert beinahe – »so etwa nach dem System einer Diagnoseklinik: Der Patient, respektive Klient, wird durch die einzelnen Fachabteilungen geschleust, dann die Videoanalysen, schließlich die Psychotherapie.«
Gregor leuchtet das ein: »Klingt jedenfalls besser als alles, was ich darüber bisher gehört habe!«
»Sie vertrauen uns also?« Die Stimme von Felix gewinnt an Wärme: »Dann vertrauen wir auch Ihnen!« Aber er schränkt ein: »Allerdings, Erfolg werden wir nur haben, wenn auch Sie selbst engagiert mitarbeiten!«
»Oh, ich weiß sehr wohl, wie schwer es ist, den Wunschpartner zu finden!«
Romy hat es aufgegeben, den offensichtlich übergeschnappten Felix in seiner Euphorie bremsen zu wollen. Soll er ruhig weiterspinnen und dann gründlich auf den Bauch fallen! Anders begreift er ja nie, daß es *so* jedenfalls *nicht* geht!
Aber Gregors letzte Bemerkung läßt sie doch aufhorchen, und sie fragt ihn spontan: »Wunschpartner? Sagten Sie Wunschpartner?« Dann zu Felix: »Den gibt es noch nicht!«
Felix versteht nicht: »Wen?«
»Den Namen! Die Bezeichnung! Sowas brauchen wir doch für unser Institut!«
Felix strahlt: »*Wunschpartner*, klar!« Er reicht Gregor wieder

die Hand, diesmal feierlich: »Herr Seidelmann! Willkommen im Institut *Wunschpartner*!«
Und dann wird er eine Viertelstunde lang konkret – so konkret, daß Romy am Ende der Schweiß auf der Stirn steht. Der Abschied von Gregor ist überaus herzlich, Romy wagt allerdings kaum, ihm dabei in die Augen zu blicken.

Franziska sitzt unterdessen am Frühstückstisch und wartet. Von dem, was sich soeben unten im Büro abspielte, hat sie nichts mitbekommen. Deshalb schaut sie Felix erwartungsvoll an, als er siegesbewußt hereinkommt, hinter ihm Romy, verstört und mit schwachen Knien.
Felix setzt sich und verkündet stolz: »Unser erster Klient! Oberkellner, vierundsechzig – und schon vermittelt!«
Romy schaut mitleidig Franziska an und jammert: »Und weißt du an wen: an dich!«
»Wie?«
»Ja!«
»Aber doch nicht – als Partner?«
»Als was denn sonst?«
»Nein!«
Franziska hat vor Schreck den Kaffee danebengegossen, und Felix entschuldigt sich: »Frau Schongauer, verstehen Sie: Irgendwie müssen wir ja mal anfangen! Und außer Ihnen haben wir niemanden, vorerst jedenfalls!« Er wendet sich an Romy: »Oder wolltest *du* ihn?«
»Mami, was meinst du: Sollen wir den Notarzt rufen?« Felix legt sich die Serviette auf die Knie: »Er kommt heute abend, neunzehn Uhr, zu dem Italiener drüben an der Ecke zu einem ersten Kontaktgespräch.«
Franziska hat sich soweit erholt, daß sie den verschütteten Kaffee aufwischen kann: »Aber ich *denke* doch gar nicht an sowas! Und – was soll ich ihm denn sagen?«

Romy versucht es mit Vernunft: »Felix! Der arme Mensch muß sich doch, so oder so, total geleimt vorkommen!«
Felix versteht das nicht: »Dafür hat er doch jetzt alle Chancen: als erstes Mitglied in unserem Institut.«
»... das es noch gar nicht gibt«, ergänzt Romy. Und bedauert im selben Moment ihre Bemerkung, denn sie bringt Felix schon wieder auf eine Idee:
»Gut, daß du mich erinnerst: Wir müssen noch inserieren! Wir geben eine kurze Annonce auf.«
»Ach, und dann strömen sie herein, zu Tausenden!«
»So viele wollen wir ja gar nicht! *Den* Fehler machen die anderen! ›Partner-Discount! Heute Frührentner im Angebot!‹ Nein! *Wir* bleiben winzig, aber vornehm: Kleiner exklusiver Club, hundert Mitglieder oder zweihundert! Der Rest kommt auf die Warteliste!«
Romy kann nur noch den Kopf schütteln: »Warteliste!«
Doch Felix fährt unbeirrt fort: »*Die* allerdings kann nicht lang genug sein!«

An diesem ersten Tag passiert aus der Perspektive von Felix, der sich schon völlig in die Rolle des Jungunternehmers eingelebt hat, eigentlich nichts mehr, was näherer Erörterung bedarf.
Er setzt Franziska kurz auseinander, daß und warum er mit Finanzen und solchem Quatsch nichts zu tun haben will, und nimmt freudig zur Kenntnis, daß für das *Unternehmen Wunschpartner* eine runde Viertelmillionen zur Verfügung steht in Form von Kontoguthaben, Aktien und Ausständen aus der Steuerberatung. Somit muß weder das Geld aus dem Erlös der Praxis – es haben sich immerhin schon drei Interessenten gemeldet – angegriffen noch das Haus belastet werden.
Während für Franziska die Selbstverständlichkeit und Konse-

quenz, mit der Felix die Sache anpackt, nur ein bißchen unheimlich bleibt, findet Romy, daß man diesen Irren unverzüglich entmündigen, notfalls sogar in eine Psychiatrische Klinik zwangseinweisen müsse – so sehr hat sie sich schon in ihn verliebt!

Und sein Amoklauf ist nicht aufzuhalten! Im Augenblick diktiert er am Telefon dem in der ›Süddeutschen Zeitung‹ für Inserate zuständigen Mädchen: »*Club Wunschpartner* nimmt wieder vier Damen und drei Herren auf. Rufen Sie 148533«, und fragt gleich dazu: »Kommt das noch rein?«

Das Mädchen lächelt mitleidig: »Für morgen, hören Sie, da war vor vier Tagen Redaktionsschluß!«

Felix beugt sich vor über den Hörer, wird vertraulich: »Ich weiß! Aber drei Zeilen ... Und, wetten: Sie haben einen Draht zur Druckerei?«

Und seine Stimme wird honigsüß: »Tun Sie's! Mir zuliebe! Es ist doch nicht viel verglichen mit dem, was Millionen anderer Frauen liebend gern für mich tun möchten!«

Das Mädchen hat Humor und lacht: »Okay, ich probier's für übermorgen!«

Und dann kommt der Abend, vor dem Franziska natürlich Angst hat und Romy mit ihr. Aber alles geht gut, sogar bestens. Das italienische Restaurant heißt *Mario*, Franziska und Gregor trinken einen Frascati, und dabei sagt sie ihm ganz schlicht die Wahrheit.

Gregor ist zunächst konsterniert. Dann aber zeigt sich, daß er weiß Gott mehr ist als ein alternder Oberkellner.

Er findet die Idee, ein Institut für Partnervermittlung auf originellere Weise zu gründen und auf individuellere Weise zu führen als üblich, ebenso imponierend, wie die drei Initiatoren sympathisch.

Nur sich selbst versteht er inzwischen nicht mehr, und es ist keine Koketterie dabei, wenn er fassungslos den Kopf schüt-

telt: »Wie komme ich eigentlich dazu, jemanden zu suchen, der mich, wie sagt man, *nochmal aufbaut*?«
»Nochmal aufbaut! Wie sich das anhört!«
Franziska schaut ihn kurz, aber intensiv an: »Sagten Sie nicht, Sie seien als Koch berühmt gewesen für Ihre *kleinen Menüs?«*
Gregor weiß nicht, worauf sie hinaus will, und winkt nostalgisch: »Ach, wissen Sie: Koch, Kellner – in der Gastronomie ist man mit sechzig weg vom Fenster!«
»Sie hätten also keine Lust mehr...?«
»Wozu?«
»Nun, beispielsweise« – und sie lächelt ihm zu, wie ihm schon lange keine Frau mehr zugelächelt hat – »in einem kleinen, aber sehr exklusiven Club die kulinarische Betreuung zu übernehmen?«
Gregor versteht, lächelt zurück und nickt.
Damit ist das Team komplett.

Anita

Am folgenden Morgen erscheint Gregor schon zum gemeinsamen Frühstück, so daß die Strategie entwickelt werden kann.

Es stellt sich heraus, daß bauliche Veränderungen nicht erforderlich sind: Das Büro soll Büro bleiben. Hier werden die Klienten empfangen, beraten, schließlich in den Club aufgenommen. Das Vorzimmer wird zur Videothek, in der Felix den betreffenden Herrn, Franziska oder Romy die betreffende Dame vor laufender Kamera zwanglos interviewt. So kann sich jedes Club-Mitglied zunächst unverbindlich über jedes andere orientieren, ehe dann ein erster persönlicher Kontakt im Clubzimmer selbst hergestellt wird. Clubzimmer ist die Bibliothek, und sie muß natürlich entsprechend umgestaltet werden.

Die Ortsbesichtigung ergibt, daß man fünf Tischchen mit je zwei Stühlen stellen kann, dazu eine Bar mit vier Hockern, schließlich zusätzlich am Kamin eine Sitzgruppe mit Sofa, Tisch und Sessel. Da der Raum keineswegs nüchtern quadratisch oder rechteckig ist, sondern Nischen, einen Alkoven und einen Wintergarten aufweist, kann alles so arrangiert werden, daß eine aufgelockerte und trotzdem dezent intime Gemütlichkeit entsteht. Die kirschbaumgetäfelten Wände, die Stofftapete und ein riesiger kostbarer Ghom auf dem Parkett tragen dazu bei, daß man sich hier behaglich und zu Hause fühlt.

Mit neuesten Geräten eingerichtet wird natürlich die nebenan liegende Clubküche. Sie erhält auch eine Durchrei-

che zur Bar, so daß Gregor seiner Doppelfunktion als Koch und Kellner gerecht werden kann.
Maximal fünf Paare will man also jeden Abend einladen: So viele kann man auch noch jederzeit überschauen, individuell betreuen und exzellent bewirten.
Diese Entscheidungen fallen zwischen 8 Uhr 15 und 9 Uhr 30, um 9 Uhr 45 sind außer Felix schon alle unterwegs.
Gregor besorgt die gastronomische Ausstattung vom Herd bis zur Pfanne, vom Sektkübel bis zu den Servietten. Was Lieferzeit hat, steht nicht zur Wahl.
Franziska und Romy kaufen gemeinsam Tischlampen fürs Clubzimmer, Karteikästen fürs Büro, ein Verdunkelungsrouleau für die Videothek und so weiter – eben den ganzen Rest.
Felix aber telefoniert und hat nach achtunddreißig Ortsgesprächen, was er braucht: einen Maler, zwei Fliesenleger, einen Elektriker und zwei Schreiner, die noch am Nachmittag anrücken, dazu einen Container, der sofort kommt.
Dann studiert Felix Inserate, Auktionen und Wohnungsauflösungen, und er hat Glück, kann aus privatem Nachlaß eine Kellerbar ersteigern: Tresen samt den Hockern. Und vom überaus konfortablen Mobiliar eines Feinschmeckerlokals, das schon vor der Eröffnung in Konkurs ging, Tischchen und Stühle – alles im Stil beinahe zur Täfelung passend und ebenfalls in Kirschbaum. Nur die Bar ist etwas heller, aber das kann man nachbeizen.
Am Nachmittag meißelt Felix das Loch für die Durchreiche in die Wand und gegen Abend fährt er noch nach Augsburg, um sein bißchen Kram zu holen.
Er ist froh, René dort allein anzutreffen. Anita arbeitet nämlich nebenher auch noch als Mannequin, wenn auch nicht sehr erfolgreich. Zu dieser Stunde präsentiert sie im ausgeräumten Frühstückssaal eines kleineren Hotels die neue Herbstkollektion eines kleineren Versandhauses.

René blickt düster in die Zukunft, denn Felix war es, der immer wieder Auftraggeber an Land gezogen und neue Werbeideen aufgerissen hatte. Und vor allem: Beide Kameras gehören ihm, eine davon hat er vorgestern ja schon mitgenommen.
Felix ist ein guter Mensch, er schenkt seinem bisherigen Kompagnon die zurückgelassene Kamera, alle Kassetten, überhaupt die ganze Ausrüstung.
René muß ihm als Gegenleisttung lediglich versprechen, auch Anita zu behalten, sozusagen in Zahlung zu nehmen. Aber das scheint unproblematisch, nachdem das muntere Kind René in der vergangenen Nacht überraschend aufgesucht und ihm hinterher versichert hatte, Felix sei sowieso ihr letzter großer Irrtum gewesen und René bei näherer Betrachtung sogar noch besser.
Es ist Nacht, ehe Felix nach Grünwald zurückkommt, und die Freunde sind den ganzen Nachmittag und Abend über fleißig gewesen: Der Container im Vorgarten ist voll, die Villa vom Keller bis unter den Dachboden entrümpelt. Die Bar wurde angeliefert, und in der Clubküche liegen die ersten Leitungen unter Putz.
Alle sind zufrieden. Dieser erste Tag war für Felix erfolgreich, für Gregor herrlich, für Franziska zum Umfallen anstrengend, für Romy schwindelerregend!

Der zweite Tag beginnt schon etwas weniger hektisch: In der Bibliothek, dem künftigen Clubzimmer, sind zwei Schreiner zugange, nebenan in der Küche setzt ein Elektriker die letzten Steckdosen, während die beiden Fliesenleger schon die Platten an die Wand kleben und der Maler die Decke streicht.
Gregor kalkuliert, was er an Bewirtung bieten kann und zu welchen Preisen, Felix hilft den Handwerkern.

Franziska und Romy schließlich sind im Büro und packen die Steuerkarten, die noch nicht verschwinden dürfen, in Transportkartons.
Felix bringt die Post. Es sind Drucksachen und die Tageszeitung, die er schon aufgeblättert hat. Er reicht Romy die Seite *Partnervermittlungen* und erklärt stolz: »Da: unser Inserat!«
Franziska schaut Romy über die Schulter und meint etwas enttäuscht: »Bißchen mager, die drei Zeilen! Findest du nicht?«
»Wieso?« protestiert Felix, »Rechte untere Ecke: beste Plazierung!« Dann doziert er wieder einmal: »Tests haben ergeben, daß das Auge Inseratseiten von links oben nach rechts unten überfliegt und dort hängen bleibt! Wann kommen die Vordrucke? Schließlich wollen wir morgen abend eröffnen, *spätestens* morgen abend!«
Schon ist er wieder draußen. Romy schaut ihm bekümmert nach: »Sein Optimismus ist absolut pathologisch!«
»Das siehst nur du so! Ich finde, sein Optimismus und deine Skepsis ergänzen sich ideal! *Er* ist der Motor...«
»...und *ich* bin der Sand im Getriebe. Das willst du damit doch sagen!«
Franziska kommt nicht dazu, es zu bestreiten, denn ein Bohrhammer rattert so jammervoll auf, daß die beiden Frauen sich die Ohren zuhalten und Franziska beinahe aufschreit: »Was ist denn das? Bohrt er jetzt das Haus an?«
Die Eingangstür ist offen. Vor ihr kniet ein Handwerker und bohrt die Löcher, um das altväterliche Messingschild der Steuerberatungskanzlei gegen ein neues, nicht minder gediegenes mit der Aufschrift *Club Wunschpartner* auszuwechseln.
Davor entlädt ein Lieferwagen die Kühltruhe und den Herd.

Felix steht bei dem Handwerker, als Romy vom Büro kommt, nachdem sie sich auf dem Flur einen Weg durch Farbtöpfe und Kabel gebahnt hat.
»Macht sich doch gut!« Felix ist stolz. »Schick, trotzdem dezent!«
Romy ist erst sprachlos, dann wendet sie sich an den Monteur: »Bitte, schrauben Sie das sofort wieder ab!«
Felix bleibt gemütlich: »Natürlich nicht!«
Aber Romy wird heftig: »Natürlich doch!« Dann beherrscht sie sich und fährt in sachlichem Ton fort: »Sie können das Schild gern hierlassen! Aber angebracht wird es erst, wenn der Betrieb wirklich läuft!«
Felix bleibt nach wie vor ungerührt: »Machen Sie ruhig weiter!«
»Nein!«
»Doch!«
Der Handwerker ist irritiert aufgestanden. Er schaut erst beide an, dann wendet er sich an Romy und murmelt bedauernd: »Wenn Ihr Mann darauf besteht...«
Romy unterbricht ihn wütend: »Er ist nicht mein Mann!«
»Ich bin nur der Hauseigentümer«, erklärt Felix bescheiden.
»So?« Der Monteur kann Romy nicht helfen: »Ja, dann haben *Sie* hier eigentlich nicht zu bestimmen.«
Felix bestätigt es mit hämischem Grinsen: »Siehst du, andere müssen dir das sagen!«
Romy erbittert es wieder einmal, daß sie Felix an Schlagfertigkeit unterlegen ist und ihn nur mit einem Blick vernichten kann, und den nimmt er kaum zur Kenntnis, denn in diesem Augenblick fährt ein kleiner LKW vor, der die Tischchen und die Stühle bringt. Felix trägt sie ins Clubzimmer, wo die beiden Schreiner gerade die Bar, die etwas verkürzt werden mußte, mit der Stirnseite gegen die Wand rücken.
»Zu – gleich!!«

»Paßt wie ein Deckel!«

»Mann, das wird stinkvornehm!«

Der eine will von Felix wissen, wie oft das denn klappt, mit so 'ner Partnervermittlung.

»Fast immer«, erklärt ihm dieser ernsthaft. »Unsere Aufnahmebedingungen sind äußerst streng, und wer sich hier trifft, ist praktisch schon auf dem Standesamt!«

Der Mann ist beeindruckt und fragt seinen Kollegen: »Du, wäre das nicht was für die Chefin?«

»Klasse Idee!« und zu Felix, »könnten wir der nicht mal 'n heißen Tip geben?«

Felix bedauerte lässig: »Im Augenblick sind wir leider ausgebucht. Aber in jedem Fall kann sie gern auf die Warteliste. Bei unserer Fluktuation geht das dann schnell.«

Bis zum späten Nachmittag ist das Gröbste geschafft, sogar die Fliesenleger sind fertiggeworden.

Felix schrubbt die Solnhofener Platten im Flur und wachst sie gleich ein. Gregor und die beiden Frauen packen in der Clubküche aus, was inzwischen angeliefert wurde: Geschirr, Gläser und sonstige Utensilien.

Dabei kommt die Rede auf das kulinarische Angebot, das man den Gästen machen will.

Gregor schlägt vor, sein *kleines Menü*, kalte Platte reich garniert oder den Käsewagen zur Wahl zu stellen. Franziska findet das angemessen, hat nur Zweifel, ob sich die ganze Bewirtung zu den moderaten Preisen, die Gregor ins Auge faßt, überhaupt trägt.

Aber der alte Gastronom beruhigt sie: »Wenn wir zu den Selbstkosten arbeiten, ja. Auch die Weine – da habe ich noch gute Verbindungen.«

Romy hat andere Sorgen: »Aber ob Sie das schaffen: Küche und Bedienung gleichzeitig?«

»Zur Servierzeit wird es vielleicht eng«, räumt Gregor ein.

»Und dann müssen wir endlich auch mal über Ihr Gehalt reden.« Franziska sagt das so sachlich, daß es Romy peinlich berührt. »Oder wollen Sie lieber eine Beteiligung, so wie wir? Da bliebe Ihnen natürlich auch das Risiko.«
»Aber genau das hat mir ja bisher immer gefehlt!« ruft Gregor geradezu überschwenglich.
Übrigens soll sein *kleines Menü* auch ein kleines Wunder an Preiswürdigkeit werden. Es sind zwar nur drei Gänge vorgesehen, die aber sollen in der Auswahl jedem Geschmack genügen: Erst Suppe oder Pastete oder Salat, dann das Hauptgericht, Fleisch oder Fisch; zuletzt Süßspeise, Früchte, Eis oder Käse vom Wagen. Nur fünfzehn Mark soll dieses Gedeck kosten, also fast ein *Kantinenpreis*.
Gregor will von seiner Kunst eine erste Probe ablegen und beschafft sich aus dem nächstliegenden Feinkostgeschäft einige Zutaten. Es gibt Fenchelcremesuppe, Fasan und Kastanien Mont Blanc. Beinahe barbarisch kümmerlich, bemerkt er, aber man hat ja noch nicht mal ein Gewürzregal!
Immerhin, gegen 21 Uhr ist gedeckt, der Meister schlägt den Gong, Franziska, Romy und Felix kommen zu Tisch und nehmen hinter ihren Suppentassen Platz.
Alle schauen ziemlich irritiert drein, denn Gregor hat sich in Frack geworfen und trägt die große Serviette über dem Arm. Also ganz *Ober*.
Romy ist es, die schließlich der allgemeinen Verblüffung Audruck gibt: »Aber Herr Seidelmann – *uns* brauchen Sie doch nicht zu *bedienen*!«
Und Franziska bestätigt: »Wir sind doch nicht Ihre Gäste!«
Gregor scheint den Einwand erwartet zu haben. Er lächelt mit einer nur angedeuteten Verbeugung: »Darf ich es trotzdem?« Während er den Wein probiert und reihum einschenkt, erklärt er: »Es ist mir so zur zweiten Natur

geworden, besser gesagt: zur ersten! Ich setze mich dann gern dazu!«
»Das wollen wir hoffen!« lacht Felix.
Und dann äußert Gregor noch eine besondere Bitte: »Nennen Sie mich doch bitte alle beim Vornamen! Ich habe das immer als Auszeichnung betrachtet!«
Franziskas spontane Antwort: »Aber dann zeichnen Sie auch *uns* aus!« Sie hebt ihr Glas. »Ich heiße Franziska!«
Felix steht auf: »Ich bin Felix!«
»Ich Romy!«
Gläserklingen.

Eigentlich könnte es jetzt losgehen: Der Container wurde abgefahren, Büro, Videothek und Küche sind eingerichtet. Nur im Clubzimmer riecht es noch nach Beize, und allem fehlt noch der letzte Schliff: Staub muß gewischt werden, die Tischlämpchen angeschlossen, Gläser geputzt. Franziska, Romy und Gregor helfen zusammen.
Felix kommt dazu, er ist sehr ungeduldig: »Immer noch kein Anruf?«
»Leider«, bedauert Franziska und äußert den Verdacht, daß das winzige Inserat vielleicht doch noch nicht voll durchschlägt. Was Romy zu der Feststellung veranlaßt: »Normale Institute stecken ein Drittel vom Umsatz laufend in die Annoncen!«
»Haben wir nicht nötig!« Das Gottvertrauen von Felix ist ungebrochen. »Natürlich müssen wir jetzt nachstoßen!« Und er präzisiert: »Einen individuellen Werbefeldzug müssen wir starten! Ich habe das schon einmal gemacht: In knapp drei Wochen gingen sie alle weg!«
»*Wer* ging weg?«
»Gummistiefel. Restposten. Zweitausend Paar! Die Firma war pleite.«

Romy möchte wissen, wie das lief, und Felix erklärt es: »Ich habe Briefe geschrieben. Fünfzig Stück. Von Hand. Privatbriefe. Vielmehr immer nur den Schluß. Die letzten Zeilen, auf Seite zwei.«
»Und – was stand da drin?«
»Zum Beispiel: Übrigens hast du mich doch nach Gummistiefeln gefragt. Da gibt es welche, phantastische Qualität, Spottpreis und so weiter und so weiter... Adresse, viele liebe Grüße dein...«
»Und diese halben Briefe...«
»... habe ich verloren: Überall, wo mit Gummistiefeln gearbeitet wird: Baustellen, Autowaschanlagen, Gärtnereien. Ihr macht euch ja keinen Begriff, wie der Normalverbraucher auf alles anspringt, was er so unter der Hand erfährt und deshalb für einen Geheimtip hält!«
Die Idee leuchtet ein, und bald sitzen im Büro an den beiden Schreibtischen Gregor neben Fanziska und Romy neben Felix. Und alle verfassen nach dem angegebenen Rezept handgeschriebene Briefe: Nur die letzte Seite, die letzten Sätze mit Unterschrift: männliche und weibliche Vornamen.
Jeder hat schon ein Dutzend solcher Briefabschlüsse vor sich liegen, da gibt Franziska zu bedenken: »Und wenn nun zwei voneinander erfahren, daß jeder von ihnen mit einem solchen Brief angeworben wurde?«
Gregor sieht kein Problem: »Was kann dabei schon passieren: Wenn von fünf Paaren eines wieder abspringt, haben wir immer noch vier!«
Romy, der diese ganze Aktion mit jedem Satz, den sie schreibt, fragwürdiger, sozusagen moralisch anfechtbarer vorkommt, legt den Kugelschreiber hin: »Ich kann das nicht: solche Briefe irgendwo verlieren – ist doch schreiender Betrug!«

Felix belehrt sie: »Betrug liegt vor, wenn einer geschädigt wird, und nicht, wenn er die Chance seines Lebens kriegt!«
»Trotzdem, ich zieh da nicht mit!« beschließt Romy definitiv. Doch damit bringt sie Felix nicht aus der Ruhe. »Okay, wir schaffen das auch ohne dich! Und einer muß sowieso hierbleiben.« Er blickt einen Augenblick auf: »Wer weiß, vielleicht schlagen alle, die unsere Briefe finden, blitzartig zu!«
Romy stöhnt: »Oh Felix!«

Am frühen Nachmittag ist es soweit: Felix fährt in seinem alten Jaguar, der übrigens auch noch neu gespritzt werden muß, mit Gregor und Franziska durch die Innenstadt und findet einen Parkplatz. Alle steigen aus, jeder mit seinen etwa dreißig *Geheimtips* in der Tasche.
Felix schaut auf seine Uhr: »Sagen wir – genau zwei Stunden, reicht das?«
»Aber sicher!«
»Also!«
Sie drücken einander die Daumen, dann trennen sie sich. Gregor steuert gleich auf den nächsten Kiosk zu, um dort die erste seiner *zweiten Briefseiten* unauffällig neben einen Stapel Zeitungen zu legen. Dann geht er in den Park der nächstgelegenen Klinik, wo Patienten, alleine, am Arm des Pflegers oder mit Besuchern, promenieren oder sich einsam auf Sitzbänken langweilen.
›Wenn es einen Ort gibt, an dem die Leute Zeit haben, sich mit einem verlorengegangenen Brief intensiv zu beschäftigen‹, so denkt er, ›ist es hier!‹
Trotzdem schlägt dieser Versuch fehl. Ein alter Mann mit Gipsbein und Krücken hastet ihm mühevoll nach und holt ihn schließlich ein.
»Hallo- hallo!«
Gregor kann nicht umhin, stehenzubleiben.

»Meinen Sie mich?«
»Ja!« Der Patient reicht ihm atemlos die so geschickt plazierte letzte Seite. »Da, Ihr Brief! Haben Sie verloren, dort am Pavillon! – Doch doch: Ich habe gesehen, wie er Ihnen aus der Tasche gefallen ist!«
»Oh, danke! Vielen Dank!«
Und Gregor hat noch öfter Pech, vor allem durch plötzlich aufkommende Windböen.
Als ihm eine davon im Tierpark seinen auf einer Sitzbank verlorengegangenen Brief ins Affengehege hineinwirbelt, beschließt er, nicht mehr weiter im Freien zu arbeiten. Er verlegt seine »Fundorte« in öffentliche Verkehrsmittel, Bus, S-Bahn und U-Bahn, und hier kann er manchen Erfolg verzeichnen. Sein Angebot wird aufgenommen, gelesen, weitergereicht:
»Gehört *Ihnen* der Brief? – nein – doch – er lag direkt unter Ihrem Sitz – zeigen Sie mal ...«
Franziska geht anders vor. Sie konzentriert sich von vornherein auf geschlossene Räume: Kirche, Museum, Volksbank, zwischendurch mal ein Warenhaus, mal ein Discount. Sie weiß, das funktioniert immer, zum Beispiel so:
Auf dem Fußboden vor einem Regal liegt der Brief. Eine Dame, ihren Gitterwagen schiebend, findet ihn, hebt ihn auf und schaut sich um. Sie entdeckt eine zweite Dame, bringt ihr den Brief.
»Verzeihung, der lag dort, neben den Nudeln! Haben *Sie* ihn ...?«
»Nein.« Aber schon kommt die Neugier hoch: »Oder doch – darf ich mal sehen?« Und nach kurzer Lektüre: »Ja, natürlich! Vielen vielen Dank!«
Und dann schnell zur Kasse und zur nächsten Telefonzelle.
»Nein, ein Privatbrief, vielmehr nur der Schluß! Paß auf, ich lese vor: Du wirst es nicht glauben, Marlies, aber *Wunsch-*

partner hat kaum noch nötig zu inserieren! Das Institut wird geführt als ein Club, ganz exklusiv mit nur zweihundert Mitgliedern, wer rein will, muß auf die Warteliste. Aber dann geht es schnell. Wer mal drin ist, wird sofort vermittelt. Ich hatte meinen Oswald nach vier Tagen!«

Eine Überraschung wartet auf unseren dritten *Briefträger*. Und zwar im *Autosalon König*, der ausschließlich teuere Wagen ausländischer Nobelmarken führt. In einem davon sitzt Felix am Steuer. Er schaut sich das Armaturenbrett an und studiert die Prospekte, die auf dem Beifahrersitz liegen.

Dabei schmuggelt er eine *Briefseite* unter.

Er will gerade wieder aussteigen, da kommt der sportlich elegante Verkäufer, der soeben zwei andere Kunden beraten und zum Ausgang gebracht hat, auf ihn zu. Er ist ein schlaksiger, sympathischer Kerl.

»Guten Tag, was kann ich für Sie tun?«

Dabei erkennt er Felix, und Felix erkennt ihn: Begrüßung zweier guter Freunde.

»Pitt!«

»Felix, alter Kidnapper!«

»Das Stinktier lebt immer noch!«

Und eine Minute später sitzen sie bei einem Cognac und tauschen lachend Erinnerungen an bewegte Zeiten aus.

»Weißt du noch, wie wir das kaputte Klavier verkauft haben, angeblich noch aus dem Nachlaß von Chopin?«

»War das nicht ein Waldhorn?«

»Nein, das Waldhorn war Carl Maria von Weber!«

Pitt seufzt abgrundtief: »Mann, damals waren wir noch voll da!«

»Genau. Solche Spielchen machen wir jetzt nicht mehr!«

»Du wirst lachen, Felix: Ich mach sie immer noch! Bin natürlich auch vorsichtiger geworden!«

Beim Abschied weist Felix noch einmal auf mögliche Zukunftsgeschäfte hin: »Und, wie gesagt, mein Schlitten macht nicht mehr lange! Wenn dir also mal was Repräsentatives unterkommt: ganz alt, ganz billig ...«
Pitt nickt: »... ruf ich dich an! Und du, von wegen *Wunschpartner*: Wenn du mal was auf der Schleuder hast: ganz jung, ganz knackig ...«
Zur verabredeten Zeit treffen sie sich auf dem Parkplatz wieder und fahren in bester Stimmung zurück.
Beinahe hundert handgeschriebene *Geheimtips* haben sie verteilt und Franziska meint: »Wenn nur zehn davon anbeißen, ist das immerhin schon ein Anfang!«
»Warum nicht zwanzig, vielleicht sogar dreißig?« Gregor hält das für durchaus realistisch.
Felix, der unverbesserliche Optimist, schätzt die Erfolgsquote gar auf mindestens achtzig Prozent.

Zur nämlichen Zeit spielen sich in einem Augsburger Atelier dramatische Szenen ab:
Anita, die als *Sennerin* vor einem Prospekt *Hochalm* posiert, hält ein buntbemaltes Hühnerei zwischen Daumen und Zeigefinger vor die Kamera. Sie ist verzweifelt. René steht neben dem Stativ und leidet: »Zum tausendsten Mal: Du sollst gucken wie ein Osterhase!«
Da Anita nicht weiß, wie ein Osterhase guckt, mißlingt es ihr zum tausendsten Mal, und René stöhnt:
»Jetzt bist du ein Mondkalb!«
Anita probiert es mit starren Augen und aufgeblasenen Backen, aber René jammert: »Jetzt ein Pfingstochse!«
Da verliert Anita die Nerven und schreit:
»Und weißt du, was *du* gleich bist: Ein Eierkuchen!« Mit diesen Worten kleistert sie René das Ei ins Gesicht. Dieses verwandelt sich davon zwar ebenso wenig in einen Eierku-

chen wie sich Anita vorher in einen Osterhasen verwandelt hat, aber es veranlaßt René, sich von Anita zu trennen.
Er schiebt sie zur Tür hinaus auf den Flur, und wirft ihre Klamotten samt Koffern hinterher.
Anita trägt alles in den Keller, zieht sich um, macht sich schön und packt ihr kleinstes Köfferchen – ganz ruhig, ohne jede Hast. Sie weiß: René wird nicht herunterkommen. Wie sie ihn kennt, liegt er jetzt auf dem für ihn allein viel zu breit gewordenen, zerschlissenen Sofa und träumt vielleicht von der heilen Welt des Mittelalters, in dem Hexen noch verbrannt werden durften. Er wird sich jedenfalls, bis ihn ein schwerer Mittagsschlaf erlöst, an den einzigen Mitarbeiter halten, der ihm geblieben ist: eine noch fast volle Whiskyflasche.

Franziska, Romy und Gregor befinden sich mitten auf ihrem Werbefeldzug, als in der Villa die Klingel läutet.
Romy, die ja aus Gründen der Geschäftsmoral daheim geblieben war, öffnet: der erste Kunde?
Nein, es ist Anita: sehr hübsch, vielleich eine Nuance zu schick gekleidet, das Make up etwas zu lebhaft. Sie möchte ihren Freund, Herrn von Trautwein, den Felix, sprechen.
Romy hofft, daß ihr das kleine Aas nicht ansieht, wie sie blaß wird, und bittet die ungebetene Besucherin mit eiserner Freundlichkeit ins Büro.
Anita ist beneidenswert offen und unkompliziert. Sie setzt sich, und schon weiß Romy, daß die Stupsnase für Film und TV arbeitet und mit Felix zusammenlebt.
Romy fragt schüchtern: »Aber da müßten Sie doch eigentlich ...«
Und schon wird sie wieder unterbrochen: »Nichts! Bloß, daß sein Onkel gestorben ist!« Anita schaut sich um: »Und da hat er sich also gleich hier reingebohrt!«

»Es ist sein Haus: Er hat es geerbt!«

Anita zeigt Interesse. »So?« spielt es aber gleich wieder herunter. »Stimmt, davon hat er mal was gesagt.« Sie lacht: »Na ja, spätestens nächste Woche ist er wieder zurück, in seinem Stall!«

Romy würde die kleine Kröte gern erwürgen, zwingt sich aber, noch einmal höflich zu bleiben: »Darf ich Ihnen etwas zu trinken anbieten?«

Dann sitzen sie im Clubzimmer an einem Tischchen bei Tee und Gebäck – Romy frustriert wie nie, Anita munter wie immer und eifrig knabbernd. Offensichtlich hat sie Hunger.

»Und da macht er also gleich eine *Partnervermittlung* auf? Und bloß, weil *Sie* zufällig den Job kennen und ihn geil drauf machen!«

»Ich habe ihn nicht geil darauf gemacht!«

»Oh, ich weiß, das braucht nicht viel bei ihm: Er springt gleich auf alles an! Aber dann eben genauso schnell wieder ab! Wetten: Spätestens übermorgen reißt er was anderes auf! Na, ich muß ihm wieder mal kräftig ins Auge spucken! Wann kommt er zurück?«

»Bis zum Abend, bestimmt!«

Anita steht auf: »Wo ist denn sein Zimmer?«

»Oben.«

»Und wo kann man sich ein bißchen frisch machen?«

»Auch oben.«

»Sagen Sie ihm nichts: Ich will, daß er erst mal gleich aus der Hose kippt!«

Während Anita es sich in Felix' Zimmer bequem macht – sie zieht Pulli und Hose aus und den auf dem Bett liegenden, ihr viel zu großen Bademantel an –, sitzt Romy im Büro und weiß nicht mehr weiter.

Soll sie um Felix kämpfen? Aber ihre Chancen stehen

schlecht, gegen eine Anita! *Anita*, wie hell das schon klingt, wie lebendig – im Gegensatz zu *Romy. Romy,* das hört sich an wie *Tod*. Kein Wunder: Auf dem Friedhof hat er sie ja auch kennengelernt!

Und die andere Seite: Verdient er überhaupt, daß man um ihn kämpft? Dieser alternde Hochstapler, dieser asoziale Knülch, und von Frauen versteht er sowieso nichts, wie könnte er sonst mit so einer hirnlosen Puppe ...

Das Telefon reißt sie aus ihren Grübeleien. Eine sonore Frauenstimme will sich informieren. Und Romy wird, sowie ein bestimmtes Reizwort ihr Ohr erreicht, zum ersten Mal in ihrem Leben hysterisch.

Sie lacht beinahe schrill: »Was sagen Sie da: *Wunschpartner?* Sowas gibt's doch überhaupt nicht!«

Diesen letzten Satz, der fast wie ein masochistischer Aufschrei klingt, hören die drei von ihrer Werbeexkurison Zurückkehrenden, denn die Tür vom Büro zum Flur steht offen. Die Schrecksekunde ist bei Felix am kürzesten. Mit zwei riesigen Schritten erreicht er den Schreibtisch, reißt Romy den Hörer aus der Hand:

»Doch! Natürlich ... nein, das war ein Irrtum: *Wir sind Ihr* Wunschpartner! Institut Wunschpartner! ... Selbstverständlich, gnädige Frau: morgen ab neun! ... Ja, danke, Wiederhören, wir freuen uns!«

Er legt den Hörer auf und ist genau so konsterniert wie Gregor und Fanziska. Romy hat sich zurückgelehnt und die Augen geschlossen.

Franziska ist die erste, die sie behutsam anzusprechen wagt: »Romy, was hast du denn?«

Und Felix wird deutlicher: »Sag mal, ist bei dir was kaputt?«

Gregor faltet die Hände: »Das war – unser erster Klient!«

»Es ist Besuch gekommen.« Romy öffnet die Augen und scheint wieder halbwegs da zu sein.

Traurig schaut sie Felix an: »Für dich!«
»Wer? – Wo?«
»Oben. Ich sollte es dir nicht sagen. Sie will, daß du erst mal gleich aus der Hose kippst!«
Felix begreift und fällt erschüttert auf einen Sessel: »Anita!«
»Seine Frau«, erklärt Romy den anderen.
Es entsteht eine Pause, dann sagt Franziska schlicht: »Das glaube ich nicht.«
Und Felix zu Franziska: »Danke!«
Romy will präzisieren: »Schön, sie ist nicht seine Frau, sie ist – seine Freundin!«
»*War* sie!« versichert ihr Felix beinahe wütend: »Jetzt gibt es *dich!*«
Aber Romy bleibt distanziert: »Ja, jetzt gibt es mich. Und spätestens übermorgen reißt du wieder was anderes auf!«
»Hat sie das gesagt?«
»Wörtlich – und sie kennt dich ja besser als ich!«
Romy steht auf und geht, Felix bleibt nichts übrig, als ihr nachzulaufen. Auf der Treppe holt er sie ein und fleht sie an: »Romy! Die Anita ist eine Kollegin! Wir haben zusammen Werbespots gemacht!«
»Ach, und sonst nichts?«
»Auch! Aber das ist vorbei! Und inzwischen hat sie sich längst umorientiert: auf unseren Partner! Heißt René!«
»Warum ist sie dann da?«
»Weiß ich doch nicht!«
»Aber *sie* weiß: daß *du* nämlich spätestens nächste Woche wieder zurück bist, *in deinem Stall!*«
Sie sind vor Romys Zimmer angekommen, Felix packt sie am Handgelenk, hält sie auf und versichert ihr ehrlich: »Romy! Mein *Stall* ist jetzt hier!« Er grinst: »Fremde Weibchen werden gnadenlos rausgebissen!«

Doch Romy bleibt skeptisch: »Wie willst du diesen Klammeraffen rausbeißen?«
Felix hebt die Schwurhand: »Romy, ich verspreche dir: In spätestens einer Stunde ist sie weg!«
»Okay«, Romy schaut so kühl wie möglich auf ihre Uhr, »die Stoppuhr läuft!« Und schon ist sie in ihrem Zimmer verschwunden.
Felix läßt die Schultern hängen. Was hat er da eben geschworen? Hätte er doch wenigstens »heute noch« gesagt oder sowas! Aber in einer Stunde: Das ist kaum zu schaffen! Er tröstet sich mit drei Überlegungen:
Erstens: Romy verlangt Unmögliches. Sie ist also auch ein Biest, genau wie Anita.
Zweitens: Wenn es schon die Notwehr gibt und die Notlüge, warum nicht auch den Notschwur?
Drittens: Irgendwas wird ihm schon einfallen.
Ohne anzuklopfen betritt er sein Zimmer. Anita hockt im Schneidersitz auf seinem Bett und fängt an zu plappern, als sei er nur kurz draußen gewesen und auch sonst alles in Ordnung.
Aber das ist ihm ganz recht: So kann er erst mal weiter überlegen. Er schiebt sich einen Stuhl heran und hört nebenbei zu.
»Schon bei dem Spot mit der Babywindel, du weißt: die sich beim Naßwerden verfärbt, da hat er schon Terror gemacht – seh ich nicht irre aus in deinem Bademantel? – ja und dann, das *Bio-Ei* mit dem *Superdotter*: Da bin ich ehrlich ausgeflippt und hab's ihm ans Auge gekleistert!«
»Was?«
»Das Ei!«
»Ach so! Und da hat er dich gefeuert?«
»Das auch. Aber was soll's?«
Sie steigt vom Bett, kniet vor ihm nieder: »Felix, wie oft hab

ich mir in den letzten Tagen gesagt: Ich war doof! Ich hätte gleich mitsollen zu der Beerdigung!« Sie will zärtlich werden und grapscht nach ihm.
»Felix, du bist einfach viel besser als René – in *allem*!«
»Weiß ich ja«, wehrt er sanft ab.
Doch Anita versteht das natürlich völlig falsch.
»Also kann doch wieder alles so werden, wie's war! Sogar viel besser! Wo du doch jetzt die Villa geerbt hast...«
Das mußte ja kommen, denkt Felix und lacht verbittert auf. »Ich – Villa geerbt? Gerade komme ich vom Notar: Der Hausmeister und seine Frau kriegen alles! Zwei grauenhafte Geier, hoffentlich kündigen sie mir nicht!« Er tut ganz verzweifelt. »Und wenn die dich jetzt auch noch hier sehen: Los, zieh dich an! Und dann hau schnell ab!«
»Wohin denn? Wohin??«
Er steht auf, zieht auch sie dabei hoch und drängt: »*Hier* ist jedenfalls im Augenblick nichts für dich drin!« Dabei streift er ihr den Bademantel ab und hält ihr Pullover und Hose hin. Während sie sich anzieht, fängt sie zu weinen an: »Aber bei René doch auch nicht mehr! Meine Sachen sind alle im Keller...«
Als sie einsteigen, weiß Felix trotz schärfsten Nachdenken immer noch nicht, was er jetzt mit ihr anfangen soll.
Aber daß dieses Geschwür von einem Auto wieder mal nicht anspringen will, bringt ihn dann doch noch auf die rettende Idee: Pitt!
»Wohin fährst du mich eigentlich?« fragt Anita schließlich.
»Wohin schon: zu deinem großen Mufti!« Er lacht. »Ist doch die Chance, auf die du immer wartest!«
»Mit Rennstall und Segeljacht.« Anita winkt resigniert ab. »Den gibt's sowieso nicht!«
»Pitt schafft das!«
»Wer ist Pitt?«

»Wirst du gleich sehen! Du, ich bin sicher, in fünf Jahren ist der ganz oben!«
Der alte Jaguar kurvt schwungvoll in den Hof des mondänen *Autosalons König*. Felix steigt aus.
»Bleib sitzen, ich hol dich dann!« Er wendet sich nochmal zurück: »Du kommst natürlich als *Kundin*!«
Im Verkaufssalon kommt ihm Pitt entgegen.
»Was vergessen vorhin?«
»Im Gegenteil, ich bring dir was«, Felix grinst, »ganz jung, ganz knackig! Hast du doch bei mir bestellt! Kommt vorhin in unser Büro, und sucht einen Partner: genau sowas wie dich! Sagt nebenbei, daß sie einen neuen Wagen braucht. Da war für mich natürlich alles klar! Soll ich sie gleich holen?«
»Logo!«

Im Büro *Wunschpartner* beschriftet Romy die Rücken leerer Ordner.
Sie hat Felix mit der kleinen Klapperschlange wegfahren sehen und weiß nicht, was sie davon halten soll. Ob er sie wieder zum Bahnhof bringt?
Der Gedanke beruhigt sie, aber nur kurz. Denn dahinter taucht schon die zweite Möglichkeit auf, die apokalyptische: daß sie ihn mitnimmt!
Aber da kommt er zurück, sogar allein, und klopft triumphierend auf seine Uhr:
»Was hab ich gesagt: eine Stunde! Es waren genau vierundfünfzig Minuten und dreißig Sekunden!«
»Wie hast du denn das gemacht?«
»Blitzartig Partner gesucht, blitzartig vermittelt! Ist schließlich mein Job!«
Felix hat seine lässige Souveränität wiedergefunden.

Im Verkaufssalon der Firma *König* sitzen Pitt und Anita

indessen in einem Sportwagen der obersten Preisklasse. Pitt erklärt fachmännisch: »Den gleichen haben wir auch als Zwölfzylinder Cabrio.«
Anita ist zufrieden: »Schön kurz soll er sein, zum Einparken in der Stadt. Für Strecken nehme ich meistens den Zweitwagen von Mama, wenn der Fahrer von Papa nicht frei ist!«
»Wollen wir mal?«
Probefahrt, erst Landstraße.
Pitt sitzt am Steuer und deutet auf die Schalter im Armaturenbrett aus Walnußholz: »*Die* Taste ist Verriegelung, *die* Verdeck.«
Anita lächelt: »Sie brauchen mir nichts zu erklären. Wissen Sie, ich bin Auto-Freak!«
»Ich auch, fahre Rallyes.«
»Hab ich nur einmal gemacht.« Sie lacht. »Bin Vorletzte geworden. Die anderen waren einfach zu stark!«
»Möchten Sie jetzt mal?« Pitt bietet ihr das Steuer an.
»Nein, nein, ich muß erst das Feeling testen, als Beifahrer. Da ist ja auch der Sound vom Motor ganz anders! – Was sind denn sonst noch Ihre Hobbies?«
»Pferde. Wir haben ein kleines Gestüt. Dressur.« Was Gescheiteres fällt ihm momentan nicht ein, und er hat Glück. Anita ist perplex: »Nein, sowas gibt's nicht!« Und auf seinen fragenden Blick erklärt sie beiläufig: »Wir haben ein großes!«
»Gestüt?«
»Und auch Dressur! Wir sind eine richtige Pferdefamilie! Mit vier Jahren habe ich mein erstes Pony gekriegt! Der Schlimmste ist ja mein Onkel, vielmehr Großonkel, raten Sie mal, wie der heißt! Ich gebe Ihnen Stichworte: Olympiasieger – Versandhaus ...«
Pitt ist schwer beeindruckt. Und sie natürlich genauso von ihm.

Sie fahren nur ein Stück ins Land hinaus, und legen sich dann an einen Waldrand neben das Auto auf eine Wiese.
Pitt wendet sich ihr zu, streichelt ihr zärtlich eine Strähne aus der Stirn. »Wir wären vielleicht gar kein schlechtes Team.«
»Meinst du Rallye oder Dressur?«
»Beides!«
Er küßt sich die Fingerspitzen und berührt mit ihnen ihre Lippen:
»Bei der Rallye wärst du mein Co-Pilot!«
»Bei der Dressur du mein Stallbursche!«
»Ob wir gleich einen ersten Test machen?«
Sie läßt sich küssen, intensiv, aber nur kurz.
»Nein – das reicht!« Sie setzt sich auf. »Morgen geht's weiter! Und dann steigern wir – unheimlich!«
Wieder fahren sie auf der Landstraße, immer noch Pitt am Steuer.
Anita wundert sich, daß er im Laden steht: »Habt ihr keine Verkäufer?«
»Der König meint, ein Juniorchef muß das auch können.«
»Der hat dich ja ganz schön im Griff!«
»Ja, der alte Mann ist hart. Aber nicht mehr lange: Im Herbst will er mir alles übergeben!«
»Wieviel macht ihr denn so im Jahr – Umsatz meine ich?«
»Nicht ganz so viel wie ihr! Warum interessiert dich das?«
»Weil: Weißt du, ich bin so das schwarze Schaf in der Familie!«
»Ist bei mir genauso: Ich mag auch nicht mehr!«
»Also beide könnten wir ja nicht aussteigen! *Du* müßtest schon...«
»Warum ausgerechnet ich?«
»Warum ich?«
Das Gespräch hat sie abgekühlt. Pitt hält an, stößt zurück in einen Feldweg. Anita wundert sich. »Was soll denn das?«

»Weil ich wenden muß. Und weil du ja auch mal fahren willst!«
Anita erschrickt: »Ich? Ach so ja, natürlich!«
Auf dem Rückweg sitzt also Anita am Steuer.
Das Tempo kommt Pitt sehr mäßig vor, irgendwie muß er dabei an *Fahrschule* denken.
Und Anita ist plötzlich auch verdächtig kleinlaut geworden.
»Pitt, ich muß dir was sagen.«
»Ja?«
»Ich liebe alles, was vier Beine hat – außer Pferden.«
»In *der* Familie – kein Wunder!«
Pitt ahnt noch nichts, aber sie fährt fort: »Und Autos mag ich auch nicht!« Anita atmet tief aus. »So, jetzt weißt du alles von mir!«
Pitt nickte erleichtert, denn jetzt kann auch er endlich wieder auf Gegenkurs gehen.
»Aber du nicht von mir«, beichtet er, »ich bin nämlich noch nie auf so einem Mistvieh gesessen. Und Rallyes finde ich idiotisch!«
»Warum gibst du dann damit an?«
»Weil du auch damit angegeben hast!«
»Bitte, du hast angefangen: mit dem Gestüt!«
»Und du mit dem Auto-Freak!« Er wird ungeduldig. »Übrigens – ein *bißchen* schneller könntest du schon fahren.«
In Anita kommt Trotz hoch: »Okay, aber dann bist du schuld!« Sie beschleunigt, und schon in der nächsten Kurve passiert es: Der Wagen schleudert und liegt Sekunden später halb auf der Seite in der tiefen Grabenböschung. Pitt und Anita sitzen in Schräglage nebeneinander. Und schweigen.
Pitt hat Angst, daß der Chef ihn feuert, und Anita hofft, daß René sie vielleicht doch wieder nimmt.
Schließlich möchte Pitt wissen, ob sie denn überhaupt einen Führerschein hat.

Und Anita klagt: »Den nehmen mir die Blödmänner ja immer wieder ab!«
»Tja, dann werde ich jetzt erst mal ein Telefon suchen!«
Pitt klettert aus dem Wagen.
»Soll ich mit?«
Er beugt sich noch einmal zu ihr zurück. Die Enttäuschung gibt seiner Stimme einen sarkastischen Unterton: »Ehrlich gesagt: Ganz so wichtig ist mir das jetzt nicht mehr!« Damit stapft er los über die sumpfige Wiese zu einem nahen Bauernhof.
Und sie klettert wütend heraus, holt dabei ihr Köfferchen vom Rücksitz. Dann schneidet sie Pitt eine Grimasse nach: »Bäh!«
Von einem Milchwagen, der zufällig vorbeikommt, läßt sie sich in die Stadt zurückfahren.

Es läutet. Felix kommt aus der Videothek und öffnet die Haustür. Es ist Anita.
»Ich bin wieder da«, sagt sie und wundert sich, daß Felix sie jetzt nicht auf der Stelle erschlägt, sondern nur bekümmert nickt: »Das ist unübersehbar! Und stellt dir vor: Ich habe es sogar geahnt!«
»Tatsächlich?«
»Ich habe inzwischen nämlich nachgedacht. Und schwöre dir: René war für dich genau der Richtige!«
»War, war, war«, wiederholte sie kläglich.
Aber Felix versichert: »Und er ist es noch!« Und dann lügt er: »Gerade hat er angerufen!«
»Ich werd wahnsinnig!«
»Er sagt, er will's nochmal probieren!«
»... mit mir?«
Währenddessen kommt Romy aus dem Büro und will in die Clubküche. Da sieht sie Felix und Anita unter der Haustür

stehen und erstarrt. Sogar Felix ist einen Augenblick lang überfordert. Er wirft Romy einen bittenden Blick zu, sucht dabei eine Ausrede, findet keine, stottert schließlich:
»Sie ist ja nur nochmal, ganz kurz...«
»Ich bin auch nicht mehr lange da!« Romys Lächeln ist Stein, ihre Stimme Stahl.
Sie rennt die Treppe hinauf, und Felix dreht sich wieder nach Anita um.
»Also wie gesagt: René gibt dir zwei Stunden Bedenkzeit!« Er schaut auf seine Uhr.
»Jetzt haben wir viertel nach sieben. – Ob du ihn noch schaffst: den Neunzehnfünfzig?«
»Immer!«
Felix gibt ihr einen Hundertmarkschein. »Zum Bahnhof nimm aber ein Taxi!«
Damit schiebt er sie hinaus in den Vorgarten und atmet erst einmal auf. Dann wählt er Augsburg an: das Atelier. »René?... Ja, die ist bei mir, das heißt: Sie war. Gerade ist sie weg... Zu dir natürlich, zu wem denn sonst?... Nein?«
Felix muß den Hörer vom Ohr entfernen, denn René brüllt in die Leitung wie ein Tier. Erst als die Stimme sich wieder halbwegs menschlich anhört, fährt er in aller Ruhe fort:
»Bist du fertig? Darf ich jetzt mal? Also erstens: Hör auf zu saufen, du bist schon voll, das hör ich deutlich! Zweitens: Du brauchst sie nicht umzubringen, das erledigt sie selbst... Gesagt hat sie's nicht, aber ich vermisse meine sämtlichen Schlaftabletten! Drittens: Daß sie mit rohen Eiern schmeißt, dafür hat der Pyschologe nur *eine* Erklärung: Sie ist schwanger! Also, überleg dir das gut: Wenn man seine schwangere Frau ermordet, bloß weil sie nicht wie ein Osterhase gucken kann, macht man sich strafbar, mein Lieber! Verstanden?«
Er legt den Hörer auf und begibt sich nach oben – schweren Herzens, denn das wird ein Gang nach Canossa. Schlimmer

noch, denkt er, denn dieser Papst ist eine Frau. Dabei überkommt ihn auf der Treppe auch noch der bestimmte Verdacht, daß er ohne diese verdammte Romy nicht mehr weiterleben möchte.

Ihr Zimmer gleicht inzwischen einem Wühltisch beim Schlußverkauf, so hektisch und kopflos stopft sie zwei große Koffer voll. Felix steht daneben und wird immer zuversichtlicher, denn er weiß: Nichts absorbiert Adrenalin so schnell und gründlich wie sinnloses, provokatives Kofferpacken.

»Anderthalb Stunden«, sagt er, »dann ist die kleine Anita wieder dort, wo sie hingehört, nämlich bei ihrem lieben René!« Er wird ganz traurig: »Und der arme Felix liegt heute nacht wieder mutterseelenallein in seinem Bettchen.«

Romy nimmt seinen ironischen Ton auf: »Und morgen wirft der liebe René die schnuckelige Anita wieder raus, und dann liegt der arme Felix nicht mehr mutterseelenalleine…«

Felix unterbricht, klappt dabei sanft den Deckel des einen Koffers, den sie gerade schließen will, wieder auf. »Aber das könnte doch die noch viel schnuckeligere kleine Romy sehr leicht verhindern!«

»Ha! Jetzt will mich das Monster auch noch erpressen!«

Wütend klappt sie auch den Deckel des anderen Koffers wieder auf.

Ein letzter Blick nach Augsburg. Hier hat die Botschaft von der schwangeren und selbstmordgefährdeten Anita in dem nahezu volltrunkenen René das bewirkt, was das Fremdwörterbuch Katharsis, Selbstreinigung, innere Läuterung oder so ähnlich nennt.

Erst schüttet er feierlich den zum Glück nur noch winzigen

Rest aus der Whiskyflasche ins Klo und schwört, nie mehr eine Flasche anzurühren. War da nicht noch irgendwo ein Underberg? Er zertrümmert diesen feierlich mit dem Hammer.
Dann gelobt er, ein besserer Mensch zu werden, vor allem aber Anita ein guter Mann und dem Kind ein guter Vater. Ab morgen wird er überhaupt ein stinknormales Leben führen: sich als Arbeitssuchender melden und so weiter.
Auch Anita im Intercity geht in sich. Ihr wird völlig klar, daß sie selbst an allem schuld ist. Der Schauspieler muß üben und nochmals üben, und wann hätte sie das je getan?
Sie fängt auch gleich mit der Rolle an, die zu Hause auf sie wartet, sie versucht also wie ein Osterhase zu gucken – in ihren Taschenspiegel hinein.
Sie übt verbissen, ohne Rücksicht auf den einzigen Mitreisenden in ihrem Abteil.
Dieser ist Chefarzt, der manchmal zweiter Klasse fährt, um mit einfachen Leuten Kontakt zu halten.
Anita übt immer intensiver und so lange, bis der Professor das Abteil wechselt, um nicht gegebenenfalls etwas tun zu müssen.

Auf dem unteren Korridor treffen sie aufeinander:
Anita tritt zur Haustür herein, René kommt die Kellertreppe herauf, leicht schwankend, auch unter seiner schweren Last. Mit der rechten Hand schleppt er einen riesigen, mit Stricken zusammengehaltenen Koffer, überm linken Arm liegt ein Bündel von Anitas Kleidern, auf dem Kopf trägt er einen ihrer Hüte. Er stellt den Koffer ab, Anita will ihm die Kleider abnehmen: »Die kann ich ...«
Doch René reißt sie ihr mit einem Aufschrei weg: »Nein!! Du bist doch schwanger!«
Anita ist verblüfft: »Ich? Wer sagt das?«

»Felix!«
»So?«
Sie ist zwar überrascht, meint aber: »Ja, was Felix sagt, stimmt meistens!«
»Genau! Und deshalb darfst du von jetzt ab nie mehr was Schweres tragen!«
Er läßt das Kleiderbündel fallen, packt seine Frau an den Oberarmen, wird suggestiv: »Hörst du, Anita: Nie, nie, nie, nie mehr!« Bei jedem »nie« schüttelt er sie erbarmungslos durch.

Auch in der alten Grünwalder Villa endet der Tag versöhnlich.
Vom oberen Flur führt eine Stiege durch die Decke hinauf auf den Dachboden. Sie ist heruntergeklappt und ausgefahren.
An der Wand stehen schon die Holzteile eines breiten französischen Bettes, das man droben entdeckt hat und gegen die schmale Liege in Romys Zimmer auswechseln will.
Aber es gibt Schwierigkeiten: Der Bettenrost klemmt diagonal in der offenen Luke. Unten steht Felix und zerrt, oben schiebt Romy.
»Der geht nicht durch!«
»Er muß: Jemand hat ihn auch raufgekriegt!«
»Schrei nicht so: Mami schläft schon!«
»Schieb nochmal kräftig!«
»Okay!«
Romy tut es, der Rost rutscht durch die Luke, poltert die Stiegen herunter, sie purzelt hinterher.
Dabei reißt sie Felix mit, der rücklings auf den Rost fällt. Schwer wie ein Sack plumpst sie auf ihn. Er nützt die Gelegenheit und küßt sie, doch sie strampelt sich frei: »Bist du pervers? Das ist doch nicht die Matratze!«

Nägel mit Köpfen

Der *Club Wunschpartner* existiert nun drei Wochen. So lange hat die Anlaufphase denn doch gedauert.

Die ersten acht Tage war vor allem Felix beinahe verrückt geworden. Denn auf die *Briefwerbung* hin hatten sich ganze zwei Damen gemeldet, das Inserat hatte gar nur einen einzigen Herrn interessiert.

Alle drei waren übrigens über siebzig, und Felix hatte schon mit dem Gedanken gespielt, das Institut in ein Seniorenheim umzufunktionieren.

Aber dann, nach fünf weiteren Inseraten, die Romy hinter seinem Rücken in verschiedene Zeitungen setzen ließ, ging es garadezu Schlag auf Schlag. Inzwischen kann man sagen, daß der Betrieb läuft, wenn auch noch längst nicht mit voller Kapazität.

Die letzte Zählung ergab fünfundvierzig Klienten, achtundzwanzig weiblich, siebzehn männlich. Zwei davon, also ein Paar, war schon so gut wie vermittelt. Jedenfalls sind sie gemeinsam in Urlaub gefahren.

Es versteht sich, daß keiner der Aspiranten so ohne weiteres aufgenommen wird, sondern erst mal auf die *Warteliste* kommt – auf eine imaginäre natürlich, aber das weiß der oder die Glückliche natürlich nicht und ist freudig überrascht, nach einigen Tagen telefonisch zu erfahren, daß durch drei Eheschließungen wieder sechs Aufnahmen möglich sind und das Team beschlossen hat, ihm oder ihr das Privileg einer *ordentlichen Mitgliedschaft* im Kreis der zweihundert Auserwählten zuteil werden zu lassen.

Dagegen hatte zwar Romy zunächst heftig protestiert, sich dann aber dem Beschluß der Dreiviertelmehrheit beugen müssen, zumal man solche Methoden, die Romy allzusehr an die schmutzigen Tricks ihrer vormaligen Arbeitgeber erinnerten, nach Felix' Überzeugung nicht mehr lange nötig haben würde: Dann nämlich stünden die Bewerber tatsächlich Schlange!

Seit Anfang voriger Woche ist der Club jeden Abend, außer dem freien Sonntag, ausgebucht, das heißt alle fünf Tische sind besetzt. Heute fast ausschließlich mit Gästen über vierzig. Es ist 21 Uhr, und alle haben schon gespeist.

Die meisten wählen übrigens Gregors *kleines Menü*. Und nicht nur, weil es sich natürlich auch herumgesprochen hat, daß man solche Qualität ansonsten kaum, und wenn, dann nur zu horrenden Preisen findet. Und jetzt soll man sich also bei einer guten Flasche Kaiserstühler, Frankenwein, Burgunder oder Bordeaux näherkommen.

Am schwersten hat es Tisch eins: Denn hier hat eine derzeit rotblonde Dame durch hartnäckiges Nachhaken herausbekommen, daß ihr designierter Bewerber zwar, wie im *Persönlichkeitsprofil* angegeben und im Videointerview wiederholt, beim Finanzamt tätig ist, aber eben doch nicht im gehobenen Dienst wie ihr Seliger, sondern nur im mittleren. Übrigens war dieser Herr der Sachbearbeiter des Steuerberaterbüros gewesen, und er betreut jetzt auch den Club. Als Franziskas persönlicher Bekannter muß er deshalb keinen Beitrag bezahlen.

Tisch zwei macht Fortschritte. Hier prostet ein kleiner Dikker, der gern lacht, seiner Erwählten zu, die noch kleiner und noch dicker ist, und genau so gern lacht. Er möchte jetzt eine Zigarre, und da Gregor sich an der Bar mit Herrn Reichl beschäftigt, einem imposanten Mittvierziger, bringt ihm Felix das Sortiment.

Der Dicke wählt eine Brasil und fragt, während Felix sie ihm anschneidet: »Was mich interessiert: Sie sind hier doch quasi der Chef des Hauses, oder?«
»Chef ist das Team, aber bitte: Fragen Sie!«
»Was mich erstaunt: wie Ihr Institut, mit nur zweihundert Mitgliedern und einem solchen Service in jeder Hinsicht, wie sich das halten kann!?«
Felix gibt ihm Feuer: »Das ist mir auch schleierhaft: Ich hab's noch nie so genau nachgerechnet, aber Sie bringen mich da wirklich auf eine Idee, Moment mal!«
Er zückt seinen kleinen Taschenrechner, tippt mit großer Geschwindigkeit und kommentiert dazu halblaut:
»Aufnahme 500,– mal Mitglieder 200 gleich 100000,–: Basiskapital. Greifen wir nicht an, also löschen. Jetzt kommen dazu: monatlich 200 mal 100,– Clubbeiträge ist gleich 20000,– Betriebskapital. Plus, wie wir hoffen, im Durchschnitt zwanzig Neuaufnahmen durch Abgänge vermittelter Paare, also *10000,–*; Gesamtumsatz ist gleich *DM 30000,–* monatlich. Villa ist Eigentum, Bewirtung trägt sich, sonstige Betriebskosten, sagen wir *10000,–*, also minus *10000,–, dann sind wir wieder bei ist 20000,– geteilt durch vier Personen*, macht für jeden 5000,–.«
Während er wieder löscht und den Taschenrechner einsteckt, resümiert er: »Ja, so ungefähr hatte ich's auch geschätzt!« Die pummelige Dame ist überwältigt, doch in ihrem Dicken bleibt ein Rest von Skepsis.
»Und – was sagt denn, zum Beispiel das Finanzamt zu dieser ›Bilanz‹?«
Felix lächelt: »Bis jetzt noch nichts.« Er deutet unauffällig zu Tisch eins hinüber und wird leiser: »Übrigens, der Herr dort drüben ist der für uns zuständige Sachbearbeiter.«
So viel zu Tisch zwei. An Tisch drei nimmt der allzu schüchterne, seit sechs Wochen pensionierte Kriminalrat Ottheim-

rich Bellmann gerade den Mokka – zusammen mit der ob seiner Zurückhaltung etwas unglücklichen Edwina Stolberg, Anfang sechzig. Von ihnen wird noch ausführlicher die Rede sein. Ebenso wie von Monsieur Maurice Dupellier, der allein an Tisch fünf sitzt.
Dieser nämlich ist ein Sonderfall. Denn er sucht gar keine Partnerin. Er war vielmehr vor vierzehn Tagen in einem Fischgeschäft mit Gregor Seidelmann über die Zubereitung einer *Mousse chaude de truite de rivière au coulis d'écrevisses* in einen Streit geraten, der dazu geführt hatte, daß Gregor ihn eingeladen hatte, doch mal sein *kleines Menü* zu probieren.
Seither ist Maurice Dauergast. Zwar hat er doppelte Aufnahmegebühr entrichtet und zahlt auch doppelten Clubbeitrag, aber das Ganze ist natürlich indiskutabel, weil er einen der Tische blockiert. Doch er ist ein solcher Schatz, daß nicht einmal die für Finanzen zuständige Franziska es übers Herz bringt, »unserem Franzosen«, oder »unserem Gourmet«, wie man ihn inzwischen nennt, klarzumachen, daß man seine Mitgliedschaft eigentlich für deplaziert hält.
Bleibt noch der Tisch vier, an ihm sitzt noch niemand.
Monika Taube, Mitte dreißig, wird gerade von Romy in die Videothek begleitet, um sich dort das Interview anzuschauen, das Felix kurz zuvor mit Xaver Reichl, Mitte vierzig, gemacht hat. Wie schon erwähnt, sitzt dieser Xaver Reichl an der Bar, hinter der Gregor steht und sich die Sorgen des ausgesprochen motorischen Geschäftsmannes anhört:
»Ich kann natürlich die Montage einstellen und alles in den Reparaturservice investieren. Da bin ich im Raum südlich der Donau dann praktisch konkurrenzlos, stehe aber nur noch auf diesem einen Bein.«

»Dafür so sicher wie ein Baum: Beschädigung von Leitplanken, das ist eine Bank, auf die können Sie setzen!«
Xaver klagt: »Ja! Wenn das nur nicht so personalintensiv wäre!« Dann unvermittelt: »Auf wann haben Sie das gute Mädchen denn bestellt?«
»Die Dame ist schon da und schaut sich gerade Ihr Video an!«
»Ah, so! Na, ich bin ja gespannt! Wie viele Kinder hat sie?«
»Drei.«
Xaver grübelt: »Da brauche ich einen Anbau, und den genehmigen sie mir nicht. Zumindest nicht nach der Südseite!« Er seufzt: »Man kommt aus dem Ärger nicht raus!« Dann schiebt er Gregor sein Whiskyglas hin: »Geben Sie mir noch einen, ohne Eis!«
In der abgedunkelten Videothek sitzt derweilen Monika Taube, eine zugleich mütterlich und recht selbständig wirkende Frau, im Sessel. Neben ihr auf dem Tischchen liegt ein Schnellhefter mit den beiden vom Computer ausgedruckten Fahnen *Persönlichkeitsprofil* und *Partnerwunschbild*. Vor ihr auf dem Bildschirm läuft das Interview. Felix befragt Xaver Reichl:
»Und Ihre beiden Söhne leben bei der Mutter?«
»Der Fritz ist schon beim Bund. Und der schafft's auch mal. Der Hansi«, er deutet eine Grimasse an, »na ja, von mir hat er die Figur und von ihr den Verstand!« Er winkt ab. »Vielleicht mal öffentlicher Dienst oder sowas! Aber er ist lieb!«
»Darf Ihre künftige Frau Kinder mitbringen?«
»Wenn möglich, nicht mehr als zwei, sonst muß ich anbauen. Aber dann bau ich eben an! Überhaupt«, er spricht in die Kamera, »ich sag's nochmal: Ob sie dreißig ist oder vierzig oder fuffzig, nicht relevant! Und Oberweite neunzig muß auch nicht sein« – er grinst –, »ich bin ja auch nicht übertrieben knackig!« Dann wird er wieder ernst: »Bloß spinnen darf

sie nicht! Ich mache zwölf bis vierzehn Stunden täglich in Leitplanken, Sie wissen: Autobahnen, Bundesstraßen, Landstraßen, und da kann ich am Abend nichts brauchen, was Neurosen kriegt und sich verwirklichen muß und solchen Schwachsinn!« Abwehrend und mit starker Stimme fügt er hinzu: »Das hatte ich zweiundzwanzig Jahre lang!«

Inzwischen muß Gregor an der Bar den Mann mit den Leitplanken nun doch einsam seinem Whisky überlassen, um nebenan in der Clubküche Franziska bei der Zusammenstellung einer kalten Platte zu helfen. Sie kann das schon fast so gut wie er selbst: Hier vielleicht noch etwas Dill, eine Olive, ums Roastbeef nicht ganz so viel Dekor.
Sie lacht: »Also daß ich jetzt noch eine Ausbildung kriege, als Kaltmamsell ...«
Gregor ist eher besorgt: »Ich finde das gar nicht so lustig: Tagsüber das Büro, am Abend Küchenhilfe – das wird einfach zuviel für Sie!«
»Für Sie aber auch! Warum geben Sie nicht wenigstens Ihre Wohnung auf? Sie sparen den Weg, auch die Miete, und hier ist ja das Gästezimmer frei geworden. Überhaupt würde manches einfacher, wenn Sie immer da wären!«
Inzwischen ist Romy mit Geschirr aus dem Clubzimmer gekommen und lächelt Franziska an: »Und vor allem *dir* wäre es lieber! Oder hast du Angst, daß er schnarcht?«
Franziska schimpft aus Verlegenheit: »Romy, du bist ein ganz freches kleines Biest!«
Und Romy lacht: »Aber recht hab ich doch!«
Zurück ins Clubzimmer, zwei Stunden später.
Tisch eins: Die derzeit Rotblonde und der Finanzbeamte sind verschwunden – jeder in seinem Taxi. Das Team ist sich einig: Da wird nichts draus. Aber dem Sachbearbeiter muß man natürlich weiterhin guten Willen zeigen.

Auch Tisch drei hat sich getrennt Taxis bestellt: Wie kann ein Kriminalrat nur so zaghaft sein? Arme Frau Stolberg! Man wird für sie weiter suchen müssen.
Auch der Gourmet ist gegangen, und selbstverständlich nicht ohne, wie jeden Abend, Gregor zum Abschied umarmt und dessen heutiges *Kleines Menü* als kulinarische Sensation bezeichnet zu haben. Es ist also nur noch Tisch zwei besetzt.
Am Zweier scheint es zu klappen. Im Augenblick erzählt der Dicke seiner Dicken sehr leise offensichtlich etwas Komisches, vielleicht auch unanständige Witze. Denn beide haben die Köpfe dicht beieinander, die Dame bläst immer wieder plusternd die Backen auf und haut ihrem Kavalier manchmal neckisch empört auf seine beharten Wurstfingerchen.
Romy widern solche Typen an, doch Felix findet sie zum Fressen, solange sie auf Distanz bleiben.
In die Sessel am Kamin vergraben haben sich die beiden anderen noch anwesenden Gäste, Xaver Reichl und Monika Taube. Gregor bringt ihnen gerade eine neue Flasche Bordeaux, während Xaver klagt: »Bilanz, Steuer, überhaupt Bürokram ist für unsereinen ja alles Chinesisch!«
»Für mich nicht so ganz: Ich bin gelernte Buchhalterin. Unser Betrieb war klein, ich mußte alles selbst machen.«
»Also *das* brauchen Sie bei mir nicht! Und da ließe sich mein Herr Sauer auch gar nicht reinpfuschen! Herr Sauer ist mein Prokurist: ein Finanzgenie!«
Er sieht, wie Franziska eines der Tischtücher wechselt und ruft ihr zu: »Frau Schongauer – für uns haben Sie wohl keine Zeit?«
»Doch, natürlich!«
Xaver klärt Monika auf: »Frau Schongauer ist ein echtes Goldstück! Die hat mich übrigens jetzt auch gleich wieder an Land gezogen!«

»Ach, Sie kannten sich schon vorher?«
»Seit Urzeiten!«
Franziska setzt sich dazu, Xaver schenkt ihr Wein ein und bittet sie mit einem Blick auf Monika: »Erklären Sie's ihr, sie weiß das alles ja gar nicht!«
Franziska tut das gern: »Das hier war bis vor kurzem eine Steuerberatungskanzlei, und ich Sekretärin. Herr Reichel war unser Klient.« Zu Xaver gewandt fügt sie hinzu: »Übrigens, Ihre Unterlagen sind unterwegs!«
Xaver wundert sich. »An mich? Ich denke, Sie haben Ihre Klientel inzwischen an einen Kollegen Ihres verstorbenen Chefs verkauft?«
»Ja, aber – den will Ihr Herr Sauer nicht, er hat mich vorgestern angerufen!«
Am Tonfall, mit dem sie den Namen ausspricht, merkt Monika, daß Franziska diesen Mann nicht mag.
Es geht auf Mitternacht zu, und Xaver Reichl muß morgens früh raus. So fragt er Monika nach ihrer Adresse. Da die Wohnung auf dem Weg zu seinem Bungalow liegt, bestellt er nur ein Taxi. Er begründet das mit dem System, das ihn wohlhabend gemacht hat: in kleinen Dingen sparsam sein, in wichtigen großzügig.
Der Mann mit seinen zwei Metern und seinen zwei Zentnern imponiert Monika.
Und sie? Buchhalterin im eigenen Betrieb, äußerlich und innerlich noch kein Gramm abgeschlafft, imponiert ihm auch, obwohl man anbauen muß wegen der Kinder – wieviel hat sie gesagt, drei Stück? Na ja: Umsonst ist der Tod!
Auf der Fahrt nach Hause, im Taxi, ist man dann doch ein bißchen verlegen:
»Zwei Flaschen waren das und noch der Whisky: Sie können ganz schön was schlucken, Herr Reichl!«
»Man gewöhnt sich daran. Nach zwölf, vierzehn Stunden ist

man am Abend« – er hebt die Hand vor die Augen –, »zu. Was bleibt einem außer Glotze oder Whisky?« Xaver atmet auf: »Aber das wird ja jetzt anders!«
Sie kommen an, Monika beugt sich zum Fahrer vor: »Bitte halten Sie hinter der nächsten Ampel!«
Xaver will wissen: »Wann sehen wir uns wieder?« und Monika zuckt die Schultern. »Wenn Sie wollen, morgen, zum Frühstück! Die Adresse haben Sie ja!«
»Aber nicht vor halb neun, ich muß erst die Kinder wegbringen.«
»Und dann nehme ich mir frei. Ich zeige Ihnen den Betrieb und Sie mir dann die drei Bälger!«
Sie lacht: »Bei Ihnen geht wohl alles im Galopp?«
»Ja«, bestätigt er, »wenn schon, wissen Sie: Ich mache gern Nägel mit Köpfen!«
Im Clubzimmer geht es derweilen auf den Feierabend zu. Romy und Franziska falten schon Tischtücher, Felix schenkt sich ein Bier ein.
Er schaut Romy nach, die den schüchternen Ottheinrich und Edwina hinausbegleitet zu ihren wartenden Taxis, und meint: »Geht nicht so recht voran mit den beiden!«
Gregor seufzt: »*Sie* möchte schon, aber *er*: notorischer Junggeselle! Und war auch noch bei der Kripo: Betrugsdezernat!«
Franziska nickt: »Da wird man natürlich besonders mißtrauisch!«
»Eben deshalb«, Felix versteht das nicht, »was kann ihm denn schon passieren? Entweder es klappt, oder er kriegt endlich wieder was zu tun!«
Dann wendet er sich Romy zu, die schon zurückkommt: »Na?«
»Schwierig, schwierig, das heißt eigentlich nur mit ihm!«
Felix erinnert sich: »Sag mal, da hat sich doch vorgestern dieser Österreicher angemeldet!«

»Von Schwingh! Bodo von Schwingh!« Franziska hat alle Namen im Kopf.
»Ob wir den mal auf sie ansetzen?«
»Bitte sag nicht immer *ansetzen*: Das klingt so nach Blutegel!«

Daß Xaver Reichl Leitplanken herstellt und montiert und wo sie durch einen Unfall beschädigt werden, gegen neue auswechselt, ist bekannt. Und über die Frau, die ihn in die Scheidung hineingetrieben hat und die beiden Söhne hat er per Video etwas gesagt. Bleibt zu ergänzen, wie er jetzt lebt. Er hat sich, nachdem er die Nervensäge endlich los war – übrigens infolge Gütergemeinschaft mit einer Abfindung, die ihn um Jahre zurückwarf – seinen kleinen Bungalow gebaut, bei Vaterstetten, in der Nähe des Betriebs. Hier wohnt er, besser gesagt, hier schläft er. Denn selten kommt er schon zur Tagesschau. Die Leitplanken fressen ihn regelrecht auf.
Zweimal die Woche putzt Frau Moschus, Montag und Donnerstag, und da macht sie ihm auch Frühstück.
Heute ist Donnerstag. Es ist neun Uhr, Xaver und Monika sitzen am Kaffeetisch. Frau Moschus überblickt noch einmal mürrisch das Gedeck.
Xaver köpft sein Ei, dann schaut er Frau Moschus an: »Vier Minuten, keine zehn! Und der Kaffee ist auch kalt!«
»Eben: Man kann halt nicht alles gleichzeitig machen! Fehlt noch was? Dann geh ich jetzt, ich muß zur Massage!«
Sie marschiert hinaus, er schaut ihr nach, bis die Tür zu ist: »Weiber wie die hat man früher gesteinigt!«
Monika kontert: »Männer wie Sie hat man aufs Rad geflochten!«
Er lacht: »Ich bin Ihnen wohl nicht kultiviert genug?«
Sie lächelt: »Hm, vielleicht läßt sich da noch was retten?«

»Bestimmt! Wenn ich nur endlich mal habe, was ich will!«
»Und was wollen Sie eigentlich: Genau das ist mir immer noch nicht so ganz klar!«
»Ein Weibchen«, ruft Xaver temperamentvoll. »Ja, ein richtiges, molliges, schnuckeliges Weibchen!«
»... mit dem Sie machen können, was Sie wollen!«
»Klar, und die auch mit mir!« versichert er. »Ja! Die kann von mir dann alles haben! Mit der geh ich sogar mal in Urlaub! Überall hin geh ich mit der: ins Kino, ins Theater – notfalls in die Oper!«

Xavers Firma besteht aus dem kleinen Bürohaus und der großen Fertigungshalle, beides in dem umzäunten Bauhof, auf dem die Leitplanken gestapelt liegen und zwei Lastwagen stehen, von denen einer gerade beladen wird.
Xaver fährt mit Monika durch das breite, offene Gittertor hinein, hält irgendwo, beide steigen aus.
Xaver hat es nicht nötig, seinen Stolz zu verbergen: »Jetzt sind die Montageteams natürlich unterwegs. Sonst stehen da fünf LKW, zwei davon mit Kran, und ein Tieflader.« Er schaut sich um. »Schade, ich hätte Sie gerne mit meinem Herrn Sauer bekannt gemacht, aber ich sehe, daß sein Auto nicht da ist. – Gehn wir mal rein?«
Sie gehen in Richtung Bürohaus und Monika fragt: »Wie wollen Sie mich denn vorstellen?«
Xaver bleibt stehen, denkt einen Augenblick nach: »Ach so! – wissen Sie was: Meine Sekretärin kriegt ein Baby und will dann nicht mehr weitermachen. Wir suchen Ersatz. Da tun wir einfach so ...«
Monika findet das lustig: »Schön, ich bewerbe mich!«
Vom Sekretariat führt eine Tür ins Chefbüro, eine ins Büro Sauer.
Xaver ist mit Monika hereingekommen und hat sie mit Frau

Klemm, der schwangeren Sekretärin, bekanntgemacht: potentielle Nachfolgerin, Korrespondenz, Buchhaltung und so weiter.
Frau Klemm bewundert Monika, wird aber gleich skeptisch: »Auch Buchhaltung?! Also ob das dem Herrn Sauer recht ist, wenn er so entlastet werden soll?«
Monika beeilt sich, sie zu beruhigen: »Oh, ich möchte natürlich keinem die Arbeit wegnehmen!«
Die Sekretärin lacht: »Das läßt sich Herr Sauer auch nicht, o je!«
Das Telefon hat geläutet, Frau Klemm nimmt den Hörer ab. Xaver grinst währenddessen Monika an: »Na ja: Über die Arbeitsteilung müssen wir dann sowieso noch reden!«
»Hier Sekretariat Reichl – Moment!«
Frau Klemm reicht Xaver den Hörer und warnt ihn vor: »Koglmeier: Die kommen nicht weiter!«
Xaver bittet sie, Frau Taube schon mal Sauers Büro zu zeigen. Und während beide gehen, erledigt er das Telefonat. »Koglmeier, was ist? ... Und, wo sitzt der Wurm? ... Und mit dem Rammbohrer? ... Aha, und dann kommt ihr auf Fels! ... Alles klar: In zwanzig Minuten bin ich da!«
Er legt auf und geht nun auch hinüber ins Büro seines Prokuristen, wo die beiden Frauen vor dem Computer stehen und die Sekretärin Monika erneut anstaunt: »Was, Computer bedienen können Sie auch?«
Xaver will ihr, wieder nicht ohne Stolz, erklären: »Unser neuer PC...«
Aber Monika nickt schon: »– mit Diskettenlaufwerk. Das Modell kenne ich noch nicht, leider!«
Xaver reicht ihr die Bedienungsanleitung, die daneben liegt. »Hier steht alles drin! Aber was anderes: ein Team von mir hat Ärger, ich muß hin. Nur eine Stunde, was machen wir da?«

»Ich kann warten.« Sie blättert die Bedienungsanleitung auf. »Schau mir den neuen Typ schon mal!«
»Okay, wenn Sie wollen ...«
Doch da erschrickt Frau Klemm schon wieder: »Das sieht Herr Sauer aber nicht gern! Hier ist für ihn alles ...«
»... top secret«, bestätigt Xaver und lacht Monika an: »Ein Wunder, daß er *mich* an seine Akten läßt! Aber wenn Sie's interessiert ...«
Er deutet auf den Computer und gibt Frau Klemm die definitive Anweisung: »Sagen Sie ihm, ich hab's ihr erlaubt, Punkt!«
Und schon sind beide verschwunden.
Monika setzt sich vor den kleinen Monitor, der auf Tastendruck Bilanzen, Einkaufslisten, Tabellen aller Art ausweist.
Zunächst kann sie sich nicht konzentrieren, denn zweierlei beunruhigt sie. Einmal dieser Xaver Reichl, der so ganz der Gegensatz zu ihrem vor zwei Jahren tödlich verunglückten Mann ist.
Der war eher ein musischer Mensch gewesen, der rücksichtsvollste Ehemann und ideale Papa, im Geschäftlichen jedoch viel zu anständig, konziliant und oft unentschlossen.
Ohne die tüchtigere Frau hätte sich der kleine Betrieb, den sie dann an seinen Kompagnon verkauft hat, gar nicht halten lassen.
Dieser Xaver dagegen verkörpert das Urbild des Unternehmers, und gerade das zieht sie an und schreckt sie gleichzeitig ab. Er hat genau, was sie, uneingestanden bisher, vermißt hat: Vitalität, Großzügigkeit, Kompromißlosigkeit.
Aber ist das nicht alles Ausdruck primitiver Männlichkeit, vielleicht sogar blutiger Egoismus? Will er sie nicht nur benützen, sozusagen als Aktivposten in sein Leben einordnen? Nimmt er die Kinder nur in Kauf? Wird er vielleicht ein unausstehlicher Tyrann?

Und dann irritiert sie noch dieser Herr Sauer, der Prokurist. Was mag das wohl für ein Mensch sein, den die Sekretärin wie den Allmächtigen fürchtet und der sogar den Chef kaum an seine Akten läßt!
Dann drückt sie immer aufmerksamer die Tasten. Jedesmal wechselt das Bild, sie studiert die verschiedensten Rubriken.
Die Tür öffnet sich und Frau Klemm schaut furchtsam herein. »Herr Sauer ist im Anmarsch«, bemerkt sie rasch und halblaut. »Ich will Sie nur vorwarnen!«
Und da ist er auch schon.
Herr Sauer ist kein Mann, sondern ein Männlein.
Er trägt einen dunkelblauen Anzug mit fast unsichtbaren Nadelstreifen, dazu Schal und Handschuhe mitten im Sommer.
Auf seiner Stirn haben sich Falten wie Regenwürmer eingegraben, der Mund ist dünn wie ein Gedankenstrich, das Kinn scheint völlig zu fehlen.
Mit unerbittlicher Humorlosigkeit schaut er an Monika hoch, obwohl sie nur mittelgroß ist:
»Hat Herr Reichl Sie – zufällig kennengelernt?«
Monika bemüht sich zu lächeln: »Nicht so ganz zufällig.«
»Hm. – Ohne Umschweife: Wir, Herr Reichl als der Inhaber und ich als Geschäftsführer und Prokurist, haben uns die Kompetenzen exakt aufgeteilt: Er macht draußen alles Praktische, ich hier das Kaufmännische. Und die Einstellung einer Sekretärin, Sie verstehen mich ...«
»... gehört in Ihr Ressort!«
»So ist es. Sie können«, sein Blick flackert zum Computer, »abrufen?«
»Und eingeben.«
»Haben Sie als Datentypistin gearbeitet?«
»Als Buchhalterin.«

Sauers Regenwürmer auf der Stirn krümmen sich schmerzhaft. »Ach! Da konnten Sie...?«
Monika stimmt lebhaft zu: »Ja! Gespenstisch, die neuen PC's: In wenigen Minuten überschaut man das ganze Volumen eines Betriebs!«
Das Männlein kann seiner Stimme sogar einen ironischen Unterton geben: »Und wie ist so Ihr Eindruck?«
»Ich bin überrascht, positiv: Welcher Betrieb dieser Größenordnung kann zum Beispiel eine knappe Million investieren in eine Firmenbeteiligung?!«
»Ach, die Galvano. Ja, da steigen wir im Augenblick voll ein!«
Inzwischen ist Xaver zurückgekehrt, tritt ein, zeigt auf seine Uhr: »Pünktlich: genau fünfundfünfzig Minuten! – Und Sie: Konnten Sie sich inzwischen schon mal beschnuppern?«
Sauer strafft sich: »Herr Reichl, ich muß Sie eine Minute sprechen!«
»Ist es so spannend?«
»Es scheint mir wichtig.«
Xaver macht eine bedauernde Geste zu Monika und nimmt das Männlein mit in sein Büro.
»Diese Dame steht überhaupt nicht zur Diskussion! Sie ist perfekt, in Buchhaltung und am Computer! Wir könnten sie schon gar nicht bezahlen!«
Xaver grinst hinterhältig: »Hat sie was gesagt über ihre Gehaltsvorstellungen?«
Der Kleine weicht aus: »Was wir brauchen, ist nicht viel mehr als eine Stenotypistin! Diese Frau ist für uns total überqualifiziert!«
Xaver grinst wieder zweideutig: »Für uns – vielleicht. Für mich – vielleicht nicht!«
»Wie meinen Sie das?«
»Das sage ich Ihnen später mal! Noch was?«
»Herr Reichl! Ich muß wiederholen...«

»Okay, okay! Wenn Sie sie absolut nicht wollen, schreiben wir ihr eben ab!«
Damit geht er zurück zur Tür: »Übrigens – heute komme ich nicht mehr: Habe Besuch gekriegt, privaten, ganz überraschend.«
Sein Besuch heißt natürlich Monika Taube, um die ernsthaft zu werben er inzwischen fest entschlossen ist.
Zu diesem Zweck holt er mit ihr erstmal die drei Bälger von Schule und Kindergarten ab und fährt dann mit allen hinaus auf die Autobahn, Richtung Ingolstadt Regensburg.
Sie sollen wissen, wie seine Arbeit funktioniert!
Am Zubringer Eching halten sie auf der Standspur an, denn hier ersetzt sein Team mit einem Kranwagen die verbogenen Leitplanken.
Die Kinder bleiben wegen der Unfallgefahr auf den Rücksitzen. Xaver und Monika steigen aus.
»Das war ein Panzer«, erklärt Xaver. »Am liebsten sind mir immer die Manöver. Sie sehen ja: Wenn so ein Trumm gegen die Planken rasselt, das gibt aus! Und dabei kaum Personenschäden! Man müßte den ganzen Raketenquatsch wirklich abschaffen und bloß noch Panzerarmeen aufstellen!«
Diese schlichte Philosophie gefällt Monika zwar nicht so sehr, aber zum Glück ist er ja nicht Oberbefehlshaber einer Supermacht!
Das Gartenrestaurant, in dem sie anschließend Kaffee trinken, hat er den Kleinen zuliebe ausgesucht, denn: »Bälger müssen zwischendurch toben, sonst werden sie wie mein Sauer!«
Monika greift die Gelegenheit auf, Xaver anzudeuten, daß sie diesen Zwerg ausgesprochen widerlich findet. Doch Xaver weiß es selber: »Er ist ein Kotzbrocken. Hat den Betrieb aber fest im Griff, und das ist wichtig! Übrigens: *Sie*

gefallen ihm auch nicht!« Er will das Thema wechseln: »Was sagen Sie denn zu unserem Computer? Der kann doch wirklich alles!«
»Besonders beeindruckt hat mich: Da war eine Beteiligung ausgewiesen, *Galvano* GmbH, mit 980000,– Mark. Was ist das für eine Firma?«
»Eine Feuerverzinkerei. Bisher beziehen wir die Leitplanken von *Glöckner* – schon verzinkt. Aber jetzt reden wir nicht mehr vom Geschäft: Was ist mit heute abend?«
Monika zögert: »Da möchte ich nochmal über alles nachdenken – allein. Seien Sie mir nicht böse, Herr Reichl.«
»... bloß, wenn Sie endlich *Xaver* sagen! Egal, wie's weitergeht: Gute Freunde werden wir sicher!«
Monika stimmt zu: »Das denke ich auch!«
»Also!« Er streckt ihr über den Tisch weg seine beiden Pranken entgegen und umschließt dann ihre kleine Hand.
»Monika!«
»Xaver!«
Auf der Rückfahrt, wegen der Kinder auf den Rücksitzen wieder in mäßigem Tempo, stellt Xaver fest: »Als erstes brauchen wir hinten Kindersitze, damit man fahren kann wie ein Mensch!«
Monika denkt an etwas anderes: »Sie beziehen für eine halbe Million Rohplanken, genau gesagt im letzten Jahr für 503000,–, und wollen eine Million, also das Doppelte, in die Feuerverzinkung investieren. Wo ist denn diese Firma *Galvano*?«
Xaver wird ärgerlich: »Sauer kennt sie: irgendwo im Fränkischen!«
»Aber sowas amortisiert sich doch nie!«
»Also verdammt noch mal, Monika«, Xaver verliert die Geduld und poltert los, »interessieren sie sich nun für *mich* oder für meine Leitplanken und meine Bilanzen?« Dann

beherrscht er sich und fährt fort: »Fragen Sie Sauer, warum er das macht!«
Man verabredet sich auf den späten Vormittag des nächsten Tages: im Betrieb, denn Xaver muß da sein, weil irgendwann irgendein Mensch aus Bonn vom Verkehrsministerium kommt.
Der Abschied vor Monikas Wohnung fällt schon geradezu familiär aus. Alle drei Kinder sind von dem Onkel begeistert. Für die beiden Buben wird er extra kleine Leitplanken herstellen und dann immer wieder neue, wenn sie kaputt sind. Susi, mit acht die Älteste und Schlauste, wettet mit den Brüdern heimlich, daß das der neue Papa wird.

Im Clubzimmer herrscht wieder Normalbetrieb wie am Vorabend, nur daß es andere Paare sind.
Außer Monsieur Dupellier natürlich, ihm hat Gregor heute ein *Riz de veau poêlé* kreiert.
Und auch die beiden Dickerchen sind wieder eingeladen; aber zum Abschied: Sie feiern ihre Verlobung.
Romy kommt vom Flur herein und spricht Franziska an, die hinter der Bar Gläser spült, denn Gregor serviert. »Frau Taube ist da. Sie fragt, ob du fünf Minuten Zeit hast?«
»Wo?«
»Im Büro. Felix ist bei ihr.«
Franziska wischt die Hände trocken und geht hinüber. Monika kommt gleich zur Sache, erzählt, daß Herr Reichl sie mitgenommen hat in seinen Betrieb, ihr erlaubt hat, mit dem Computer zu spielen. »Jedenfalls konnte ich bei dieser Gelegenheit gleich Einsicht nehmen in die betrieblichen Aktivitäten – und habe dann auch den Geschäftsführer kennengelernt. Frau Schongauer! Wahrscheinlich dürfen Sie mir keine Auskünfte geben …«

»Warum nicht?« wirft Felix ein und meint dann zu Franziska: »Euer Büro existiert doch nicht mehr!«
Franziska hat schon verstanden: »Zunächst mal, ganz offen: Wir hätten das Mandat ohnehin zurückgegeben. Wir wußten, daß dieser Prokurist in haarsträubender Weise die Bilanzen frisiert. Konnten's nur nicht nachweisen. Zum Glück kam keine Steuerprüfung!«
Felix reicht Monika einen Cognac: »Also, wenn wir Ihnen helfen können ...«
Und die wird konkret: »Es geht vor allem um eine Firmenbeteiligung. Dieser Herr Sauer hat für 980 000,– Mark Kredite aufgenommen.«
»Wie? Damit überschuldet er den Betrieb rettungslos!«
»Eben«, stimmt Monika zu, »und deshalb möchte ich mir von dieser mysteriösen Firma *Galvano* zumindest mal den Handelsregisterauszug ansehen. Aber an den komme ich als Privatperson nicht so leicht ran. Und nicht so schnell!«
»Wo liegt dieser Auszug?«
»Auf dem Amtsgericht. Und ich dachte, von Ihrer früheren Tätigkeit her ...«
»Klar!« Für Felix ist das kein Problem. »Du kennst doch die Leute dort und sie dich!«
»Das schon ...«, Franziska zögert noch.
Aber Felix ist nicht mehr zu bremsen: »Wann brauchen Sie das Papierchen?«
»Ich bin mit Herrn Reichl verabredet, morgen, gegen Mittag!«

Um zehn Uhr fährt Felix Franziska zum Amtsgericht und wartet unten im Wagen.
Der Beamte begrüßt Franziska als alte und willkommene Bekannte: Mit dem Büro von Trautwein hatte es nie Schwierigkeiten gegeben.

Sie trägt ihr Anliegen vor und ist dem Mann gegenüber zum ersten Mal nicht ganz ehrlich: »Sie wissen, Herr Blum: Ich muß jetzt noch alles abwickeln. Und da entdecke ich gestern, daß mir noch ein Handelsregisertauszug fehlt von«, sie reicht ihm einen Zettel, »dieser Firma! Und wenn ich den beantrage, dauert es Wochen.«
»Aber Frau Schongauer«, lacht er, »das erledigen wir doch ad hoc. Haben ja alles griffbereit!«
Er drückt die Taste seiner Sprechanlage. »Frau Vogler – bringen Sie mir doch den Registerauszug der Firma« – er liest vom Zettel ab – »*Galvano GmbH*, Galvano wie galvanisieren, vielmehr – Moment!« zu Franziska: »Genügt Ihnen die Fotokopie?«
»Vollkommen!«
Schon wenige Minuten später ist sie wieder am Wagen, steigt zu und reicht Felix die Fotokopie des Handeslregisterauszugs: »Wie ich vermutet habe: Dieser Sauer benützt die Firmenbezeichnung eines Kleinbetriebes, irgendwo in Unterföhring, und hat sich als ihr Geschäftsführer eintragen lassen.«
»Unterföhring ist doch gar nicht weit. Das sehen wir uns an!«
Er dreht den Zündschlüssel, startet, und fährt mit ihr zur *Galvano* GmbH nach Unterföhring.
Diesmal erkundigt sich Felix, während Franziska im Wagen bleibt.
Es ist ein Hinterhof mit offenem Eingang zu der kleinen, dreckigen Werkstatt, in der verzinkt, galvanisiert und verchromt wird. Darin arbeitet ein ebenso verdreckter Typ. Sein Kollege bastelt auf dem Hof, in dem Schrott herumliegt, an einem alten Motorrad.
Aus dem Flur durchs Vorderhaus kommt Felix und spricht den Kollegen an.
»Grüß Gott!«

»Grüß Gott!«
»Das ist doch die *Galvano*-Feuerverzinkerei?«
»Sie haben's erfaßt! Warum?«
»Ich suche euern Geschäftsführer!«
Der Kollege lacht: »Geschäftsführer?« und ruft in die Werkstatt hinein: »Hubert, bist *du* in unserm Puff der Geschäftsführer oder ich?«
Während der Typ unter der Tür erscheint, ergänzt Felix: »Heißt Sauer. Karlfried Sauer.«
Der Kollege fragt den Typen: »Kennst du einen, der Sauer heißt?«
»Sauer? Den Herrn führen wir nicht!«
Felix bedauert: »Ja, dann war das wohl ein Irrtum!«
Der Kollege bestätigt: »Ein gewaltiger!«
Und wendet sich wieder seinem Motorrad zu. Der andere schlurft in die Werkstatt zurück.

Es ist kurz vor elf, als Felix und Franziska sich bei Xaver Reichl im Büro einfinden. Auch Monika ist schon da.
Sie sagen ihm, was sie beim Amtsgericht recherchiert haben, und Xaver beginnt zu begreifen: »Der kleine Satan zeichnet also als Geschäftsführer einer *Galvano GmbH*, die es gar nicht gibt!
»Doch«, korrigiert Felix, »aber nicht im Fränkischen ...«
»Wo denn?«
»In Unterföhring! Wir waren vorhin dort: Kleine, schmuddelige Werkstatt. Die beiden Typen, die sie betreiben, haben« – Franziska reicht ihm den Registerauszug – »von alldem keine Ahnung!«
Xaver, nach einem kurzen Blick in den Auszug: »Hier sind zwei Firmenkonten angegeben.«
»Und Herr Sauer als Geschäftsführer hat natürlich Bankvollmacht!« Für Monika ist jetzt alles klar.

Und auch für Xaver. Er drückt die Taste am Sprechapparat: »Frau Klemm, Herr Sauer soll doch mal rüberkommen. Aber gleich!«
Sauer steht vor Xaver, hinter diesem Felix, Monika und Franziska. Der Handelsregisterauszug, den Xaver seinem Prokuristen vor die Nase hält, beweist diesem, daß er überführt ist.
»Was sagen Sie dazu?«
Sauer schweigt, seine normalerweise graugelbe Gesichtsfarbe geht ins Grünliche über.
Xaver deutet auf den Handelsregisterauszug: »Das Geld – ist das noch auf diesen Konten oder schon irgendwo in der Schweiz oder so?«
Sauer hat resigniert. Er versucht noch, jammervoll zynisch zu grinsen: »Leider noch nicht.«
Xaver bekommt beinahe Mitleid: »Sauer! Sie stehen da, als hätten Sie Material in der Hose!«

Drei Wagen verlassen in kurzem Abstand den Bauhof.
Im ersten überlegt Karlfried Sauer, wie er seinen Nadelstreifenanzug für die nächsten zwei oder vier oder sechs Jahre vor den Motten schützen soll.
Das zweite Auto ist der stolze Jaguar, der Felix und Franziska in ihr Institut zurückbringt.
Bald wird er so viel Öl brauchen wie Sprit, und der Rückwärtsgang ist Glückssache geworden. Armer Alter, wer wird dein Nachfolger sein? Wieder ein Engländer? Oder zur Abwechslung mal BMW? Jedenfalls ein Fabrikneuer, denkt Felix, denn jetzt kann man's ja, wenn der Laden so weiterläuft wie heute zum Beispiel: Der Leitplankenmensch wird von der cleveren Tante jetzt natürlich gekauft!
Eben dieser Leitplankenmensch steuert den dritten Wagen und neben ihm sitzt die clevere Tante.

Felix kennt die beiden zu wenig: Er hat nicht erkannt, daß ein Xaver Reichl sich ebenso wenig kaufen ließe, wie eine Monika Taube sich einen Mann kaufen würde.
Beide sind froh, daß der Referent vom Bonner Verkehrsministerium abgesagt hat und sie miteinander die Kinder abholen können.
»Tja, ohne Ihren Verdacht wären wir jetzt pleite«, stellt er fest.
Sie will zwar korrigieren: »Sie meinen, die *Firma*!«
Aber da geht er gleich in die Offensive: »Verdammt, das sind doch jetzt *wir*! Gerade nach dem, was passiert ist – Monika! Sie kennen mich doch allmählich gut genug! Ich mache gern Nägel mit Köpfen! Und wir verstehen uns und mögen uns – oder gibt es da noch irgendwas: Dann sagen Sie mir's!«
»Nein, ich wüßte auch nichts, was dagegen spricht!«
»Also –?!«
Monika lächelt schließlich: »Schön, *machen* wir Nägel mit Köpfen!«
Sie hat sich entschieden und fängt an, ihn zu duzen: »Übers Wochenende bringe ich deine Bilanzen in Ordnung. Dann sehen wir weiter!«

Auf geschäftlicher Basis

Vor acht Tagen hat Gregor auf allgemeines Drängen – und selbst nicht ungern – seine Wohnung aufgegeben und ist zu Franziska gezogen.

Beide können sich inzwischen kaum mehr vorstellen, daß sie sich vor vier Wochen noch gar nicht gekannt hatten. Und genau so geht es Felix und Romy.

Durch die so entstandenen Partnerschaften haben sich die Wechselbeziehungen innerhalb des Teams verschoben.

Verstanden sich zu Anfang Franziska und Romy, Mutter und Tochter, als naturgegebene Einheit, so daß auch die beiden Männer entsprechend zusammenhielten, so stehen sich jetzt zwei Paare gegenüber, eines der älteren, das andere der jüngeren Generation.

Der Übergang vollzog sich unmerklich und deshalb auch reibungslos, allenfalls zu Anfang war Franziska ein bißchen eifersüchtig auf Felix, denn Romys knappe Freizeit gehört jetzt natürlich ihm. Aber dann ist ja Gregor gekommen. Noch etwas sollte erwähnt werden: Bei Gründung des Instituts war man davon ausgegangen, daß sich bestimmte Ressorts ergeben würden und damit für jeden klar unmrissene Kompetenzen. Die Entwicklung ist aber anders verlaufen.

Es hat sich herausgestellt, daß der Laden nur funktioniert, wenn jeder über alles Bescheid weiß, somit auch für alles zuständig ist und, wenn nötig, selbständig entscheiden kann.

Zwei Ausnahmen gibt es von dieser Regel: Die Clubküche, in der Gregor nur durch Hilfsdienste entlastet werden kann, und die Finanzen, in die sich Franziska nicht hineinreden läßt. Insofern also doch eine gewisse Priorität der beiden *alten Profis*. Daß Wichtiges nur auf einstimmigen Entschluß hin realisiert wird, ist aber ebenso selbstverständlich wie die absolute Gleichberechtigung der vier Stimmberechtigten.

Hierarchie und Hackordnung gibt es also nicht, nur von Fachkenntnis, Talent und Mentalität bestimmte Schwerpunkte:

So wie Franziska einmal gesagt hat, Felix sei der *Motor*, so könnte man Romy die *Seele* des Beriebes nennen. Ihr beichten selbst verklemmte Klienten Dinge, die sie Franziska oder Gregor kaum, Felix schon gar nicht anvertrauen würden. Und wenn es darum geht, wer mit wem erst per Video, dann im Club Kontakt aufnehmen soll, entscheidet letztlich immer Romy, weil ihr niemand widerspricht.

Um auch noch den beiden anderen im Team ein Prädikat zu geben: Franziska verkörpert die *Ordnung*, Gregor die *Würde*.

Ohne Franziskas penible Führung des Haushalts und der Bilanzen würde die Villa bald verkommen und das Geschäft in die roten Zahlen rutschen.

Und Gregor riecht schon von weitem, wenn Klienten, vor allem männliche natürlich, sich in der Adresse geirrt haben. Wer hier nur so auf die Schnelle zu Lustgewinn mit Niveau kommen will, trifft in ihm auf einen Mann, der Zeremonienmeister oder Butler der Queen Victoria gewesen sein könnte und der ihn mit einer entsprechenden Bemerkung decouvriert und verscheucht.

Wieder der allabendliche Normalbetrieb:

Im Clubzimmer sind vier Tische mit Paaren besetzt, am fünften speist Monsieur Dupellier.

Bei ihm steht Gregor und erwartet, wie immer nicht ganz ohne Herzklopfen, das Urteil.
Unser Franzose spricht korrekt, aber mit dem unverkennbaren Akzent des Provençalen: »Alles wieder ravissant!«
»Merci.«
Für Gregor ist wie für den Schauspieler nach seinem ersten Szenenapplaus der Abend gerettet.
Er deutet dankend eine Verbeugung an und geht, um den alten Macon zu dekantieren, den Romy gerade für Tisch vier heraufgeholt hat, wo Bodo von Schwingh seiner Dame, Edwina Stolberg, mit der Pinzette eine offensichtlich besonders wertvolle Briefmarke zeigt.
»Und das ist die Fünfer aus der ersten Großherzoglichen Badischen Serie«, kommentiert er dabei sein Sammlerstück mit einer gewissen Feierlichkeit und leicht österreichischem Akzent; Edwina zeigt sich beeindruckt.
Edwina Stolberg gehört ja zu den Klienten, die es nicht auf Anhieb schafften.
Der frisch pensionierte Kriminalrat, den ihr Romy zugedacht hatte, war einfach zu schüchtern gewesen, den »entscheidenden Schritt zu tun«, wie er sich ausdrückte. Felix fragte damals sich und das Team, was der ansonsten noch vitale Mann wohl darunter verstanden haben mochte. Jedenfalls hatte er schließlich resigniert, sich bei der zierlichen Edwina, die vor Enttäuschung und auch ein bißchen Mitleid mit ihm Tränchen schlucken mußte, mit Blumen entschuldigt und war nicht mehr gekommen.
Mit von Schwingh, den man ihr heute erstmalig präsentiert, ist sie da besser dran. Er hat alle Qualitäten des Mannes von Welt – ein Kavalier der alten Schule.
Alle, auch Edwina, sind jetzt schon überzeugt, daß er der Richtige ist. Nur Gregor hat noch ihm selbst unerklärliche und rational auch nicht zu begründende Vorbehalte.

Während er die Karaffe mit dem, wie er verärgert feststellt, viel zu spät bestellten und dekantierten Burgunder bringt, läutet es. Felix öffnet.
Es ist Dr. Schwan, der sich heute hatte aufnehmen lassen, mittendrin zu einem Patienten mit Nierenkolik abberufen worden war und jetzt rasch vorbeikommt, um seine Videoaufnahme zu absolvieren.
Felix führt ihn gleich in die Videothek und legt die Kassette in den Recorder ein. Der nervöse Herr steht vor dem Spiegel und prüft den Sitz seiner Krawatte. Er wird verlegen: »Und da ist noch etwas: mein Toupet! Ob ich das gleich erwähne? Zu verheimlichen ist es auf Dauer ja doch nicht!«
»Eben!« Felix schlägt seinen vertraulichen Ton an. »Herr Schwan! Warum nehmen Sie's nicht ab zum Interview und bemerken scherzhaft, daß Sie normalerweise aus Eitelkeit eines tragen. Das weist Sie als einen Mann aus, der Humor hat!«
»Das ist eine gute Idee!«
Während Herr Schwan sich vor dem Spiegel das Toupet abnimmt, möchte er noch wissen: »Werden Sie nur die Praxis erwähnen, oder mich auch nach meinen Einkünften aus Vermietung und Verpachtung befragen?«
»Nein, das behalten wir uns vor. Sowas bringt beim ersten Kontaktgespräch dann immer noch Pluspunkte!«

Ein kurzer Blick in die Clubküche: Hier wischt inzwischen Franziska schon die Herdplatten blank, und Gregor räumt die Spülmaschine leer.
Franziska erinnert sich: »Ein Vertreter war da für solche *Infragrills*. Ich habe ihn weggeschickt.«
»Erschlagen hättest du ihn sollen!«
»Obwohl, unheimlich ist das ja schon: ein Steak in zwei Minuten gar...«

»... für Barbaren, die es genau so schnell runterschlingen!«
»Haben eigentlich alle bestellt?«
»Ja. Ich glaube, heute wird's nicht spät!«
Nicht spät, das heißt für das Team immerhin bis Mitternacht. Und bis aufgeräumt ist, das Clubzimmer durchgelüftet, und alle dann wirklich im Bett, wird es meistens doch ein Uhr.
Felix und Romy schlafen dann sehr schnell ein.
›Nüchtern wie ein altes Ehepaar‹, denkt Romy manchmal schon ein bißchen wehmütig.
Aber das darf sie sich dann auf keinen Fall anmerken lassen, sonst dauert es *natürlich* länger, und der nächste Tag fängt ohnehin viel zu früh an!
Heute war ein Tag ohne Katastrophen, und auch der Abend verlief ungewöhnlich ruhig.
Felix, neben Romy im breiten Bett, blättert noch in seinem kleinen Terminkalender.
Romy fragt ihn: »Morgen, ist da was Aufregendes?«
»Für mich nur diese Gräfin. Will das Interview an ihrem Reitstall. Kann sie haben. – Vielleicht könnten wir *die* unserm Franzosen unterjubeln!«
»Keine Chance: Der kommt wirklich nur wegen Gregor, wegen seiner Menüs! Für die zahlt er anderswo bei gleicher Qualität das Vierfache! Und für den Wein auch!«
Felix seufzt: »Irgendwann schlag ich ihn tot!«
»Dann schlägt Gregor *dich* tot!«
Romy greift zum Lichtschalter: »Wollen wir?«
Felix gähnt: »Ich bin schon weg!« Und während Romy ausknipst: »Erinnere mich nochmal an die Gräfin!«
Auch Franziska und Gregor liegen schon.
Franziska trägt ihre Brille auf der Nase und hat einen Schnellhefter vor sich, der Listen enthält. »Wieviele sind jetzt im Club?« will Gregor wissen.
»Hundertvierundneunzig, und achtzehn auf der Warteliste.«

»Warum nehmen wir von denen nicht sechs rein, dann wären wir komplett!«
»Besser, wir haben im Club nur Top-Chancen. Wegen der Fluktuation.«
Franziska legt den Hefter neben sich auf den Nachttisch: »Du möchtest schlafen, ich auch!«
Sie dreht sich ihm zu, und er wundert sich: »Warum läßt du die Brille auf?«
»Wieso? Steht sie mir nicht?«
»Ohne gefällst du mir natürlich besser!«
Da legt Franziska sie weg, dreht sich ihm wieder zu und lächelt: »Gut so?«
Gregor lächelt zurück: »Danke!« und zieht ihr liebevoll mit dem Zeigefinger die Augenbrauen nach.

Ganz in der Nähe der alten Villa ist eine kleine, aber modern ausgestattete und gut gehende Chemische Reinigung.
Die Inhaberin heißt Hanna Velbert, ist Anfang dreißig und recht attraktiv. Sie betreibt den Laden seit fünf Jahren. Das Startkapital stammte von ihrem Mann, der sich damals gegen Abfindung von ihr hatte scheiden lassen, weil er so die Chance wahrnehmen konnte, in einen größeren Betrieb der gleichen Branche einzuheiraten.
Sie teilt sich die Arbeit mit Christl Kirchbauer, einem siebzehnjährigen Mädchen aus Niederbayern.
Frau Velbert hatte dort Urlaub gemacht, weil es ruhig und billig war, dabei das muntere Kind aufgelesen, einfach mitgenommen, angestellt und ihm ein kleines Zimmer besorgt.
Hanna möchte nun, nach dem allmählichen Abklingen ihrer Verbitterung über das für sie letztlich doch demütigende Scheitern ihrer Ehe, doch wieder einen Mann. Natürlich auch für sich, aber in erster Linie fürs Geschäft –

oder vielleicht auch für ein anderes; *freiberuflich* weiterarbeiten will sie auf alle Fälle.
Die vier Versuche, die sie in ihrem dürftigen Bekanntenkreis unternommen hat, sind gescheitert.
Zwei interessierten sich für sie nur im Bett, sonst überhaupt nicht. Und der dritte wurde schon sauer, als sie ihn mal bitten mußte, ihr beim Verpacken und Verladen einer eiligen Sendung zu helfen. Der vierte schließlich war ein progressiver Lehrer, der die Gesellschaft verändern und bei ihr damit anfangen wollte.
So ist denn Hanna Velbert sehr nüchtern und skeptisch geworden in der Einschätzung ihrer Aussichten auf nochmalige dauerhafte Zweisamkeit.
Und wäre nicht Romy zufällig auf die Idee gekommen, den kleinen Laden beinahe um die Ecke zu testen auf Qualität, Service, Preise...
Heute holt sie die Sachen, die sie hingebracht hatte, wieder ab.
Hanna packt sie ihr ein, die kleine Christl verschwindet gerade ins hinterm Verkaufsraum liegende Büro.
»Die Jacke mußten wir weggeben, in die Vollreinigung. Ist leider noch nicht zurück«, bedauert Hanna.
»Hm – können Sie mir's schicken? Adresse haben Sie doch.«
»Müßten wir eigentlich!« Hanna zieht aus ihrer Kartei die Visitenkarte *Institut Wunschpartner* – denkt kurz nach: »Wissen Sie was: Ich bringe Ihnen die Jacke vorbei!«
»Aber gern!« Romy versteht und lächelt. Offensichtlich möchte Frau Velbert sich bei der Gelegenheit das Institut zumindest einmal näher anschauen.
Natürlich kann sie nicht wissen, daß Hanna ohnehin seit kurzem mit dem Gedanken spielt, auch einmal auf diesem Weg die Stecknadel im Heuhaufen zu suchen.
Und noch weniger ahnt sie etwas anderes: daß nämlich zur

gleichen Minute Felix im Büro *Wunschpartner* einen Mann in den Club aufnimmt, der eigentlich dem entsprechen müßte, was Hanna Velbert sucht.
Er heißt Paul Selbach, ist Mitte dreißig und Witwer. Und auch er möchte wieder heiraten. Denn erstens sollte das dreijährige Töchterchen Julika, das mit mißtrauischem Blick auf seinen Knien sitzt, unbedingt wieder eine Mami haben, zweitens kann er seine Gärtnerei allein nicht weiterführen.
Die Arbeit in den beiden Gewächshäusern schafft er, zusammen mit einem Gärtner und einem Lehrling, gerade noch, aber der ganze Rest: Der Verkauf in dem zugehörigen kleinen Laden, die Lieferungen, das bißchen Buchhaltung, die kleine Julika natürlich – das alles wächst ihm über den Kopf.
Zudem ist Paul schon vom Naturell her ein eher bedächtiger Typ, im langjährigen Umgang ausschließlich mit Pflanzen und Erde schon ein bißchen schwerfällig geworden. So sitzt er nun, der Situation entsprechend zusätzlich gehemmt, Felix gegenüber, der ihm die Formulare vorlegt:
»Hier – die Aufnahme. Und das sind die beiden Fragebogen: *Persönlichkeitsprofil:* kreuzen Sie alles an, was Sie lieb und teuer macht! Und das da: *Partnerwunschbild*, wie Sie sich Ihr künftiges Glück vorstellen!«
»Danke. Und wie geht das dann weiter?«
»Kennenlernen: erst auf Distanz per Video, dann persönlich in unserm Club.«
Der Kontakt zwischen Hanna Velbert und Paul Selbach kommt ungewöhnlich schnell zustande:
Am nächsten Tag läßt sich auch Hanna aufnehmen, ebenso wie Paul gleich mit Video, dann, wieder tags drauf, wird jedem das Interview des anderen gezeigt. Und schon am dritten Tag fällt beim Mittagessen im Gremium die Entscheidung.

Es fängt damit an, daß Felix Franziska fragt: »Wen haben wir heute abend?«
»Aufgerufen sind der Bankier und die Gräfin, der Schachspieler und die Medizinisch-technische«, Franziska wendet sich an Romy, »wer waren die dritten?«
»Der Bibliothekar und die Gesangspädagogin.«
»Also«, stellt Felix fest, »könnten wir ein Paar noch nehmen!«
Romy überlegt: »Den Gärtnermeister vielleicht, verwitwet, ein Kind?«
»Und dazu?«
»Ich habe nochmal mit Frau Velbert gesprochen. Das ist diese Reinigung.«
Felix stutzt: »Ich denke, der Gärtner braucht eine Frau für seinen Betrieb?«
»Auch für seine kleine Tochter!«
»Und wie ist es mit der Reinigungstante?«
»Sie meint, es muß nicht unbedingt ihre Branche sein!«
Felix nickt: »Priorität jedenfalls erst mal auf geschäftlicher Basis!«
»Haben beide schon die Partnervideos gesehen?« fragt Gregor.
Romy kann das bestätigen: »Persönlich finden sie sich okay.«
»Den Gärtner kenne ich ja: ein ganz ruhiger Bürger.« Felix ist zuversichtlich.
Romy nicht so sehr: »Er hat Angst, er sei für sie zu primitiv!«
»Am besten, ich schau mir die Tante mal an! Wo hat sie ihren Laden?«
»Gar nicht weit: am Johannisplatz!«
Inzwischen hat Gregor, wie immer bei Tisch im Frack, die Suppentassen abgeräumt und ist mit ihnen hinausgegangen.
Felix schaut ihm nach: »Also mich nervt das immer noch!«
»Laß ihn: wo gespeist wird, muß er servieren!«
Franziska lächelt: »Ja, das sitzt bei ihm zu tief drin!«

Christl ist mit dem Sortieren und Verpacken fertiger Ware beschäftigt, als Felix die Reinigung betritt.
Daß er hier eine, wie er sofort registriert, süße kleine Schnecke antrifft, verunsichert ihn:
»Grüß Gott, aber Sie sind doch nicht Frau Velbert?«
Christls Blick geht zur Tür nach hinten: »Nein, die ist im Büro!«
Felix schaut sich das Schildchen auf der Theke *Es bedient Sie Christl Kirchbauer* an und seufzt: »Oh, das ist bitter: Da findet man endlich die Christl seines Lebens, und die schickt einen gleich weiter zur Chefin!«
»Wer weiß«, lacht Christl schlagfertig, »vielleicht zur Chefin seines Lebens?!«
Dabei öffnet sie schon die Thekenschwingtür und dann die Tür in den kleinen Büroraum, wo Frau Velbert an ihrem Schreibtischchen Abrechnungen erledigt.
Felix sieht natürlich wie so oft auf den ersten Blick, daß es unter den fünf Milliarden Menschen kein Paar gibt, das die Natur so ideal füreinander bestimmt und so optimal aufeinander abgestimmt hat wie Hanna und Paul.
»Als Partnervermittler wird man ja ziemlich hart«, gesteht er und fährt mit verhaltenem Engagement fort: »Aber dieser Paul Selbach mit seiner phantastischen Gärtnerei, eine Goldgrube sage ich Ihnen! Und dann auch noch seine süße Julika, die so gern wieder eine Mutti möchte! Und er natürlich eine Frau! Also ehrlich: Zum ersten Mal tut es mir leid, daß ich selbst keine bin!«
Hanna ist wirklich beeindruckt: »Also Ihr Geschäft verstehen Sie ja! Aber ich verstehe auch meines! Und deshalb sage ich Ihnen für heute abend nein! Wenigstens muß ich erst mal wissen, was das für ein Laden ist!«
»Wohnhaus, zwei Gewächshäuser, Jahresumsatz über zweihundert Mille.« Felix hat alles in seinem Notizbuch, doch

Hanna winkt ab: »Sagt er! Und wenn man hinkommt, steht dort ein vergammelter Schuppen!«
»Wenn Sie wollen, schau ich mir den Laden mal an«, schlägt er vor, aber da lacht sie ihn aus:
»Dazu sind Sie mir gerade der Richtige: Sie verkaufen mir dann ein Schnittlauchbeet als Großbetrieb!«
»Dann schicken Sie jemand anderen«, Felix schaut zur Tür. »Ihre Kleine zum Beispiel!«
»Wie denn? Was soll ich der sagen?«
»Die Wahrheit! Ich sage immer die Wahrheit, zumindest drei Viertel davon! Passen Sie auf, ich mach das schon!«
So wird Fräulein Kirchbauer zugezogen. Frau Velbert ist nicht wohl dabei, und sie beginnt zögernd: »Christl, Sie könnten uns einen Gefallen tun!«
»Ja?«
»Etwas ›ausspionieren‹!«
»Was denn?«
Hanna weiß nicht recht weiter, so bittet sie Felix hilfesuchend: »Eigentlich sind Sie jetzt dran!«
Und er weiht Christl – zu drei Vierteln ehrlich – ein: »Es ist so: Frau Velbert möchte eventuell eine Filiale dazunehmen. Und da gibt es eine kleine Gärtnerei, die zwei Räume anbietet – über mein Büro, ich bin Makler. Bevor wir nun in die Mietverhandlung eintreten, hätten wir gern, daß sich dort jemand, den der Inhaber noch nicht kennt, erst mal ein bißchen umschaut, unauffällig ...«
»Aber ich verstehe doch nichts von Mietpreisen und so ...«
»Nur ganz pauschal! Sie brauchen nicht die Blumentöpfe zu zählen!«
Christl setzt sich also auf ihr Mofa und fragt sich zu der Gärtnerei durch, die ein bißchen außerhalb liegt. Es ist ein bescheiden und sparsam gebautes Einfamilienhaus, noch ziemlich neu.

Unten ein kleiner Laden, in dem es das gibt, was die Gärtnerei selber produziert: Blumen und Gemüse, Setzlinge und kleine Gartengeräte, Blumentöpfe, dazu ein Regal mit Samen.
Es ist niemand da, Christl schaut sich um. Schließlich geht sie durch eine halboffene Tür, die ins Haus hineinführt.
Ein kurzer Flur, dann die Hintertür zu einem kleinen Hof; hinter ihm dehnt sich das Freiland mit zwei Gewächshäusern.
Hier, in diesem Hof, steht Paul an einem langen Brettertisch und topft junge Cotoneasterstauden um. Als er Christl erblickt, wischt er sich überrascht und etwas verlegen die Hände an der Schürze ab. »Oh!«
»Entschuldigung!«
»Ich habe Sie nicht gehört!«
Christl lacht: »Ja, ich hätte alles abstauben können: Selbstbedienung!«
»So sehen Sie nicht aus!« Paul schüttelt den Kopf. »Was darf's denn sein? Was aus dem Laden?«
Christl erschrickt. Sie hat sich noch gar nichts überlegt, und so lügt sie ganz schnell was zusammen:
»Ich hätte gern – eine Zimmerpflanze, aber ich weiß nicht, wie sie heißt. Für meine Oma, der ist ihre eingegangen.«
Paul ist die Unsicherheit der Kleinen sympathisch.
»Hm, wie schaut sie denn ungefähr aus?« Er lächelt. »Die Pflanze, nicht die Oma!«
»Tja, schwer zu beschreiben. Aber Sie haben sie bestimmt irgendwo in einem Gewächshaus.«
»Schauen Sie doch mal nach!«
So schlendern sie erst durchs erste, dann durchs zweite Gewächshaus – Christl mit immer schlechter werdendem Gewissen, weil sie den netten Kerl verkohlen muß, bei ihm herumschnüffeln, und ihm die Zeit stehlen.

Überhaupt, was soll der ganze Quatsch: Chemische Reinigung, Filiale – hier, wo kaum Leute wohnen? In ihrer Verlegenheit redet und fragt und lacht sie ununterbrochen.
Paul ist glücklich, daß er ihr beziehungsweise ihrer Oma am Ende doch helfen kann, und sie ist froh, als sie mit der Topfpflanze, deren Namen sie gleich wieder vergißt, wieder vorn im Laden sind.
»Vielen Dank nochmal«, sagt sie, »daß Sie mir alles gezeigt haben und erklärt.«
Paul lächelt: »Was Sie mich alles gefragt haben!«
Da läutet das Telefon, Paul nimmt den Hörer ab. »Selbach!« Er erschrickt. »Aber hör mal: Vor einer halben Stunde hast du mir's fest versprochen! ... Nein, ich muß weg und krieg jetzt niemand mehr!« Er ist deprimiert. »Was soll ich da noch sagen? ... Ja!«
Er legt den Hörer auf und packt die Pflanze ein: »Also es gibt Tage, da kommt alles zusammen! Bis morgen soll ich zwölfhundert Cotoneastern liefern, an die Stadt ...«
»Und da bleibt Ihnen die Hilfe weg?!«
»Das sowieso. Der eine ist krank, der andere in Urlaub! Aber das Mädchen, heute abend für die Julika, sagt jetzt auch ab! Julika ist drei.«
»Ihre Tochter?«
Paul nickt: »Ich kann sie doch nicht allein lassen, hier draußen.« Und auf Christls fragenden Blick erklärt er: »Mutter hat sie keine mehr: ein Unfall.«
»Wo ist sie jetzt, die Kleine?«
»Kindergarten.«
»Und heute abend, das ist wichtig für Sie?«
Paul hebt ausweichend die Schultern: »Man weiß es nicht vorher – in dem Fall.«
Er stellt die verpackte Pflanze auf die Theke, Christl öffnet den Geldbeutel und fragt, was sie kostet.

Paul überlegt nur kurz: »An sich dreißig. Ihnen laß ich sie für zwanzig.«
»Danke!« Christl gibt ihm den Geldschein. »Aber – warum?«
Diesmal muß Paul länger nachdenken: »Weil Sie mich dazu gebracht haben – ich hab seit langem zum ersten Mal wieder mit jemandem – richtig geredet.«
Christl nimmt die Pflanze und wendet sich zum Gehen: »Wiedersehen!«
»Wiedersehen!«
Er schaut ihr nach.
Sie öffnet die Tür, zögert, dreht sich um. »Wenn Sie wollen, komm ich heute abend!«

Hanna hört die Klingel, erscheint und nimmt Christl mit ihrer Zimmerpflanze in Empfang. »Na, Geheimauftrag erfolgreich durchgeführt?«
»Soweit möglich. Also erst mal: eine Bruchbude ist das nicht!«
Hanna stellt die Pflanze an einen geeigneten Platz, Christl hat in einem Glas Wasser geholt und gießt sie.
»Vermieten will er wahrscheinlich, weil er allein ist: Frau tödlich verunglückt, kleine Tochter...«
»Das hat er dir gleich alles erzählt?«
»Ja. Ein Mann wie der ist ja wirklich beschissen dran!«
»Hm. Du würdest mir also zuraten zu dem« – sie zögert – »Objekt?« Und ohne eine Antwort abzuwarten fährt sie fort: »Übrigens machen wir heute ein bißchen früher Schluß. Ich habe um sieben eine Verabredung!«
»Das trifft sich gut: Ich hab auch etwas vor!«

So viel hat man im *Club Wunschpartner* schon gelernt: Bei der ersten persönlichen Begegnung fällt meistens die Vorentscheidung.

Bleibt da einer, oder bleiben gar beide auf Distanz, diskutieren sie das Für und Wider einer Partnerschaft oder reden sie – offen oder versteckt – über das, was jeder einbringt und vom andern erwartet, dann ist der Ofen erst einmal aus und wird, wenn überhaupt, nur noch sehr langsam warm.
Duzen sie sich dagegen beim Abschied und laden sich gegenseitig nach Hause ein, kann man mit großer Wahrscheinlichkeit damit rechnen, daß bald die Abmeldung kommt, mit Dank für erfolgreiche Vermittlung.
Frau Velbert und Herrn Selbach steht dieser wichtige Abend bevor.
Hanna nimmt die Sache gelassen: dieses Institut macht einen guten Eindruck, der Gärtnermeister auch. Und ein Kind wollte sie schon immer. Und ob man dann besser die Gärtnerei abstößt oder die Reinigung, wird sich zeigen. In jedem Fall ist die Sache den Versuch wert.
Paul hat bis sechs Uhr Cotoneastern versetzt.
Er duscht und cremt sich die Hände ein – was soll eine Frau denken, wenn ihr der Zukünftige erst mal ein Reibeisen hinstreckt!
Und dann wird es sowieso schwierig: Konversation war noch nie seine Stärke. Hoffentlich redet sie nicht von Premieren und Vernissagen und solchem Zeug. Dann wäre sie auch nichts für Julika und fürs Geschäft noch weniger, zumindest für eine Gärtnerei.
Er zieht seinen dunklen Anzug an und das Jackett gleich wieder aus, denn er muß ja noch Julika versorgen, und es ist schon halb sieben!
Er ist sehr nervös. Hoffentlich läßt ihn dieses Mädchen nicht im Stich, sonst kann er sowieso nicht weg. Wäre vielleicht überhaupt besser!
Aber da rattert das Mofa vors Haus, und kurz darauf stehen

er und Christl im Kinderzimmer vor Julika, die in einer Ecke hockt und die neue Tante eher feindselig taxiert.
»Sie wird im August drei«, sagt Paul und entschuldigt sich, »mit Sprechen ist sie noch ein bißchen zurück. Außer im Kindergarten hat sie eben niemand!«
»Wie lange sind Sie weg, heute abend?«
»Spätestens bis elf!«
»Okay. Und keine Angst, ich habe vier jüngere Geschwister und auch sonst schon öfter Babies gesittet! Man darf sich nur nicht aufdrängen! Das Essen für sie . . .?«
». . . steht in der Küche. Übrigens, das kann sie schon fast ganz alleine!«
Christla läßt sich vor Julika auf die Knie nieder, hält jedoch Abstand:
»Was – du kannst schon allein essen?« fragt sie erstaunt.
Julika nickt, bleibt aber sehr skeptisch.
Christl wendet sich wieder an Paul: »Wann soll sie schlafen?«
»Spätestens um acht.«
Christl lächelt Julika an: »Und dann bring ich dich in dein Bettchen. Und vorher spielen wir noch!«
Sie rollt Julika, immer noch auf Distanz bleibend, einen Ball zu und die Kleine fängt an zu lächeln.

Neunzehn Uhr, *Clubzimmer:* alle Tische sind besetzt, drei davon mit Paaren: Bankier und Gräfin, Schachspieler und Medizinisch-technische Assistentin, Bibliothekar und Gesangspädagogin. An Tisch fünf feiert der Gourmet einsam verzückte Vermählung: mit einem *Lièvre à la royale du sénateur Couteaux*.
Am vierten Tisch sitzt seit zwei Minuten Paul und weiß jetzt schon nicht mehr, ob er enttäuscht oder dankbar sein soll, wenn ihn diese Frau Velbert versetzt.

An der Bar schließlich trinkt Felix Traubensaft mit einem äußerst mißtrauischen, aber lebhaften Achtzigjährigen, der sich das alles erst mal single anschauen will und meint, übertrieben üppig könnte die Auswahl bei nur zweihundert Mitgliedern wohl nicht sein.
Aber Felix überzeugt ihn: »Dafür um so effizienter! Alte kaufmännische Regel: Je knapper das Angebot, desto größer die Nachfrage! Denken sie zum Beispiel an Amerika, an die Goldgräberdörfer: Da haben sich hundert Männer um die drei Frauen geprügelt, die gerade da waren!«
Paul Selbach wird in diesem Augenblick aller Ängste, Hoffnungen und Skrupel enthoben: Romy führt Hanna Velbert herein, sie macht das neue Paar nun auch persönlich bekannt, und freut sich schon mal, daß die beiden nicht voreinander erschrecken – denn auch das kommt vor.
Nein, Hanna und Paul sind offensichtlich gleichermaßen erleichtert: er über ihren kräftigen Händedruck und über ihr unbefangenes Lächeln und er spürt sofort, diese Frau ist keine Glaspuppe und auch nicht verlogen.
Sie freut sich über die Selbstverständlichkeit, mit der er die Entschuldigung über ihre Verspätung beantwortet: »Wäre nicht gerade die S-Bahn gekommen, müßte ich mich in einer Viertelstunde bei Ihnen entschuldigen.«
Ein primitiver Klotz ist er jedenfalls nicht, denkt sie.

Zwanzig Uhr, Kinderzimmer: Julika ist eingeschlafen. Christl sitzt, Tischlampe abgedunkelt, auf einem Stuhl neben dem Bettchen. Sie steht leise auf, öffnet die Tür in den Flur und schleicht hinaus.

Einundzwanzig Uhr, Clubzimmer: Der Gourmet und der muntere Greis an der Bar sind verschwunden. Und Paul und Hanna sitzen beim Dessert.

Paul versichert: »Pflanzen leben wahrscheinlich so intensiv wie wir!«
»Wie wir? Also das wäre mir ziemlich unerträglich – der Gedanke zum Beispiel, daß der Rosenkohl vorhin für uns getötet werden mußte. Andererseits, der Hammel wurde ja auch geschlachtet! – Schmeckt hier nicht alles umwerfend gut?«

Zweiundzwanzig Uhr, Wohnzimmer: Christl hat ferngesehen und die Zeitung gelesen.
Sie ist müde geworden, schaut nochmal nach Julika und schlendert dann, eher ziellos, hinaus auf den Hof hinterm Haus.
Sie macht Licht, schaut sich um, sieht die viele unerledigte Arbeit und entschließt sich, was zu tun: Zieht sich Pauls Arbeitsjoppe über, denn es ist frisch und die Arbeit schmutzig.

Dreiundzwanzig Uhr, Clubzimmer: Hanna und Paul trinken in der Sesselecke noch einen Espresso.
Beide sind sich in diesen letzten vier Stunden recht sympatisch geworden.
Aber jetzt hat man eigentlich alles erzählt und diskutiert, was den anderen interessieren könnte.
Über den entscheidenden Punkt freilich wurde noch nicht geredet.
Muß man das jetzt überhaupt noch?
Ganz zum Schluß wird es dann doch, sogar ganz deutlich, ausgesprochen, und Paul antwortet Hanna: »Da haben Sie schon recht: Wir sind beide hier, weil wir nicht mehr allein sein möchten! Und vielleicht könnten wir uns auch umstellen! Aber was nützt das alles?«
»Mal ganz ehrlich: Haben Sie Angst, wir würden uns vielleicht im Bett nicht verstehen?«

»Doch, sicher! Aber, darf ich das jetzt auch mal ganz offen sagen?«
»Bitte!«
»Zwischen Beruf und Bett, was es da gibt, ist doch eigentlich das wichtigste von allem!«
Hanna versteht und lächelt. Sie hat großen Respekt vor ihm bekommen und er auch vor ihr.
Dann bestellen sie Taxis, für jeden eines.

Dreiundzwanzig Uhr dreißig, im Hof der Gärtnerei: Christl steht am langen Tisch und topft Cotoneaster um – schon ganz geschickt, sie hat sich rasch eingearbeitet.
Sie hört das Taxi vorfahren, wirft die Arbeit hin, zieht die Joppe aus, wäscht und trocknet sich rasch die Hände ab, will ins Haus zurück.
Aber sie schafft es nicht mehr.
Paul hatte schon bei der Anfahrt das Licht im Höfchen bemerkt.
Er steht vor ihr und starrt abwechselnd auf das Mädchen und auf den Arbeitstisch.
Christl ist sehr verlegen, und so klingt ihre Erklärung ein bißchen trotzig: »Die Kleine war ruhig, und mir ist's langweilig geworden. Da wollte ich mal ausprobieren«, – Blick auf die Pflanzen –, »wie man sowas macht!«
»Ausprobieren: Das waren zwei Stunden Arbeit!«
»Eben – morgen müssen Sie doch liefern!«
Daß Paul darauf nichts mehr zu sagen weiß, verwirrt sie immer mehr.
»Aber – warum starren Sie denn so?«
Paul fällt nichts ein als die dumme Ausrede: »Weil das die falschen Töpfe sind! Sie müssen in die größeren – dort!«
Er deutet auf einen, mit anderen leeren Plastiktöpfen gefüllten Karton.

»Na und? Topfen wir sie eben schnell wieder um!«
Beinahe wütend zieht sie die Joppe wieder an.
Paul, immer noch konsterniert, bindet sich eine Schürze um und hilft.
Während der Arbeit erfährt Christl, wo er gewesen ist und mit wem.
Warum erzähle ich ihr das eigentlich, denkt er dabei, sie findet das doch höchstens komisch! Und überhaupt bin ich für sie doch schon beinahe ein alter Mann!
Christl findet ihn gar nicht alt und seine Probleme gar nicht komisch. Am liebsten würde sie gleich dableiben. Und sie bleibt auch.
Vorerst allerdings nur bis halb neun, damit sie pünktlich zurück ist, wenn ihre Chemische Reinigung aufmacht: Sie will nicht, daß die Chefin ihr Fragen stellt. Denn sie lügt nicht gern.

Zwei Tage später im Büro Velbert, es ist kurz vor Ladenschluß.
Hanna arbeitet an ihrem Schreibtisch, Christl bringt ein Kleid, an dem offenbar etwas nicht in Ordnung ist, und zeigt es vor. »Ich schätze, das muß nochmal zurück!«
»Ja. Schreiben Sie die Reklamation aus!«
Da die Ladentür läutet, fügt sie hinzu: »Machen Sie das gleich, ich bediene!«
Während Christl am kleinen Schreibtisch den Reklamationsschein ausfüllt, geht Hanna in den Laden – und bleibt irritiert in der Bürotür stehen. Denn vor der Theke ist Paul Selbach mit Julika auf dem Arm. Will er etwa doch nochmal Kontakt aufnehmen? Und bringt auch noch gleich die kleine Tochter mit? Das wäre ja wohl ein bißchen – penetrant, denkt sie. Hätte ich ihm eigentlich nicht zugetraut!
Paul ahnt nichts, er lächelt etwas erstaunt: »Sie erschrecken?«

»Überhaupt nicht!« behauptet Hanna. »Im Gegenteil: Ich finde es wahnsinnig nett, daß Sie mal mit der Kleinen vorbeikommen!«
»Wir waren zufällig in der Nähe. Und wollen die Christl abholen!«
Hanna wundert sich sehr: »Christl? Sie meinen Fräulein ...«
Weiter kommt sie nicht, denn eben dieses Fräulein erscheint inzwischen mit dem Reklamationsschein und freut sich sichtlich: »Paul! Julchen!«
Hannas Verblüffung wächst noch: »Wie? Ihr kennt euch?«
»Klar! Sie haben mich doch vorgestern zu ihm geschickt – als ›Kundschafterin‹!«
Da macht Julika alles klar: Sie reckt die Ärmchen nach Christl aus und kräht: »Christl! – Ich will zu Christl!«
Paul reicht ihr Julika über die Theke hinweg und das Kind schmiegt sich an sie.
Da geht vor Hanna der Vorhang vollends auf.

Von alledem hat Felix zu diesem Zeitpunkt noch keine Ahnung.
Er ist gerade dabei, in der Videothek einige Bänder längst vermittelter Paare zu löschen, als nebenan im Büro das Telefon läutet.
Es ist Paul.
Er entschuldigt sich, daß er erst jetzt anruft, und informiert ihn dann über die überraschende Wendung, die seine Partnersuche genommen hat.
Da staunt sogar Felix: »Ach, und nicht Frau Velbert, sondern die kleine Christl?« Aber sofort schaltet er: »Ich verstehe!«
Und wird wieder souverän: »Aber nein, Herr Selbach, dem Zufall wird bei uns nichts überlassen! Mir war sofort klar: Für Sie kommt nicht Frau Velbert in Frage, sondern nur Christl! Und die habe ich deshalb auch gleich zu Ihnen

geschickt! ... Genau, das *konnte* gar nicht anders laufen, ciao!«

Er legt auf und wendet sich Romy zu, die vom Flur hereinkommt. »Das war der Gärtner«, meint er lässig, »mit ihm und der Reinigungstante mußte ich was umarrangieren.«

Romy lächelt ihn an: »Ich weiß, diese Christl hat mich nämlich angerufen und mir erzählt, wie es wirklich gelaufen ist!«

Dann kann sie sich den eher mitleidigen Vorwurf doch nicht verkneifen: »Sag mal, Felix, hast du das eigentlich nötig? Auch, wo's gar nicht nötig *ist*?«

Felix stellt sich dumm: »Was?«

»Immer so blutig anzugeben?«

Er küßt sie zärtlich auf die Nasenspitze. »Romy! Muß man denn unbedingt alles nötig haben, was einem Spaß macht?«

Jungfrau gesucht

Felix hat eine persönliche Niederlage erlitten: Sein Jaguar ist zusammengebrochen. Das heißt eigentlich nicht zusammengebrochen, sondern einfach liegengeblieben, wie ein betagtes Pferd, das auf die Knie geht und dann zur Seite fällt, und man weiß: Es steht nie mehr auf.

Es war zum Glück ganz in der Nähe einer Reparaturwerkstatt, und Felix ließ den Bewegungsunfähigen hinschleppen, in der Hoffnung auf ein Wunder.

Aber die drei Mechaniker und der Meister stellten nach kurzem Kampf gegen das Unvermeidliche alle Wiederbelebungsversuche ein. Eine rasche Durchsicht der wichtigsten Aggregate, ein paar Zahlenspiele hinsichtlich der zu erwartenden Reparaturkosten, und Felix wußte: Die Trennung stand bevor.

Er fühlte sich natürlich schuldig.

Denn er hatte den alten Kampfgefährten nur zwei Tage zuvor neu lackieren lassen – silber-metallic – in der abwegigen Hoffnung, ihn durch diesen koketten Trick vielleicht doch noch einmal durch den TÜV zu schmuggeln.

Und die Angst vor dieser mit Sicherheit zu erwartenden letzten Demütigung hatte dem stolzen und sensiblen Wagen offenbar den Rest gegeben.

Verständliche Pietät hat Felix davon abgehalten, sich sofort ein neues Auto zu kaufen. Er will kein Trauerjahr einhalten, aber wenigstens eine Trauerwoche.

Damit straft er sich zusätzlich, indem er öffentliche Verkehrsmittel benutzen muß, wobei ihm immer unverständlicher wird, daß es Menschen gibt, die so leben können. Da ist doch der Mann am Äquator besser dran, der hat wenigstens einen mageren Esel!

Wieder einmal fährt Felix also S-Bahn, darf also nicht rauchen, ist also deprimiert.
Ihm gegenüber sitzt ein junger Mann. Korrekt gekleidet mit weißem Hemd und Krawatte. Offensichtlich Nichtraucher, denkt Felix. Wahrscheinlich auch Fußgänger, allenfalls Radfahrer – jedenfalls anspruchslos, denn er scheint sich wohlzufühlen.
Der Junge heißt Christian Fromm, ist vierundzwanzig Jahre alt und hat ein hübsches, neugieriges Gesicht. Er studiert in einer astrologischen Zeitschrift.
Wahrscheinlich sein Tageshoroskop, denkt Felix weiter und begibt sich an den Start: Es wäre das erste Mal, daß er eine wenn auch noch so vage Chance ausgelassen hätte.
Mit Blick auf die Zeitung lächelt er sein potentielles Opfer an: »Und – halten Sie sich auch an die Prognosen?«
Die Antwort kommt vorsichtig und zurückhaltend: »Ja«, gesteht er und meint dann entschuldigend: »Viele finden es lächerlich ...«
»Ich nicht.« Felix sagt das mit großem Ernst und sehr bestimmt.
Und der junge Mann wird schon etwas aufgeschlossener: »Ach Sie glauben auch daran?!«
Felix ist ein wenig verletzt: »Astrologie ist keine Glaubensangelegenheit, Astrologie ist eine Wissenschaft!« Dann stellt er sich vor: »Trautwein. Ich bin – Privatdozent der Astrosophie!«
Diesen Fachbereich erfindet er spontan und erläutert: »Es gibt vorerst nur einen Lehrstuhl in Oklahoma, USA.«
»Astrosophie, der Begriff ist mir neu.«

Der Junge mit dem aufgeschlossenen Knabengesicht ist beeindruckt, und Felix kann nachstoßen: »Wie das Wort sagt: die Philosophie der Astrologie.«
Eigentlich müßte er jetzt umsteigen, aber er spürt, wie er Punkte sammelt.
So bleibt er und läßt Christian Fromm erzählen:
»Ich bin bei einer Versicherung tätig, mache den Sachbereich Verkehrsunfälle.«
Mit entschuldigendem Lächeln, Blick auf die Zeitschrift fährt er fort: »Hat damit wenig zu tun!«
»Oh, sagen Sie das nicht! Wir haben auch darüber einschlägige Statistiken: zum Beispiel, daß der Steinbock sich gern die Vorfahrt erzwingt. Oder aus der Praxis der Fahrschulen: daß sich der Krebs mit dem Rückwärtseinparken leichter tut als – vor allem der Fisch!«
Christian kann seine Verblüffung nicht zurückhalten: »Das habe ich noch nie beachtet! Aber es stimmt: Ich bin Fisch!«
Es wird also ernst! Felix freut sich und geht das Problem frontal an: »Und die Frau Gemahlin – wenn ich so neugierig sein darf?«
»Das weiß ich noch nicht. Sternzeichen Jungfrau sollte sie wohl sein.«
»Versteht sich von selbst!« Diesmal lächelt Felix entschuldigend. »Pardon, ich frage deshalb, weil ich studienhalber in einem Institut für Partnervermittlung mitarbeite...«
Beim Abschied fühlt sich der junge Versicherungskaufmann dem Dozenten der Astrosophie jetzt schon persönlich sehr verpflichtet, denn dieser findet den Fall so interessant, und Herr Fromm ist ihm auch so sympatisch geworden, daß er ihn für den Abend in den *Club Wunschpartner* bestellt. Ohne jede Garantie natürlich, denn die Sterne lassen sich nicht manipulieren und schon gar nicht nötigen.

Was Felix jetzt braucht, sind Fachkenntnisse. Diese erwirbt er sich, indem er zwei Taschenbücher kauft: *Astrologie für Anfänger* und *Was sagen dir deine Sterne*?
Damit fährt er nach Hause und fängt dabei schon zu lesen an. Erst mal die Sternzeichen, die er gerade noch dem Namen nach kennt, nicht aber ihre Zuordnung zu den Monaten, die sie abdecken. So erfährt er zum Beispiel, daß er ein Stier ist, und daß diese sich durch Gutmütigkeit und Beharrlichkeit auszeichnen.
Im Büro sitzen derweilen Franziska und Romy über ihrer alltäglichen Arbeit. Im Augenblick vergleichen sie die neu eingegangenen Persönlichkeitsprofile und Partnerschaftswunschbilder.
Franziska findet eine Entsprechung. »Alter, Konfession. Beide wandern. Tierfreunde: sie Katzen, er Vögel!«
»Wie ist es mit dem Rauchen?«
»Sie nicht, würde aber Pfeife akzeptieren. Er raucht Zigarren.«
»Wenn er auf Pfeife umsteigt und sie auf die Vögel...«
Das Telefon läutet, eine Frau Hellwege möchte Felix sprechen, Franziska bedauert: »Nein, im Augenblick ist er nicht da... bitte, wiederhören!«
Sie legt auf, Romy hat inzwischen einen Pfeifenraucher entdeckt: »Tolerant und – nein: Hüftleiden. Der kann nicht wandern!«
An dieser Stelle werden sie unterbrochen, denn Felix kommt herein. Franziska informiert ihn, daß Frau Hellwege angerufen hat, und er weiß auch gleich, warum: »Sie will diesen Internisten jetzt doch nicht, weil er behauptet, sie sei kerngesund!«
Dabei legt er die beiden Taschenbücher auf einen Schreibtisch, Franziska liest die Titel. »Was ist denn das? Gehst du jetzt auch noch unter die Astrologen?«

»Ich habe so einen Glaubensbruder getroffen und gleich bestellt!«

»Den verarztest *du* aber!« stellt Romy klar.

Auch Franziska ist skeptisch: »Hast du überhaupt eine Ahnung davon?«

»Bis heute Abend bin ich Experte!«

Er klemmt sich seine Literatur wieder unter den Arm, geht damit auf sein Zimmer und studiert.

Er findet das Ganze zwar schwachsinnig, gibt aber nicht auf, denn er weiß ja inzwischen: Stiere sind beharrlich.

Unterdessen wird es Abend und im Clubzimmer speisen die ersten Gäste. Unter ihnen ist wie immer der Gourmet und auch wieder Bodo von Schwingh mit seiner zierlichen Edwina. Gregor beobachtet sie unauffällig. Dieser österreichische Adelige gefällt ihm nach wie vor nicht.

Heute schaut sich das Paar keine Briefmarken an. Sollten sie inzwischen über dieses Stadium hinaus sein?

Fast scheint es so, denn er hält über den Tisch hinweg ihre Hand, und beide sprechen nur wenig, schauen sich aber immer wieder lange an.

Als Gregor das Dessert serviert, wendet sich Bodo an Edwina – vertraulich, aber so, daß Gregor es hört: »Meinst du, wir sollen es ihm sagen?«

»Einmal müssen wir ja!«

»Gregor!«

»Herr von Schwingh?«

»Ich glaube, wir haben eine Überraschung für Sie: Für uns ist es heut wohl 's letzte Mal, daß wir ihre Gastfreundschaft genießen!«

». . . und Ihr köstliches *Kleines Menü*«, ergänzt Edwina und ist rot wie ein kleines Mädchen.

Das scheint Gregor eindeutig, und er lächelt: »Darf ich mir gestatten, diese Bemerkung positiv zu verstehen?«

Bodo führt Edwinas Fingerspitzen an die Lippen. »So positiv, wie wir zwei 's erwarten!«
»Und wir es Ihnen von Herzen wünschen!«
Gregor schämt sich beinahe. Hat er mit seiner unbewußten Aversion dem Österreicher vielleicht doch Unrecht getan?
Noch zwei andere Bekannte haben sich für diesen Abend verabredet: Felix von Trautwein und Christian Fromm.
Sie sitzen in der Sofaecke, schon mitten im Gespräch. Felix fragt: »Ihr Geburtshoroskop haben Sie dabei?«
»Selbstverständlich: Sie sagten ja...«
Christian legt die Plastikscheibe mit den Tierkreiszeichen und dem drehbaren Pfeil auf den Münchener Stadtplan, den Felix auf der Tischplatte entfaltet hat.
Und Felix kommt zur Sache: »Tag und Stunde?«
»Am 6. März 63, gegen drei Uhr.«
»Okay, bestimmen wir die Interkonstellation!«
Christian kennt den Ausdruck nicht: »Inter...?«
»Das ist die Kontrolle«, klärt ihn Felix auf, »ob Ort und Zeit korrespondieren. Wo wohnen Sie?«
»Parkweg 5a, das ist hier.« Er deutet auf den Stadtplan.
Felix legt das Horoskop auf die bezeichnete Stelle.
»Sonnenzentrum also auf Parkweg 5a.«
Er dreht den Pfeil auf dem Horoskop und demonstriert mit dem kleinen Rechenschieber, den er mitgebracht hat: »Sie sehen: Ich justiere nun Ihren positivsten Quadranten, Aszendent sechs Uhr. Folge bis zum aufsteigenden Mond im siebenten Haus: der Liebe und Fruchtbarkeit. Und wo liegt der Knoten? Lesen Sie ab!«
Christian staunt: »Kastanienallee 17!«
Und Felix nickt: »Hier, unser Institut!«
Christian ist tief beeindruckt: »Das ist ja geradezu gespenstisch!«
»Bitte kein Sakrileg!« Felix wehrt erschrocken ab.

»Verzeihung!«
Felix denkt angestrengt nach: »Stundenregent ist...« – erneuter Blick aufs Horoskop – »...21 Uhr 30, jetzt haben wir...« – er schaut auf die Uhr – »21 Uhr 22: Initialkontakt also in genau acht Minuten!«
Er gibt Christian sein Horoskop zurück und faltet den Stadtplan wieder zusammen: »Die nächste ähnlich optimale Konstellation ergibt sich – ich glaube, im August zweitausendacht steht Sextant Pluto wieder im fünften Feld.« Skeptisch fährt er fort: »Aber ob da Venus gleichzeitig die Drachenfigur touchiert?«
Christian kriegt es mit der Angst: »Zweitausendundacht, da wäre ich ja Mitte vierzig!«
»Genau: Wozu so lange warten?« Felix steht auf. »Kommen Sie! Vielleicht finden wir halbwegs brauchbare Ephemeriden. Das wäre dann Ende August!«
Christian weiß nicht, daß Felix keine Ahnung hat, was Ephemeriden sind, und folgt ihm, schon ziemlich eingeschüchtert, ins Büro.
Hier schlägt der Dozent für Astrosophie einen Leitzordner auf: »Die einzige Endeaugustjungfrau, die wir führen, haben wir gestern hereinbekommen – sicher kein Zufall!«
Er nickt über einem Persönlichkeitsprofil: »Ja, die ist es! 29. August, das heißt Regent Merkur im Zeichen Löwe. Empfängt in elevierter Stellung den Trigonalaspekt vom Wassermann. Der Skorpion verdeckt den Stier, beide stehen in Opposition zur Waage.«
Er ist selbst beinahe erschüttert: »Ich habe eine vergleichbare Kongruenz in der Mentalitätsskala von Fisch-Jungfrau-Partnern noch nie erlebt!« Er wirft noch einmal einen Blick in den Ordner: »Der Astrologie steht sie aufgeschlossen gegenüber, aber das war zu erwarten!« und dann entschließt er sich: »Ja, rufen wir mal an!«

Während er die Tasten drückt, erklärt er weiter: »Die Begegnung muß vor achtzehn Uhr stattfinden, denn dann verläßt der Mond den Sextant im vierten Haus.«
Die Angewählte meldet sich, und Felix hat frohe Botschaft für sie: »Ja, und hier *Wunschpartner*! ... Und wann ginge das? Morgen nachmittag, sechzehn Uhr?«
Er schaut Christian fragend an, dieser nickt, und Felix beendet das Telefonat: »Okay, und wo? ... Pinakothek... ja, alles bestens, Wiedersehen!«
Er legt auf. »Morgen, sechzehn Uhr in der Alten Pinakothek. Sie ist Kunststudentin und zeichnet dort Portraitstudien in der Spanischen Abteilung!«

Christian Fromm schläft miserabel in der folgenden Nacht. Er träumt von Fischjungfrauen in elevierten Stellungen, von rückwärts einparkenden riesigen Skorpionen, von Ephemeriden, die sich in Eumeniden verwandeln und dann in Eunuchen.
Am Morgen duscht er länger als sonst und eiskalt.
Am Vormittag, in der Firma, regelt er einen Schadensfall so, daß bestimmt drei Prozesse auf ihn zukommen. Für den Nachmittag nimmt er sich frei.
Überpünktlich, fünf Minuten vor Vier, betritt er die Spanische Abteilung der Alten Pinakothek.
Da nur wenige Besucher da sind, entdeckt er das Mädchen sofort.
Es sitzt auf einem der Hocker, hat auf den Knien den Zeichenblock und skizziert Details des vor ihr hängenden Bildes: Velazquez-Schule.
Das Mädchen heißt Susi, ist zwanzig Jahre alt, so intelligent, daß man ihr gerne zuhört, und attraktiv genug, um sich nach ihr umzudrehen.
Sie malt am liebsten abstrakt, denn sie hat wenig Talent. Aber

schließlich ist sie ja auch erst im zweiten Semester, und man wird dann schon weitersehen.
Christian rückt seine Krawatte zurecht, tritt auf sie zu und sagt: »Grüß Gott!«
Dann stellt er sich vor: »Fromm, Christian Fromm.«
Susi weiß nicht, was das soll. Sie schau zu ihm amüsiert hoch und antwortet dann ein bißchen ironisch: »Und? Kann ich Ihnen helfen?«
Christian lächelt gehemmt: »Ich hoffe schon, sonst wäre ich nicht hier!«
»Also übertrieben unwiderstehlich finde ich das nicht...«
»Was?«
»...wie Sie mich anmachen wollen!«
»Sie können sich also nicht – entschließen?!«
Susi begreift natürlich nichts. »Hören Sie, ich muß arbeiten. Und Sie stehen vor meinem Objekt!«
Christian tritt erschrocken zur Seite und Susi zeichnet weiter. Aber sie ist irritiert, findet seine Hilflosigkeit rührend und wird auch ein bißchen neugierig – so übel sieht er ja auch gar nicht aus!
Schließlich schaut sie wieder hoch: »Wozu sollte ich mich denn entschließen?«
»Nun, eben zu einem Versuch mit mir!«
»Zu was für einem Versuch? Und warum ausgerechnet mit Ihnen?«
»Es ist so«: Christian wird lebhafter: »Sie stehen doch der Astrologie aufgeschlossen gegenüber?«
Susi hebt die Schultern: »Im Grundsatz stehe ich allem aufgeschlossen gegenüber.«
»Also: Unsere Horoskope, Ihres und meines, decken sich absolut! Und heute ist die Konstellation eingetreten, die sich erst wieder im August zweitausendundacht ergibt, für uns beide!«

Susi schaut ihn noch ein wenig neugieriger an als bisher: »Also langsam interessiert es mich, ob das ein ganz fauler Trick ist oder ob man Ihnen wirklich helfen muß!« In ihrer Stimme mischt sich Ironie und Mitleid mit Sympathie.
Aber wie? Wie soll sie herausfinden, was hinter diesem sicher nicht blöden, aber doch irgendwie komischen Typ steckt?
Hier jedenfalls kann sie das nicht.
Und da sie alles Rätselhafte haßt, draußen schönes Wetter ist, und auf ihr Gekritzel hier sowieso niemand Wert legt, packt sie spontan ihre Utensilien ein.
Auf dem Weg zum Parkplatz passieren sie Kollegen und Kolleginnen. Eine von ihnen besucht dieselbe Malklasse wie Susi. Sie heißt Lotte Zeppel und ist ein streng blickendes und zielbewußt schreitendes Mädchen.
Susi grüßt auf Distanz und hat es gleich wieder vergessen. Denn Christian ist dabei, ihr die Bedeutung der Tierkreise zu erklären und sie fragt erstaunt zurück: »So ein Horoskop bestimmt also, wer mit wem und wann und wo?«
Christian bestätigt es: »Alles! Auch Ort und Stunde der Begegnung!«
»Und dafür haben Sie sich heute einfach freigenommen?«
»Ich hoffe, der Tag wird wichtig genug für uns beide!«
Christian nickt ernsthaft, und Susi lacht: »Also nun bloß keine Hektik!«
»Entschuldigen Sie: Wir Fische können sehr ungeduldig werden!«
»Ach, wir sind also Fische? Was für ein Monat ist das denn?«
»19. 2, bis 30. 3. – übrigens: Sie sind kein Fisch!«
»Sondern?«
»Jungfrau.«
»Jungfrau? So!«
»Ach, das wußten Sie selber noch gar nicht?«

Während also in der Spanischen Abteilung die erwähnte Lotte Zeppel und noch andere Kollegen Faltenwürfe nachzeichnen – das hatte ihnen tags zuvor der große Meister empfohlen – fahren Christian und Susi aus der Stadt hinaus auf die Autobahn Richtung Salzburg, dann biegen sie irgendwo ziellos ab.

Sie läßt sich für die Wissenschaft der Sterndeutung freilich immer noch nicht begeistern: »Aber damit wäre doch alles programmiert! Uns bliebe nichts mehr, als es immer wieder nur zu bestätigen! Also ich finde das ziemlich grausam!«

»Ganz so ist es nicht. Es gibt schon Freiräume, in die man aufbrechen kann. Die Häuser wandern, die Regenten wechseln, die verschiedenen Mondphasen – genau weiß ich das auch nicht, ich bin ja kein Astrologe!«

Sie finden ein Gartenrestaurant.

Die Sonne steht schon ziemlich tief, aber es ist noch recht warm. So bestellen sie eine Salatplatte.

Die Tomaten läßt Christian liegen, Susi greift zu:

»Essen Sie keine Tomaten – her damit! Es gibt nichts, was ich nicht mag!«

Sie häuft alle Tomaten auf ihren Teller, und Christian konstatiert lächelnd: »Vieles an Ihnen ist atypisch für die Jungfrau; bisher eigentlich ziemlich alles, gemessen an dem, was Sie so von sich geben. Aber wahrscheinlich muß das so sein!«

Christian doziert, wenn auch nicht ganz so gekonnt wie Felix: »Die Jungfrau lebt dualistisch! Sie muß deshalb immer die eine Seite von ihrem Ego verdrängen!«

Sie würden gern hier bleiben, bis es dunkel wird. Aber der Himmel überzieht sich und Wind kommt auf.

Und zur gleichen Zeit legt sich mit dem Verschwinden der Sonne auch auf München rasch die beginnende Abenddämmerung, so daß in der Pinakothek das Spezifische im Falten-

wurf der Velazquez-Schule ohnehin nicht mehr nachzuempfinden und nachzuzeichnen ist und die paar Kunstjünger endlich Grund haben aufzubrechen.
Die letzte ist Lotte Zeppel.
Sie schaut nochmal auf die Uhr, dann packt sie ihren Kram zusammen und schreitet los.

Christian und Susi sind unterdessen auf der Rückfahrt und Susi gesteht: »Also zu Anfang habe ich ja gedacht, Sie wollten mich auf den Arm nehmen mit Ihrer Astroshow!«
»Und inzwischen ...?«
»... weiß ich, daß Sie ein echter Irrer sind, ja! Aber das schreckt mich nicht? Die Jungfrau ist zwar, wie sagten Sie: spröde, introvertiert, verletzlich. Aber das verdränge ich ja alles. Wo fahren wir überhaupt hin?«
»Ich bringe Sie nach Hause!«
»O je: Meine Heizung ist kaputt!« Sie lacht: »Da müßte ich Sie gleich mit ins Bett nehmen!«
Christian lacht verlegen mit: »Ach so, und das geht natürlich nicht!«
»Wieso ›natürlich nicht‹: Ich fände es eher unnatürlich, wenn das nicht ginge. Aber bitte: Fahren wir halt zu Ihnen!«
Christians Appartement hat neben Küche und Bad nur ein sehr geräumiges Zimmer.
Hier arbeitet und schläft er. Es gibt also auch einen Schreibtisch und eine Bettcouch, dann eine kleine Bibliothek, vor allem natürlich mit Fachbüchern über das Versicherungswesen.
Alles ist sauber und an seinem Platz, schließlich ist Christian ein ordentlicher Mensch.
Er ist mit Susi hereingekommen und gießt einen Aperitif ein.
Sie schaut sich um und meint erschüttert: »Ehrlich, ich kann

mir nicht vorstellen, daß später mal meine Wohnung so aussehen soll: Bei mir herrscht immer Chaos!«
»Das sind die Gegenaspekte.« Er reicht ihr das Glas: »Echte Partner sind wie Zahnräder, die ineinandergreifen.«
»Zahnräder, die ineinandergreifen, na, wir werden ja sehen! Erst mal prost, Sie – Zahnrad!«
Sie stoßen an. Christian geht. Er hatte vorsichtshalber Wein kaltgestellt, allerdings nur ganz entfernt zu hoffen gewagt, daß ...
Als er mit der geöffneten Flasche wiederkommt, sitzt Susi zurückgelehnt auf der Couch, hat sich ein Kissen hinter den Rücken gestopft und beantwortet seinen irritiert-ausweichenden Blick: »Sie müssen mich ja für eine ziemlich scharfe Schwester halten!«
Christian bestreitet das natürlich lebhaft: »Überhaupt nicht! Ich weiß doch, Sie spielen das bloß!«
»Genau wie Sie den schlaffen Bruder. Warum eigentlich? Bloß, weil mein Horoskop nicht so ganz stimmt? Vergessen wir's doch! Stellen wir uns vor, wir hätten uns zufällig getroffen und keine Ahnung von Astrologie. Du auch nicht – Entschuldigung, jetzt hab ich Sie sogar geduzt! Tut's arg weh?«
Christian nimmt die Gläser vom Tisch, reicht Susi das ihre, und sie trinken Brüderschaft.

Kurz nach 21 Uhr läutet es an der Haustür der Villa *Institut Wunschpartner*.
Wer kommt denn jetzt noch? Das Team wundert sich, Romy öffnet.
Es ist die Kunststudentin mit dem strengen Blick und dem entschlossenen Gang.
Romy wird nervös, denn Lotte blickt noch strenger als sonst.
»Fräulein Zeppel, guten Abend! Bitte!«

Romy läßt Lotte eintreten, und die kommt gleich zur Sache: »Sie können sich vielleicht denken, warum ich hier bin.«
»Wegen Herrn Fromm?«
»Fromm heißt er?«
Da weiß Romy, was passiert ist, und erschrickt: »Ach! Ist er nicht gekommen?«
Fünf Minuten später sitzen sie, dazu Felix und Franziska, in der Kaminecke. Nur Gregor fehlt. Er muß sich um die Gäste kümmern, die ja noch alle da sind.
Man ist ratlos und Felix stellt bekümmert fest: »Irgendwas ist da schiefgelaufen!«
»Soweit bin ich auch schon.« Lotte schiebt das Cognacglas zurück, das ihr hingestellt wurde.
»Vielleicht mußte er dienstlich zu einem Unfall?« rätselt Franziska.
Damit weckt sie für einen Augenblick Lottes Interesse: »Ach, ist er Arzt?«
»Nein.«
Und schon ist sie wieder sauer, sogar alarmiert: »Was dann? Bulle??«
Felix kann sie beruhigen: »Gutachter für Verkehrskatastrophen!«
»Daß er nicht wenigstens abgesagt hat!« Romy kann es sich überhaupt nicht erklären.
Lotte kann es, sie hat so ihre Erfahrung: »Dem ist inzwischen was anderes untergekommen!«
»Ausgeschlossen!« verneint Felix. »Ich habe ihn so exakt auf Ihr Horoskop fixiert...«
»Und wenn schon – was sagten Sie, ist er: ein Fisch? Die sind ja manchmal ziemlich« – sie zeigt den Vogel – »weggetreten! Vielleicht hat er's schlicht vergessen? Oder das Museum verwechselt, es gibt ja noch andere! Oder aber...«, sie stutzt, »Moment: wie sieht er denn aus?«

Dann gibt sie selbst von Christian Fromm eine zwar nicht eben schmeichelhafte, aber zutreffende Kurzbeschreibung. Und als sie hinzufügt, daß er einen gelben Peugeot fährt, rufen Romy, Felix und Franziska gleichzeitig: »Ja!« – »Warum?« – »Haben Sie ihn vielleicht ...«

Lotte nickt: »Vor der Pinakothek ging so eine Figur gerade weg – mit einer Kommilitonin ...«

Franziska kann das nicht glauben: »Ein solches Mißverständnis müßte sich doch längst aufgeklärt haben!«

Felix denkt ans Nächstliegende. Er steht auf und sagt entschlossen: »Warum diskutieren wir eigentlich? Ich ruf ihn einfach mal kurz an! Kommen Sie mit, rüber ins Büro!«

Unterdessen brennt in Christians Appartement nur noch die kleine Lampe neben der Couch, und auch die nicht mehr hell, denn es wurde zusätzlich eine Serviette über das Schirmchen gehängt.

Sie haben zwischendurch zu Kassettenmusik ein bißchen getanzt und auch schon die zweite Flasche Wein getrunken – viel zu warm, denn die war natürlich nicht im Kühlschrank, aber das ist jetzt auch nicht mehr so wichtig.

Christian Fromm und Susi Thenhage sind inzwischen dabei, den Weg aller irdischen Liebe zu gehen. Susi hat die Schuhe ausgezogen und sich auf die Couch gelegt, den Kopf in Christians Schoß.

Sie lächelt zu ihm hinauf.

Christian fragt: »Kannst du eigentlich kochen?«

»Nein.«

»Magst du Kinder?«

»Noch nie daran gedacht.«

»Willst du weiter malen?«

»Ich bin irrsinnig unbegabt. Aber Schuldienst? Vorher nehm ich ein Kilo Schlaftabletten!«

»Ich habe jetzt eine Chance: KFZ-Zulassung. Das ist öffentlicher Dienst, da kann einem nicht mehr viel passieren!«
»Ja – schrecklich!«
Das Telefon läutet, Christian schaut verwundert auf seine Uhr und nimmt den Hörer ab.
»Fromm! ... Ja doch: wir *haben* uns getroffen! – Ja, sie ist hier und, wie soll ich sagen: Es sieht sehr positiv aus, ich glaube, wir dürfen uns jetzt schon bei Ihnen bedanken! ... Aber warum denn? Ist doch schön, daß Sie sich so intensiv kümmern, um Ihre Klienten! ... Ja, Ihnen auch, Wiedersehen!«
Er legt auf und erklärt Susi: *»Wunschpartner!«*
Die ahnt etwas und schaut ihn fragend an.
Christian nickt bestätigend: »Unser Institut, das uns vermittelt hat!«
»Ah, *so* ist das – ich meine: So war das!« Susi beginnt zu begreifen und setzt sich auf. »Christian, ich glaube, ich muß dir was sagen!«
Und sie fängt an, ihm die Verwechslung, die für beide zum bisher glücklichsten Mißverständnis ihres Lebens geworden ist, zu erklären.

Derweilen stehen im Büro *Wunschpartner* Felix und Lotte noch sprachlos am Telefon.
Die Nase der Kunststudentin ist weiß geworden: »So eine Kralle! – Und noch nicht mal Jungfrau! Geburtstag hatte sie, wann war das: vor Weihnachten! Also Schütze!«
Felix ist verunsichert.
Nicht Jungfrau, sondern Schütze – wie konnte das dann überhaupt passieren?
Aber zu Reflexionen ist nicht die Zeit! In jedem Fall muß die Zeppel jetzt erst mal verschwinden!
Er nickt bedächtig: »Schütze, stimmt, das hat er gesagt: wenn nicht Jungfrau, dann diesmal Schütze.«

Lotte stutzt: »Was heißt ›diesmal‹?«
»Na ja, Herr Fromm ist mehr für *kurzfristige* Partnerschaften. Er interessiert sich übrigens wirklich für Astrologie und probiert deshalb zur Zeit der Reihe nach die Sternzeichen durch.«
Lotte bleibt die Luft weg: »Was? Und so einen Verbrecher bieten Sie mir an?« Sie nimmt Ihre Tasche. »Aber bitte: Es gibt ja noch andere Institute, die Partner vermitteln! Und Gott sei Dank habe ich bei Ihnen noch nicht die Aufnahmegebühr bezahlt!«
Steifbeinig wie ein Kürassier marschiert sie hinaus.
Felix kehrt zu Romy und Franziska zurück, die inzwischen an der Bar auf ihn gewartet haben. Er schlendert hinter den Tresen, schenkt sich ein Bier ein.
»Alles klar, es war tatsächlich eine Verwechslung. Und mit der anderen ist er schon happy!«
Romy schaut aufgeregt zur Tür: »Und wo ist ...?«
»... die Zeppel: entfleucht. Ich habe nachgeholfen, ihr den *Fisch* ein bißchen madig gemacht.«
Die Frauen sind konsterniert, Felix nimmt einen tiefen Schluck und entschuldigt sich dann: »Was hätte ich tun sollen: Er kann ja bloß eine brauchen! Und die Zeppel ist sowieso eine Strafe Gottes!«
»Aber er wollte doch unbedingt eine Jungfrau! – Oder ist das die andere auch zufällig?« fragt Franziska.
»Leider nein. Zum Glück hat er's wahrscheinlich noch nicht gemerkt.«
Romy sieht voraus: »Aber irgendwann *wird* er das doch! Und dann kriegen wir Ärger!«
Felix muß ihr recht geben: »Ja, das sollte ich noch in Ordnung bringen. Bitte erinnere mich: morgen früh, als erstes!« Er nimmt den nächsten großen Schluck und schiebt das leere Glas beiseite.

Mitternacht.
Christian und Susi sind zweimal völlig außer Atem gewesen und liegen noch, friedlich geworden und erschöpft, auf ihrer Couch. Beide haben es in der Weise noch nie erlebt. Für Christian war es immer so eine Art Tribut gewesen, den man seiner Männlichkeit ab und zu zahlen muß und wo man hinterher das Gefühl hat: Nett war's, aber jetzt wird geschlafen! Und Susis Empfindungen waren ähnlich gewesen, vielleicht ein bißchen intellektueller: Sie pflegte – hinterher, versteht sich – etwa den relativ kurzen Lustgewinn mit dem oft nervtötenden Affentheater aufzurechnen, das meistens vorangegangen war.
Diesmal ist alles anders. Er spürt zum ersten Mal die Angst, daß er für dieses Mädchen, das da neben ihm liegt, nicht gut genug sein könnte, daß er sie vielleicht nicht halten kann! Denn er ahnt, daß er so eine nie mehr kriegt! Und sie spielt ganz ernsthaft mit einer anderen vor ein paar Stunden noch völlig undenkbaren Vorstellung: daß sie nämlich einem solchen – vielleicht sogar schon diesem – grauenhaften, spießigen Macho zuliebe vielleicht doch einmal das zutiefst demütigende Schicksal einer ganz normalen Frau auf sich nehmen würde.
Er spielt in ihrem Haar, und sie schüttelt den Kopf: »Es ist alles so irre komisch: Wäre ich fünf Minuten später gekommen in die Pinakothek oder im Juli oder Oktober geboren statt im Dezember...«
Christian, noch ahnungslos, unterbricht: »Dezember, wie kommst du auf Dezember?«
»Na ja: Jungfrau...«
Da setzt er sich auf und stottert irritiert: »Dezember... Jungfrau?«
»Ja! Hast *du* doch gesagt, daß ich Jungfrau bin! Mein Geburtstag ist der 14. Dezember!«

»14. Dezember, Jungfrau,« wiederholt Christian mechanisch.
»Was denn sonst?«
Es folgt eine lange Pause, dann sagt er leise, gebrochen: »Dezember ist: Schütze!«
Susi setzt sich erschrocken hoch: »O je!« Sie sieht, wie für ihn die Welt untergeht, fragt behutsam: »Aber ist das *jetzt* noch so wichtig?«
Er antwortet nicht, starrt fassungslos vor sich hin. Schließlich schüttelt sie ihn: »Christian!« Ob er einen Schock hat – die weit offenen Augen flackern, und um die Lippen zuckt es.
Da verliert Susi Geduld und Nerven, springt aus dem Bett und beginnt sich anzuziehen. Sie ist enttäuscht wie nie in ihrem Leben: »Okay, dann weiß ich's jetzt wenigstens genau: *Mich* hast du gar nicht gewollt! Immer nur mein dämliches *Horoskop*!«
Ganz ganz langsam taucht Christian aus dem barmherzigen Dunkel seiner Narkose zurück in die Wirklichkeit. Er schaut Susi kläglich an »Nein ...«
»Doch!«
»So ist das ja nicht! – Susi, ich muß mich doch jetzt total umstellen!«
»Brauchst du nicht mehr!«
»Warum nicht?«
»Weil *ich* mich jetzt wieder umstelle!«

Felix ist vor dem Einschlafen noch einmal gründlich seine Fachliteratur durchgegangen und hat zwei Strategien entwickelt: Eine für den Fall, daß es zwischen dem Versicherungsknaben und seiner schnuckeligen Kunststudentin schon zur Katastrophe gekommen ist; die andere für den zweiten Fall, daß die Stunde der Wahrheit noch nicht geschlagen hat. Heilung also oder Prophylaxe.

Um Christian noch zu Hause anzutreffen, fährt Felix schon kurz nach acht hin und läutet an der Tür zum Appartement. Und der Anblick der Jammergestalt, die ihm öffnet, sagt ihm sofort: Es ist passiert! Christian, der sonst in jeder Hinsicht eher Überkorrekte, empfängt seinen Partnervermittler ungekämmt, unrasiert, Bademantel überm Schlafanzug. Und mit angstvoll aufgerissenen Augen röchelt er: »Sie?«
Felix nickt traurig, und Christian glaubt, sich entschuldigen zu müssen: »Ich bin krank.«
Die Stimme von Felix hört sich genauso kläglich an: »Ich auch. Darf ich – trotzdem ...?«
»Bitte!« Christian führt Felix in sein Zimmer.
Noch ist die Couch nicht wieder eine Couch, noch stehen die beiden leeren Flaschen und die beiden halbvollen Gläser daneben, noch liegen Christians Kleider herum. Aber der Kranke ist zu schwach und zu apathisch, um sich noch einmal zu entschuldigen. Er realisiert nicht einmal, daß sein Besucher womöglich noch niedergeschlagener ist als er selber.
Felix beginnt leise: »Ich weiß nicht, wie ich Ihnen das sagen soll. Schuld im eigentlichen Sinn hat niemand. Es war eben ein tragisches Mißverständnis.«
Und Christian nickt trübe: »Allerdings!«
»Drei Uhr!« seufzt Felix, und da Christian nicht versteht, wiederholt er: »Sie gaben drei Uhr an als Geburtsstunde.«
»Ja ...«
»Ich habe in Ihrem Persönlichkeitsprofil nachgesehen. Dort steht fünfzehn Uhr!«
»Ja, das stimmt: Nachmittags um drei Uhr bin ich geboren!«
Christian versteht immer noch nicht.
»Und wir haben als Basisprognose drei Uhr *in der Nacht* zugrundegelegt!« Christian ahnt einen Silberstreif am Horizont seiner Hoffnungslosigkeit: »Und das verändert ....«
»... bei Ihrer Konstellation, es war der 6. März 63: alles! Der

Geburtsregent verkehrt sich in den Gegenpol! Passen Sie auf, geschehen ist folgendes!« Er liest von einem Zettel ab. »Gegen sieben Uhr hat Ihr Wassermann im Grundhoroskop kollabiert. Zehn Uhr fünfundzwanzig ist der Steinbock in die Venus eingezogen und hat dabei den Merkur verschüttet. Und ab dreizehn Uhr hatten Sie dann auch noch einen verletzten Skorpion im Zentralsystem!«
Christian spürt, wie er auf einmal wieder ein Mensch zu werden beginnt: »Und was hat das alles zu bedeuten??«
Felix zögert noch: »Das fällt mir jetzt natürlich schwer...«
»Bitte! Sagen Sie's mir!«
Felix windet sich und beschwört ihn: »Sie dürfen – unter gar keinen Umständen – eine Verbindung eingehen mit einer...«
»...Jungfrau?«
Felix nickt tragisch: »Jede andere Konstellation ist, wäre, astropsychomatisch vertretbarer. Optimal natürlich der Oppositionsaspekt im Andromedadiagramm: Schütze, Mitte Dezember...«
Christian springt auf und rennt hinaus zu seinem gelben Peugeot. Dort wird er endlich hellwach – nicht, weil es in Strömen gießt, sondern weil ihn Felix dort einholt und auf die Tatsache hinweist, daß man ohne Zündschlüssel nicht starten kann, nicht einmal ins Auto kommt und, daß man im Bademantel überm Schlafanzug und ohne Schuhe prinzipiell nicht wegfahren sollte – schon gar nicht, wenn man nicht weiß, wohin!
»Zu Susi natürlich!«
»Susi – und, was noch: Familienname, Adresse?«
Felix führt Christian ins Trockene zurück, behutsam wie einen Pflegefall. Und ebenso schonend bringt er ihm auch bei, daß es so nicht geht: Christian muß sich waschen, rasieren und anziehen. Danach muß er mit seinem Chef

telefonieren und ihm erklären, daß er krank ist. Dann erst kann er die Frau suchen, die ihm das Weiterleben ermöglicht.
Aber wo suchen? Christian weiß nur den Vornamen! Also erst mal im Sekretariat der Kunstakademie nachforschen, ob die *Susis* führen. Falls es zu viele sind, bliebe als letzter Ausweg Lotte Zeppel. Sie könnte Felix fragen, allerdings auf die Gefahr hin, daß sie ihm ins Gesicht wirft oder schüttet, was sie gerade in der Hand hat. Aber niemand weiß, ob Vergleichbares nicht auch Christian bevorsteht mit seiner Susi?
Um es vorwegzunehmen: Hier hat es keine Gefahr! Denn schon auf dem Weg nach Hause war ihr ziemlich elend geworden. Und die ganze Nacht über hätte sie vor Wut über sich selber kein Auge zugetan – wäre sie nicht so müde gewesen. Blödmann hatte sie ihn beim Abschied genannt und unappetitliche Tiervergleiche gezogen. Nein, der kreuzt nie mehr auf!
Und was wird jetzt aus ihr? Das, was sie schon immer war, nämlich nichts! Weitermalen wird sie gewiß, – und dann? Wenn überhaupt was, dann eine zopfige Lehrerin, bäh. Christian wäre berühmt geworden! Es gibt ja so vieles, wogegen man sich noch nicht versichern kann – gegen Versicherungen zum Beispiel: eine echte Marktlücke!
Sie frühstückt appetitlos. Das Ei läßt sie ungeköpft, denn sie hat Mitleid mit ihm: Als ungeborenes Huhn wachsweich geköpft werden, ist noch schlimmer!
Obwohl Farbenlehre und Kunstgeschichte auf dem Lehrplan steht, schleicht sie in die Pinakothek, wieder in die Spanische Abteilung, setzt sich noch einmal auf den blöden Hocker, auf dem gestern alles begonnen hat.
Warum sie sich noch einmal da hinsetzt, weiß sie nicht. Sie weiß nur: Der Regen füllt die Isar an. Aber gerade nach starkem Regen ist das Wasser besonders dreckig. Und auch

scheußlich kalt. Dazu kommt: Ausgerechnet gestern war sie beim Friseur! Andererseits hat sie nur noch sechs Schlaftabletten – alte, die vielleicht überhaupt nicht mehr wirken. Und sechs Stück, das würde sowieso nicht hinhauen. Vielleicht wäre ich auch zu feige!
Lustlos fängt sie an, den pfeilgespickten Sebastian abzuskizzieren, der neben dem Granden hängt, von dessen Gewand sie gestern den Faltenwurf mehr nachgekritzelt als nachempfunden hatte. Das Schicksal des leidenden Sebastian empfindet sie nach. Sie verleiht seinem Antlitz, ohne sich dessen bewußt zu werden, Christians Züge – nicht gerade profihaft, abstrakt malt sie besser.
Da steht das Ungeheuer plötzlich wieder, so wie gestern, neben ihr.

Seltene Marke

Bodo von Schwingh und Edwina Stolberg wollen Ende August heiraten, eher geht es nicht: Bodo, als österreichischer Staatsbürger, hat noch nicht alle erforderlichen Papiere beisammen.

Aber er wohnt schon bei Edwina, wenn auch vorerst nur mit kleinem Gepäck. Sein kostbares Mobiliar, die Gobelins vor allem und die Asiatika – er hat lange im fernen Osten gelebt – praktisch sein ganzes Vermögen also hat er noch ausgelagert: bei Verwandten, die ihre Güter alle im Salzburgischen haben. Uraltes Geschlecht, aber er mag sie nicht: die *dekadente Mischpoke*, wie er sie zu nennen pflegt. Deshalb ist er ja auch nach München gekommen!

Und deshalb verehelicht er sich jetzt auch mit Edwina, einer Frau, die aus ganz bürgerlichen, ja sogar ausgesprochen einfachen Verhältnissen kommt. Ihr Vater war noch kleiner Postbote gewesen, der Gatte indes hatte es immerhin schon zum Leiter eines Fernmeldeamtes gebracht. Völlig verbraucht im Dienst an der Öffentlichkeit, war dieser vor drei Jahren verstorben, eben zu dem Augenblick, da er in den Ruhestand hätte treten und sich zurückziehen können. Siebzigtausend Mark hatten sie gespart: als Anzahlung für eine Eigentumswohnung auf dem Lande.

Edwina und Bodo sind glücklich. Er mit der zierlichen, äußerlich eher unscheinbaren Frau, in der aber so viel ursprüngliche Kraft und Sauberkeit steckt. Bodo betont immer wieder, daß er sich mit ihr in eine andere, in eine *gesunde* Welt versetzt fühlt. Und Edwina kann es noch gar nicht fassen, daß nun für sie ein zweites Leben beginnen soll, ein sozusagen größeres: In Bayreuth wird man sie sehen und in der Mailänder Scala. Die Pyramiden wird er ihr erklären: erst die in Ägypten, dann die in Mexiko. Bodo hat beide Typen in einer archäologischen Analyse verglichen – leider sind auch noch seine sämtlichen wissenschaftlichen Arbeiten in Salzburg.

Mitgebracht hat er natürlich seine drei in rotes Leder gebundenen Alben: Für sie mußte Edwina gleich einen kleinen Tresor kaufen. Denn diese drei Alben enthalten eine Briefmarkensammlung von, für den Laien jedenfalls, unschätzbarem Wert. Und sie sind auch sein ganzer Stolz und seine ganze Leidenschaft. Stundenlang vergräbt er sich jeden Abend darin, hantiert sorgsam mit Lupe und Pinzette. Und sie liest viel: Fontane und Rilke, Thomas Mann, von den Modernen Siegfried Lenz. Ab und zu wagt sie ein Kapitel Martin Walser. Die andern sind ihr zu negativ.

Heute ist eine Ausnahme, denn sie beschäftigen sich mit etwas ganz Realem: Sie sitzen am Tisch und schauen miteinander Prospekte von Fertighausherstellern an:

Bodo macht einen Vorschlag: »Was meinst zu dem: Hanglage, also am Berg!«

»Am Berg? Wir wissen doch noch gar nicht, *wo* wir überhaupt ...«

Bodo unterbricht: »Salzburg, was sonst? Gestern hast g'sagt, das wär dein Traum!«

»Bodo, ich bitte dich: Die Bodenpreise in der Gegend von Salzburg sind unerschwinglich!«

»Mach dir keine Sorgen: Meine Familie hat dort überall Liegenschaften! Da kann man immer was abgeben oder tauschen!«

»Aber«, Edwina schaut hinüber zum Tresor, »deine Sammlung darfst du dafür auf keinen Fall veräußern!«

»Die ganze Sammlung – ich glaub, das brächt mich um!« Und während er aufsteht und aus dem Tresor eines der drei Briefmarkenalben holt, schmunzelt er verschmitzt: »Aber so viel brauchen wir auch gar net. Nein, ich denk da nur an *eine* Marken! Allerdings, die ist beinah so viel wert wie alles andere!«
»Also eine besonders seltene?«
Bodo schlägt das Album auf und deutet auf eine der Marken. »Die da: die *British Guayana one Cent*. Ist 1950 versteigert worden, anonym, nach Amerika. Und seither verschollen.«
»Und wie bist *du* an sie gekommen?«
»Der Amerikaner damals war mein Freund, es war drüben in Philadelphia.«
»Und der hat sie dir...?«
Bodo nickt: »Wir haben ein Mädel kennengelernt, und das hat net g'wußt: will sie ihn oder mich! Das arme Hascherl hat nie erfahren, warum ich über Nacht verschwunden bin.«
»Und dafür hat dir dein Freund...?«
»Ihm war das Mädel mehr wert als alles andere. Und mir war die *one Cent* mehr wert!«
»Und ausgerechnet die Marke, die dir mehr wert ist...«
»... sie war es! Jetzt, Edwina, bist du mir mehr wert als – alles auf der Welt!«
Er tupft ihr einen Kuß auf die Stirn und beide schauen sich dankbar an.

Der *Club Wunschpartner* hat heute wieder, zum achten Mal übrigens, seinen *besonderen Abend*, das heißt mehr Blumen als sonst, auf dem Bartresen liegt zusätzlich ein Bukett, und dort steht auch eine Flasche alter Cognac. Gregor hat reihum Champagner gereicht, Franziska, Romy und Ottheinrich haben sich mit ihrem Glas in die Sesselecke zurückgezogen.
Ja, auch Ottheinrich Bellmann, den alten Kriminalrat und

erfolglosen Verehrer von Edwina Stolberg, hat man es wissen lassen, und er ist gekommen.
Felix steht bei Bodo und Edwina und hält eine kurze Ansprache: »... so ist es in den knappen fünf Wochen unseres Bestehens schon zur Tradition geworden, daß wir das Paar, das uns verläßt, weil es uns nicht mehr braucht, noch einmal hierher bitten, um es zu verabschieden. Heute sind das: Frau Edwina Stolberg und Herr Bodo von Schwingh!«
Kurzer, dezenter Beifall, die Herren an den Tischchen erheben sich, und Felix fährt fort: »Sie sind das beinahe klassische Beispiel dafür, daß das Glück manchmal Umwege macht.«
Er wendet sich an Ottheinrich: »Sie haben mir erlaubt, es zu sagen« –, dann wieder zu allen – »Frau Stolberg und Herr Bellmann, eigentlich waren sie schon auf dem besten Wege. Aber dann kam eben« – er legte Bodo die Hand auf die Schulter – »das *ganz große Glück* ...«
Ein Prosit auf das Jubelpaar beendet die Rede. Das Bukett und die Cognacflasche werden überreicht, und auch Ottheinrich mischt sich mit etwas nostalgischem Lächeln unter die Gratulanten.
In das Stimmengewirr und Gläserklingen –
»Herr von Schwingh ...« –
»Gnädigste ...« –
»... die sprichwörtliche Liebe auf den ersten Blick ...« –
»... wirklich ein Bilderbuch-Paar ...« –
»... *schicksalhaft* möchte man sagen ...« – hinein hebt Bodo die Hand. Es tritt Ruhe ein, und der alte Kavalier antwortet Felix mit humorigem Pathos:
»Mein Verehrtester! Wo ich Ihrer sehr exzellenten Ansprach eh nix Gleichgutes zufügen kann, beschränk ich mich auf meinen, auf unsern, schlichten Dank! Und die bescheidene Frage: Dürfen wir, bittschön, die Vermählung bei *euch* feiern, hier, zusammen mit Ihnen allen?«

Die große Geste stößt auf ebenso große Zustimmung.
»Und noch eins! Bitte, heben's mit mir Ihr Glaserl« – er hakt Ottheinrich unter –« auf den Mann, der mehr verdient als unseren Respekt! Herr Kriminalrat! Sie sind extra auch noch einmal gekommen, um uns Glück zu wünschen. Ob *ich*, wär's umgekehrt gewesen, das gekonnt hätt? Bitte, trinken'S alle mit mir auf den Mann, der uns zeigt, wie ein Kavalier ehrenvoll unterliegt!« Er verbeugt sich und stößt mit dem verlegenen Ottheinrich an. Der Augenblick ist beinahe feierlich.

Die Geschichte mit der seltenen Marke beginnt am darauffolgenden Vormittag. Beide sitzen am Frühstückstisch, und Bodo findet es an der Zeit, die künftige Gattin allmählich mit der Wissenschaft der Philatelie vertraut zu machen. Gerade erklärt er ihr: »Rückseitendruck hat zum Beispiel die portugiesische Antonius!«
Edwina müht sich zwar um Interesse, muß aber doch immer wieder kopfschüttelnd lächeln: »Also daß Briefmarken zu einer solchen Manie werden können...«
»Ja, das ist schon eine echte Krankheit!« Bodo seufzt. »Glaub mir, Edwina: Sammeln von Briefmarken kann schlimmer werden als Durst in der Wüste!«
Es läutet, Edwina will aufstehen: »Wahrscheinlich die Post!«
Aber Bodo legt ihr sanft die Hand auf die Schulter: »Bleib, das hat doch Zeit!«
»Nein, ich weiß, du wartest auf dein Börsenblatt!« Damit geht sie hinaus.
Es ist tatsächlich der Briefträger. Und er bringt nicht nur die Tageszeitung, das Börsenblatt und einige Reklame, sondern auch einen mehrseitigen Briefmarkenprospekt.
Nach ihm greift Bodo natürlich zuerst, öffnet, blättert, starrt schließlich.

Edwina merkt noch nichts. Es entgeht ihr auch, daß sein Gesicht die Farbe verliert, und sie fragt harmlos: »Ein neuer Prospekt?«

»Ich glaub's net! So einen Zufall gibt's net!« Bodos Stimme ist brüchig geworden, und der Zeigefinger, der auf eine bestimmte Marke im Prospekt deutet, zittert: »Da, die ist es: die Canadische Zehnpence von achtzehneinundfünfzig! Wird als Einzelstück offeriert!« Er läßt Edwina das Deckblatt vom Prospekt sehen: »Übermorgen – Hannover – Sonderauktion!«

Edwina hat Verständnis und nickt: »Und da kannst du natürlich nicht widerstehen!«

»Ich hab den *Satz*: die Einhalb, die Drei, die Sechs, die Siebeneinhalb und die Zwölf!«

»Und mit der Zehn hättest du ihn dann komplett?«

»Ja! Und ich wär wahrscheinlich der einzige! Und der *volle* Satz hätt den doppelten Wert!«

»Dann mußt du sie kaufen!« Edwina hält das für selbstverständlich.

Und Bodo genau so: »Natürlich muß ich das!« Er steht auf, wandert umher: »Das Stück ist das teuerste im Satz, und farbenfrisch, makellose Zähnung. Das bringt fünfzig Mille, vielleicht bißl mehr! Aber wie soll ich da mitgehen? Bei der Auktion brauch ich das Geld auf die Hand! Am besten, ich telegraphier...«

»... an wen?«

»Mein Schwager! Oder die Cousine?! Aber die mag ich alle net!« Er zuckt die Schultern: »Wird mir nix anderes übrigbleiben, als halt von meiner Sammlung – vielleicht die *Österreich Merkur*?«

Auch Edwina hält es nicht mehr am Tisch. Sie geht zu ihm hin, widerspricht liebevoll: »Nein, Bodo! Bevor du was von deiner Sammlung verschleuderst...«

Aber Bodo unterbricht sie streng: »Ja,ich weiß, was d' jetzt sagen willst! Aber das ist das einzige, was absolut net in Frage kommt!«
Edwina versuchte ja schon öfter, ihm aus seinem momentanen finanziellen Schlamassel zu helfen. Und auch jetzt redet sie wieder auf ihn ein: »Aber warum nicht! Ich schenk dir ja nichts! Es ist nicht mal ein Kredit! Wir machen ganz einfach gemeinsam ein Geschäft!«
»Edwina, nein, bittschön: Ich bin, in pekuniären Sachen, du kennst mich ja! Komm, setzen wir uns wieder! Und vergessen, das heißt: *Du* kannst's vergessen! Ich – irgendwie werd ich das schon hinkriegen!«
Er kriegt es nicht hin. Zwar spricht er den ganzen Tag kein Wort mehr über Briefmarken, und schon gar nicht über die Canadische Zehnpence von achtzehneinundfünfzig. Aber sie sieht doch, wie er leidet! Und am Abend meldet sich auch noch der nur stecknadelkopfgroße Splitter, der sich in seiner linken Herzkammer eingekapselt hat und operativ nicht entfernt werden kann. Ganz diabolisch sticht er ihn – zum ersten Mal wieder nach sechsundvierzig Jahren: Major von Schwingh war Österreichs erfolgreichster Jagdflieger gewesen.
Aber Gott sei Dank, jetzt schläft er endlich! – Nein, er schläft nicht! Edwina, es ist gegen drei Uhr, schreckt hoch: Bodos Seite im Doppelbett ist leer! Mit den schlimmsten Befürchtungen steht sie auf, sucht ihn erst in der Küche, geht dann ins Wohnzimmer. Wenigstens ist er noch da! Barfuß, im Nachthemd, sitzt der immer noch schöne Mann am Tisch vor seinen Alben. Eines davon hat er aufgeschlagen.
Edwina streicht ihm über die schütteren Silberhaare, zärtlich, liebevoll und sehr behutsam, denn um jedes einzelne wäre es schade.

Und Bodo schaut schuldbewußt zu ihr hoch: »Pardon, ich hab dich net aufwecken wollen!«
»Deine Stirn ist ganz heiß!«
»Immer, wenn mich's Jagdfieber packt! Übrigens, es ist ausg'standen: da!« Er hat aus dem Album eine Seite, einen Satz Marken, herausgenommen: »Die da sind verurteilt: meine alten Schweizer – zum Listenpreis«, seufzt er resigniert, »aber da kannst nix machen!«
»Wieviel wäre denn das?«
»Fünfundfünfzig Mille.«
Edwina gelingt es, ihn unbekümmert anzulachen: »Ich biete sechzig!« Und sie setzt scherzhaft drohend hinzu: »Aber dann gehören sie auch mir!«
Bodo schüttelt den Kopf, Edwina geht zum Fenster, wischt sich eine Träne ab, Bodo folgt ihr, er quält sich sichtlich: »Edwina, du kennst mich doch!«
Edwina ist nur noch sehr traurig. »Nein, ich kenne dich nicht! Ich habe immer geglaubt, du hättest Vertrauen. Und wir gehörten jetzt zusammen!«
Bodo schaut sie an, mit dem Blick eines waidwunden Tieres. Dann überwindet er sich, holt den Satz Marken: »Gut, ich akzeptier dein Angebot!«
»Danke, Bodo, danke!«
Den Rest der Nacht schlafen sie tief und traumlos. Und am Morgen bricht er früh auf, denn die Fahrt nach Hannover ist weit. Sie bringt ihn vors Haus zum Wagen, trägt ihm Mantel und Hut. Besorgt redet sie auf ihn ein: »Und, wie gesagt: Wenn viel Verkehr ist auf der Autobahn, fährst du einfach nicht weiter!«
»Und du: Wenn du weggehst, vergiß net wieder, den Tresor zuzusperren. Du weißt, die Sammlung ist im Moment unser ganzes Vermögen!«
»Und von Hannover aus rufst du doch gleich an?!«

Eine knappe Woche danach: Edwina Stolberg sucht das *Institut Wunschpartner* in der Kastanienallee 17 auf. Sie trifft vor der Villa Felix, der gerade herauskommt und dem ihre schlechte gesundheitliche Verfassung nicht auffällt.
Er freut sich: »Frau Stolberg, guten Morgen!«
»Guten Morgen.«
»Na, Sie sind wohl mitten in den Vorbereitungen zum großen Ereignis?«
»Zu welchem?« Sie versteht, weicht verstört aus. »Ach so, nein, das muß vielleicht verschoben werden, wahrscheinlich. Deshalb bin ich ja... ist Frau Schongauer da, ich meine: Hätte sie ein paar Minuten Zeit?«
»Aber für Sie doch immer!«
Franziska ist allein im Büro und sieht Frau Stolberg natürlich auf den ersten Blick an, daß sie eine schlimme Woche hinter sich hat. Ist sie krank? Oder Herr von Schwingh? Was ist passiert? Nach fünf Minuten kennt sie die Ursache von Edwinas schrecklichem Zustand: Bodo ist verschwunden, und die arme Frau weiß nicht mehr weiter.
Franziska sieht noch nicht ganz klar und versucht zu rekonstruieren: »Sie waren also hier, zu der kleinen Abschiedsfeier – am Montag?«
»Ja. Und gefahren ist er dann Mittwoch früh. Er wollte sofort anrufen, am Abend, aus Hannover. Es muß ihm also schon auf dem Hinweg – etwas zugestoßen sein. Was ich nicht verstehe: Wie kann die Polizei nur so gleichgültig sein? Ich soll erst noch zuwarten. Sechs Tage, das sei noch keine Zeit! Zumindest müßte man doch die Unfallstationen auf der Strecke anrufen!«
»Herr von Schwingh könnte jemanden beauftragt haben, Sie zu benachrichtigen! Vielleicht Verwandte?«
»Die wohnen alle in der Gegend von Salzburg. Und ich kenne sie auch noch nicht!«

»Keine Namen, auch keine Adresse?«
Edwina erinnert sich: »Einmal hat er telefoniert, mit seiner Schwester. Fanny heißt sie. Mehr weiß ich nicht.«
»Hm. Hat er eine größere Summe Bargeld bei sich?«
»Bitte!« Edwina faltet die Hände. »Sagen sie jetzt nicht, daß er vielleicht überfallen wurde!«
Es versteht sich, daß Edwinas Unglück für das Team zum Thema Nummer eins dieses Tages wird, und daß vor allem Gregor sich in seinem alten Argwohn gegenüber dem undurchsichtigen Herrn aus Salzburg bestätigt fühlt.
Beim gemeinsamen Mittagessen kommt man endlich dazu, den Vorfall zu besprechen, Romy will von Franziska wissen: »Waren das seine sechzigtausend Mark oder ihre?–«
»Danach habe ich sie nicht gefragt. Sowas hört sich ja sofort nach einem Verdacht an!«
»Den haben wir ja auch«, meint Felix trocken.
»Ob wir Anzeige erstatten?« schlägt Gregor vor.
Aber Felix fände das nicht gut: »Kripo? Die lacht uns doch nur aus! *Wir* wären ja nicht mal geschädigt! Nein: Der einzige, der uns vielleicht sagen kann, was man tut in einem solchen Fall, ist der Kriminalrat. Schließlich war das sein Job!«
Franziska ist skeptisch: »Meinst du wirklich?«
Auch Romy hat Bedenken: »Ausgerechnet *er*!?«
Aber dann ruft man ihn doch an, und Ottheinrich kommt auch sofort ins Büro, wo ihn Felix und Franziska erwarten. Und selbstverständlich ist er auch bereit zu helfen, aber das wird nicht ganz leicht sein:
»Ich bin natürlich Herrn von Schwingh gegenüber nicht ganz unvoreingenommen, im übrigen in Pension: Ich könnte also dienstliche Ermittlungen gar nicht mehr anstellen. Nein, da müßte Frau Stolberg schon selbst, und zwar im Rahmen einer Anzeige bei der Kriminalpolizei, konkrete Verdachtsmomente vorbringen.«

»Zum Beispiel?« fragt Franziska, und Ottheinrich präzisiert:
»Wenn es *ihr* Geld ist, und er seine Sammlung mitgenommen hat: Das wäre ein hinreichendes Indiz.«
»Ob man das aus ihr herausholen kann, ohne daß sie merkt, worum es geht?«
Felix schaut erst Franziska an, dann das Telefon: »Probier's doch mal!«

Edwina muß sich ablenken, denn sie weiß, daß sie sonst den Verstand verliert. So geht sie zum Bücherschrank und greift nach Thomas Mann, ihrem Lieblingsautor. Zufällig sind es die *Bekenntnise des Hochstaplers Felix Krull*, die ihr in die Hand fallen. Sie hat diesen köstlichen Roman schon oft gelesen, heute überfliegt sie nur nochmal den Schluß: wie er Frau und Tochter des Professors erobert.
Hier bricht die Geschichte ab, sie ist ja Fragment geblieben. Kein Wunder, daß Thomas Mann aufgab. Er war einfach ratlos. Denn er hat seinen Helden so liebenswert angelegt und dabei intelligent, daß dieser sich jetzt allmählich doch sagen mußte: So kann das auf Dauer nicht weitergehen.
Mitten in diese Überlegungen kommt der Anruf. Franziska fragt natürlich vorsichtig, als habe sie manches nur noch nicht so recht verstanden. Aber Edwina hört die Absicht sehr wohl heraus und versichert zunächst entsprechend heftig: »Aber selbstverständlich: Seine Sammlung ist hier, im Tresor! ... Nein, da seien Sie ganz beruhigt! ... Das Geld? Dafür hat er mir einen Satz alter Schweizer Marken abgegeben, warum wollen sie das alles wissen?«
Aber dann kann sie doch nicht mehr umhin, das Kind beim Namen zu nennen: »Frau Schongauer, bitte seien Sie ehrlich: Sie fragen das doch, weil Sie ... etwas für möglich

halten, was ... völlig ausgeschlossen ist! Jeder Gedanke daran wäre einfach – absurd!« Die letzten Worte schreit sie fast in den Hörer.
Am anderen Ende der Leitung ist Franziska damit nun alles klar: »Sie hat das immer wieder betont, viel zu oft und viel zu engagiert!«
Felix nickt: »Dann hat sie's inzwischen also auch gespannt!« Und auch die andern stimmen zu.
»Aber wahrscheinlich ist für sie die Idee so ungeheuerlich ...« –
»... daß sie's nicht wahrhaben will ...« –
»... und sich's auch nie eingestehen wird ...« –
»... und Fremden gegenüber noch weniger!«
Felix schließt daraus: »Für uns heißt das: Wir müssen jetzt ohne sie weiterkommen!« Zu Ottheinrich: »Was schlagen sie vor?«
»Das einzige, was *ich* im Augenblick tun kann, ist herauszufinden, ob es eine Familie von Schwingh in Salzburg überhaupt gibt. Wenn nicht, ist zumindest klar, daß wir vielleicht nicht völlig daneben liegen mit unserem Verdacht!«

Zurück zu Edwina. Sie kann nach Franziskas Anruf eine Entscheidung nicht länger vor sich herschieben. Daß Bodo sie in einer Ungewißheit läßt, von der er weiß, daß sie ihre Kräfte übersteigt, ist völlig ausgeschlossen. Also ist er entweder nicht mehr am Leben oder ... Aber das wäre für sie noch schlimmer als sein Tod. Denn damit würde in ihr das zu Grabe getragen, was sie nach dem Tod ihres Mannes, noch aufrecht gehalten hat: der Glaube, daß auch der letzte Abschnitt ihres Lebens einen Sinn haben müßte.
Vor ihr liegen die drei Alben, die Bodo immer wieder so liebevoll aufgeschlagen und so zärtlich durchgeblättert hat, wie es ein Verbrecher nicht tun kann. Oder doch? Sie muß

endlich wissen, daß er keiner ist! Sie packt die Alben in eine Tasche und verläßt das Haus. Dabei ist ihr zumute wie einem, der erfahren hat, daß das Schiff, auf dem er sein Liebstes vermutet, gesunken ist, und der zur Reederei geht, um die Passagierliste einzusehen und zu erfahren, ob noch ein Funken Hoffnung bleibt oder nicht.

Sie geht in ein großes und offensichtlich seriöses Briefmarkengeschäft. Sitzt an einem Tisch, hat die Tasche auf dem Schoß und den Satz Briefmarken, den sie Bodo abgekauft hat, vor sich. Sie wartet, bis ein älterer Herr mit dem Katalog *Schweiz – Liechtenstein* kommt und sich ihr gegenübersetzt.

»So, das haben wir schnell! Die *Helvetia* 24/33 *ungestempelt*, komplett...« Mit Routine blättert er im Katalog und legt Edwina dann die Farbfotos zum Vergleich vor: »Hier: neun Franken der Satz. Gestempelt wären es achtzig.« Edwina wahrt Haltung, zeigt sich nicht überrascht und schon gar nicht enttäuscht: »Ich habe drei volle Alben...«

»... die Sie anbieten wollen, bitte: Ich schau sie mir gern durch!« Während Edwina ihm die Alben vorlegt, schränkt der freundliche Herr ein: »Prüfen kann ich das dann allerdings nur, wenn ich den Eindruck habe, daß es sich lohnt.« Dabei beginnt er schon, im ersten Album zu blättern und erklärt: »Sie ahnen ja nicht, was an Briefmarken so alles gesammelt wird!«

»Wenn Sie nur erst mal ganz grob schätzen würden...«

Da blättert er schon im zweiten Album und blinzelt sie zwischendurch kurz über die Brillenränder an: »Hoffentlich versprechen Sie sich keine goldenen Berge!«

Im dritten Album schließlich macht er nur zwei Stichproben, dann klappt er es zu und bedauert: »Tja: Soweit es sich überblicken läßt, ist das ausschließlich Pfennigware. Die Alben haben wahrscheinlich mehr gekostet, als die Marken drin wert sind!«

Edwina dankt und geht. Eine halbe Stunde später sitzt sie in irgendeinem der öffentlichen Parks auf irgendeiner der Bänke, die an den Kieswegen stehen. Sie weiß nicht, wie sie hierhergekommen ist, wundert sich, daß sie noch lebt, ist sicher, daß sie nicht weiterleben kann.
Aber die Sonne scheint. Der Rasen vor ihr atmet frisch den letzten Regen aus. Kinder und Hunde spielen. Edwina fängt an, sich entsetzlich zu schämen. Da amüsiert man sich köstlich über die Opfer eines Eulenspiegel, eines Casanova, eines Felix Krull. Und wenn es einen persönlich trifft, will man nicht mehr weiterleben können, obwohl man auch noch ganz allein selbst schuld ist! Wer einem Heiratsschwindler auf den Leim geht, ist einfach dumm und soll ruhig dafür zahlen. Die sechzigtausend Mark waren eigentlich viel zu wenig bei solchem Übermaß an Dummheit! Dazu das große Glück im Unglück: Niemand weiß von der Blamage! Die Polizei ahnt vielleicht etwas, wird aber froh sein, wenn die alte Tante ihr nicht weiter auf die Nerven geht.
Wäre sie doch nur nicht bei Frau Schongauer gewesen im *Institut Wunschpartner*! Sie ist die einzige, die zumindest einen Verdacht hat! Und sicher hat sie auch schon mit den drei anderen darüber geredet! Und ebenso sicher wollen die ihr jetzt helfen! Und was ist, wenn sie die Geschichte vielleicht sogar dem guten Kriminalrat erzählen? Und den trifft sie dann mal zufällig irgendwo – München ist ja so klein! Also, da würde sie tatsächlich auf der Stelle tot umfallen! Und deswegen muß wenigstens dagegen etwas getan werden, und zwar sofort! Heute noch!

Derselbe Abend also, im Clubzimmer das gewohnte Bild: der Gourmet und vier Paare.
Felix kommt vom Büro. Er geht an die Bar, wo Franziska

einen Kaffee trinkt und raunt ihr zu: »Frau Stolberg ist wieder da. Sie möchte dich sprechen. Allein!«
Sie schauen sich an: Da muß doch irgendwas passiert sein seit dem Telefonat! Sonst käme sie nicht schon wieder, sondern würde allenfalls anrufen!
Franziska geht hinüber ins Büro, wo Edwina auf sie wartet. Sie hat ihre Tasche mit den drei Briefmarkenalben auf dem Schoß und informiert Franziska, der freilich nicht entgeht, daß die ganze Unbefangeheit offenkundig gespielt ist.
»Er ist gar nicht bis Hannover gekommen. Hat schon auf dem Hinweg erfahren, daß die Familie seine Liaison mit mir rundweg ablehnt. Er war dann noch in Salzburg, hat alles versucht. Es müssen für ihn entsetzliche sieben Tage gewesen sein!«
Franziska glaubt ihr kein Wort und nickt: »Und heute ist er zurückgekommen?«
»Ja. Natürlich würde er zu seinem Wort stehen. Aber ich hätte ihn völlig von seiner Familie isoliert. Nein nein, ich glaube, es ist besser so!«
»Ja, wahrscheinlich ist das die einzige erträgliche Lösung.«
Franziska lächelt unmerklich, und Edwina pflichtet ihr erleichtert bei: »Eben: Das wollte ich Ihnen nur sagen...« – dabei packt sie die drei Alben aus – »und Sie bitten, diese Alben Ihrem Mitarbeiter, Herrn Gregor, zu geben. Er erzählte mir, daß seine Enkelin Briefmarken sammelt. Sie sehen, ich habe das auch mal getan, als ich jung war. Aber jetzt würden mich die Alben immer an Bodo erinnern und an seine wertvolle Sammlung«
In der Tat: Gregor hatte einmal Bodo und Edwina gegenüber erwähnt, daß eines seiner Enkelkinder Briefmarken sammle. Und auch er selber versteht ein bißchen was davon. So blättert er, als alle Gäste weg sind, an der Bar die drei Alben durch und ruft schließlich zu Franziska, die mit Felix und

Romy Stühle auf Tische kippt, hinüber: »Sagte sie nicht, ›als ich jung war‹? Letzte Ausgabedaten: 1983!«

Felix lacht wütend auf: »Bitte! Natürlich ist das ›seine wertvolle Sammlung‹! Aber was nützt uns das? Was nützt es *ihr*?«

»Wenn man einen winzigen Anhaltspunkt hätte«, grübelt Franziska. »Aber wir wissen nur, daß er bei ihr mal mit einer Fanny telefoniert hat...«

Felix unterbricht: »Moment mal: Wer heißt heute schon noch Fanny? Und auch noch in Salzburg?«

»...wo's eine Familie von Schwingh mit gh am Ende gar nicht gibt!« bemerkt Romy – sie hat das inzwischen vom Kriminalrat erfahren.

»Dann eben nicht Salzburg!« Felix wird ungeduldig: »Vielleicht müssen wir gar nicht so weit? Vielleicht war's nur ein Stadtgespräch?«

Romy stutzt, dann läuft sie zum Branchentelefonbuch und fängt an, hastig in den *Gelben Seiten* zu blättern. Gregor lacht: »Die hiesigen Fannys herauszufinden, dürfte auch nicht gerade einfach sein!«

»Wer weiß«, meint Felix mit einigem Sarkasmus, »im Zeitalter der totalen Verdatung: Vielleicht sind unsere Vornamen auch schon irgendwo alphabetisch gespeichert.«

Da schaut Romy vom Telefonbuch hoch und wird ganz sachlich: »Möglich, daß wir das gar nicht brauchen. Ich habe da eine *Fanny*!«

Felix versteht nicht: »Im Branchenbuch?«

»Ja!« erklärt sie: »Seine Masche sind doch Briefmarken! Und von denen muß er sich immer neue beschaffen! Hier ist eine *Briefmarkenzentrale Fanny Kippstein, Stadelweg 20.*«

Keiner zweifelt: Das muß sie sein! Und jetzt hat man den Fuß in der Tür! Und einmal mehr ist Romy die Schlauste gewesen!

Felix umarmt sie. »Romy, du entwickelst so etwas wie menschliche Intelligenz!«
Und Romy kontert lachend: »Hoffentlich fängt das bei dir auch mal an!«

Felix trifft sich mit Ottheinrich Bellmann, Kriminalrat a. D., in einem Café und informiert ihn: »Ich bin vorhin vorbeigefahren. Winziger Saftladen!«
»Briefmarkenzentrale Fanny: die Vermutung drängt sich natürlich auf!«
»Und wenn sie ihn beliefert, weiß sie auch, wo er rumhängt!«
»Wahrscheinlich. Aber solche Vögel singen nur, wenn man ihnen auf den Schwanz tritt. Und wie sollen wir das tun, ohne jedes Indiz?«
»Genau das frage ich mich auch. Und deshalb habe ich Sie ja gleich heute früh angerufen!« Felix wird eindringlich. »Herr Kriminalrat! Greifen Sie ganz tief in Ihre Kiste! Suchen Sie den besten Trick!«
Ottheinrich hat reiche Erfahrung mit großen und kleinen Ganoven, und er hat noch nichts verlernt. In einer knappen Viertelstunde ist die Schlinge geknotet, mit der man diese Fanny fangen will.
Felix fährt zurück ins Institut, dort zieht er sich um: Lederjacke, Jeans, Turnschuhe. Mittelscheitel, Öl in die Haare. So macht er sich mit den drei Briefmarkenalben in einer Plastiktüte auf den Weg.
Das Lädchen, nicht viel größer als ein Kiosk und ebenso schmuddelig wie die Inhaberin, führt neben Briefmarken auch Zeitungen, Tabak und Spirituosen. Hinter der Verkaufstheke ist ein Tischchen mit zwei Stühlen in die Ecke geklemmt. An dem hockt sie, liest in einem der Romane, die zu Fernsehserien erscheinen, und trinkt dabei deutschen Wodka.

Felix tritt ein. Er spielt den kleinen, etwas einfältigen *Wasserträger* eines großen Ganoven. Fanny reißt sich, eher mißmutig, von der Lektüre los, kippt den Wodka, kommt die anderthalb Schritte zur Theke und fragt: »Was wünschen S'?«
Felix nimmt die drei Alben aus seiner Plastiktüte und legt sie auf die Theke.
Fanny erkennt die Alben sofort, verbirgt aber die Unsicherheit, die in ihr hochschleicht: »Wo haben S' die her?«
Felix beugt sich, Ellenbogen aufgestemmt, über die Theke und wird vertraulich: »Hör mal: Wir wollen hier nicht Maria und Josef spielen, ist das klar?«
Er richtet sich auf, deutet zu dem Ecktischchen: »Um die Zeit brauch ich meinen ersten Kurzen!« Dabei steigt er über die Theke und sitzt auch schon an dem Tischchen, um einen großen Schluck aus der Wodkaflasche zu nehmen. »Ah, das baut die Leber wieder auf!« Dann wird er sachlich.
»Also: Du sollst die Mappen neu einbinden! Andere Farben, und sie morgen abgeben. Du wüßtest, wo.«
Fanny bleibt argwöhnisch, ist auch etwas erstaunt: »Warum kommt er nicht selber und holt sie?«
»Er hat ein schlechtes Feeling: Die Greifer sind ihm wieder mal auf den Socken!«
»Okay.«
Da kommt Ottheinrich herein. Felix erschrickt wie noch nie in seinem Leben, flucht unterdrückt – »Scheiße!« – und versteckt sich, eifrig lesend, hinter einer Zeitung.
Fanny, dadurch zusätzlich verunsichert, wendet sich dem Kunden zu: »Was darf's denn sein?«
Aber Ottheinrich hat inzwischen die drei Alben entdeckt. Er legt sie nebeneinander und blinzelt Fanny an: »Interessant: zwei rote und ein blaues.« Er lächelt ganz kurz und wird sofort wieder dienstlich: »Kriminalpolizei! Wem gehören die denn?«

»Einem Kunden. Ich soll sie neu einbinden.«
»Ah so!« Er hebt die Stimme: »Übrigens: Wer ist denn der Herr dort in der Ecke?«
Felix läßt resigniert die Zeitung sinken, steht gehorsam auf und grinst demütig: »Bloß ich, Herr Hauptkommissar!«
Ottheinrichs Überraschung ist groß. »Da schau her: der Toni! Hast *du* die Alben gebracht?«
»Was für Alben?« Felix stellt sich natürlich dumm.
»Die da: von deinem Chef! Den suchen wir nämlich! Wo ist er denn?«
Felix schwört: »Keine Ahnung, Herr Hauptkommissar, keine Ahnung!«
»Und Sie?« Ottheinrich schaut Fanny sehr mißtrauisch an. Die zittert vor Angst: »Ich ... woher soll *ich* denn ...?«
»Tja, dann gehen wir mal alle drei am besten gleich zum Präsidium!«
Aber da gerät Felix echt in Panik: »Warum? Ich hab doch nichts damit zu tun!« Er deutet hektisch auf Fanny: »*Sie* weiß es! Sie soll ihm die Alben bringen: Sie muß es wissen!«
»Er lügt!« schreit Fanny, aber der Hauptkommissar lächelt: »Der Toni lügt bloß, wenn er muß!«
Er legt Felix die Hand auf die Schulter und wird väterlich: »Kannst gehen! Aber werd wieder brav! Du siehst: Es dauert nie lange!«
»Danke, Herr Hauptkommissar, vielen Dank! War unheimlich nett, daß wir uns wieder mal ... ciao!«
Während Felix alias Toni sich eilig verkrümelt, schlägt Ottheinrich den Ton an, den Fanny von früheren Verhören her kennt – Verhören, bei denen es kein Entrinnen gab.
»Also?!« Noch schweigt Fanny. »Ich brauche nur seine Adresse. Wenn Sie mir die geben, ist für Sie die Sache erledigt. Wenn nicht, müssen wir uns auch mit Ihnen näher befassen: mit Ihrem Kontakt zu diesem Kunden!«

Er schiebt ihr Papier und Bleistift hin: »Hier, schreiben Sie's drauf!«
Fanny will nicht wieder in die Mühle und schon gar nicht für diesen Katzelmeier, der sich neuerdings Bodo von Schwingh nennt und der sowieso immer miserabel bezahlt hat. So nimmt sie gehorsam den Bleistift zur Hand.

Starnberg. Eine Komfortvilla im Bungalowstil inmitten eines gepflegten Parks. Nahe dem Eingang steht der Wagen des Kriminalrats. Dieser sitzt am Steuer, Felix neben ihm. In der Nähe parkt Bodos ehemals teures Sportkabriolett, das beide ja hinreichend kennen. Niemand ist zu sehen, und so bleibt ihnen nicht anderes übrig als zu warten.
Endlich, nach anderthalb Stunden, kommt Bodo. Felix, mit einem der Alben in der Hand, steigt aus, so daß sich beide vor dem Eingang treffen: »Grüß Gott, Herr von Schwingh – oder wie heißen Sie zur Zeit?«
Er zeigt Bodo das Album, das dieser natürlich sofort wiedererkennt. Aber noch behält er die Übersicht: »Was soll das?«
»Damit möchte ich mich nur sozusagen legitimieren.«
Inzwischen ist auch Ottheinrich ausgestiegen, und Bodo wird nun doch schon ein bißchen nervös: »Sagen S' mal: Was wollen S' denn von mir?«
Felix grinst ihn an: »Dreimal dürfen Sie raten!« Bodo erkennt, daß Leugnen zwecklos wäre. So ändert er die Taktik und geht gegenüber Ottheinrich in die Offensive: »Sie sind in Pension: Verhaften können S' mich nicht!«
Ottheinrich weiß das sehr wohl: »Nur *vorläufig festnehmen*. Dazu ist nach Paragraph 127 Strafprozeßordnung jedermann befugt.«
»Zur Feststellung seiner Personalien!« Bodo kennt das Strafrecht genauso gut. »Paragraph 127, Absatz eins! Und Sie kennen meine Person!«

»Und Sie den Paragraphen 127, Absatz 2a: ›Auch zur Verhinderung der Fortsetzung einer Straftat, falls diese noch nicht beendet ist.‹« Er deutet zur Villa. »Ihre Straftat ist noch nicht beendet!«
Bodo fängt an, nervös zu werden: »Bittschön, dann verzicht ich halt – auf die Fortsetzung meiner Straftat!«
Er will zu seinem Wagen, aber vor dem baut sich Felix auf. Der tippt Bodo mit Blick zur Villa spielerisch vor die Krawatte: »Dort hat sich gerade eine Gardine bewegt. Die arme Frau Konsul würde sich doch sehr wundern, wenn Ihnen jetzt die Krawatte verrutscht!«
Und Ottheinrich zitiert weiter: »Paragraph 127, zwo sieben: ›Es darf, soweit angemessen, physische Gewalt angewendet werden.‹«
Da gibt Bodo auf, seine Stimme wird klein: »Also – geh' ma! Wo is das nächste Revier?«
»Revier? Das hatten wir eigentlich gar nicht vor!«
»Was denn sonst?« fragt Bodo verblüfft.
Als Antwort deutet Felix auf Ottheinrichs Wagen – höflich, aber bestimmt: »Wollen wir nicht Platz nehmen?«
Sie steigen ein, fahren aber noch nicht los, und Felix erklärt Herrn Katzelmeier, der so gar nichts Aristokratisches mehr an sich hat: »Frau Stolberg möchte auf eine Anzeige verzichten, vorausgesetzt natürlich, sie kriegt ihr Geld zurück. Wenn Sie also in der Lage sind, uns die sechzig Mille zu beschaffen, sagen wir: innerhalb einer Stunde ...«
»Achtundvierzig hab ich noch!«
»Wo?«
»Auf'm Konto natürlich!«
»Also fahren wir zu Ihrer Bank!« sagt Felix, und Ottheinrich dreht den Zündschlüssel.
Dort muß er die Achtundvierzigtausend abheben und seinen beiden Peinigern übergeben, und die lassen ihn dann ein-

fach stehen. Und dabei hätt' er den Zaster so nötig gebraucht: Für den Urlaub mit der Frau Konsul in Portofino, auf seinem Schloß und auf seiner Jacht – alles schon gemietet für sechs Wochen! Aber halt noch nicht anbezahlt! An die Aktien von ihrem verstorbenen Gemahl wär' er dann auch leicht rangekommen! Und ihren Bungalow in Starnberg hätt' sie ihm eh' überschrieben! Da wird jetzt nix draus!
Derweilen sind Felix und Ottheinrich auf der Rückfahrt nach Grünwald und der Kriminalrat gesteht: »Den Verdacht hatte ich ja von Anfang an. Aber ich war eben befangen, kam mir irgendwie lächerlich vor, wie ein alter, eifersüchtiger Hirsch.« Er wird ganz traurig. »Ja, und jetzt ist es zu spät!«
»Muß ja nicht sein. Zumindest sollten sie sich mit ihr nochmal in aller Freundschaft aussprechen.«
»Und was machen wir mit den achtundvierzigtausend Mark? Wir können ihr das Geld doch nicht zurückgeben, ohne daß sie erfährt, daß wir Bescheid wissen!«
»Vielleicht doch. Ich habe mir da schon was überlegt!«

Für Edwina Stolberg war alles ein böser Traum. Und jetzt ist sie sogar ein bißchen erleichtert, daß dem Schaden wenigstens nicht auch noch der Spott folgen kann. Die einzige, die vielleicht Verdacht geschöpft haben könnte war ja diese nette Frau Schongauer vom *Club Wunschpartner*. Aber eben diesen Verdacht hatte sie ja recht geschickt weggeschwindelt – und war dabei auch noch die drei Briefmarkenalben, das fragwürdige Souvenir an die größte und kostspieligste Dummheit ihres Lebens –, losgeworden. Und auch noch zu einem guten Zweck: Die Enkelkinderchen des reizenden alten Oberkellners würden daran ihre Freude haben.
Edwina geht in letzter Zeit zu dem Friseur, den ihr Franziska einmal empfohlen hatte. Dort begegnen sich die bei-

den Frauen rein zufällig und kommen natürlich ins Gespräch – auch über Kriminalrat Bellmann, den Franziska gestern ganz zufällig getroffen hat. Und der eigentümlich nervös geworden war, als er erfahren hatte, daß Edwina unerklärlicherweise wieder alleine sei. Vielleicht würde sie *ihm* den Grund sagen?

Im Clubzimmer sitzen an einem der Tische Edwina und Ottheinrich beim *kleinen Menü*. Edwina schwindelt sich und ihn an: »*Er* hat es wahrscheinlich *auch* geglaubt. Aber dann haben wir plötzlich beide gespürt: Wir sind eben doch nicht füreinander bestimmt!«
Gregor tritt an den Tisch: »Störe ich?«
»O nein, überhaupt nicht!«
Gregor wendet sich an Edwina: »Es ist wegen der Briefmarkenalben, die Sie mir für meine Enkelin...« – er legt zwei sorgfältig in Klarsichtfolie verpackte Marken vor – »... da hat sich etwas Überraschendes und Erfreuliches herausgestellt. Ein Freund von mir, der mehr davon versteht als ich, hat die Mappen durchgesehen und, mitten in einem Satz ähnlicher, aber völlig uninteressanter Marken: diese beiden entdeckt. Zwei *Toscana drei Lire dunkelgelb 1860 Savoyen*. Echte Raritäten! Wert jeder Marke: Katalogpreis vierundzwanzigtausend! »Er lächelt. »Die sollte man ja nicht unbedingt einem Kind schenken!« Er schiebt ihr die Marken hin: »Bitte – sie gehören Ihnen!«
Edwina und Ottheinrich bleiben bis Mitternacht. Dem Kriminalrat wird immer unerklärlicher, wie er so unentschlossen hatte sein können.
Und Edwina? Sie weiß, die Beichte steht ihr noch bevor: daß sie und Herr von Schwingh sich nicht in aller Freundschaft getrennt haben, sondern...
Im Augenblick kann sie das Ottheinrich noch nicht sagen:

»Eine kleine Enttäuschung bleibt natürlich – nach so einer Sache!«
»Ich bin überzeugt, Sie werden es überwinden!«
»Sicher, aber das braucht eben Zeit …«
»… die haben wir ja!« Er lächelt. »Wir sind ja beide noch nicht *so* alt.«
Er schaut sie an und sie nimmt über die Tischplatte weg, seine Hand. Diese Hand ist warm und trocken, wie die ihres verstorbenen Mannes – im Gegensatz zu der von diesem – *Bodo*. Die war immer kalt gewesen, feucht und kalt. Sie bestellen ein Taxi.

Schlimme Finger

Es wurde schon gesagt, daß es im *Institut Wunschpartner* zwei Klienten gibt, die eine gewisse Sonderstellung einnehmen. Der eine ist Monsieur Dupellier, der Gourmet. Er sucht gar keine Partnerin, ist offensichtlich an Frauen nicht interessiert, und kommt nur wegen Gregors *kleinem Menü*, das aber beinahe jeden Abend. Da er so lieb ist, daß man ihn einfach nicht verjagen will, hat das Team ein Arrangement getroffen: Er erscheint pünktlich um 19 Uhr und verschwindet ebenso pünktlich um 21 Uhr 30, so daß sein Tisch noch einmal vergeben werden kann: Irgendein Paar kommt aus beruflichen oder sonstigen Gründen immer erst um diese Zeit.

Der zweite Sonderfall ist Herr Wilmshagen. Er genießt ein Privileg anderer Art. Als Sachbearbeiter für Gewerbebetriebe T bis Z beim Finanzamt ist er jetzt für das Institut ebenso zuständig, wie er es vorher für die Steuerberaterkanzlei des verstorbenen Herrn von Trautwein gewesen war. Warum sollte man ihm als altem persönlichem Bekannten Franziskas und sozusagen auch als Freund des Hauses nicht die Aufnahmegebühr ebenso erlassen wie die monatlichen Clubbeiträge?

Romy hatte zwar gewisse moralische Bedenken dagegen geäußert, war aber damit alleine geblieben. Nein, das war sie nicht: Vor einigen Tagen kam Herr Wilmshagen und bezahlte unaufgefordert. Dabei gestand er Franziska, daß er sich auf diese kleine Begünstigung – das Wort *Bestechungsversuch* vermied er – nur eingelassen habe, weil er sich als verant-

wortungsbewußter Beamter auf die Weise auch einmal habe Eintritt und damit Einblick verschaffen wollen in ein solches Büro, deren er mehrere in seinem Zuständigkeitsbereich habe. Er befand, daß hier durchaus korrekt gearbeitet werde, für ihn also kein Anlaß mehr bestehe wiederzukommen.
Daß er im Club nach mehreren Enttäuchungen nun sogar eine Dame kennengelernt hat, mit der er zunächst einmal die Wochenenden verbringen will, erwähnte er nebenbei. Sei's drum: Eine Woche zuvor hätte das Team noch nicht geahnt, daß es zumindest kein Fehler gewesen war, Herrn Wilmshagen für den *Club* zu werben.

Das Ehepaar Hackenstößer bewohnt ein Häuschen mit Gärtchen irgendwo in einem Außenbezirk, und alle Nachbarn finden beide unausstehlich. Er heißt Konrad, ist Doktor der Philosphie und Oberstudienrat – ein verbitterter Oberstudienrat, weil er wieder einmal nicht Direktor wird.
Der Name seiner Gattin ist Brunhilde, er nennt sie Bruni. Auch sie ist verbittert – vor allem, weil ihr Mann sie ständig unterdrückt. Was sind das immer wieder für Kämpfe, bis sie sich endlich durchgesetzt hat! Konrad geht in dem etwas übermöblierten (aber es sind eben alles Erbstücke!) Wohnzimmer auf und ab. Dabei ißt er ein Stück Kuchen mit der Gabel vom Teller und grübelt darüber nach, wie er dem Kollegen Pfeiffer, der vergessen hat, ihm zum Geburtstag zu gratulieren – sich dann zwar entschuldigt, aber er hat es immerhin vergessen – wie er also dem Kollegen Schopfer eine reinwürgen kann.
Die Tür zum Flur ist offen, draußen hört man zwei Frauenstimmen, und dann fällt die Wohnungstür zu. Bruni kommt herein. »Schon wieder die Caritas: Überschwemmung in Bangladesch!«
»Und? Wer spendet für *uns*: Hier war der Sommer auch total

verregnet! Wenn nachher der Klopf kommt, bin ich in der Bibliothek.«
»Klopf?« Bruni erinnert sich. »Ach, den wir neulich auf dem Weinfest... Ist das überhaupt ein regulärer Steuerberater?«
Konrad weicht aus: »Jedenfalls hat er mir gleich ein paar Tips gegeben, auf die wäre der bisherige nie gekommen!«
»Bitte, denk immer dran«, warnt die Gattin, »dieses Geld...«
Aber weiter kommt sie nicht. Der Chef unterbricht ärgerlich: »... habe ich in dreißig Jahren sauer verdient: tausende von Nachhilfestunden! Und deshalb schenken wir dem Finanzamt nicht mehr davon, als unbedingt sein muß!«
Es läutet. »Das ist er wahrscheinlich!«
Während Bruni öffnet, geht Konrad hinüber in seine Bibliothek. Auch sie enthält zu viele Erbstücke, und auch hier hat man den Eindruck, es wird schlecht gelüftet.
Emil Klopf tritt ein. Er ist fünfzehn Jahre jünger als die Hackenstößers, also Anfang vierzig. Er hat zu große Ohren und spitzt beim Sprechen den Mund, so daß man meint, er wolle, was er zu sagen hat, pfeifen.
Klopf stellt sein Aktenköfferchen artig neben den reichgeschnitzten Schreibtisch und nimmt mit ebenso artiger Verbeugung das gefüllte Schnapsglas entgegen, das ihm der Herr Doktor zur Begrüßung reicht. Daß Hackenstößer nur mit »Herr Doktor« und nicht mit »Herr Oberstudienrat« angeredet werden möchte, hat ihm dieser schon gesagt: Oberstudienräte sind auch die anderen älteren Kollegen, den Doktor haben nur wenige.
Konrad prostet ihm jovial zu: »Also, auf gute Zusammenarbeit!«
»Wovon ich überzeugt bin, Herr Doktor!«
Sie trinken, der Gastgeber nimmt das Glas zurück und stellt es weg.

»Gehen wir also gleich« – Konrad ist Lateiner – »in *medias res*!«
Während sich die Herren setzen, nimmt Emil schon einen Ordner aus dem Koffer und blättert ihn auf: »Tja, um das Unangenehme gleich voranzustellen: An dem Bescheid selbst ist nichts mehr zu reparieren. Die Achtzehntausend müssen sie wohl nachzahlen. Warum der Unglücksmensch, der Ihre Erklärung gemacht hat, allerdings sogar die kanadischen Anleihen – na, Sie wissen ja: Warum er das einfach so angegeben hat, dieses Geheimnis hat er wohl mit ins Grab genommen!«
Konrad hofft: »Und mit einem Einspruch ...«
Doch Emil bedauert: »... kämen wir nicht durch. Die Angaben stimmen ja – leider! Der Mann hat eben ganz schlicht für die Steuer gearbeitet, nicht für Sie! Und das macht uns jetzt alles so schwer: Das Finanzamt kennt den wahren Sachverhalt!«
Emil lehnt sich zurück, er gewinnt an Sicherheit: »Wir müssen alles umpolen. ich habe schon diverse Strategien überdacht! Na, wir schaffen das schon!« Er schränkt ein: »Allerdings, wie gesagt, die Achtzehntausend ...«
»... irgendwelche Regreßforderungen?«
»... gegen einen toten Steuerberater, dessen Büro inzwischen verkauft ist?«
Konrad regt sich auf: »Und das ist noch nicht alles – stellen Sie sich vor: Von dem Erlös hat seine alte Sekretärin zusammen mit dem Sohn so ein besseres Bordell aufgemacht! Nennt sich *Partnervermittlung*, man kennt das ja!« Er bleibt hartnäckig. »Da *muß* sich doch was machen lassen!«
Aber Emil bedauert erneut: »Nicht von mir: Schließlich ist das nicht mein Job! Wenn *Sie*'s dort versuchen wollen, vielleicht auf dem Kulanzweg ...«

Am Abend nach diesem folgenschweren Gespräch herrscht im *Clubzimmer* die gewohnt gute Stimmung. Es ist 19 Uhr 15, der »Gourmet« ist schon bei der Vorspeise, die andern nehmen einen Aperitif oder haben noch nicht bestellt.

Am zweiten Tischchen sitzen heute Isa und Hannes, beide Mitte Zwanzig.

Sie hat ein hübsches Gesicht, das aber so übersät ist von Sommersprossen, daß man es zunächst anstaunt wie den Sternhimmel durchs Teleskop. Als Datentypistin verdient sie zwar gut, will aber doch lieber endlich einen richtigen Mann und dann auch Kinder. Und das gibt sie auch ehrlich zu.

Er arbeitet als Führungskraft für verschiedene Firmen im Außendienst, Isa hat aber jetzt schon den Verdacht, daß er ein schlichter Vertreter ist.

Er nippt an seinem Sherry: »Man muß heute mobil bleiben! Wenn der Rubel in Kiel oder Flensburg rollt, schwirr ich morgen ab nach Kiel oder Flensburg!«

»Und übermorgen nach Australien!«

Für Ironie hat Hannes kein Gespür, er steigt sofort ein: »Australien macht mich schon immer unheimlich an!«

»Also ganz ehrlich: Eigentlich wollte ich eine Familie gründen, keinen Wanderzirkus!« Isa ist nicht sehr glücklich mit ihm: Im Videointerview hat er noch nicht so angegeben.

Romy führt Herrn Oberstudienrat Doktor Hackenstößer herein, der Frau Schongauer ›in einer dringenden persönlichen Angelegenheit‹ sprechen möchte.

»Oder soll ich Frau Schongauer ins Büro bitten?«

Konrad schaut verstohlen um sich: »Nein, ich finde das hier – schon sehr aufschlußreich!«

Da erkennt ihn Franziska, die gerade gemeinsam mit Gregor ein ältliches Pärchen berät, die beide Diät halten müssen, und sie erschrickt, wie sie auch früher stets erschrocken war,

wenn der dürre Schulmann in der Kanzlei auftauchte. Denn mit ihm hatte es nichts als Ärger gegeben.
So auch heute. Franziska ist schon nach wenigen Sätzen frostig geworden: »Sie werfen uns also vor, daß wir Ihnen korrekte Steuererklärungen gemacht haben?«
»... mit dem Ergebnis einer völlig ungerechtfertigten Nachzahlung von ...«
Franziska unterbricht wütend: »... Ungerechtfertigt?«
»Ja! Mein neuer Steuerberater hat mir das exakt nachgewiesen!«
»Ach, den Herrn würde ich gern mal kennenlernen!«
»Natürlich kann *er* in dieser Sache nicht offiziell tätig werden!«
»Und warum nicht? Wenn er meinem verstorbenen Chef Fehler in der Beratung nachweist, dann deckt das unsere Versicherung noch ab! Allerdings«, warnt sie, »würde die dann auch *Sie* genau überprüfen. Ganz zu schweigen von dem Verdacht, den das Finanzamt schöpfen müßte!«
Konrad ist irritiert und wird deshalb aggressiv: »Ach, Sie wollen mir drohen? Also Frau Schongauer, wir werden schon sehen, wer hier wem drohen kann ...«
»Herr Oberstudienrat, ich glaube, wir sollten unser Gespräch beenden.« Franziska sagt das ganz ruhig und läßt ihn einfach stehen.
Das Gespräch hat, von den Gästen unbeachtet, an der Bar stattgefunden. Herr Oberstudienrat Doktor Hackenstößer kocht und geht.

Emil Klopf führt seine Firma als Einmannbetrieb: vorn das Büro, in dem er neulich eine Maus gefangen hat – eine ganz kleine, also ist auch die Mutter noch irgendwo – hinten die Wohnung, bestehend aus dem Schlafzimmer mit Kochnische. In diesem Augenblick sitzt er im Büro am

Telefon, vielmehr steht er, denn auf dem Stuhl liegen Schriftsachen.
Er muß sich gerade, wie oft mehrmals täglich, gegen völlig unbegründete Vorwürfe eines Klienten zur Wehr setzen: »Was heißt Steuerberater: Ich mache Anlageberatung, Wirtschaftsberatung, Betriebsberatung! Und eben auch Steuerberatung! Und ich habe *Sie gut* beraten! – Okay, dann liquidiere ich eben nur meine bisherigen – *wo* haben Sie sich erkundigt?« Er weiß, da ist nichts mehr drin, und wird wütend: »Ach, lecken Sie ...«
Den Rest verschluckt er, denn vielleicht hat der andere einen, der mithört, und dann gibt's Ärger. So knallt er nur den Hörer auf die Gabel und räumt schnell zwei Stühle leer, denn draußen läutet es.
Und dann sitzt ihm Konrad Hackenstößer gegenüber und windet sich, bis Emil ihn unterbricht: »Im Klartext: Man hat Sie rausgeschmissen!«
»So ist es!« In Konrad brodelt es wieder. »Und dafür werde ich mich jetzt revanchieren! Diese Leute sollen wissen, daß ich ihnen mehr schaden kann als sie mir!«
»Tja, sowas ist natürlich«, – Emil wittert ein neues Fresserchen – »in erster Linie eine Kostenfrage!«
»Woran denken Sie?«
»Zunächst braucht man Informationen: Ein solcher Laden ist ja nie ganz sauber. Kann es gar nicht sein!«
»Ob wir ein Detektivbüro ...?«
»Vielleicht geht's auch ohne«, sagt Emil. Dabei werden seine Augen ganz klein und die Lippen noch spitzer als gewöhnlich.
Das »o« von *ohne* kommt aus einem runden Loch, wie wenn ein Zigarrenraucher Ringe in die Luft haucht.
Noch am gleichen Tag läßt er sich in den *Club Wunschpartner* aufnehmen. Franziska legt ihm die Formulare vor: »Hier,

ins *Persönlichkeitsprofil* tragen Sie bitte Ihre Daten ein: Alter, Beruf, Konfession und so weiter. Aber auch, wie Sie sich selber sehen: ob Sie sich für verschwenderisch halten oder sparsam, ob Sie gern zum Fußball gehen oder lieber ins Konzert...«

»Und wenn zum Beispiel beides?«

»...kreuzen Sie beides an. Und hier das *Partnerwunschbild*: wie Sie sich Ihre Wunschfrau vorstellen!«

»Und die Formulare...?«

»...vergleicht dann unser Computer mit allen anderen und weist die optimale Entsprechung aus. Und mit der kontaktieren sie dann, zunächst per Video...«

»...also das finde ich alles so toll, daß ich am liebsten sofort...« – er zückt seine *American Express* – »mit der Aufnahmegebühr bin ich doch gleich Mitglied?« Und schon füllt er den Scheck aus. »Ich finde, solche Entscheidungen muß man ganz spontan...« – er lacht – »ich bin überhaupt spontan! Furchtbar spontan! Und furchtbar neugierig!«

»Bitte, bei uns brauchen Sie sich nicht zu bremsen. Und wenn Sie Fragen haben, fragen Sie: Wir haben hier keine Geheimnisse!«

Die Formalitäten sind schnell erledigt. Für den cleveren *Wirtschaftsberater* – die Berufsbezeichnung kennt Franziska noch gar nicht – gibt es auf jede Frage nur ein spontanes *Ja* oder *Nein*. Auch seine *Wunschfrau* definiert er auf den Zentimeter und aufs Kilogramm genau.

Nächste Station: Videothek, hier ist Felix am Schneidetisch beschäftigt.

Entsetzlich, manche Kunden! Zieren sich stundenlang, bis man sie vor die Kamera kriegt! Und dann quatschen sie ganze Bänder voll! Mit Gelaber, von dem man bloß drei Sätze überhaupt anbieten kann!

Deshalb freut er sich, Herrn Klopf kennenzulernen: »Klien-

ten wie Sie lieben wir. Denn die haben wir nicht lange als Klienten!«
»Herr Klopf weiß schon über alles bestens Bescheid«, meint Franziska.
Aber Emil verwahrt sich lachend: »Oh, man weiß nie genug!«
Felix hat zwar nie Zeit, aber wenn sich ein Neuzugang so begeistert für sein Institut interessiert, und dieser Knabe steuert sogar Ideen bei... Jedenfalls informiert ihn Felix über alles, zeigt ihm jedes Detail.

Und noch am gleichen Abend erstattet Emil seinem Auftraggeber Bericht: »Schon die Sekretärin hat mir mehr erzählt, als wir brauchen. Und der Typ, der Computer und Video macht, ist mir dann vollends ins Messer gelaufen: Dieses *Institut*, wie es sich nennt, ist gar keins! Kein Eigentümer, keine Buchhaltung, keine Arbeitsverträge: nichts, nichts! ›Machen wir alles, wenn wir mal Zeit haben für sowas‹, meint er. Wenn wir also gleich zuschlagen: Gewerbeaufsicht, Ordnungsamt wegen der *Clubküche*, Polizei, Sitte: gewerbsmäßige Kuppelei – übrigens mit Sicherheit auch steuerlich noch nicht erfaßt...«
Konrad hebt den Zeigefinger: »Steuerlich noch nicht erfaßt: Da müssen wir den Hebel ansetzen!«
Und schon am nächsten Tag setzt er ihn an. Die Sekretärin des Finanzamtsvorstehers weiß: Querulanten können Ärger machen. Einer, zu dem sie mal unfreundlich gewesen war, hatte sich dann als Schwiegersohn eines Abgeordneten entpuppt und sie fast um ihren Job gebracht. Sie hatte damals sogar das Arbeitsgericht anrufen müssen.
So schaut sie den offensichtlich sehr erbosten Herrn, der nach hartem Anklopfen unaufgefordert ihr Büro betritt, zunächst nur fragend an.
Und als der Oberstudienrat und Doktor auf ihren Vorschlag

hin, seine Beschwerde doch bitteschön schriftlich vorzubringen, die blecherne Stimme hebt: »Diese unglaubliche Angelegenheit müßte eigentlich den Herrn Regierungsdirektor selbst interessieren!« zwingt sich die Dame sogar zu einem Lächeln: »Schön, ich will sehen, was ich tun kann!«
Sie steht auf, geht hinüber zu ihrem Chef und überzeugt ihn, daß dieser penetrante Mensch ohnehin nicht locker lassen würde. Und so empfängt der Herr Regierungsdirektor den Herrn Oberstudienrat – für fünf Minuten, denn dann muß er zu einer Sitzung in die Oberfinanzdirektion. Und Konrad Hackenstößer schildert mit Hilfe eines Spickzettels die unglaublichen Zustände im *Institut Wunschpartner*.
Der Finanzamtsvorsteher ist ein Mann mit der Geduld eines Eseltreibers, aber nach zehn Minuten muß er die Empörung ohne Punkt und Komma doch abstoppen: Also Herr ...?«
»... Oberstudienrat Hackenstößer.«
»... Herr Oberstudienrat: Ihre Anschuldigungen gegen dieses Institut sind, vorausgesetzt, sie erweisen sich als stichhaltig ...«
Konrad unterbricht hart: »Es sind Fakten! Ein Bekannter von mir ist Mitglied in diesem ominösen *Club*!«
»Eben das wollte ich fragen: Sie selbst sind von diesen Mißständen nicht betroffen?«
»Davon betroffen sind wir alle. Ganz abgesehen vom moralischen Aspekt, hat jeder Bürger das Recht und die Pflicht zu verhindern, daß einer sich auf Kosten aller bereichert – steuerlich. Insoweit vertrete ich hier sehr wohl ein öffentliches Interesse!«
Der Finanzamtsvorsteher hat viel Erfahrung und sieht deshalb ein, daß es am klügsten ist, diesem unangenehmen Zeitgenossen erst einmal im Prinzip zuzustimmen. Und so verläßt ein siegesbewußter Oberstudienrat das Finanzamt, während dessen Vorsteher kopfschüttelnd die Taste an sei-

nem Sprechapparat drückt: »Frau Lembach! Sachbearbeiter Veranlagung T bis Z ist doch Herr Wilmshagen?«
»Ja!« kommt die Antwort aus dem Plastikkästchen.
»Bitten Sie ihn doch zu mir mit der Akte *von Trautwein*, Sie wissen: der neulich verstorbene Steuerberater... ganz recht!«
Herr Wilmshagen sucht seinen Chef auf – mit gutem Gewissen. Auch wenn jemandem sein Kontakt mit dem *Institut Wunschpartner*, einem seiner Steuerkunden also, aufgefallen sein sollte: Er ist dort Clubmitglied wie jeder andere, und Franziska hat ihm die Quittungen für Aufnahme und Beiträge die paar Wochen rückdatiert.
Trotzdem ist er erleichtert zu erfahren, daß es um ihn persönlich gar nicht geht, und so kann er objektiv referieren: »Ich kannte ja Herrn von Trautwein, ich kenne auch seine Sekretärin: eine durch und durch integre ältere Dame. Sie hat mich nach dem Tod ihres Chefs genau informiert: über den Verkauf des Steuerbüros und über die neue Partnervermittlung. Sie schreibt« –, er liest aus der Akte vor – ›Die Steuererklärungen werden wir fristgerecht einreichen.‹«
»Dieser Oberstudienrat scheint mir der Prototyp eines Denunzianten und Querulanten zu sein. Wenn wir nichts unternehmen – er hat von der Presse gesprochen, Oberfinanzdirektion... Was schlagen Sie vor?«
»Hm. Vielleicht sollte man Frau Schongauer signalisieren, daß gewisse Umstände uns veranlassen könnten, eine Sonderprüfung durchzuführen.«

Konrad Hackenstößer und Emil Klopf wollen doppelgleisig vorgehen. Während der Oberstudienrat nach seinem ersten Vorstoß beim Finanzamt in den nächsten Tagen andere Behörden mobilisieren wird – er denkt dabei zunächst an Gesundheitsamt, Gewerbeaufsicht und Sitte –, soll sein De-

tektiv ausforschen, was in diesem fragwürdigen *Club* denn so alles getrieben wird.
Emil tut das gern, zumal ihm der ahnungslose Felix das Album der schon vermittelten Paare gezeigt hatte, und es waren einige ganz knackige Muttis darunter. Vielleicht kann er sich da ganz nebenbei irgendwas angraben?
Er ruft an, und Felix lädt ihn für den folgenden Abend ein. Er weist ihm jene Isa zu, die nicht mit einem Vertreter morgen nach Kiel und übermorgen nach Australien will. Felix deutet das an und erklärt offen, daß ihm Isa sehr wohl den Eindruck einer emanzipierten Frau mache, keineswegs aber den einer *Emanze*.
Emil versteht. Er wird also tiefstapeln, seriös und bescheiden auftreten. Natürlich wird eine Familie angestrebt. Nicht spießig, aber was man so unter ›ernste Absichten‹ versteht.
Sie haben Tisch vier. Emil gibt sich humorvoll: »Dann bin ich hier also nicht Ihr erstes Opfer?«
»Nein, das zweite. Der gestern war mir – bißchen zu clever. Oder er hat nur so riesig getan. Aber das wäre genauso schlecht.«
»Kommt aber immer noch besser an als das Gegenteil!«
»Reden Sie von sich selbst?«
Emil nickt bekümmert: »Das ist mein großes Handicap, auch bei Frauen: Ich sage immer gleich, daß bei mir nicht viel drin ist!«
»Aber als Steuerberater, da ist man doch schon ein ziemliches As!«
»Das schon, im Herbst mache ich noch den Wirtschaftsprüfer: Geld ist dann immer im Haus. Aber Frauen wollen ja nicht ein Arbeitstier, das abends mit den Kindern spielt und um zehn im Bett liegt!«
Isa lächelt: »O doch! Es gibt schon Frauen, die das wollen!«
Emil schaut sie an – mit dem Blick, den er vor vielen Jahren

immer wieder stundenlang vor dem Spiegel geübt und seither oft angewendet hat, und meistens mit Erfolg. Und als Isa diesem Blick ausweicht und rasch das Thema wechselt, weiß er schon: Er hat auch diesmal gewonnen, muß seine Rolle nur so weiterspielen, der Rest ist dann Routine.

Er spielt seine Rolle gut, jedenfalls gut genug für Isa, die ihrer Sommersprossen wegen einen Komplex und deshalb noch wenige Männer gekannt hat. Und schon kurz nach 22 Uhr verabschieden sie sich.

Selbstverständlich bringt Emil sie in seinem Wagen nach Hause. Sie ist mit dem Bus gekommen, weil sie ja wahrscheinlich ein bißchen was trinken würde.

Auf der Fahrt läßt er sie ersten Einblick nehmen in seine Probleme: »Natürlich sollte ich endlich investieren: Größere Büros, Mitarbeiterstab, entsprechende Wohnung, ich müßte dann ja auch bißchen repräsentieren. Aber ich habe einfach nicht den Drive! Frage mich jeden Tag: Wozu wäre das alles? Für wen?«

Ob er sie noch kurz raufbitten darf zu einem letzten Kaffee? Es ist kaum ein Umweg.

Emil hat, für alle Fälle, sein Büro so gut wie möglich aufgeräumt. Trotzdem wundert sich Isa ein bißchen, und er sieht ihr das an: »Ich habe natürlich noch ein anderes Büro, größer, zentral gelegen. Hier geh ich nur sozusagen in Deckung, wenn mir die Arbeit übern Kopf wächst!«

»Ist das hier auch Ihre Wohnung?«

Emil winkt ab: »Ja, aber die zeige ich Ihnen besser erst gar nicht!«

Das Telefon läutet.

»Da hören Sie's schon!« er schaut auf seine Uhr. »Das ist so das Leben eines ›erfolgreichen Freischaffenden‹!« Während er zum Telefon geht, warnt er ernsthaft: »Eine Frau sollte sich das *sehr* genau überlegen!«

Er nimmt den Hörer ab: »Ach, Herr Oberstudienrat!... Ja, ich war dort... Das kann ich Ihnen im Augenblick nicht sagen... Genau so ist es!... Ja, sobald ich auch darüber etwas mehr weiß... Gute Nacht!«
Er legt den Hörer wieder auf und erläutert der staunenden Isa: »Er will unbedingt chilenische Kupferkontrakte, weil sein Sohn bei Rio Tinto eingestiegen ist. Dabei ist kanadischer Ölschiefer zur Zeit *der* Renner! Aber Entschuldigung, was interessiert Sie das!«
Er deutet auf eine der beiden Türen. »Hier geht's übrigens ins Wohnzimmer. Aber fragen Sie nicht, wie's da drin aussieht!«
Er geht schon voran, und Isa folgt zögernd. Sie hat plötzlich kein gutes Gefühl mehr, und dieses Gefühl trügt sie nicht.
Zehn Minuten später kommt sie in Panik aus dem Haus geflüchtet, wischt sich mit dem Taschentuch das Gesicht ab und kann glücklicherweise gleich ein vorbeifahrendes Taxi stoppen.

Sie ist zunächst unsicher, was sie, ob sie überhaupt, etwas tun soll. Aber dann entschließt sie sich am folgenden Vormittag doch, das *Institut Wunschpartner* aufzusuchen.
Im Büro sind Franziska und Romy. Isa informiert sie und versichert schließlich: »Das ist keine Beschwerde, sie kennen Ihre Kunden ja nicht so genau! Aber Sie sollen es natürlich wissen!«
Franziska und Romy sind betroffen. Einen solchen Vorfall hat es hier noch nie gegeben. »Könnten wir das nicht anzeigen?« fragt Romy.
Aber Franziska bedauert: »So viel ich weiß, ist der Versuch einer Vergewaltigung nicht einmal strafbar.«
Isa nickt: »Genau das hat er mir als letztes nachgerufen! Ein bißchen bin ich natürlich selbst schuld: Ich habe einfach zu

spät geschaltet! Schon bei dem Anruf in seinem Büro hätte bei mir was klingeln müssen! Welcher Oberstudienrat telefoniert abends um halb elf mit seinem Steuerberater wegen chilenischem Kupfer?«

Eine Stunde später sitzt Franziska Herrn Wilmshagen gegenüber. Er hat sie in sein Büro bestellt. Die Steuerakte *von Trautwein, Institut Wunschpartner* liegt auf dem Tisch und Wilmshagen moniert: »Den Termin der Umsatzsteuervoranmeldung zweites Quartal haben Sie ebenfalls versäumt.«

»Aber die Vorsteuer können wir ja noch in der Jahreserklärung geltend machen!«

»Anderes Stichwort: Ihre Mitarbeiter!«

»Auch das wird geregelt! Bisher hatten wir so viel um die Ohren...«

Wilmshagen unterbricht: »Mein Vorschlag, Sie regeln alles unverzüglich: Arbeitsverträge, Gesellschaftsvertrag.« Er bleibt sehr freundlich: »Frau Schongauer, ich rate Ihnen das nicht ohne Grund! Angenommen, es wollte Ihnen jemand schaden beziehungsweise Ihrem Club – ein unzufriedener Kunde, Konkurrenz, wie auch immer –, möchten zumindest *wir* versichern können: Dort ist alles in Ordnung!«

Franziska ist hellhörig geworden: »Dann gibt es also einen solchen Jemand?!«

»Wenn ja, dürfte ich es Ihnen nicht sagen, Sie nur vorwarnen – etwa in der Weise, wie ich jetzt mit Ihnen rede!«

Franziska hat verstanden: »Vielen Dank, Herr Wilmshagen!«

Das Team hat es sich abgewöhnt, während der Mahlzeiten von Geschäften zu reden. Einmal muß Pause sein. Heute geht das nicht. Die Empörung über diesen Emil Klopf ist ebenso groß wie der Ärger, der sich aus dem ergeben kann, was der Sachbearbeiter vom Finanzamt angedeutet hat.

Franziska beschließt: »In jedem Fall wird noch in dieser Woche alles erledigt: Buchhaltung, Arbeitsverhältnisse, alles!«
»Fragt sich, was das bringt. Dieses Schwein, vielmehr diese beiden Schweine, können uns hetzen, wohin sie wollen!«
Romy hofft: »Genau wissen wir ja noch nicht, ob es . . .«
»Klar wissen wir's! Vorgestern schwört uns ein vergammelter Oberstudienrat ewige Rache! Gestern bohrt sich ein fieser Steuerberater, wenn er überhaupt einer ist . . .«
»Das haben wir schnell«, wirft Franziska ein: »Kostet mich einen Anruf bei der Steuerberaterkammer!«
». . . der bohrt sich also in unseren Club, telefoniert mitten in der Nacht – mit wem: einem Oberstudienrat! Und gleichzeitig macht einer das Finanzamt scharf!«
Gregors direkte Frage: »Okay, aber was tun?« beantwortet Franziska spontan: »Sie anzeigen!«
Doch davon verspricht sich Felix überhaupt nichts: »Nein, da müssen wir schon selbst ran!«
»Aber wie?«
»Sie erst mal auseinanderdividieren! Damit ist der geile Steuerknülch für uns tot, denn er hat kein Interesse mehr. Und wir können uns dann den Steißtrommler zur Brust nehmen!«

Daß es so schnell gehen würde, hätte selbst Felix nicht zu hoffen gewagt. Am Abend des gleichen Tages, es ist sieben Uhr und außer dem *Gourmet* noch kein Gast da, öffnet Romy die Tür. Und wen läßt sie herein: Emil Klopf.
Und der kommt auch gleich harmlos strahlend auf Felix zu und begrüßt ihn munter: »Grüß Gott!«
Felix schluckt und grüßt ebenso munter zurück: »Grüß Gott!«
»Ich weiß, ich bin nicht angemeldet. Komme bloß zufällig

vorbei. Und da wollte ich Ihnen doch, also: Gestern abend, die kleine Isa – das haut nicht hin!«
»Schade.«
»Sie war ziemlich unfair. Wir sind zu mir nach Hause, haben was getrunken und, also von Mann zu Mann: Irgendwann willst du ja dann zur Sache kommen! Und da spielt sie auf einmal die eiserne Jungfrau!«
»Ich weiß.«
»Ach, hat sie schon...? Bitte: Typisch für sie!« Er winkt ab: »Na ja, sowas ist kein Beinbruch, und Sie haben ja noch mehr: erste Wahl!«
Sein Grinsen ist ein Grinsen unter Männern. Felix nimmt es auf, grinst zurück: »Aber immer! Wollen wir gleich mal nachschauen?«
»Video? Oder erst Fotos – quer durch den Garten!«
»Drüben im Büro!«
Felix ist nicht leicht zu verblüffen, aber soviel Unverschämtheit und Frechheit hat er noch nie erlebt. Emil schon. So arbeitet er immer, das ist seine Erfolgsmethode. Und dazu gehört auch, daß er, wenn wie hier was schiefgelaufen ist, sofort die Gegenoffensive startet. Diese Sache jedenfalls kann er schon abhaken: Hätte das dumme Huhn alles gesagt, wäre der von Trautwein zumindest sauer! Und weil sie hier nicht alles gesagt hat, kann sie's jetzt auch nicht mehr woanders. Von wegen blaue Flecken vorzeigen, Körperverletzung: Bei widersprüchlichen Aussagen schmettert der Kadi sowas immer ab!
Sie sind im Büro. Felix zieht einen Ordner aus dem Regal und schlägt ihn vor Emil auf: »Fotos wollen Sie sehen: führen wir nicht von unseren Klienten.«
»Also doch Video?«
Felix verneint: »Nur für Mitglieder. Sie sind keines mehr. Der Brief an Sie ist unterwegs. Und die Rückzahlung Ihrer Auf-

nahmegebühr.« Er läßt ihn in den Ordner schauen: »Hier, die Quittung von der Bank.«

Felix klappt den Ordner wieder zu. Er bleibt ruhig und freundlich. Nur aus den Augen spricht keine Sympathie mehr, und die Stimme ist völlig humorlos und ein bißchen sarkastisch geworden.

»Ehrlich, Herr Klopf: Wir haben uns über Sie gewundert! Für einen, der irgendwo Detektiv spielt, gilt doch als erste Regel: nicht auffallen! Warum also haben Sie sich gleich am ersten Abend danebenbenommen? Oder dachten sie tatsächlich, wir seien hier so eine Art Puff für gehobene Ansprüche?«

Emil ist sofort klar, was es geschlagen hat. Er tut aber noch sehr verwundert. »Ich spiele bei Ihnen Detektiv??«

»Ja, für den sehr ehrenwerten Herrn Oberstudienrat Konrad Hackenstößer, der uns gleichzeitig beim Finanzamt verpfeifen will!«

Daß Felix das schon weiß, irritiert Emil nun doch: »Hören sie mal – Sie stellen da Zusammenhänge her...«

»... die sich anbieten! Übrigens haben wir daraufhin natürlich auch ein bißchen über Sie – gegenrecherchiert, bei der Steuerberaterkammer. Einen Steuerberater Emil Klopf gibt es nicht. Nur ein ganz mieser Zwerg, mehrfach vorbestraft, der diesen schönen Namen trägt, ist dort bekannt.« Felix lächelt. »Und natürlich nicht nur dort!«

Er tritt nahe an Emil heran, wird gefährlich leise und eindringlich.

»Herr Klopf! Wie wär's mit dem Kompromiß: Wir vergessen *Sie*, und Sie vergessen *uns*?« Bei diesen Worten packt er ihn mit der Faust, zerknüllt ihm das Hemd vor der Brust und schüttelt ihn: »Aber total! Das heißt: Sie brechen den Kontakt mit Hackenstößer ab, sofort und für immer! Wenn nicht, mache ich von jetzt ab mit Ihnen genau das, was Sie

mit uns machen wollen. Einziger Unterschied: Ich mach es mit Erfolg! Ist das klar?!«
Emil Klopf verläßt die Villa fast so verstört, wie am Abend zuvor Isa aus seinem Haus geflüchtet war. Das ist gründlich in die Hose gegangen, und hoffentlich kommt da nichts mehr nach!

Vier Stunden später: Die letzten Gäste sind weg, das Team trinkt in der Couchecke noch einen Cognac.
Romy, skeptisch wie immer, fragt Felix: »Und du meinst wirklich, der steigt jetzt aus?«
»Ich bin ziemlich laut und deutlich geworden!« Felix ist zuversichtlich. »Der fährt bei uns nicht mal mehr am Haus vorbei. Aber der schlimmere Finger für uns ist ja der andere!«
Gregor bestätigt es: »Ja, weil gegen den nichts vorliegt!«
Und das bringt Felix auf eine Idee. Er schaut Franziska an: »Sag mal, im Keller sind doch noch die Kartons mit alten Akten. Da könnte doch noch irgendwas von *ihm*, er war bei euch doch Steuerkunde...?«
»Allenfalls Kopien von der Korrespondenz...«
»Genau das meine ich! Vielleicht finden wir irgendeinen Anhaltspunkt.«
Tatsächlich lagern in einem der Kellerräume mehrere große Transportkartons mit Aktenmaterial. Zwar hat inzwischen ein anderer Steuerberater die Praxis von Trautwein übernommen, aber eben nicht sämtliche Klienten. Und da gibt es doch eine Menge alter Vorgänge, die man nicht im Reißwolf vernichten will, da noch Rückfragen kommen könnten.
Einer dieser Klienten ist beziehungsweise war der Oberstudienrat Hackenstößer. Und Franziska ist fast sicher, daß über ihn noch irgendwo irgendwelches – und nicht ganz hasenreines – Material existiert.

Stundenlang wühlt sie sich also durch Berge von Papieren, die praktisch Makulatur sind. Inzwischen ist es vier Uhr in der Früh. Felix leistet ihr Gesellschaft. Er sitzt auf einem der Papierstapel und trinkt einen trockenen Riesling.

Wieder blättert Franziska einen der Hefter auf – und diesmal offensichtlich mit Erfolg: »Wir haben ihn!«

Sie reicht Felix den Schnellhefter, dieser schaut sich einen der Briefe an und fragt: »Wer ist *Tschudi und Söhne*?«

»Eine internationale Treuhandgesellschaft mit Hauptsitz in Bern.«

»Ihr droht da dem Hackenstößer, ihm das Mandat zu kündigen. Warum?«

»Er wollte an diese Tschudis Gelder transferieren, Schwarzgeld natürlich, und es nicht der Steuer angeben.«

»Und – erinnerst du dich? – wie ging das aus?«

»Der Chef sagte ihm, es sei zu gefährlich. Da hat er den Kontakt mit den Tschudis abgebrochen.«

»Aber den könnte er doch jetzt wieder aufnehmen?!«

Franziska hebt die Schultern: »Ob er das tut?«

Felix grinst: »Wenn wir ihm dabei ein bißchen behilflich sind ...«

Nicht nur Franziska und Felix bekommen in dieser Nacht wenig Schlaf.

Auch Emil Klopf.

Denn so wie der von Trautwein ihn durchgeschüttelt hat, ist dieser Mensch zu allem fähig! Auch zu weiteren Recherchen! Und es gibt zu viele, die nur darauf warten, bis einer den Schneeball wirft, der ihn dann als Lawine gnadenlos begraben würde.

So schuftet auch er, bis es wieder hell wird: Sichtet, sortiert aus, korrigiert, radiert, überpinselt, zerreißt. Die kompromittierendsten Namen, Daten, Adressen und Telefonnum-

mern verbrennt er in einem Eimer. Schließlich schläft er über einer dubiosen Quittung, von der er glaubt, daß er sie für die Beschaffung eines Alibis ausgestellt hat, ein.
Er wacht gegen Mittag auf, in mieser Stimmung und desolatem Zustand. Denn er konnte die Sisyphosarbeit der vergangenen Nacht nur bewältigen, indem er sämtliche Reste von Wodka, Gin und Whisky, die noch im Haus waren, geschluckt hat.
Er fängt an, sein Büro wieder soweit in Ordnung zu bringen, daß man darin gehen kann und nicht klettern muß.
Da läutet es, kurzlangkurz, also Hackenstößer.
Der fehlt mir jetzt noch! Der ist an allem schuld! Weitere Kontakte mit ihm wären tödlich! Also auf jeden Fall abwimmeln! Aber vorsichtig, daß er nicht durchdreht!
Das sind Emils Überlegungen und Entschlüse, während er öffnet, den Herrn Doktor hereinbittet, einen Stapel *Comics* von einem Stuhl nimmt und ihm diesen dann anbietet.
Aber Konrad bleibt stehen, denn er ist wütend, was Emil veranlaßt, sofort zum Angriff überzugehen:
»Warum haben sie nicht erst angerufen?«
»Das habe ich: dreimal! *Sie* haben immer gleich wieder aufgelegt! Oder irre ich mich?«
»Nein.«
»Also, was ist los? Sie waren doch gestern abend wieder in dem Club?«
»Ja.«
»Wir hatten vereinbart, daß Sie mich dann jedesmal unverzüglich informieren!«
»Stimmt.« Emil leitet den Gegenangriff ein. »Aber wir hatten auch noch etwas anderes vereinbart!«
»Was?«
»Daß wir alle unsere Aktivitäten vorher abstimmen. Das haben Sie nicht getan!«

»Inwiefern?«
»Sie waren beim Finanzamt. Und das hat eine Prüfung dieses Instituts angeordnet.«
»Und?«
»... sie ihm vorangekündigt. Bis dahin können die doch ihre ganzen Schweinereien bestens vertuschen!«
»Hm. Ich gebe zu, das war vielleicht ein Fehler von mir...«
»Genau! Und deshalb gibt es für mich in dieser Sache jetzt nichts mehr zu tun. Ich werde Ihnen also meine Liquidation zustellen. Das waren die letzten drei Tage, ich berechne sie mit je fünfhundert Mark. Dazu die fünfhundert Mark Aufnahmegebühr für den Club, die ich verauslagt habe.«
Das geht Konrad denn doch zu weit, und er spottet: »Die klagen Sie erst mal ein!«
»Bitte: Sie hatten mich beauftragt...«
»Wirklich? Ich entsinne mich gar nicht mehr!« Der Doktor lächelt hinterhältig.
Emil versteht: »Ach so ist das!« Und er grinst nicht minder abgefeimt. »Dann erinnern Sie sich wahrscheinlich auch nicht mehr an unsere Gespräche, wie man Kapital unterbringt, von dem nicht mal der eigene Steuerberater wissen darf! Wie wär's also mit einer Sonderprüfung bei Ihnen? Die kann ich genau so veranlassen wie Sie eine Sonderprüfung bei dem *Wunschpartner*-Puff!«
Konrad zieht in ohnmächtiger Erbitterung sein Scheckheft. »Sind Sie zufrieden, wenn ich Ihnen die fünfhundert Mark Aufnahmegebühr rückerstatte?«
Der Oberstudienrat kehrt mit Sodbrennen nach Hause zurück: Zwölfhundert Mark, so weit hat der Knülch ihn noch hochgepokert, waren für die Katz!
Nein, nicht ganz für die Katz! Immerhin hat er Emils Infor-

mationen, und mit denen kann er dieses Wunschpartner-Puff jetzt fertigmachen! Und das wird er! Und den miesen kleinen Steuerkrüppel Emil dazu!
Bruni, die Gattin, empfängt ihn mit ehrlicher Entrüstung: »Stell dir vor: Der das Nachbarhaus gekauft hat, ein Doktor Sowieso, hat mich angesprochen. Er will einen neuen Zaun gegen uns und meint, wir sollten die Kosten teilen.«
»Was hast du gesagt?«
»Herr Doktor«, habe ich gesagt, »Sie haben einen Hund, wir haben keinen. Also brauchen Sie den Zaun, wir nicht. Also zahlen Sie ihn auch allein!«
»Und was meint er?«
»Sein Hündchen sei winzig und lammfromm. Da habe ich gesagt: ›Kleine Hunde beißen öfter als große!‹ Außerdem kann man jeden Hund soweit bringen, daß er beißt – das habe ich natürlich nur gedacht! Auch, daß wir mit unseren beiden anderen Nachbarn schon vor Gericht stehen!«
Sie sieht ihm an, daß er offenbar wieder mal eine Kröte schlucken mußte, und legt ihm das Haar, das auf seine Nase herunterhängt, zurück zu den spärlichen Resten seiner Frisur: »Hat dich dieser Klopf geärgert? Aber Konrad, das wissen wir doch: Als anständiger Mensch wird man immer nur belogen und betrogen, das ist nun mal unser Schicksal!«
Konrad winkt resigniert ab und will ins Bad, eine Tablette nehmen.
Aber da fällt Bruni noch was ein, sie hält ihn auf. »Übrigens, noch was Erfreuliches: Diese Berner Treuhandgesellschaft, oder was es ist, hat angerufen.«
Konrad bleibt stehen, sein Sodbrennen ist weg: »Tschudi und Söhne?«
»Ja, mit denen du mal korrespondiert hast! Wegen unserer schwarzen Rücklagen!«
»Bruni, bitte! Das sind keine *schwarzen Rücklagen*! Sonst

gebrauchst du den Ausdruck auch mal, wenn jemand dabei ist! Was wollten die denn?«
»Einer von den Söhnen fragt, ob wir noch Interesse hätten. Er ist hier, zu einem westeuropäischen Währungsgipfel oder sowas, und stünde zur Verfügung zu einem kurzen Informationsgespräch. Er wohnt im Hotel Vier Jahreszeiten. Er ruft nochmal an.«

Konrad traut keinem Menschen mehr, nur noch der Schweiz. Er war zwar selbst noch nicht dort – Österreich ist billiger – aber in diesem Land mit seinem ewigen Schnee, den immergrünen Almen und tiefblauen Seen herrschen noch Sitte und Anstand – und Reichtum. Wahrscheinlich, weil Frauen nicht wählen dürfen.
Sie sind auch noch absolut zuverlässig, die Eidgenossen: Noch am gleichen Abend gegen 20 Uhr ruft das Sekretariat Tschudi und Söhne an (von wegen Fünfunddreißigstundenwoche: Gibt's dort alles nicht!): Morgen 9 Uhr 45, Rezeption Vier Jahreszeiten.
Konrad muß die beiden ersten Stunden ausfallen lassen – Zahnarzt. Dann ist er pünktlich zur Stelle.
Er fragt an der Rezeption nach dem Empfangschef und diesen dann, wo er einen Gast ungestört sprechen könne. Man zeigt ihm den Raum. Als kurz darauf ein sehr souveräner, aber keineswegs arroganter Mittdreißiger aus dem Fahrstuhl kommt, sieht Konrad sofort, daß das nur Tschudi jr. sein kann. Konrad arbeitet sich, so jugendlich wie's noch geht, aus seinem Ledersessel, und Tschudi kommt mit der knapp angedeuteten Geste einer Umarmung auf ihn zu.
»Herr Hackenstößer? – Tschudi aus Bern, grüezi!«
Konrad bringt in der ersten Aufregung nichts heraus als: »Sehr erfreut!«
Aber dann schütteln sie sich die Hand. Und verstehen sich

sofort. »Ich habe für uns ein kleines Besprechungszimmer reservieren lassen!«
Tschudi spricht natürlich lupenreines Schwyzerdütsch: »Das ischt eine brillante Idee! Ich habe leider Gottes nur zehn Minuten, aber die wollen wir doch intensiv nutzen!«
»Ganz in meinem Sinne!« versichert Konrad und deutet mit einer knappen Verbeugung Richtung Korridor. »Bitte!«
Der millionenschwere Schweizer, internationale Treuhand und Börse, geht links von dem einfachen Oberstudienrat, läßt ihm auch den Vortritt zum Konferenzraum, nur, weil der andere der Ältere ist. Auch sowas gibt's bei uns nicht mehr.
Zur Besprechung legt Tschudi seine Taschenuhr vor sich – Schweizer Uhren, unerreicht – für Männer dieses Kalibers ist ja jede Minute ein kleines Vermögen!
Und in der Tat: Nach acht Minuten ist alles perfekt, es bleibt nur das Resümee.
Der Herr aus Bern vergewissert sich noch einmal: »Ihre sämtlichen Rücklagen sind also liquide?«
Konrad nickt: »Ich kann das Depot bei der BB-Bank jederzeit abrufen.«
»Das ischt unnötig: Wir werden es zur Wiederanlage einreichen. Wie war doch gleich die Nummer?«
»0899467: Sie wahren doch die Anonymität der Gelder?«
Tschudi lächelt nachsichtig: »Dafür sind wir Schweizer ja wohl bekannt! War da nicht noch die Rede von einem weiteren Depot: Krügerrands?«
»Fünfundsechzig: alles Erbstücke!«
»Tja, ich glaube, damit hätten wir das Wichtigschte beschprochen!« Mit diesen Worten entnimmt der Finanzgewaltige seiner Brusttasche ein ganz kleines flaches Diktaphon, stellt es ab, zeigt es Konrad, und fährt fort: »Und mit diesen Geräten hat man heutzutage ja die beschte Gedächt-

nisstütze, die man sich nur wünschen kann!« Er steckt das Gerät wieder ein. »Vor allem in solchen Fällen!«
Konrad ahnt noch nichts. »Was meinen Sie mit: in solchen Fällen?«
»Nun, das Geschpräch, das wir gerade geführt haben, wäre natürlich, gegebenfalls, für uns von unschätzbarem Wert!«
Wie brutal dieser Hirtenknabe auf einmal grinsen kann. In Konrad beginnt es schrecklich zu dämmern. »Was heißt das: für uns, gegebenenfalls?«
»Mit uns meine ich den *Club Wunschpartner*! Und mit gegebenenfalls den Fall, daß Sie uns weiter beläschtigen! Ich bin nämlich gar nicht der Herr Tschudi!« Er steht auf. »Ich bin der Mitinhaber des Inschtituts!«
Und plötzlich keine Spur von Schwyzerdütsch mehr: »Mein Name übrigens: Felix von Trautwein.« Dann eine Verbeugung voll tiefen Respekts und mit noch mehr Ironie: »Es war mir eine besondere Ehre, Herr Doktor!«
Es kommt vor, daß bei einem lebensbedrohlichen Schock in Sekundenschnelle Schweiß aus allen Poren schießt. So sieht Konrad den Mann mit dem Diktaphon nur noch schemenhaft entschwinden. Denn die Brille läuft an – von innen.
Felix aber ist zuversichtlich: Auch von Hackenstößer droht keine Gefahr mehr.

Kleiner Bruder

Horst Schäffer ist zweiunddreißig Jahre alt, seine Frau Birgit neunundzwanzig. Beide singen im Chor der Bayerischen Staatsoper; er Bariton, sie Sopran.
Ihre Wohnung in einem Schwabinger Altbau ist groß, und so wohnt bei ihnen noch eine Kollegin. Sie heißt Claudia Welte und spielt im Orchester die zweite Oboe.
Claudia ist sechsundzwanzig, ein auf den ersten Blick unscheinbares Mädchen, von dem man auf den zweiten Blick den Eindruck hat, daß es auch unauffällig bleiben möchte.
Claudia kleidet sich nicht handgestrickt, aber auch nicht modisch und diskutiert nur Dinge, von denen sie etwas versteht, und das ist die Musik. Ihr Blick ist nicht verhuscht oder abweisend, kommt aber aus einer scheuen Distanz.
Für Horst und Birgit ist die zierliche und sogar schöne Freundin ein Rätsel. Denn sie kennen nicht die Ursache des Komplexes, den sie halb bewußt mit sich schleppt: sozusagen mißglückter Schluß einer banalen und zudem längst vergangenen Groschengeschichte zu sein:
Reicher Mann verführt im Hotel kleine Angestellte. Edle Gattin des reichen Mannes kümmert sich um das unschuldige Ergebnis. Kleine Angestellte verfällt dem Suff, unschuldiges Ergebnis erweist sich im Internat als musikalisch ...
Natürlich haben die Zimmer der Wohnung längst schalldichte Türen bekommen, so daß jeder der drei üben und repetieren kann. Trotzdem muß man in einem Mietshaus natürlich Rücksicht nehmen, und auch die Akustik ist hier, besonders für die Singstimmen, unzulänglich.

So bleiben die drei oft zwischen Vormittagsprobe und Abendvorstellung in einem der vielen kleinen Proberäume, die im Opernhaus zur Verfügung stehen.
Diese Zimmer nennen sie die Waben in ihrem Bienenstock, obwohl der Vergleich nicht ganz stimmt. Denn eine Oper ist ja viel differenzierter als ein Bienenstock. Da gibt es nicht nur eine Königin, sondern gleich zwei Oberkönige: Generalintendant und Generalmusikdirektor. Und in ihrem Gefolge ein ganzes Rudel von Unterkönigen und -königinnen, denn jeder Solist hält sich dafür. Und mit den Drohnen, der Verwaltung, verkehren sich Struktur und Funktion des Bienenstaates in ihr Gegenteil: Erstens wird von der Verwaltung nichts befruchtet, sondern Befruchtung verhindert, zweitens werden die Drohnen dieser Verwaltung nach der Premiere nicht von den Arbeitsbienen – Chor, Orchester und Technik, kurz *Ensemble* genannt – vernichtet, sondern sie gehen aus jeder, auch der miserabelsten Aufführung, gestärkt hervor. Und sie leben ewig, wie eine in Nährflüssigkeit schwimmende Leber. Die Nährflüssigkeit heißt *Subvention*.
So jedenfalls sehen es die Arbeitsbienen. Aber nicht vom ganzen Volk soll hier die Rede sein, sondern nur von der Biene Claudia.
Sie sitzt mit den beiden anderen Oboen in einer der oben genannten Waben und übt. Immer wieder denselben kurzen, aber schwierigen Lauf aus dem *Othello,* zu dem die Probe um 10 Uhr 30 beginnen soll. Claudia muß einstudieren, weil die dritte Oboe bis gestern krank war.
In einem anderen, dem größten Proberaum, singt sich der Chor ein, mit Klavierbegleitung und unter der Stabführung des Zweiten Kapellmeisters. Er ist jung und arbeitet doppelt verbissen. Denn die Probe selbst machen dann die beiden *Generäle* als Dirigent und Regisseur. Außerdem wird der

große Placido Domingo die Premiere und die drei ersten Vorstellungen singen.
Birgit und Horst finden wie alle andern, daß es jetzt aber reicht. Und bei der nächsten Zäsur muß das auch der junge Kapellmeister akzeptieren. Vor ihm steht eine Phalanx, die hüstelt, dezent gähnt, Brillen putzt und damit signalisiert: ›Aufhören – sonst werden wir bockig!‹
In sein »Meine Damen und Herrn, ich danke Ihnen« hinein tönt eine Stimme aus dem Lautsprecher: »Probenbeginn für Othello verschiebt sich um eine Stunde auf 11 Uhr 30!«
Allgemeine Verärgerung: Wenn das heute schon wieder so anfängt –. Horst kommt zu Birgit: »Der Umbau nach Turandot, immer die gleiche Sauerei!«
»Gehn wir runter auf ne Tasse Kaffee?«
Die Kantine, vornehm *Casino* genannt, wird jetzt übervoll. Denn neben dem Othello tut sich ja gleichzeitig noch anderes: Kostüm und Maske für weitere bevorstehende Premieren, eine Ballettprobe und so weiter.
Stimmengewirr und Gedränge, vor allem am Tresen, wo sich ein mächtiger Falstaff über sein Wams lautstark aufregt: »Sieht doch aus wie Fundus: Was krieg ich da wieder für eine Presse!?«
Brigit und Horst treffen Claudia. Die drei erobern sich das letzte freie Tischchen und kriegen sogar ihren Kaffee. Claudia hat Sorgen: Sie findet, ihre Oboe ist in den Mittellagen nicht mehr ganz sauber.
Birgit versteht etwas von Blasinstrumenten: »Hast du mal das Schallstück ausgewechselt?«
»Daran liegt's nicht. Wahrscheinlich kriegt die E-Klappe Luft: muß neu aufgedrückt werden!«
Da kommt René, der sechste Solotänzer. Er ist im Trikot, geht aber mit so kurzen Schrittchen, als trüge er einen zu engen Rock. Er fleht: »Claudia Süßes! Ich bräuchte noch *eine* Karte –

für den Domingo! Es kommen drei Leute, die sind unheimlich wichtig für mich!«
Claudia gibt ihm eine ihrer beiden Freikarten für die Othello-Premiere, und René ist verzückt: »Claudia! Ich umarme dich, tausendmal!!«
»Muß nicht unbedingt sein«, lacht Claudia.
Und es besteht auch gar keine Gefahr, daß er seine Drohung wahrmacht. Denn er steuert schon einen anderen Tisch an, freilich nicht, ohne ihr im Rückwärtsgehen die versprochenen Küßchen zuzuwerfen: »Also dann, Küßchen, Küßchen, Küßchen!«
Auch Horst schaut ihm nach: »Weißt du eigentlich, daß der Freikarten schnorrt, wo er kann, und sie verkauft?«
Claudia lächelt und winkt ab: »Warum auch nicht? Ich verschenke sie ja sowieso!«
Birgit wechselt einen Blick mit Horst und bemerkt scheinbar beiläufig: »Dabei fällt mir ein: Dein Wölfchen kommt gar nicht mehr!«
Und Claudia antwortet ebenso betont leichthin: »Ja, der hat jetzt das Optimale gefunden: Sie ist im Schuldienst, so wie er.«
»O je«, seufzt Horst.
Und Birgit versichert Claudia: »Solche Knaben hast du auch nicht nötig!«
»Ich habe das überhaupt nicht *nötig*!« Claudia reagiert jetzt doch nervös. »Und dafür auch gar keine Zeit!« Sie steht rasch auf. »Ihr seid mir nicht böse: Ich muß mich nochmal um mein Instrument kümmern!«
Sie geht – ein bißchen zu forsch – Birgit und Horst sind unglücklich. Denn sie haben sehr wohl das Gefühl, daß Claudia an einem netten jungen Mann durchaus nicht so desinteressiert wäre, wie sie tut.
»Weißt du, arm dran ist sie schon!« meint Birgit.

Horst nickt: »Vor allem später mal! Hat dann nur noch ihre Oboe, bißchen Kulturszene und so...«
»Und sie weiß das ja auch! Aber was soll sie machen? Sie geht ja nicht raus!«
»Und im Orchester – die paar, die noch im Angebot sind...«
Er schneidet eine verzweifelte Grimasse.
»Ich habe schon an Rainer gedacht.«
Horst wundert sich: »Rainer ist doch inzwischen...«
»...eben: vermittelt worden durch so ein *Institut*. Ein ganz ungewöhnliches, sagt er. Ich glaube, *Wunschpartner*...«
»Meinst du, mit Claudia funktioniert sowas?« Horst ist sehr skeptisch. »Ich fürchte, die läßt sich nicht einfach so ins Fenster setzen!«
»Trotzdem könnte man mit den Leuten wenigstens mal reden, ganz unverbindlich!«

Im *Club Wunschpartner* geht der Abend zu Ende. Nur noch eines der Tischchen ist besetzt: Ein Paar mittleren Alters, das zum Abschluß schon den dritten Espresso bestellt. Denn keiner traut sich, den anderen nach Hause einzuladen, weil er fürchtet, dem andern könnte das vielleicht doch zu schnell gehen. Sie haben ihr Problem schon – jeder heimlich natürlich – Franziska anvertraut und von ihr die Zusicherung erhalten, daß, wenn es diesmal wieder nicht klappt, beim nächsten Treffen ihr Tischchen versehentlich vergeben ist: Dann müssen sie! Übrigens: Er ist Totengräber und sie auf Kränze spezialisierte Floristin. Es gibt zwischen ihnen also durchaus Gemeinsamkeiten!
Als Gregor den Mokka bringt, will der Herr, eher höflich verlegen als interessiert, von ihm wissen: »Wo war denn heute der junge Chef?«
»Liegt leider mit einer ziemlich hartnäckigen Grippe...«
»Oh, dann – gute Besserung!«

»Danke, will ich gern bestellen!«

Noch ein weiterer Gast ist da: Birgit Schäffer vom Chor der Bayerischen Staatsoper. Sie konnte erst nach der Vorstellung kommen, hatte sich aber angemeldet. Nun sitzt sie in der Sofaecke und trägt Romy und Franziska ihr Anliegen vor. »Sie heißt Claudia. Wohnt bei uns. Mitte zwanzig. Spielt im Orchester: Oboe.«

Dabei reicht sie Romy ein Foto. »Nun werden sie fragen, warum sie nicht selber kommt.«

Romy lächelt. »Das Problem kennen wir. Und haben Verständnis!« Sie gibt das Foto Franziska weiter: »Aber Sie müssen auch verstehen, daß wir in solchen Fällen nur mit einiger Vorsicht aktiv werden.«

»Warum? Ihr Klient trifft meine Freundin ...«

Franziska reicht Birgit das Foto zurück und fährt fort: »... die von nichts eine Ahnung haben soll ...«

»... natürlich nicht! Er lernt sie zufällig kennen – bei uns, wo sie ja zu Hause ist! Was kann da passieren? Angenommen, alles ginge schief: Da könnte meine Freundin mir Vorwürfe machen, Ihnen nicht! Und ich würde Ihnen auch keine machen!«

»Wenn Sie uns das versprechen ...«

»Aber sicher!«

»Ja dann«, Romy blickt fragend zu Franziska. »Was meint du?«

Die hat schon nachgedacht, nickt ihrer Tochter zu und meint: »Herr Saatwächter?«

Birgit versteht: »Sie haben schon einen möglichen Partner im Auge?«

»Nach allem, was Sie von Ihrer Freundin sagen, wäre er ...«

Und Franziska stimmt zu: »... persönlich, und auch beruflich ...«

So kann Birgit mit einem guten Eindruck und in der Hoff-

nung, daß da zumindest etwas eingefädelt wird, nach Hause fahren. Und Romy kommt endlich dazu, ihren kranken Felix zu besuchen, der sie nicht anstecken will und sich deshalb ins einzige noch leere Zimmer der Villa zurückgezogen hat. Vor dem Einschlafen, es ist Mitternacht, kämpft er noch einmal gegen seine Infektion an – wie er fürchtet, vergeblich. Wird er das Licht der Sonne jemals wieder sehen? Er sitzt, Wolldecken überm Schlafanzug, auf dem Bettrand, hat den Kopf unterm Badetuch versteckt und das Gesicht über eine kamilledampfende Schüssel getaucht.
Er inhaliert.
Romy stellt sich neben ihn: »Wieviel hast du noch Temperatur?«
Felix röchelt unterm Badetuch: »Achtunddreißigeinhalb.«
»Felix, ich hab ja auch was gegen Spritzen und Tabletten! Aber eine solche Grippe, oder was es ist, bloß mit Hausmittelchen – Schwitzen, Inhalieren …«
Felix lüftet das Badetuch und schaut Romy schweißtriefend an. Seine Stimme ist die des Todgeweihten: »Romy, das ist keine Grippe! Das sind die Bronchien, Rippenfell, Lunge, Nieren, alles! Romy, ich bin sehr schwer krank! Und wenn du mir jetzt auch noch meine Psyche ruinierst, meine Moral abklemmst – Romy, du wolltest mich doch eigentlich noch ein bißchen behalten!«
»Nicht in deinem augenblicklichen Zustand! Und deshalb, bitte!« Romy zeigt ihm ein Fläschchen. »Das ist ein harmloses Sulfonamid!«
»Harmlos? Ich war lange genug Arzneimittelvertreter, ich weiß Bescheid!«
»Du hast auch lange genug Klaviere verkauft, kannst du spielen? Nein! also!«
Sie träufelt Tropfen auf einen Löffel, er steht auf, gießt sich Cognac in ein Glas.

Romy erschrickt: »Aber doch nicht mit Cognac!«
Aber Felix weiß es besser: »Sulfonamide mit Cognac, Antibiotika mit Whisky: alte Regel für kranke Piloten vor dem Start!«
Er schluckt die Medizin, spült mit Cognac nach, und das erlöschende Flämmchen seines Lebenslichtes flackert plötzlich wieder auf: »Was war heute eigentlich los?«
»Erst legst du dich wieder!«
Während er sich wieder zurücklegt und bis zum Hals zudekken läßt, antwortet Romy: »Nichts Besonderes. Mit dem Totengräber und seiner Floristin geht's langsam, aber das schaffen wir. Schwierig wird's jetzt mit der Frau Olschewski.«
»Warum? Dieser Professor kriegt sechseinhalb Mille Pension, hat er angegeben.«
»Aber nicht, daß er davon drei alternative Söhne versorgen muß, zwei mit Familien. Dagegen wird die Laborantin mit ihrem Assessor allmählich warm: Sie duzen sich schon. Und, stell dir vor: Wir haben eine Chance für den Herrn Saatwächter, du erinnerst dich?«
»Den uns neulich sein großer Bruder angeschleppt hat?«
»Sie ist Musikerin! Vielleicht läßt sich da was machen.«

Zum Verständnis des Folgenden muß etwas über zwei ungleiche Brüder gesagt werden:
Der ältere von ihnen, Mitte dreißig, ist Geschäftsmann. Er führt nach dem tödlichen Autounfall der Eltern das mittlere Unternehmen weiter. Nette Frau, zwei Kinder, keine besonderen Vorkommnisse.
Der jüngere, Ende zwanzig, heißt Ulrich, genannt Ulli. Er war das Wunderkind der Familie. Und vielleicht war er wirklich eines, denn er gab bereits mit zwölf sein erstes Klavierkonzert – zwar noch in kleinem Rahmen, aber schon von Fachleuten beachtet.

Natürlich studierte der schmächtige und empfindsame Junge Musik, unentschlossen, ob er Pianist oder Dirigent werden wollte. Doch zu beidem reichte es nicht. Eine Neuritis in den Händen zerstörte den einen, seine schwache körperliche und psychische Konstitution den anderen Traum.
Was tun? Sein Bruder ermöglichte es ihm, in einer Seitenstraße nahe dem Stachus, also in guter Lage, eine kleine Musikalienhandlung einzurichten.
Diese führt Ulli nun seit dreieinhalb Jahren – allein, ein bißchen resigniert, jedoch nicht ausgesprochen unglücklich oder gar verbittert.
Aber ob das auf Dauer gut geht? Oder ob er nicht vollends zum Eigenbrödler wird und dann vielleicht depressiv oder unausstehlich?
Der große Bruder und seine Frau machen sich Sorgen: Ulli sollte eine Frau haben, eine Familie.
Eines Tages bringt er den Jüngeren soweit, daß er sich im *Institut Wunschpartner* anmeldet – ohne viel Hoffnung allerdings, denn er ist ja, nach eigener Meinung, lebensunfähig und für eine Frau sowieso unzumutbar.
Soweit Ullis Lebenslauf bis zu dem Abend, an dem das *Team Wunschpartner* beschließt, zwischen ihm und der Oboistin Claudia Welte etwas einzufädeln.
Die *Musikalienhandlung Ulrich Saatwächter* ist in München wahrscheinlich der einzige noch existierende Tante Emma Laden dieser Branche. Sein Hauptgeschäft ist das Antiquariat: Notenmaterial, Musikliteratur. Alles gut und fachkundig sortiert. Vor allem lückenlos sämtliche Kompendien, Lexika und Prospekte, die es gibt. Und der Inhaber selbst ist wirklich Experte. Jeder Student, Musiker oder Pädagoge, der etwas sucht, kommt zu ihm. Ulli weiß, ob und wo es zu finden ist und bestellt werden kann.
Er fotokopiert gerade Notenblätter und schaltet das Gerät

sofort ab, als Romy eintritt. Er erschrickt richtig, als er sie erkennt.
»Grüß Gott!« bricht sie das Schweigen.
»Grüß Gott, Frau ...?«
»... Schongauer!«
»... ja: Entschuldigung!«
Hinten im Laden, in einer durch eine Glaswand abgetrennten Art von Kontor sitzen sie dann einander gegenüber. Ulli ist ziemlich verwirrt: »Ohne meinen Bruder hätte ich mich ja nie gemeldet! Er meint eben immer noch, er muß sich um mich kümmern!«
Romy fährt lächelnd fort: »Sehen Sie, und ein bißchen meine ich das ja auch. Warum, glauben Sie, bin ich jetzt hier?«
»Wahrscheinlich wollen sie mir – so ein Angebot machen!« Ulli ist sehr verlegen.. »Weiß die Betreffende schon, wer ich bin?«
»Nein: Muß sie ja auch nicht – vorerst wenigstens,« erklärt Romy und erläutert ihm dann den Plan, wie er die junge Dame kennenlernen kann, ohne daß sie selbst von der Absicht unterrichtet ist. Das heißt, auch für ihn soll es ein absolut unverbindliches Zusammentreffen werden.
»Also, morgen nachmittag, kurz vor fünf!«
Ulli sträubt sich noch: »Nicht gern. Wirklich nicht!«
»Herr Saatwächter!« beruhigt ihn Romy. »Wenn Sie wüßten, wieviele Verbindungen aus so einer Zufallsbegegnung hervorgegangen sind ...«
»Ein Zufall«, protestiert Ulli, »ist es ja nicht! Zumindest nicht für mich! Ich gehe zu diesen Leuten, weil ich dort jemanden vorfinde ...«
Romy unterbricht: »... so wie jeden Tag hunderttausend andere irgendwo Kontakt aufnehmen: Disco, Sportplatz, bei Bekannten ...«

Romy hat die besseren Argumente, Ulli ist gutmütig, und er weiß ja auch, daß diese zugegebenermaßen winzige Chance wahrscheinlich nie wiederkommt. Kurzum: Er sagt schließlich ja.

Hinterher ist ihm ganz elend. Er schaut in den Spiegel und sieht als erstes seine Brille. Einen Ansatz zur Glatze hat er auch schon, und nur einssechsundsechzig ist er groß. Sie ist gewiß einsachtzig, und in der Hochzeitsnacht würde er bestimmt Nasenbluten kriegen oder einen Krampf ins Bein. Das war ihm zwar seit Jahren nicht mehr passiert, aber...

Auch Romy ist nicht ganz wohl bei der Sache – wie immer, wenn sie zwar überreden, aber nicht überzeugen konnte.

Birgit und vor allem Horst geht es nicht viel besser. Zumindest hätte man sich etwas detaillierter informieren müssen. Vielleicht ist der Mensch zwei Meter lang und zwei Zentner schwer. Was soll er dann mit dem süßen kleinen Heuschreck?

Vor der Generalprobe zu Othello, an Birgits Schminktisch, reden sie noch einmal davon. Horst ist schon fertig und herübergekommen. Er macht sich Vorwürfe: »Wir hätten's ihr vielleicht doch sagen sollen!«

»Daß er von einem Partnerinstitut vermittelt wird? Da bliebe sie einfach in ihrem Zimmer, du kennst doch Claudia! Nein, nein, anders wäre das überhaupt nicht zu machen. Und ist ja auch bloß der erste Anlauf.«

»Oder der letzte!«

»Eben: Entweder es tut sich was, dann war alles okay, oder nicht, dann erfährt sie es nie!«

»Und morgen kommt er also: Wann?«

»Um fünf. Und Claudia muß spätestens um sechs wandern.«

»Wieso, gehen wir nicht zusammen?«

»Die dritte Oboe braucht nochmal eine Verständigungsprobe.«

»Na schön!« Horst ist erleichtert. »Allzuviel kann ja nicht schieflaufen – in der einen Stunde!«
Ulli träumt in dieser Nacht von seinen Kindern. Es werden immer mehr, und alle müssen vom frühen Morgen bis zum späten Abend Hohn und Spott über sich ergehen lassen, weil sie so einen Vater haben: viel zu klein, die Glatze viel zu groß und die Brille viel zu dick. Den ganzen Vormittag kämpft er mit sich. Er will etwas essen, aber es gelingt ihm nicht. Er versucht, sich Mut anzutrinken. Nach dem zweiten Cognac wird ihm schlecht. Schließlich gibt er auf und ruft das *Institut Wunschpartner* an.
Franziska meldet sich.
Ulli ist der zuverlässigste Mensch. Hat auch noch nie ein Versprechen gebrochen. Kein Wunder, daß es ihm unmöglich ist, seine Absage zu formulieren oder gar zu begründen. Alles, was Franziska zwischen den immer wiederkehrenden Bitten um Entschuldigung konkret heraushören kann, ist ›daß es einfach nicht geht‹.
Was soll sie darauf anderes antworten als: »Aber ich dachte, Sie hätten den Termin mit meiner Tochter fest vereinbart! Moment, ich gebe sie Ihnen!«
Sie verdeckt mit der Hand die Muschel, zeigt den Hörer Romy, die an der Kartei arbeitet, und flüstert ihr zu: »Herr Saatwächter! Will nicht zu seiner Verabredung!«
Romy artikuliert ihre Enttäuschung leise in einem unanständigen Wort, dann läßt sie sich den Hörer reichen. »Herr Saatwächter!... Und warum nicht?... Vor allem *uns* ist das mehr als peinlich: Schließlich erwartet man Sie dort!... Die Dame nicht, aber die Gastgeber!«
Felix kommt herein, immer noch in Pantoffeln und mit dickem Schal um den Hals. Romy beendet rasch ihr Telefonat: »Ich verstehe das ja, aber im letzten Augenblick absagen – natürlich muß ich dort jetzt anrufen... ja, Wiederhören!«

Sie legt rasch auf: »Felix! Du hast immer noch über achtunddreißig!«
Franziska pflichtet ihr bei: »Wirklich, du gehörst ins Bett!«
»Dachten wir alle«, mault er, »fünf Tage lang. Aber man sieht ja: Es nützt nichts!« Mit Blick zum Telefon fragt er plötzlich: »Wer hat da was abgesagt?« Da keine Antwort kommt, gibt er sie sich selbst: »Vermutlich der Kleine seinen Treff mit der Flötenmaus. Heute soll das doch über die Bühne!«
»Ja, aber nun leg dich wieder hin!« Romy will ihn zur Tür schieben, doch Felix bleibt.
»Rutscht ihm jetzt also der Frust in die Hose?« lacht er. »Wie bei seiner Aufnahme! Das war vielleicht ein Ding, bis ich den auf Video hatte! Die Kassette muß ich nochmal sehen!«
Damit geht er schon hinüber in die Videothek, holt die Aufzeichnung aus dem Regal und setzt sich vor den Monitor. Romys Proteste nützen nichts, wenigstens läßt er sich eine Wolldecke über die Schultern legen.
So schaut er sich mit Romy das Videointerview an:
Felix von Trautwein im Gespräch mit Herrn Ulrich Saatwächter, der sich heftig zur Wehr setzt: »Ich habe beide Fragebögen ausgefüllt! Warum muß jetzt noch ein Film von mir gedreht werden?«
Felix lächelt aufmunternd: »Aber Herr Saatwächter! Wir wollen Sie doch auch vorzeigen können!«
Ulli winkt müde ab: »Vorzeigen? Was gibt's an mir schon vorzuzeigen?« Dann setzt er mit mildem Sarkasmus hinzu: »Aber vielleicht ist es so ganz gut: Wer mich hier sieht und hört, erspart sich den Rest! Also?«
»Sie sind Musiker?!«
»Wollte ich werden.«
»Und sind dann umgestiegen. Führen jetzt eine eigene, gut gehende Musikalienhandlung.«
»Die geht überhaupt nicht gut ...«

Als Felix mit Romy aus der Videothek ins Büro zurückkommt, ist er überzeugt: »Bei Typen, die so tief stapeln, ist immer eine Menge im Busch. Und die Chance für ihn kommt nicht so schnell wieder! Wo hat er denn seinen Laden?«
Romy erschrickt wieder einmal: »Sag bloß, du willst in deinem Zustand...« Sie wendet sich hilfesuchend an Franziska: »Mami!«
Und die versucht es mit mütterlicher Strenge: »Nein, Felix, mit Fieber aus dem Bett und auch noch gleich ins Auto...«
»... und erreichen wirst du ja doch nichts!«
Felix wird trotzig – »Eben deshalb!« – und gleich wieder zärtlich: »Romylein, du kennst doch die alte Regel: Man muß immer das Ungesunde mit dem Zwecklosen verbinden!«
Er geht hinaus in den Flur, doch Romy läuft ihm nach: »Felix, bleib, du machst bloß Unsinn! Du spinnst doch schon, wenn du *kein* Fieber hast!«
Sie schimpft und droht, zuletzt bettelt sie beinahe: »Felix, zieh wenigstens Schuhe an und einen Mantel!«

Eine halbe Stunde später sitzt er im Kontor der Musikalienhandlung Ulrich Saatwächter gegenüber: einem Bündel Hilflosigkeit.
»Ich *weiß*, ich hab's versprochen!« Ulli weint fast: »Aber ich kann einfach nicht!«
»Doch! Zu uns konnten Sie ja auch kommen!«
»Da mußte ich ja: Mein Bruder hatte mich angemeldet!«
»Genau! Und jetzt stellen Sie sich vor: *Ich* bin Ihr Bruder und habe Sie *dort* angemeldet!«
»Der hätte das niemals getan: so nicht!«
»Wie denn?«
»Der wäre hin zu dieser Frau und hätte gesagt: ›Mein kleiner Bruder, viel ist an ihm nicht dran, aber wenn Sie ihn sich trotzdem mal anschauen wollen...‹«

»Aber dann kommen Sie doch jetzt einfach mit und sagen ihr das selbst!«
»Warum *ich*: *Sie* wollen mich vermitteln! Tun Sie's! Aber ehrlich!«
»Ehrlich, wie denn? Angenommen, ich kreuze jetzt dort auf: Die Gastgeber warten auf Sie, die Claudia hat von nichts eine Ahnung, mich kennt keiner! Was soll ich denn da *ehrlich* sagen, ohne daß mich alle für verrückt halten?«
»Und – wofür halten Sie mich? Ich soll dort, bei diesen Gastgebern, einen alten Freund des Hauses spielen!«
Ulli steht auf: »Nein nein, das geht nicht!« und zuletzt definitiv: »Es geht einfach nicht!«

Felix hat sich nun doch wieder einen Jaguar bestellt – keinen ganz neuen, aber immerhin einen Vorführwagen. Bis der kommt, fährt er ein sehr schickes und sehr altes Mercedes Cabriolet als Leihwagen.
Leider schließt das Verdeck nicht mehr ganz dicht, so daß sein Fieber wahrscheinlich schon auf der Fahrt zu Ulli wieder auf über achtunddreißig gestiegen ist. Und durch den Mißerfolg dürfte es sich inzwischen wohl noch etwas erhöht haben.
Aber was soll's: Felix kann sich nicht entsinnen, in einer vergleichbaren Situation jemals gekniffen zu haben.
Zumindest Bescheid sagen muß er!
Also fährt Felix auf dem kürzesten Weg nach Schwabing. Und läutet an der Wohnungstür *Schäffer – Welte*.
Birgit kommt aus dem Musikzimmer, in dem, auf Klavier und Oboe, Pergolesi gspielt wird.
Sie streckt Felix, den sie ja ebenso wenig kennt wie er sie, fröhlich die Hand hin.
»Herr Saatwächter?«
»Frau Schäffer?«

Birgit wird leise, denn die Zimmertür ist halb offen: »Unwichtig: *Sie* heißt Welte, Claudia Welte!«
»Ja«, bedauert Felix, »und ich bin leider nicht...«
»... pünktlich, aber das macht nichts! Kommen Sie, geben Sie mir Ihren Mantel!«
»Na schön!«
Während er den Mantel auszieht und Birgit diesen in die Garderobe hängt, will er das Mißverständnis klären: »Allerdings muß ich Ihnen etwas...«
Aber Birgit läßt ihn immer noch nicht zu Wort kommen: »Ich kann's mir schon denken. Man hat mich ja informiert!« Sie lacht: »Sie sind genauso zurückhaltend wie Claudia! Aber keine Angst, das ist für Sie nur wieder der erste Kontakt: so wie im Institut!«
»Nein, heute ist es ganz anders, leider!« Er stellt klar und betont dabei jedes Wort: »Ich bin nicht Ulli Saatwächter!«
Da versteht sie endlich – nein, sie versteht es nicht: »Ach, dann sind Sie sein Bruder!«
Felix fragt sich einen Augenblick, ob er tatsächlich so hohes Fieber hat. Dann stutzt er: Warum eigentlich nicht? Wenn das für den Kleinen wirklich die einzige Chance ist, diese Flötenmaus vielleicht doch noch kennenzulernen...
Seine Überlegung wird unterbrochen durch die Frage: »Er selbst kommt also nicht?«
Und schon bedauert er spontan: »Ich habe wirklich alles versucht mit meinem kleinen Ulli...«
»Aber da hätte es doch genügt, uns anzurufen!«
Felix weiß jetzt, wo's lang geht, und gewinnt sein altes Selbstvertrauen zurück: »O nein. Mit meinem Bruder, da gebe ich so schnell nicht auf! Und wenn ich ihm dann sagen kann, wie's hier war, dann kommt er nächstes Mal vielleicht doch mit.«
»Also, nachdem Sie schon mal da sind...« Birgit sieht keinen

Grund, nicht mitzuspielen, und geht schon voraus zur Zimmertür.
Aber Felix hält sie noch einmal auf: »Moment! Warum bin ich überhaupt hier? Unsere Namen? Und woher kennen wir uns?«
»Ach so, ja!« Sie denkt kurz nach. »Am besten: Konservatorium! Ist zwar lange her...«
»Alles klar: Ich heiße Felix.«
»Ich Birgit, mein Mann Horst.«
Felix prägt es sich ein: »Birgit, Horst...«
Inzwischen sind sie vor der Tür. »Und was spielen die da drin?«
»Pergolesi!«
Das Musikzimmer ist der größte Raum in der recht komfortabel und mit Geschmack eingerichteten Wohnung.
Birgit und Felix treten leise ein und warten an der Tür, bis Claudia, von Horst am Flügel begleitet, den Satz beendet hat.
Die Dame des Hauses stellt Herrn Saatwächter vor und erklärt Claudia (und damit auch Horst): »Wir waren miteinander auf dem Konservatorium: mein Mann und ich und Felix mit seinem Bruder Ulli.«
»Ja, der konnte leider nicht mitkommen!« Felix entschuldigt sich. »Und ich störe jetzt natürlich beim Musizieren! War das nicht Pergolesi?«
Claudia ist schon etwas beeindruckt: »Haben Sie das gleich erkannt? Obwohl ich es umarrangieren mußte. Komponiert ist es ja für Cembalo und Streicher!«
Felix lächelt das Lächeln des Experten: »Natürlich. Aber ich finde, gerade in der Oboe dominiert die rhythmische Gegensätzlichkeit noch weit stärker als in der Geige.«
»Sie sind also Musiker?«
Da Felix Jahre zuvor auch mal Vertreter für Klaviere gewe-

sen war, nickt er bescheiden: »Pianist« – und schränkt das sogar noch ein: »ich meine, von Haus aus Pianist.«
Aber, verdammte Grippe, schon das war zu dick. Claudia ist begeistert: »Oh, da müssen Sie jetzt unbedingt gleich mal was spielen!«
»Nein nein nein!« Felix wehrt heftig ab. »Und so gut bin ich ja auch gar nicht mehr!«
»Aber doch immer noch besser als ich!« lacht der Hausherr. Und Claudia faltet die Hände: »Bitte, Herr Saatwächter!«
Was bleibt Felix übrig, als zuzustimmen: »Ja, wenn Sie unbedingt meinen ...«
Aber er weiß, jetzt ist er ehrlich in der Klemme. Und so geht er sehr langsam zum Flügel und sortiert dabei seine Gedanken.
Viel Zeit hat er nicht, schon reicht ihm Horst ein Notenheft, so daß er nur erst mal Ergriffenheit mimen kann: »Und Chopin! Und ausgerechnet seine ›Berceuse‹.«
Doch da entdeckt er am Flügel das Firmenschild, und das ist die Rettung, zumindest für den Augenblick: »Und auch noch auf diesem herrlichen Ibach!«
Er legt dem Hausherrn lässig die Hand auf die Schulter: »Übrigens, habe ich dir schon gesagt, daß der aus der berühmten achten Serie stammt? Ich seh's an der Beschriftung! Wo hast du den her?«
»Von einer Auktion – voriges Jahr!«
»Achte Serie, Ausnahmequalität, es gibt davon nur vierzig Stück! Das Instrument ist ein kleines Vermögen wert!«
Dabei tippt er spielerisch eine A-Taste an, und sein Blick wandert zu der Stimmgabel, die auf dem Flügel liegt.
Und damit ist er endgültig aus dem Schneider, er stutzt – »Moment!« –, schlägt die Stimmgabel an, dann wieder die Taste, dann wieder die Stimmgabel, die er diesmal jedoch seinem Freund nahe ans Ohr führt: »Hörst du?«

Horst ist unsicher: »Etwas zu hoch?«
»Genau ein Sechzehntel!«
»Sie haben das absolute Gehör?« Claudias Achtung wächst.
Und Felix seufzt: »Leider, leider! Glauben Sie mir, das ist ein Fluch!« Er leidet sichtlich. »Ich kann kein Instrument spielen, das nicht völlig tonrein ist! Und ich habe jetzt natürlich nicht meine Schlüssel da, sonst könnte ich nachstimmen!«
Der Angriff wäre also abgeschmettert, und Felix ist vorsichtig geworden. So erwähnt er auch später bei Kaffee und Kuchen nur noch beiläufig die Neuritis, die ihn daran gehindert hat – so hört es sich zumindest an – ein zweiter Pollini zu werden. Und, ebenfalls vorerst ganz beiläufig, erzählt er, daß sein jüngerer Bruder, also Ulli, hier in München neuerdings eine kleine Musikalienhandlung betreibt. Denn jetzt wartet er natürlich auf die Chance, etwas für seinen kleinen Bruder tun zu können.
Und die kommt, als Birgit von Claudias Sammlung verschiedenartiger Holzblasinstrumente erzählt, und das Mädchen verlegen abwehrt: »Ach, das ist doch bloß ein Hobby ...«
Was Horst und Birgit heftig bestreiten. »Hobby? Die ist ungeheuer wertvoll!«
»Und jeden Pfennig steckt sie da rein!«
Da hakt Felix ein: »Aber die muß ich doch unbedingt sehen!«
Claudias Zimmer ist eigentlich eine Bibliothek, aber natürlich steht da auch ein Klavier darin.
Beherrscht wird der Raum jedoch von der Sammlung exotischer und antiker Holzblasinstrumente. Die kleinsten davon liegen unter Glas in einer Vitrine.
Felix hält vorsichtig eine Art Blockflöte in der Hand, und Claudia erklärt: »Eine etruskische Panflöte. Natürlich nachgebaut.«

Sie zeigt Felix das Farbfoto einer Amphore, auf der eine solche Flöte abgebildet ist. »Hier, die einzige brauchbare Vorlage!«

Felix dreht das Instrument in den Händen, sein Blick ist der des amtlich vereidigten Schätzers: »Kann man sie spielen?«

Claudia lacht: »Nein, da müßte ich doch wenigstens ein bißchen üben!«

»Probieren Sie's einfach!« muntert Felix sie auf. »Ich möchte nur mal den Ton hören.«

»Ich fürchte, Sie müssen sich die Ohren zuhalten!« Claudia spielt eine einfache, liedhafte Tonfolge und setzt dann die Flöte ab.

Felix ist angerührt: »Das ist – könnte ein Hirtenlied aus den Abruzzen sein!« Er schaut Claudia an. »Danke!«

Claudia ist verlegen und fragt ihn, ob er einen Cognac mag.

Er mag. »Aber nur einen winzigen. Ich muß ja wieder fahren!« Dabei denkt er weniger an die Straßenverkehrsordnung als an seine Körpertemperatur: ob sie inzwischen wohl die neununddreißig überschritten hat?

Egal, die Sache muß jetzt vollends durchgezogen werden! Und so beginnt er zu erzählen, vorerst von der eigenen Jugend.

Eltern früh verloren, Autounfall, Entdeckung durch den Musiklehrer, Wunderkind, die besten Lehrer natürlich, plötzlich erste Anzeichen der Krankheit, hier werden seine Lippen dünn in schmerzlicher Erinnerung: »Ja, dann kam nur noch der alte Kempff: ein grandioser Pädagoge! Ich war einer seiner letzten Schüler!«

Claudia ist betroffen: »Und nach Ihrer Neuritis?«

Felix reibt sich den Handrücken »...war's aus mit dem Konzertieren. Ich habe noch Musikwissenschaft studiert,

solang ich konnte« – Geste des Geldzählens – »ja, und dann kamen finstere Jahre. Zuletzt habe ich als Klavierstimmer gearbeitet.«
Endlich hat er den Aufhänger für das Thema, das er ansteuert. Sein Blick wird dankbar und seine Stimme warm. »Und wäre *er* nicht gewesen, mein kleiner Bruder Ulli ... er hat mich damals regelrecht von der Straße aufgelesen. Ja, Ulli ist buchstäblich, man sagt das sonst von Ehepartnern: meine bessere Hälfte! So ziemlich in allem das Gegenteil von mir: fleißig, zuverlässig, sehr introvertiert – so introvertiert, daß er überhaupt keinen Kontakt findet! Dabei hätte er den so nötig! Und andere könnten von ihm so sehr profitieren.«
»Hat er keine Familie?«
Felix verneint: »Und er hätte so gern eine! Wenn er irgendwo Kinder sieht, fängt er gleich an, mit ihnen zu spielen! Aber wann passiert das schon! Er geht ja nicht aus dem Haus! Alles, was sich draußen abspielt, überläßt er mir.« Er schaut auf die Uhr. »Jetzt muß ich noch für ihn einkaufen, bevor die Läden schließen, damit er heute abend wenigstens was zu essen hat!«
Es ist kurz vor sechs, auch Claudia muß weg, sie hat noch ihre Verständigungsprobe.
Natürlich bietet Felix ihr an: »Da nehme ich Sie doch mit! – Darf ich Ulli kurz anrufen, ihm sagen, daß ich noch vorbeikomme?«
Felix hat wieder einmal Glück: Das Telefon steht im Flur. So kann er telefonieren, ohne daß man ihm zuhört.
»Ja, ich habe gesagt, ich sei Ihr Bruder ... Bitte, das war *Ihr* Vorschlag! ... Nein, nichts ist erledigt: Claudia, übrigens sehr sehr nett, will jetzt bei Ihnen reinschauen – Gott, sie ist Musikerin, sie sucht irgendwas von« – er hat es vergessen – »so ähnlich wie Pergamon – richtig: Pergolesi! ... Ja, wir kommen vorbei! ... Herr Saatwächter, *Sie* haben mich in

diese verdammte Situation gebracht! Und ich muß Sie schon sehr bitten: Seien Sie jetzt vernünftig, das Ganze dauert fünf Minuten! ... Klar: Später mal können Sie dann ja alles aufklären ...«
Tatsächlich ist das Fieber bei Felix inzwischen auf neununddreißig geklettert.
Nur so läßt es sich erklären, daß er während der Fahrt vergißt, wie knapp er einer fürchterlichen Blamage als Musikexperte entronnen ist, und sich schon wieder tollkühn in ein Fachgespräch stürzt. »Mein Bruder ist ja auch verlegerisch tätig, dabei arbeite ich ein bißchen mit, nebenbei. Von Pergolesi haben wir übrigens jetzt die Rechte erworben, die Weltrechte seiner gesammelten Konzerte für Cembalo und Oboe.«
»Wie? – Pergolesi hat sowas geschrieben?« Claudia wundert sich.
Felix nickt. »Die Partituren wurden vor acht Wochen entdeckt, in einem Kloster bei Verona.«
Das wundert Claudia noch mehr: »Verona? Pergolesi hat doch nur in Neapel gelebt und in Rom?«
»Eben, das ist das Rätsel! Aber da fragen Sie besser Ulli selbst. Er versteht mehr davon als ich! Wissen Sie was? Ich muß ja nur ganz kurz bei ihm reinschauen, und für Sie ist das kaum ein Umweg ...«
Ulli wartet natürlich in heller Verzweiflung, sucht überall hektisch nach Noten, die er sonst sofort findet, hofft, daß der von Trautwein und die Frau einen Unfall bauen: Nur Blechschaden natürlich, aber dann sind sie wenigstens nicht so schnell da – von Schwabing hierher ist es ja ein Katzensprung ...
Und da kommen sie auch schon herein: Felix fröhlich voran, Claudia, zurückhaltend, aber doch neugierig, hinterher. »Ulli! Fast hätte ich dich vergessen! Aber dafür bringe ich dir

jemanden mit!« Er stellt vor: »Mein Bruder Ulli, Fräulein...«, er lacht, »Claudia, mehr weiß ich selbst nicht!«
Während Claudia und Ulli sich zur Begrüßung die Hand geben, überfällt beide das Gefühl spontaner Sympathie zweier Menschen, von denen der eine dem anderen ansieht, daß er womöglich noch schüchterner ist als er selbst.
Und als Felix seinem ›kleinen Bruder‹ erklärt: »Sie spielt in der Staatsoper – Oboe«, ringt Ulli sich sogar das erste Wort ab: »Oh! Da singt heute abend Placido Domingo!«
So daß Claudia die Frage nicht schwerfällt: »Kommen Sie?«
Und Ulli antworten kann: »Ich habe leider keine Karte mehr gekriegt!«
Inzwischen entdeckt Felix den Notenstapel Pergolesi und zeigt ihn Claudia. »Da! Ich habe ihm gleich gesagt, daß Sie sich vor allem für Pergolesi interessieren!«
»O, danke! Ungeheuer finde ich ja, daß er sogar Konzerte für Cembalo und Oboe geschrieben hat!« Sie will Ulli ein Kompliment machen: »Und die haben Sie auch noch entdeckt! Und in ihrem Verlag!«
Ulli ist total überfordert: »Cembalo und Oboe? Von Pergolesi? Und in meinem Verlag?«
Während Claudia hinter seinem Rücken rasch die Freikarte für Othello, die sie noch hat, halb unter das oberste Notenblatt des Pergolesi-Stapels schiebt, ist Felix zumute wie dem Springer, über dem sich der Fallschirm nicht öffnet.
Er schaut sein ›Brüderchen‹ an: »Ich weiß ja, daß alles noch Betriebsgeheimnis ist, aber ihr konnte ich's doch verraten!«
Dann lenkt er rasch ab: »Und überhaupt: Darüber können wir später mal reden! Jetzt müssen wir weiter, sonst machen die Läden zu! Also, was brauchst du: Brot, Butter...«
»Brot? Butter?«
»Hast du noch Milch?«
»Milch – was soll ich mit Milch?«

Felix gibt es auf, an der Reißleine zu zerren: Der Fallschirm bläht sich nicht. Und unter ihm rast die Landschaft auf ihn zu. Einen letzten Versuch macht er noch, er lächelt Claudia verquält an: »Da sehen Sie: Weil er Sie nicht kennt – und auch noch sympathisch findet –, errichtet er jetzt gegen Sie eine Sperre!«

Dann erfolgt der Aufprall:

Ulli hat die Kontrolle verloren und schreit Felix an: »Gegen diese Frau errichte ich überhaupt nichts!«

»Aber Ulli«, stammelt Felix beruhigend, »gegen wen denn sonst?«

»Gegen *Sie*! Mit Ihren Konzerten für Oboe von Pergolesi, und Brot und Butter und Milch und Betriebsgeheimnis!!«

Felix weiß, er ist tot – Opfer einer besonders heimtückischen Art von Grippe. Er hat es geahnt.

Er will Claudia bei der Hand fassen und mitnehmen: »Kommen Sie!«

Aber Ulli schreit noch lauter: »Nein! Gehen Sie nicht mit! Nicht mit *dem*! Der macht Sie sonst vollends fertig, so wie mich! Sehen Sie nicht: Der spielt doch bloß mit uns!«

Claudia zwingt sich, ruhig zu bleiben: »Ich weiß zwar nicht, was das alles soll und wer wen fertig macht: Mit mir wird hier jedenfalls nicht mehr gespielt.«

Damit geht sie hinaus auf die Straße – mit Empfindungen, die sie unbewußt an ein Kindheitserlebnis erinnern: ihre erste Fahrt mit der Geisterbahn.

Felix hat inzwischen neununddreißigacht, außerdem lebt er sowieso nicht mehr.

Deshalb dauert seine Schrecksekunde eine halbe Minute. Dann rennt er los und erwischt sie auch noch.

Aber sie sitzt schon in einem Taxi, und hat die Scheibe hochgekurbelt, und der Motor läuft.

Deshalb versteht sie kein Wort von dem, was er ihr mit

Unterstützung wilder Gesten klarzumachen versucht: »Claudia, hören Sie: Ich war ein Idiot! Ich bin einer! Dabei ist doch alles ganz einfach ...«
Das Taxi startet, läßt Felix stehen.
Der wischt sich den Schweiß von der Stirn, dann geht er zurück, will wieder in die Musikalienhandlung. Aber da rasselt vor ihm der Rolladen der Tür herunter.
Der Mann, der ihn rasseln läßt, ist Ulrich Saatwächter: Es ist eine Art Reflexhandlung des Selbsterhaltungstriebs, als er Felix von Trautwein zurückkommen sieht.
Ulli begreift nicht, was geschehen ist und weiß, daß er auch nie dahinterkommen wird.
Er beneidet und bewundert die Menschen, weil sie das alles nicht nur verstehen, sondern sogar damit fertig werden.
Er wird das nie. Er ist einfach zu primitiv dazu. Und zu schwach.
Er geht zu dem Pergolesi-Notenstapel, um ihn wegzuräumen. Dabei entdeckt er die Eintrittskarte zur Premiere des Othello mit Domingo als Gast. Er zieht sie heraus und starrt sie an.

Ulli Saatwächter hat seinen Platz im Parkett. Lieber wäre ihm einer im Rang, möglichst weit oben. Denn dann könnte er den Orchestergraben einsehen, zumindest einen Teil davon: die Oboen.
Der Mensch von der Partnervermittlung ist ein Verbrecher – oder einfach dumm – wahrscheinlich beides: Wollte dieses wunderschöne Geschöpf an einen verkrachten, verklemmten, bebrillten, in absehbarer Zeit glatzköpfigen Zwerg verkuppeln.
Zum Glück hatte sie keine Ahnung. Sonst wäre sie gleich wieder mit einem Aufschrei rückwärts aus dem Laden gestürzt bei seinem Anblick.

Oder tot umgefallen. Wahrscheinlich tot umgefallen.
Ulli stellt sich vor, dieses Mädchen Claudia hätte in der Renaissance gelebt statt heute. Und in Venedig, statt in München. Dann hätte der Mohr natürlich *sie* genommen. Und der Domingo würde jetzt *sie* erwürgen. Ulli hat sonst nichts gegen Farbige und schon gar nichts gegen Tenöre. Aber den Othello und den Placido haßt er jetzt. In sein Taschentuch zwischen den Händen krallt er sich so ein, daß es zerreißt. Die Dame rechts von ihm ist indigniert. Auch sie liebt die klassische Oper, aber das geht denn doch zu weit!
Claudia müht sich um Disziplin, aber sie ist nicht ganz so griffsicher wie sonst. Denn zwischen den Einsätzen muß sie immer wieder an den kleinen großen und eigentlich ganz hübschen Jungen mit den traurigen Augen denken, der genau so allein ist wie sie. Und es auch nicht sein möchte – und sich auch nicht traut.
Sie durchschaut ja inzwischen wenigstens einigermaßen die Zusammenhänge: Birgit mußte ihr kurz vor Vorstellungsbeginn alles sagen, was sie weiß.
Wie er den verlogenen Angeber einfach rausgeschmissen hat! Ja, in diesem kleinen Musikwissenschaftler steckt mehr von einem Mann als in all den ... übrigens, *so* klein ist er eigentlich gar nicht, mindestens so groß wie sie selbst. Jedenfalls: mit ihm ist eine Frau mit Sicherheit gut bedient, und wo gibt es das noch?
Überhaupt: daß sie sein Geschäft noch nicht kennt! Immer das Affentheater, wenn man was Ausgefallenes sucht, und ihn braucht man bloß zu fragen! Und warum eigentlich nicht? Irgendwann mal ...
Irgendwann ist eine halbe Stunde später nach Schluß der Premiere.
Da wartet Ulli am Bühnenausgang, denn als ordentlicher

Mensch hat er das Bedürfnis, sich wenigstens für die Freikarte zu bedanken.
Sein Herz klopft wie ein Dampfhammer: »Verzeihung!«
Sie tut ein bißchen erstaunt und ärgert sich dabei, daß sie so tut. »Ja?«
»Darf ich mich wenigstens bedanken, für die Karte?«
»Die hatte ich übrig.«
»Und entschuldigen sollte ich mich wohl auch!«
»Das haben Sie schon. Sie sagten doch: ›Verzeihung‹.«
»Ach so, ja.«
»Meine Freundin hat mir gesagt, wie es zu dem Mißverständnis gekommen ist. Ich weiß jetzt, daß Sie daran ebenso wenig schuld waren wie ich.«
Daß Claudia bei der anschließenden Premierenfeier fehlt, fällt nicht weiter auf: Davor drückt sie sich meistens. Horst und Birgit bleiben nur eine Stunde. Auch ihnen sind solche Parties zuwider, bei denen sich die Künstler mit den Honoratioren die Ehre geben, und die Honoratioren den Künstlern auf die Schultern klopfen: *einmalige Weltspitze*, dieser Othello oder Fledermaus oder Parzival, oder was es gerade war.
Als sie zurückkommen in ihre Wohnung, wundern sie sich: Claudia geht doch immer gleich ins Bett?
Aber sie spielt – leise, denn es ist Mitternacht. Und nicht allein! Sie wird begleitet, am Flügel! Von einem erstklassigen Pianisten!

Felix kann sich an den Rückweg nicht mehr erinnern. Hoffentlich hat er niemanden überfahren!
Dann wurde der Arzt gerufen. Der hat geflucht und ihm eine Spritze verpaßt. Daraufhin ist die Temperatur wieder zurückgegangen.
Jetzt sitzt Romy bei ihm am Bett, nimmt ihm wieder einmal

das Thermometer aus dem Mund und liest ab: »Nur noch knapp vierzig!«

»Und von jetzt ab steigt es wieder: morgen einundvierzig, übermorgen zweiundvierzig, und dann ist alles vorbei!«

»Meinst du? Und nur, weil dir mal was aus dem Ruder läuft! Einzelheiten will ich gar nicht wissen.«

»... die sind auch – Romy! Ein Mann, der so versagt hat wie ich heute, der kommt nicht noch einmal hoch!«

»So ist es!« Romy weiß, Widerspruch wäre jetzt zwecklos. »Und deshalb weinst du dich jetzt mal schön in Schlaf. Und morgen überlegen wir, wie wir die Sache in Ordnung bringen!«

»Romy, du glaubst mir nicht: Da ist nichts mehr in Ordnung zu bringen! Die beiden: sehen sich nie wieder!«

Unser Franzose

Das Institut, beziehungsweise der Club *Wunschpartner,* ist nun sechs Wochen alt und floriert so, daß es inzwischen tatsächlich die Warteliste gibt, von der zu Beginn nur Felix zu träumen gewagt hatte.
Und man kann sich auch leisten abzuraten, sogar abzulehnen.
Einer der Gründe des Erfolgs: Es hat sich herumgesprochen, daß dem Klienten, dem kein Partner vermittelt werden konnte und der deshalb auf weitere Dienste verzichtet, seine Aufnahmegebühr anstandslos rückerstattet wird, was manche Büros dieser Art zwar versprechen, dann aber doch nicht halten! Und einklagbar sind solche Gelder ja genausowenig wie etwa Spielschulden.
Der Vorteil für den Club: Er hat keine Dauerkunden. Die meisten Paare treffen sich hier nur zwei- oder dreimal und entscheiden sich dann. Und selten passiert es, daß ein Klient nach dem zweiten Fehlversuch es noch einmal mit einem dritten Partner probieren möchte.
Natürlich gibt es Ausnahmen. So sitzt sich zum Beispiel heute an Tisch eins ein Paar gegenüber, das schon zum vierten Mal hier ist. Aber mit ihnen hat das Team Geduld, denn es weiß, daß das klappen wird. Beide wollen nur auf Nummer Sicher gehen.
So haben sie diesmal auch ihre Bausparverträge mitgebracht, und jeder studiert den des anderen.
»Zuteilungsreif wird Ihrer also nächstes Jahr, August!« stellt sie fest.

»Ihrer im Oktober.«
»Zusammen wären das zweihundertzehntausend«, rechnet sie.
Und er kalkuliert: »Wir brauchten also als Zinsen für den Zwischenkredit monatlich runde zweitausend, von denen ich, na ja: zwölfhundert...«
»... und ich von meinem Gehalt den Rest.«
Der Herr gießt inzwischen Wein nach und zieht die Bilanz: »Tja, ich glaube, auf dieser Basis könnte man sich treffen!« Er hebt sein Glas und lächelt: »Übrigens, mein Vorname ist Helmut. Meine Freunde nennen mich Heli.«
Die Dame hebt ihr Glas, lächelt zurück: »Ich bin Lieselotte, aber ich höre auch auf Lilo.«
Übrigens will es der Zufall, daß an diesem Abend noch ein weiterer Gast anwesend ist, der zwar nicht zum vierten, aber immerhin zum dritten Mal den Club besucht: Es ist jene Isa, die ihrem ersten Partner nicht nach Australien und dann dem ›Steuerexperten‹ Emil Knopf nicht ins Bett folgen wollte.
Romy war es nicht leicht geworden, das Mädchen zu diesem dritten Versuch zu bewegen, und gottlob sieht es diesmal besser aus: Karl ist ein wirklich netter Kerl, Handwerker, der kurz vor der Meisterprüfung steht und Isa zu gefallen scheint. Gute zwei Stunden sind sie jetzt hier zusammen und haben sich offensichtlich schon unendlich viel zu erzählen, aber sicher nichts über Bausparverträge.
An der Bar läutet das Telefon, Felix nimmt ab: »Ja, der ist bei uns!«
Er geht zu dem jungen Mann: »Der Anruf, auf den Sie warten!« Karl steht auf und entschuldigt sich bei Isa: »Ein Kollege, wegen der Prüfung. Es dauert nur eine Sekunde!«
Er geht zum Telefon, Felix rückt den Stuhl und fragt das Mädchen: »Darf ich solange...?«
»O ja, gern!«

Felix setzt sich: »Geht's voran?«
»Ja und nein! Er will mit mir in Urlaub, er will alles mit mir und von mir, bloß: ob er mich nun wirklich... ich meine auf Dauer, Familie und so – davon sagt er kein Wort!«
»Vielleicht hält er das für selbstverständlich?«
»Und wenn nicht?«
»Ich frag ihn mal!«
Er steht auf und überläßt seinen Platz wieder dem jungen Mann, der vom Telefon zurückkommt.
Dabei bemerkt er so ganz nebenbei: »Wir sprachen gerade darüber, was Ihnen lieber wäre: erst ein Bub und dann ein Mädchen oder umgekehrt?«
Karl hebt die Schultern und schaut Isa an: »Was willst du? Mir ist das egal: Wenn's nur immer klappt!«
Dabei faßt er ihre Hand.
Felix grinst Isa an: »Na bitte!« Und geht zur Bar zurück.
In diesem Augenblick kommt es zu einem Zwischenfall, dem ersten gravierenden im *Club Wunschpartner*, und er wird Folgen haben:
Gregor ist soeben dabei, Monsieur Dupellier das Dessert zu servieren – *Sabayon Canada*, eine Eigenkreation mit einem Zusatz von Ahornsirup –, da bemerkt er mit Schrecken, daß der ›Gourmet‹ sich kaum noch auf dem Stuhl halten kann.
»Monsieur Dupellier!«
Dieser atmet schwert: »Gregor, bestellen Sie mir ein Taxi!«
»Ist Ihnen nicht gut?«
Maurice Dupellier murmelt nur noch: »Ich muß... nach Hause... Taxi... s'il vous...«
Dann verliert er das Bewußtsein. Gregor hält ihn fest.
Ringsum Bestürzung, vor allem natürlich beim Team – schließlich gehört ›unser Franzose‹ inzwischen beinahe zur Familie!

Und gerade heute ist natürlich kein Arzt unter den Gästen, also Telefon: Notdienst!

O Wunder, schon nach knapp fünf Minuten ist der Krankenwagen da, und auf der Fahrt in die Klinik kommt Monsieur Dupellier auch wieder zu Bewußtsein und beklagt sich spontan bei Felix, der mitfährt: »Ich habe gesagt Taxi! Und – nach Hause!«

»Und dann waren Sie weggetreten, zehn Minuten lang!«

»Und jetzt bin ich wieder da! Warum also croix rouge, hôpital? Hören Sie: Ich bin diabétique und hatte vergessen meine Tabletten: voilà tout! Bitte, ich will sofort aussteig ...!«

Glücklicherweise fällt er dabei noch einmal kurz in sein Zuckerkoma zurück, so daß die Einlieferung in die nächstgelegene Klinik sich reibungslos vollzieht. Dort wird natürlich erst mal Insulin gespritzt, und der Arzt ist ein vernünftiger Mann. Er sagt Maurice auf den Kopf zu, daß das heute bestimmt nicht sein erster Ohnmachtsanfall war und daß, da der Junggeselle allein lebt, die nächste Attacke sehr wohl auch schon seine letzte sein kann. Und daß es deshalb mehr als ratsam ist, jetzt gleich ein paar Tage stationär zu bleiben, um sich gründlich untersuchen und vor allem den Zucker neu einstellen zu lassen.

Unabhängig von diesem Zwischenfall wird in diesen Tagen für das *Wunschpartnerteam* etwas ganz anderes zu einem echten Problem:

Es ist die Arbeitsüberlastung – generell, vor allem jedoch für Franziska.

Denn erstens muß sie zwischen 19 Uhr und Mitternacht ständig in der Clubküche mithelfen, da Gregor mit Kochen, Servieren und an der Bar vollauf beschäftigt ist und Felix und Romy sich um die Gäste kümmern.

Zweitens besteht die Klientel etwa zur Hälfte aus Damen und

Herren fortgeschrittenen Alters. Und es hat sich erwiesen, daß die meisten von ihnen sich einfach lieber mit Franziska oder auch mit Gregor in vertrauliche Gespräche einlassen als mit den beiden jungen Leuten.
Kurzum: Franziska übernimmt auch tagsüber neben ihrer Buchhaltung, den Abrechnungen – ihrem Büro also –, noch einen großen Teil der Arbeit der drei anderen mit dem Ergebnis, daß sie morgens die erste und abends die letzte ist und zwischendurch kaum zu einer Verschnaufpause kommt. Sie ist nervös geworden. Und wenn dann noch etwas dazukommt wie heute die Sache mit Monsieur Dupellier...
In der Clubküche nimmt sie ein volles Tablett aus der Durchreiche. Ein Glas kippt, sie will es retten, dabei rutscht alles herunter: jede Menge Scherben!
Romy, die gerade die Spülmaschine ausräumt, kommt mit Schaufel und Handfeger und tröstet: »Nicht schlimm, Mami: der liebe Streß! Aber der hört ja auf, wenn wir jetzt eine ordentliche Küchenhilfe kriegen.«
»Ordentliche Küchenhilfe? Du siehst ja, was sich auf unsere Annoncen gemeldet hat: Heute wieder ein Pflegefall, und die andere hat als zusätzliche Gegenleistung einen Babysitter verlangt für ihre vier Kinder!«
Romy ist entschlossen: »Trotzdem, die nächste nehmen wir einfach: So geht's nicht weiter!« Sie wirft einen besorgten Blick zur Tür: »Daß Felix nicht anruft? Hätte er den ›Gourmet‹ bloß abgeliefert in einer Klinik, müßte er längst wieder hier sein!«
Inzwischen hat sich das Clubzimmer geleert. Auch Isa und ihr neuer Partner sind weg – untergehakt und mit nur einem Taxi, wie Gregor zufrieden registriert.
Und endlich gehen auch die letzten, das Paar mit den Bausparverträgen.
Gregor hilft ihnen gerade in ihre Mäntel, da kommt Felix

zurück und wird natürlich von der Dame gleich neugierig gefragt: »Konnten Sie was erfahren? War's ein Herzinfarkt?«

»Gott sei Dank, nein!«

Das beruhigt den Herrn. »Na also«, er winkt ab, »alles andere ...«

Aber seine voraussichtliche Zukünftige belehrt ihn: »Sag das nicht, Heli: Ein Hirnschlag zum Beispiel ...«

»Aber Lilo, da wird man weiß im Gesicht!«

»Ach, ich dachte immer, blau!«

Wie gewöhnlich, wenn es nicht allzu spät wurde, trinkt das Team an der Bar oder in der Sofaecke noch einen Espresso, ehe man zu Bett geht:

Letzter Meinungsaustausch über den vergangenen Abend und kurze Vorbesprechung dessen, was morgen auf der Tagesordnung steht.

Heute ist das einzige Thema natürlich *unser Franzose*. Zunächst sind alle erleichtert, von Felix zu erfahren, daß Monsieur Dupellier außer Lebensgefahr ist.

Daß Felix so spät zurück kam, hatte seinen Grund: Er mußte die vier Katzen, mit denen Maurice lebt, zu einem seiner Angestellten bringen, der ebenfalls Katzen hat. Und er konnte nur drei davon in ihr Körbchen locken. Die vierte, ein Katerchen, das tags zuvor kastriert worden war und sich offensichtlich noch daran erinnerte, mußte er fangen, und das hatte anderthalb Stunden gedauert.

»Warum hat er nie seinen Diabetes erwähnt?« klagt Gregor. »Ich hätte ihm genau so gern Diät gekocht!«

»Habe ich ihn auch gefragt. Seine Antwort war: – Felix nimmt den Akzent des Franzosen auf – »Dann wäre isch nischt in Ihr Club gekommen!«

Franziska sieht düster in die Zukunft: »Das heißt, spätestens ab übernächste Woche blockiert er uns nicht nur

wieder einen Tisch, wir müssen auch jede Minute damit rechnen, daß er uns tot vom Stuhl fällt!«
Man ist sich einig, daß das jetzt nicht mehr so weiterlaufen kann. Aber wer bringt dem ›Gourmet‹ das schonend bei?
Gregor wird dazu verurteilt. Er muß Monsieur Dupellier besuchen und ihn vor die Alternative stellen: Entweder er begnügt sich künftig mit Menüs, die weniger Kohlehydrate enthalten – Gregor ist gerne bereit, speziell für ihn solche zu kreieren – oder ...

Der Krankenhausaufenthalt des Franzosen wird sich wahrscheinlich länger hinziehen als vorgesehen, denn neben der geschädigten Bauchspeicheldrüse erweist sich die Leber als überstrapaziert. Das bedeutet: keine schweren Burgunder und keinen Cognac mehr!
Gregors Mitleid wächst noch, gleichzeitig schämt er sich über die Erleichterung, die er empfindet. Er hofft, seinen mit einer so peinlichen Mission gekoppelten Krankenbesuch wenigstens hinauszögern zu können.
Es kommt jedoch anders, und das beginnt schon am darauffolgenden Vormittag mit der Einstellung einer Küchenhilfe. Ganz harmlos zunächst und sehr erfreulich.
Eine Frau Waltraud Pilzer erscheint im Büro. Sie ist etwa vierzig Jahre alt, auf nicht unsympathische Weise resolut, und offensichtlich genau die Richtige.
»Mein Mann ist verunglückt«, erzählt sie. »Auf einer Dienstfahrt. Die Firma hat mir jetzt die Leitung der Werksküche angeboten. Aber das wäre nur Organisation, Beaufsichtigung von Personal, Einkauf und so weiter. Und ich möchte kochen! Mein Mann hat gern gut gegessen!«
Franziska und Romy sind beinahe sprachos.
»Ja, das hört sich alles so positiv an ...«
»... daß es fast nicht wahr sein darf!«

Frau Pilzer wird gleich konkret: »Vielleicht kommen wir am schnellsten voran, wenn ich mir heute abend Ihren Betrieb einfach mal anschaue und schon ein bißchen mitmache – alles noch ganz unverbindlich ...«

Die Männer sind zwar nicht da – Felix kann endlich seinen neuen Jaguar abholen, und Gregor kauft ein – aber trotzdem nehmen Franziska und Romy Waltraud Pilzer selbstverständlich gleich beim Wort: also um achtzehn Uhr!

Sie kommt pünktlich, und bald ist Gregor von ihr ebenso begeistert wie sie von ihm und seiner Küche.

Und schon nach einer Stunde arbeiten beide mit der Selbstverständlichkeit einer eingespielten Küchenmannschaft zusammen.

Wirklich, diese Frau ist allererste Klasse! Dazu noch die Kenntnisse, die sie mit einbringen wird: »Beziehen müßten wir sie aus Crémieu: Die *deutsche* Pute ist zu sehr auf fettarm gezüchtet.«

»Und die wird dann, in Folie gewickelt, eingegraben ...«

»... zwei Tage: bis die Trüffelfüllung ihr Aroma ans Fleisch abgibt.«

»Wieviel Portionen wären das?«

Waltraud schätzt: »Sechs bis acht.«

Franziska kommt herein, natürlich ist sie neugierig: »Ich sehe: Anlaufschwierigkeiten haben Sie keine!«

Waltraud lacht: »Wie sollte ich: bei *dem* Koch!«

»Und du?« Franziska wendet sich an Gregor, »was sagst du zu deinem ›Lehrling‹?«

»Die einzige Gefahr: daß *sie mich* zum Lehrling macht!«

»In der guten Küche ist jeder der Meister des andern«, stellt Waltraud fest.

»Und gleichzeitig sein Lehrling!« ergänzt Gregor. »Man ist einander eben völlig ausgeliefert!«

Franziska ist froh und dankbar und erleichtert.

Schließlich hat sie selbst den größten Vorteil von dieser Hilfe!
Trotzdem schmeckt ihr Gregors letzte Bemerkung nicht so recht: ›einander völlig ausgeliefert!‹ Einer Mitarbeiterin ist man doch nicht ausgeliefert!
Sie geht wieder, mit etwas zwiespältigem Lächeln: »Na, dann *muß* ja alles gut gehen!«
Aber die Zuversicht ist nicht völlig ungetrübt und die Freude nicht ganz ehrlich. Sie wundert sich darüber: Warum eigentlich?
Am nächsten Morgen, beim Frühstück, fragt Felix Gregor: »Wie ist sie denn, die Pilzer?«
»Phänomenal! Man sieht sowas ja gleich am Würzen: Die Frau hat's in den Fingerspitzen!«
»Also«, erinnert ihn Romy, »wo bleibt jetzt deine Angst, daß da eine kommt, der du beibringen mußt, wie man Kartoffeln pellt?«
Und Felix muß einen seiner dummen Sprüche loslassen: »Wie sagt die schwangere Jungfrau: ›Auch heute geschehen noch Wunder‹!«
»Wirklich«, schwärmt Gregor weiter, »diese Frau ist ein Geschenk des Himmels! Allein, wie sie mit dem Knoblauch umgeht!«
»Und vor allem mit *dir*!« fügt Franziska hinzu.
Der Ton, in dem sie das sagt, und ihr Lachen dabei, sind so forciert munter, daß sie selbst erschrickt und die andern sie verdutzt anschauen.
Da läutet das Telefon: Maurice Dupellier meldet sich aus der Klinik. Er will von Felix wissen, ob der Katzentransport ohne Zwischenfälle vonstatten gegangen sei und erwähnt nebenher, daß er nur noch bis morgen hierbleiben könne. Länger halte er die *tortures inhumaines* nicht aus.
Also muß Gregor heute noch hin.

Der Franzose liegt in einem Einzelzimmer. Er hat beschlossen, im Bett zu bleiben. Logischerweise. Denn ein Mensch, der tagsüber nicht im Bett liegt, ist gesund, und Gesunde haben in einer Klinik nichts verloren.
Er freut sich, daß Gregor ihn besucht und deutet angeekelt auf das, was man ihm vor Stunden gebracht hat: einen Brei, dessen Anblick jede Ratte augenblicklich in den Hungerstreik treiben würde, und einen Tee, der so penetrant nach Heilkräutern stinkt, daß Maurice den Schnabel der Kanne mit Watte verstopfen mußte.
Die beiden Herren vertehen sich prächtig, und bald wird Gregor auch seiner einzigen Sorge enthoben, denn Maurice selbst führt das Gespräch auf das prekäre Thema zu: »C'est vrai: Eigentlich habe ich nichts verloren in Ihr Club. Aber wissen Sie, was es heißt: toute la journée: Eier, Steak, Salat – Salat, Steak, Eier – o merde!« Aber dann bekommen seine Augen Glanz: »Nur am Abend, da öffnet sich bei Ihnen der Himmel: über Ihr kleines Menü. Dazu noch l'atmosphère – Gefühl, ich bin der einzige Glückliche mitten unter lauter arme Teufel, auf die das große Malheur wartet!« Er vertraut Gregor leise an: »Sie müssen wissen: Ich hasse Frauen!«
»Haben Sie wenigstens Freunde?«
»Nur Sie, Gregor, und mein Büro.«
»Aber Ihre Firma ist doch in Südfrankreich?« Gregor hat das schon immer gewundert.
»Grasse, Provence.«
»Und die leiten Sie von hier aus?«
»Ich muß Ihnen erklären: Grasse ist eine diabolische Stadt! Besteht nur aus kleine Parfümfabriken. Eine gehört mir. Und aus kleine Pralinéfabriken. Eine gehört meine Schwester. Sie ist viel älter als ich. Hat mich erzogen. Meine Bauchspeicheldrüse ruiniert: mit Praliné und kandierte

Früchte! Oh wie ich Frauen hasse! Und dieses Grasse! Dieser odeur in der Luft: Mélange von Sirup und ätherisches Öl!«
Hier wird er unterbrochen: Die dicke, muntere Oberschwester kommt herein.
Sie faltet enttäuscht ihre rosaroten Händchen: »Aber aber – wir haben ja gar nichts gegessen!«
Maurice stellt klar: »Wir? *Sie* haben gegessen! Aber nicht – diese gelbe Schlamm!«
Die Schwester wird um drei Nuancen strenger: »Aber probieren können Sie doch wenigstens!«
»Es geht nicht.«
»Es geht alles, wenn man will!«
Damit hebt sie das Tablett vom Tischchen hoch, stellt es Maurice auf den Bauch und kommentiert das auch noch überflüssigerweise mit dem Brustton Martin Luthers vor dem Reichstag zu Worms: »Da steht der Teller vor Ihnen!«
Maurice, der Provencale, ist solchen Brusttönen nicht gewachsen. Er stammelt: »Aber ich kann nicht davon essen!« Und er versucht, diese Behauptung auch noch mit Logik zu untermauern: »Das ist so wie: Sie stehen auch da vor mir, aber ich könnte nicht mit Ihnen schlafen, par exemple! – Das eine geht, das andere geht nicht, comprennez-vous, verstehen Sie das?«
Der Schwester laufen die Bäckchen ochsenblutrot an: »Ich verstehe kein Wort!«
Mit dieser Lüge auf der Zunge und unanständigen Wunschbildern im Herzen entschwebt sie, wie nur ein Elefant entschweben kann. Das Tablett nimmt sie Gott sei Dank mit.
Gregor Seidelmann öffnet das Fenster und setzt das Gespräch fort: »Man sagt mir, Sie könnten auf keinen Fall entlassen werden. Trotzdem wollen Sie morgen schon ...«
Maurice unterbricht ihn heftig: »Ich *muß* nach Hause! Weil am Abend meine Schwester kommt auf der Durchreise!

Wüßte sie, ich bin krank, es wäre für sie ein Triumph: Sie glaubt immer noch, ich kann nicht leben ohne sie! Dabei sollte ihr Besuch ein Triumph werden für *mich!* Ich wollte ihr meine Küche zeigen. Préparer ein Menü Gourmet! Aber wie soll ich das jetzt?«

Mein einziger freier Abend, denkt Gregor, aber das Mitleid ist stärker. »Nun, wenn ich Ihnen damit einen Gefallen tun kann: Sonntag haben wir geschlossen ...«

Maurice ist überwältigt: »Sie kommen, mir helfen?«

»Natürlich muß das eine Ausnahme bleiben!«

»Und warum Ausnahme?« Maurice greift nach Gregors Händen: »Gregor! Einmal muß ich Sie ja doch fragen! Meine Wohnung ist groß! Meine Küche parfait: Warum kommen Sie nicht zu *mir*?«

Es fällt Gregor schwer, aber – er gehört nun mal zum Team, und es ginge ja auch nicht wegen Franziska. So löst er sanft seine Hände aus der Umklammerung: »Monsieur Dupellier ...«

»Sagen Sie Maurice, bitte!«

»Monsieur Maurice! Sie erwarten von mir doch nicht im Ernst ...«

Für Waltraud Pilzer ist es erst der zweite Abend auf ihrer neuen Arbeitsstelle, aber sie bewegt sich schon so souverän, als sei sie in dieser Küche großgeworden. Gregor hat ihr für den Fall, daß er bei Maurice länger als vorgesehen bleibt, die Speisenfolge des heutigen *kleinen Menüs* auf einen Zettel notiert.

Franziska kommt, es ist ein langer Samstag, vom Einkauf zurück. »Ist Herr Seidelmann noch nicht da?«

»Nein, aber ich weiß ja schon ungefähr, was zu tun ist!«

Franziska stellt den Korb auf den Tisch. »Das da sollte ich mitbringen!«

»Ist Thymian dabei? Ja, den brauchen wir gleich!«
Waltraud fängt an, die Lebensmittel auszupacken:
»Ich habe viermal das kleine Menü vorgerichtet und drei Platten, ist das so richtig?«
»Es kommt auch vor, daß alle das Menü nehmen. – Kann ich noch irgendwas tun?«
Waltraud lacht: »Nein, jetzt ist die Ablösung da!«
Gregor kommt herein. Er ist froh, daß Waltraud schon angefangen hat: »Guten Abend! Oh, Sie haben schon vorgearbeitet, vielen Dank!« Er droht Franziska im Spaß: »Aber für dich ist hier ab sofort ›Zutritt verboten‹!«
»Ich weiß, ich weiß: Die Ablösung ist jetzt da!« Die Fröhlichkeit, mit der Franziska antwortet, klingt etwas gequält.
Gregor aber hat das noch nicht bemerkt. Er bindet sich die Schürze um: »Eben! Haben wir Thymian?«
Waltraud säubert ihn gerade: »Bin schon dabei!«
»Sie sind ein Schatz!« lächelt er ihr zu. Und zu Franziska gewandt fährt er fort: »Also mit unserem Franzosen: Das ist eine kleine Tragödie. Muß ich dir dann ausführlich...« Und ohne den Satz zu beenden, ruft er Waltraud zu: »Wir sollten gleich die Béchamel einbrennen, sonst wird sie uns nicht mehr glatt!«
Franziska beherrscht sich und lächelt: »Ja dann – laßt euch nicht stören! Ich kann ja jetzt schon oben bleiben!«
Sie geht hinaus, Gregor schaut ihr nach: Dieses letzte Lächeln war so gefroren, und die Stimme so brüchig, daß es ihn jetzt doch ein wenig irritiert.
Und seine Unruhe wächst: so daß er die erste Arbeitspause wahrnimmt, um nach ihr zu schauen.
Tatsächlich ist sie nicht wie üblich im Clubzimmer, wo inzwischen die ersten Gäst eintreffen, sondern oben. Sie hat die Schuhe ausgezogen und sich aufs Bett gelegt.
Gregor fragt beunruhigt: »Fehlt dir was?«

»Nein. Und dir fehlt ja von heute ab auch nichts mehr!«
»Du meinst die Frau Pilzer, ja: Sie ist wirklich ein Goldstück!«
»Und für dich ein Geschenk des Himmels! Hast du schon gestern gesagt.« Sie wechselt das Thema: »Du wolltest mir erzählen, von unserem Franzosen ...«
Gregor setzt sich auf den Bettrand: »Ja, stell dir vor: Er hat mir ein Angebot gemacht! Ich soll zu *ihm* kommen! Als sein *Freund*« – er lacht – »gemeint hat er natürlich: als sein *Diätkoch*!«
»Und?«
»Ich habe ihm gesagt, daß es nicht geht. Schließlich bin ich *hier* zu Hause!«
Franziska setzt sich auf. »Gregor, du bist ein Mann in den besten Jahren, und da kommen eben Angebote: beruflich und auch sonst!« Sie steht auf und schlüpft in ihre Schuhe.
Gregor begreift nicht so ganz: »*Angebote? Und auch sonst?* – Franziska, wovon redest du eigentlich?«
Romy klopft an und tritt ein.
»Ach, *hier* seid ihr! – Aber warum auch nicht? Endlich haben wir's ja geschafft! Franziska hat ihren Feierabend und Gregor, du mit deiner Frau Pilzer! Wenn man euch so zuschaut: wie ein Kopf und vier Hände, wirklich das optimale Gespann.« Romy stockt, und da sie keine Antwort erhält, setzt sie mit fragendem Blick auf Franziska hinzu: »Findest du nicht auch?«
»Ja, darauf wird's wohl hinauslaufen. Obwohl: Er hat ja immer noch die Wahl.«
Romy versteht nicht: »Was für eine Wahl?«
Franziska nickt Gregor zu: »Erzähl ihr – von deinem anderen Angebot!« Und da Gregor nicht antwortet, erklärt sie: »Unser Franzose will ihn auch!«
Gregor hat Zeit gehabt zum Nachdenken, und dabei wird ihm endlich klar, was los ist mit seiner Franziska.

Er kann sich nicht erinnern, wann er zum letzten Mal wütend war. Jetzt ist er's: »Was heißt *will mich auch*? Wer will mich denn noch? Franziska! Was redest du dir da ein? Bist du denn noch bei Trost?«
»Gregor, bitte!« Romy will ihn bremsen. »So kannst du mit meiner Mutter nicht reden!«
Doch Gregor wird noch lauter: »Doch, so *muß* ich jetzt mal reden!« Er nimmt Franziskas Schultern in seine Hände und ruft: »Franziska! Diese Frau Pilzer löst dich ab: *in der Küche,* sonst nirgends, verdammt nochmal! Und unser Franzose weiß, daß er mich nicht kriegt! Morgen abend, habe ich ihm versprochen, koche ich für ihn! Das ist eine Ausnahme! Und bei der bleibt es! Gute Nacht!« Dann läßt er Franziskas Schultern los, bindet sich die Schürze fester und marschiert hinaus.
Franziska bittet auch Romy zu gehen. Sie will jetzt allein sein. Aber lange erträgt sie das nicht. Die Gäste werden sie vermissen und nach ihr fragen. Auch Felix. Vielleicht sogar diese Frau Pilzer – die ja nichts dafür kann, daß sie viel jünger ist und viel besser kochen kann.
So geht auch Franziska wieder nach unten ins Clubzimmer, ist zu allen aufmerksam und freundlich wie immer – vielleicht ein bißchen weniger lebhaft, aber das fällt keinem auf, auch Felix nicht.
Der liegt – es ist kurz nach Mitternacht – schon im Bett und blättert noch eine Zeitung durch, als Romy aus dem Bad kommt, um ebenfalls schlafen zu gehen.
Er hat eine Anzeige entdeckt: »Da gibt's eine Sonderschau für Gartenmöbel ...«
»Ach, und an was anderes kannst du nicht denken?«
Felix will zärtlich werden und grinst: »Wenn du willst, denk ich von jetzt an ein bißchen an dich!«
Doch Romy wehrt ihn ärgerlich ab: »Quatsch! Oder siehst

und hörst du wirklich nicht, was im Augenblick bei uns läuft?«
»Ich bin ahnungslos wie immer!«
»Dann sag ich dir's: Wir müssen die Frau Pilzer wieder wegschicken!«
»Warum? Die ist doch gut!«
»Eben: viel *zu* gut, und zwar zu Gregor!«
»Hat sie ihn vergewaltigt? Dann bin ich vermutlich als nächster dran!«
Romy setzt sich auf und wirft ihm einen giftigen Blick zu: »Felix, das ist überhaupt nicht komisch!«
»Doch! Wie ich Gregor kenne, denkt er gar nicht an sowas!«
»Er nicht, aber Mami!«
»Ach so: Die hat jetzt ein bißchen Angst ...«
Romy unterbricht heftig: »Ein bißchen Angst? Felix! Ob wir lachen oder heulen oder es verständlich finden oder irrsinnig, Tatsache ist, Mami lodert vor Eifersucht! Und wenn diese Frau nicht ganz schnell wieder verschwindet ...«
»Hm, da muß mir eben wieder mal was einfallen!«
Also beginnt Felix zu grübeln, aber vergeblich: Nach knapp zwei Minuten geht seine letzte unbrauchbare Idee über in den ersten Traum.
Da er jedoch mit denselben Gedanken aufzuwachen pflegt, mit denen er eingeschlafen ist, kann er am nächsten Morgen sofort weitergrübeln.
Und schon beim Rasieren findet er die Lösung.
Er geht in die Videothek, wo ihn – es ist ja Sonntag – niemand stört, und ruft zwei Nummern an.
Das erste Telefonat ist ein Stadtgespräch: »Frau Pilzer? ... Nein, passiert ist gar nichts, wir sind nur ... ich erklär's Ihnen kurz: Sie haben es doch sicher mitgekriegt, die Sache mit unserm diabetischen Franzosen! Da könnten Sie

uns einen riesigen Gefallen tun, aber erst mal: Hätten Sie überhaupt Zeit, heute abend?«
Ja, Frau Pilzer hat nichts vor. Und nachdem sie weiß, worum es geht – die volle Wahrheit kann ihr Felix natürlich nicht sagen – tut sie ihrem neuen Küchenchef und dem armen Franzosen natürlich gern den Gefallen.
Sie ahnt ebenso wenig wie Felix, daß diese Hilfeleistung Folgen haben wird – doch davon später.
Eine Minute danach läutet etwa fünfzig Kilometer in einem romantisch gelegenen Forsthaus in der Nähe des Walchensees das Telefon: »Hier Trautwein, kann ich den Forstmeister? ... Xaver, hier Felix! Sag mal, könnten wir heute was abholen? ... Reh, Fasan, irgendwas? ... Ist ja prima! ... Ich bring den Gregor mit! Aber sag ihm nicht, daß ich angerufen hab! ... so gegen fünf! ... Servus, bis später.«
An den Sonntagen frühstückt das Team nicht gemeinsam; denn Franziska geht zur Messe, Romy schläft gern etwas länger, und Gregor macht meistens irgendeinen Besuch, trifft alte Freunde, oder geht zu seiner Tochter und den Enkelkindern. So treffen sich alle erst zum Mittagessen, wobei die Stimmung anfänglich noch ein bißchen überschattet ist wegen des Zwischenfalls am Vorabend.
Doch Franziska findet das befreiende Wort: »Gestern abend – vielleicht sollte ich auch das wenigstens sagen: Ich habe mich hinterher sehr geschämt.«
Gregor ist froh, daß jetzt auch er sein schlechtes Gewissen ein bißchen erleichtern kann. »Und ich muß mich auch entschuldigen, ich habe einfach die Nerven verloren!«
Felix zieht das Fazit: »Okay, damit ist alles klar! Du hast dich geschämt, du hast dich entschuldigt, ich weiß sowieso nicht, worum's geht, also reden wir nicht mehr drüber!« Er nimmt zufrieden einen großen Schluck Wein und wendet sich wieder zu Gregor: »Wir sollten wieder mal rauf zum alten

Xaver! Haben kein Stück Wild mehr, kommst du mit? Sonst dreht mir der alte Gauner irgendwas an!«
Gregor warnt: »Aber du weißt: Um sieben muß ich bei unserm Franzosen sein!«
»Da sind wir lange zurück«, versichert ihm Felix.

Der Xaver ist ein Schlitzohr.
Als er vor dem Forsthaus steht und den nagelneuen Jaguar auf dem holperigen Waldweg heranschaukeln sieht, schlägt er aufs Kilo gleich noch eine Mark drauf.
Felix ist zwar sein Freund, aber wie man sieht, ein Großkopfeter geworden, und die muß man rupfen.
Fasanen gibt's heuer keine, die haben Schonzeit bis Oktober. Aber genug anderes hat er zu bieten: Hirsch, Reh, Wildente, Rebhuhn.
Gregor ist zufrieden, drängt aber schon nach dem ersten Enzian zum Aufbruch: Sie haben anderthalb Stunden Fahrzeit vor sich, und es ist schon fünf Uhr! Um sieben erwartet ihn Monsieur Maurice!
Zehn Minuten später brechen sie auf. Das Wild liegt in Plastiksäcken im Kofferraum.
Doch sie stoßen nicht, wie auf der Hinfahrt, bald auf eine Landstraße, sondern schleichen Feldwege entlang.
Gregor wird unruhig, denn auch die Richtung scheint ihm verdächtig: »Fahren wir nicht die ganze Zeit nach Süden?«
»Hast du nicht gehört? Der Xaver sagt, es sei eine Abkürzung. Kommt in Kochel auf die B 11.«
Gregor schaut bekümmert auf die Uhr: »Hoffentlich!«
Diese Hoffnung trügt: Der Feldweg endet an einem Waldrand, Felix muß zurückstoßen, um zu wenden.
Und da geschieht das Unglück.
Ganz langsam, geradezu sachte, senken sich die Hinterräder in einen von Gras überwucherten Graben – so gründlich,

daß das Chassis aufsitzt und die Räder beim Gasgeben nur Schlamm spritzen.
»So eine Scheiße!«
Gregors erster Blick gilt seiner Uhr. »Bis hier jemand vorbekommt, wird's übermorgen!«
»So ist es! Ja, da müssen wir jetzt wohl erst mal ein Stück marschieren.«
»Und in genau einer Stunde . . .«

In genau einer Stunde läutet es an der Tür zur Wohnung von Monsieur Dupellier. Dieser öffnet und weicht enttäuscht einen Schritt zurück. Denn es ist nicht Gregor, sondern eine Frau.
»Grüß Gott!«
»Bitte?«
»Sie erwarten Herrn Seidelmann! Oder ist er schon da?«
»Nein!«
»Ich soll ihm helfen. Darf ich . . .?«
Maurice ist so überrumpelt, daß er unwillig Platz macht. Waltraud Pilzer tritt ein.
Und da die Tür zur Küche, die ja ihr Arbeitsplatz sein soll, halb offen steht, zögert sie nicht lange, geht hinein und schaut sich um.
Maurice hat sie sich selber eingerichtet – für höchste Ansprüche und mit französischem Touch: schwere, gußeiserne Pfannen, Kupferkasserollen, lange Gewürzregale und so weiter.
Der Patron bleibt geradezu konsterniert unter der Tür stehen, aber Waltraud ist begeistert: »Ah, in so einer Küche macht die Arbeit Spaß!«
Sie deutet auf geschnittenes Gemüse: »Haben *Sie* schon vorbereitet?«
Maurice hat sich soweit gefangen, daß er, mehr als verärgert,

antworten kann: »Ja. Und es war nicht vereinbart, daß Monsieur Gregor eine Hilfe bestellt!«
Waltraud hebt die Schultern. »Er hat mich heute früh anrufen lassen.«
Sie greift nach der Menüliste, die auf dem Tisch liegt. »Die Speisefolge?« Sie schaut sie sich an: »Allein ist das in einer Stunde allerdings kaum zu schaffen. Aber wenn Sie wollen, gehe ich wieder!«
In Maurice kämpft Widerwillen mit der Einsicht in die Notwendigkeit. »Bleiben Sie, bis er kommt. Ich werde mit ihm reden.«
Sein Blick ist dabei so angewidert, daß Waltraud ihn anlächelt: »Sie mögen wohl keine Frauen?!«
Die Antwort kommt spontan und mit der Härte eines Hammerschlags: »Mais non! Am allerwenigsten in der Küche!«
»Tja, soll ich nun anfangen oder nicht? Es ist nach sieben!«
Maurice windet sich. »Ich sagte schon: Bis er kommt...«
Waltraud holt resolut die Schürze aus ihrer Tasche, bindet sie sich um und fängt einfach an.

Nördlich des Ammergebirges gibt es noch einsame malerisch gelegene Einödbauernhöfe.
Einen solchen haben Felix und Gregor schließlich gefunden. Aber was nützt ihnen das? Der Traktor ist kaputt, und ein Telefon gibt's nur auf dem Nachbargehöft. Das aber liegt weitere drei Kilometer entfernt.
Beide sitzen in der Stube unter dem geschnitzten Kruzifix und sind verzweifelt. Felix jammert um seinen Jaguar. Vielleicht ist der Auspuff beschädigt, vielleicht sogar die Kardanwelle. Dann bräuchte man den Abschleppdienst. Aber es ist Sonntag, der käme also nicht vor morgen!
Bis dahin stinken die anderthalb Zentner Wild im Kofferraum in der Sommerhitze.

Und Gregor klagt. Er muß Maurice Dupellier dem Hohn und Spott seiner teuflischen Schwester überlassen, weil sie ihr *Menü Gourmet* erwartet und nicht kriegt! Einzige Chance: Der Sohn des Bauern besitzt ein Moped, und Felix hat zufällig die Telefonnummer des Franzosen bei sich. So fährt der Junge los, um vom Nachbarhof aus wenigstens anzurufen und dort zu bitten, daß man mit dem Traktor kommen möge, um den Jaguar herauszuziehen! Aber auch, wenn das alles klappen würde: Gregor käme in jedem Fall viel zu spät.

In der Küche Dupellier ist es 19 Uhr 45.
Waltraud kocht, brät, dünstet, grillt, bäckt; ist in ihrem Element.
Maurice kommt, in einem Zustand, als habe ihn die Hölle ausgespuckt: »Er hat telefonieren lassen: un accident!«
Doch Waltraud arbeitet ruhig weiter: »Die Vorspeise ist fertig, die Suppe braucht noch zwanzig Minuten. Die Medaillons schaffen wir auch. Sorgen macht mir noch das Lamm: achtzig Minuten! Am besten, wir schieben als Surprise zwischen die Foie de lotte und den Coq au fleurie ein Sorbet Marquise. Das ist zwar nicht ganz korrekt, aber so überbrücken wir die kritische halbe Stunde vor dem Lamm. Sind Sie einverstanden?«
Quelle femme alors: »Madame!«
Überwältigt von Dankbarkeit, Scham und Reue beugt er sich über ihre vom Zwiebelschneiden feuchten Hände – und küßt sie.

Auf dem Einödhof ist es 20 Uhr 15. Der Bauer – sein Sohn ist noch nicht wieder da – ist ein freundlicher Mann und hat den beiden Stadtmenschen zwei Bierflaschen und zwei Krüge hingestellt.

Felix meditiert: »Ein Glück, daß *sie* jetzt wenigstens bei ihm ist!«
Gregor versteht nicht: »Wer, *sie*? Und bei *wem*?«
»Die Pilzer: bei unserm Franzosen!«
Da Gregor Felix ratlos anstarrt, erinnert sich dieser: »Ach, das weißt du noch gar nicht: Ich hatte heute früh so eine plötzliche Angst, daß du's vielleicht doch nicht schaffst, das Menü, alleine, in der kurzen Zeit. Oder daß wir zu spät kommen könnten...
»... und da hast du sie ...«
»... einfach angerufen.«
Da kommt der Sohn endlich zurück und meldet: »Dem Franzos' hab i Bescheid geben. Und ein Traktor kommt auch.«
»Wann?«
»A Stund wird's schon dauern, die müssen erst füttern. Und Ihnen pressiert's ja auch nicht!«
Felix ist verblüfft. »Woher wissen Sie das?«
»Sie haben doch vorhin selber g'sagt, daß Sie eh nicht mehr zurecht kommen! Wollen's nicht wenigstens a Gselchts und a Brot?«
Am Sonntag abend gibt's keine Weißwürscht. So nehmen Felix und Gregor halt a Gselchts.

Die Schwester von Maurice ist winzig klein und wiegt fast nichts. Ihr Gesicht hat die Haut eines mumifizierten Lederapfels vom vorletzten Sommer. Alles andere ist eingeschnürt in schwarzen Satin. Vielleicht hat sie noch Haare, aber die sind überwölbt von einem regenschirmgroßen Hut, auf dem die künstlichen Blumen einmal abgestaubt werden sollten. Nur das Alter der Frau zu bestimmen, müßte man schon einen Archäologen bemühen.
Sie ißt heißhungrig, aber ohne jeden Appetit. Dabei spricht

sie kein Wort und wirft nur ab und zu ihrem Bruder böse Blicke zu.
Waltraud kommt herein, ohne Küchenschürze.
Sie bringt ein neues Gedeck und zeigt es Madame, ehe sie serviert: »Heißer Forellenschaum mit Krebssauce.« Maurice übersetzt seiner Schwester: »Mousse chaude de truite de rivière au coulis d'écrevisses.«
Er zieht den Duft ein und lächelt geradezu verliebt zu Waltraud hoch: »Ah – tu es mignonne!«
Er tut das natürlich nur, um seine Schwester zu provizieren, und diese versucht, Waltraud durch einen Hexenblick zu vernichten.
Ungefähr um die gleiche Zeit, gegen 21 Uhr, zieht ein Traktor den Jaguar aus dem Graben. Gott sei Dank ist alles heil, man braucht nur loszufahren.
Und die Landstraße ist auch gar nicht weit. Felix wird es ein ewiges Rätsel bleiben, wie ihm sowas passieren konnte.
Gregor ist unschlüssig: »Ob wir noch vorbeifahren?«
»Warum? Entweder es hat geklappt, dann sind wir zuviel. Oder nicht, dann fällt das Beil!«
»Felix!« Gregor schaut ihn von der Seite an.
»Hm?«
»Mir kommt da ein ganz finsterer Verdacht!«
»Behalt ihn für dich!«
Es entsteht eine Pause, in der Gregor nachdenkt. Dann sieht er ein: »Muß ich wohl. Denn was du da – vielleicht – mit uns gemacht hast... weißt du, wie man das hier nennt? *hinterfotzig*!«

Madame ist gleich nach dem Essen in ihr Hotel. Denn erstens drückt sie der Hut, zweitens braucht sie ihre zwölf Stunden Schlaf, das hält sie so frisch.

Waltraud ist in der Küche und wäscht ab, als Maurice eintritt, erschöpft und siegreich.
In euphorischem Überschwang faltet er die Hände: »Madame! Ihr Menü: so luftig zart, so himmlisch leicht...«
Waltraud unterbricht ihn: »Die Spülmaschine ist kaputt!«
»O pardon – bitte lassen Sie alles stehen!«
»Warum? Weil Sie keine Frauen mögen, am allerwenigsten in der Küche?«
Maurice stammelt zerknirscht: »Madame! Wie können Sie mich nur so demütigen!«
»Gedemütigt haben *Sie mich*, Ihrer Schwester gegenüber! Wie konnten Sie so tun, als sei ich Ihre Maitresse?«
»Damit wollte ich ihr doch nur démonstrer ma fortune: ihr beweisen mein Glück!« Er stutzt: »Aber wie haben Sie das bemerkt?«
»Es war unüberhörbar: Vous m'avez tutoyé, vous m'avez appelé ma bien aimée, mon trésor...«
Maurice sinkt entgeistert auf einen Stuhl. »Was? Sie sprechen französisch?«
»Pourquoi pas? Ich bin in Genf zur Schule gegangen.«
»...und haben alles verstanden, o Madame: Sie versetzen mir den Todesstoß!«
»Den Todesstoß versetzt Ihnen Ihre Bauchspeicheldrüse, wenn Sie nicht endlich auf Diät gehen!«
Maurice schüttelt sich von Ekel. »Diät. Haben *Sie* schon einmal Diät gegessen?«
Während er eine Tablette aus der Packung holt, antwortet Waltraud mit großer Selbstvertändlichkeit: »Ja, und Sie auch!«
»Ich?«
»Vorhin: das luftig zarte Menü! Ich weiß ja inzwischen, daß Sie Diabetiker sind! Ihre Tabletten brauchen Sie heute abend nicht!«

Maurice steht auf, legt sich flehend die gespreizten Hände auf die Brust. »Madame! Ich brauche es nicht aussprechen, Sie wissen es selbst: daß nur *Sie* mich noch retten können!«
Er läßt sich auf die Knie nieder und wird feierlich. »Madame! Wollen Sie mir helfen??«
Waltraud mustert ihn abschätzig, lächelt schließlich: »Vielleicht. Aber nur, wenn *Sie* jetzt auch *mir* ein bißchen helfen – abtrocknen zum Beispiel!«
Sie wirft ihm ein Geschirrtuch zu und fragt dabei: »Wo haben Sie eigentlich Ihre vier Katzen: immer noch ausquartiert?«
»Natürlich, sonst wäre meine Schwester erst gar nicht hereingekommen!«
Maurice trocknet ab, Waltraud schweigt.
Was sollte sie auch noch sagen? Keine Köchin duldet Katzen, Maurice weiß das. Aber er weiß ebenso gut, daß *er* auf diese vier einzigen Geschöpfe, die er liebt, nicht verzichten kann. Oder doch?
Etwas zerbricht in ihm. Es muß zerbrechen. Denn er will weiterleben. Und das geht nicht mehr – ohne diese Frau.
»Ich werde sie dort lassen, wo sie sind!«
»Ihre Katzen, warum denn? Wenn *ich* auch *meine* beiden mitbringen darf …«

Krumme Dinger

Kleine Baustelle am Stadtrand. Für das Fundament eines Bungalows, der hier entstehen soll, wird die Grube ausgehoben.

Der Baggerführer heißt Holger Lemming. Er ist zweiundzwanzig Jahre alt, groß und stark. Sein Gesicht ist offen, freundlich und sonnengebräunt.

Er arbeitet allein. Nur der etwas ältere Kollege, der das Gerät auf dem Tieflader gebracht hat, ist bei ihm.

Der überprüft noch einmal das Schnurgerüst und ruft dann zu Holger hinauf: »Mach mal tot!«

Holger stellt den Diesel ab, um verstehen zu können, was der Kollege will: »Jetzt nimmst du nur noch von oben, den *guten* Boden! Den fahren wir nicht ab. Den ziehen wir zum Schluß übern Hang: Gartenerde, klar?«

»Klar!«

Der Kollege, er ist auch der Vorarbeiter, schaut auf seine Uhr: »Glaube, wir machen jetzt erst mal Brotzeit!«

Sie setzen sich auf die Pritsche des Tiefladers und packen ihre Stullen aus.

Holger ist noch nicht lange in diesem Betrieb, und so will der andere wissen, woher er kommt, wie er lebt. »... und am Abend hängst du rum?«

»Was sonst?«

»Mit wem?«

»Mit niemand.«

»Warum schaffst du dir keine Braut an?« Der Kollege grinst: »Braucht man doch sowieso!«

Holger nickt: »Ab und zu. Aber das geht ja nicht lang!« Da ihn der andere fragend anschaut, erklärt ihm Holger, was er meint: »Eine Stunde, dann hat man sich alles gesagt, kann bloß noch ins Bett, und dort geht der Ofen dann vollends aus!«
Der Kollege hat verstanden: »War bei mir auch so.«
»Und, was hast du dagegen gemacht?«
»Da gibt's bloß eines: eigener Stall! Du, bei mir ist jeden Abend Action! Meine Alte – entweder sie hat Geburtstag, oder eines von den Kindern ist krank, oder ein Sonderangebot: Mit irgendwas nervt sie dich immer! Da kommst du gar nicht mehr zum rumhängen.«
»Wo hast du die Deine aufgerissen, damals?«
»Disco.«
Holger schüttelt den Kopf. »Zuviel Phon!« Er deutet hinüber zum Bagger: »Hab ich *hier*!«
»Es gibt ja zur Not auch noch solche Partnervermittlungen...«
»... hab ich schon probiert. Lauter irgendwie abgebrochene Typen!«
»Sag das nicht! Mein Bruder kennt eine! Ganz kleiner Club. Er hat dort mal Fenster gestrichen.«
Holger ist skeptisch: »Wahrscheinlich stinkvornehm!«
»Er sagt, das macht einer, mit dem kannst du über alles quatschen. Paß auf: Ich besorg dir die Adresse...«

Eigentlich ist es ja paradox: Das Team betrauert den Verlust des einzigen Gastes, der für den Club immer nur eine Belastung war.
Die Rede ist natürlich von Maurice Dupellier, der nicht nur wochenlang allabendlich eines der Tischchen besetzt gehalten hatte, sondern auch noch daran schuld ist, daß man die Suche nach einer Küchenhilfe endgültig aufgibt.

Eine Frau wie diese Waltraud Pilzer ist eben einmalig! Und die bekocht jetzt *ihren Franzosen*.

Am schwersten leidet Franziska, weil sie Felix zu der Intrige veranlaßt hatte.

Aber auch Felix und Romy vermissen Maurice schmerzlich: sein pünktliches Läuten um 19 Uhr, sein wohltuendes Dauerschweigen inmitten der Paare, von denen ja immer das eine oder andere betreut werden will!

Und recht deprimiert ist natürlich auch Gregor: Ihm kann nichts die verzückten Blicke des Gourmets ersetzen, oder gar die Ovationen, wenn ein *Goût spécial* oder eine *Mélange extraordinaire* geglückt war.

Adieu Maurice!

Heute sind es die Tische eins, vier und fünf, die besondere Aufmerksamkeit erfordern.

An Tisch eins sitzt ein Herr mit drei gescheiterten Ehen bei seiner zweimal verwitweten Dame. Solche Konstellationen werden unter *kritisch* eingestuft. Aber offensichtlich räumen sie schon das Haupthindernis aus dem Weg.

Gregor hört, während er am Nebentisch serviert, die Dame: »Sie sind also noch gar nicht wieder geschieden?«

Der Herr beruhigt sie: »Kommenden Dienstag ist letzter Termin.« Und beseitigt den Rest ihrer Skepsis: »Die Möbel sind schon bei ihr, die Kinder auch!«

An Tisch vier, an den Felix sich einen Stuhl dazugestellt hat, ist man noch ratlos.

Es geht um das Problem, das der fülligen Dame auf dem Schoß sitzt: ein ebenso fülliger Mops.

Der Partner der Dame, ein mittlerer Beamter Ende fünfzig, hat ein schlechtes Gewissen, weil er hinter dem Rücken seiner Mutter hier ist.

Zwar mag er Hunde, aber »...eben nicht im Schlafzimmer! Und schon gar nicht im Bett!«

»Aber Hannibal würde uns doch überhaupt nicht stören!« versichert die Füllige und fügt verschämt hinzu: »In keiner Beziehung!« Dann sucht sie Hilfe bei Felix. »Bitte, was meinen *Sie*: Sie sind neutral!«
»Wir hatten einen viel schlimmeren Fall! Da hat der Hund das neue Herrchen aus dem Ehebett hinausgebissen!«
»Hannibal!« erschrocken hält die Dame ihrem Liebling mit einem Tempotaschentuch die triefende Schnauze zu, »das würdest du doch nie tun!«
Der Beamte aber will von Felix wissen, »Und wie ging das aus?«
»Die Leute haben ihm, dem Hund, *auch* eine Frau angeschafft. Und einen großen Korb für nebenan, einen Ehekorb sozusagen. Da fühlte er sich gleichberechtigt und war zufrieden.«
»Hannibal! Was sagst du zu der Idee?«
»Ja?« Auch der Herr fragt den Mops: »Meinst du, das wäre eine Lösung?«
An Tisch fünf schließlich sitzt der Baggerführer Holger Lemming in seinem besten Anzug bei der fünfundzwanzigjährigen Masseuse, die ihre Verlobung gelöst hat, weil sie dahintergekommen ist, daß ihr Bräutigam nicht als Fluglotse für die Luftsicherheit im Raum über München verantwortlich ist, sondern als Vertreter für die Nachfüllung von hundertvierzig Zigarettenautomaten im Raum Pasing. Aber mit ihm konnte man wenigstens reden! Während dieser Baggerführer da...
»Sie schweigen sich ja unheimlich aus!«
»Warum? Wissen *Sie* noch was?«
Das Mädchen wird ärgerlich: »Mein Gott! So kann man sich doch nicht unterhalten!«
Holger bedauert: »Wenn keiner mehr was zu sagen hat – doch, da fällt mir noch ein: Ich bin vorbestraft.«

»Oh!«
»Keine Angst, Ihnen tu ich nichts!«
»Hm, was haben Sie denn getan?«
»Körperverletzung. Der Typ hat immer fremde Katzen verhaun, bis sie nicht mehr hinten hochgekommen sind.«
»Aber da geht man doch zum Tierschutzverein!«
»War ich, aber die hatten keine Zeit: Personalmangel. Da habe ich dem Schwein gezeigt, wie das ist, wenn man so verhaun wird, daß man hinten nicht mehr hochkommt!«
»Aber es ist doch ein Unterschied . . .«
Holger unterbricht ». . . logo: Die *Katzen* haben vorher keinen verhaun!«
Gregor kommt mit der Speisekarte, Holger braucht sie nicht. Er will ein Stück Wurst und dann ein Stück Käse: »Von jedem bitte bloß *eine* Sorte. Und Butter, Brot natürlich. Und ein Bier.«
Die Masseuse nimmt das kleine Menü, dann muß sie leider schon gehen.
Mit dem da würde das ja ganz grausam, nein, dann noch lieber wieder zurück zu ihrem . . .
Holger bleibt noch.
Felix und Romy nehmen ihn mit in die Sofaecke.
Er ist ziemlich down: »Direkt hat sie's nicht gesagt, aber der Fall ist klar: Ich bin ihr zu primitiv!« Trübsinnig brütet er vor sich hin und meint dann unvermittelt: »Sowas hätten Sie nicht zufällig da? Vielleicht ganz jung – wo man noch was draus machen kann!«
»Leider ausgestorben«, konstatiert Felix.
Und Romy erklärt Holger: »Er meint Mädchen, die einen Mann suchen, der was aus ihnen machen will!«
»Wieso? *Sie* soll's dann ja auch mit *mir*! Wenn man das nicht will, der eine mit dem andern, hat das Ganze ja keinen Zweck!« Er trinkt sein Bier aus. »Probieren Sie's

nochmal! Rufen dann einfach die Firma an. Dort bin ich immer!«

Den regelmäßigen Einkauf für die Clubküche tätigt Gregor. Jeden zweiten Tag fährt ihn Felix frühmorgens zur Großmarkthalle, wo alles, Obst, Gemüse und so weiter, frischer und billiger ist.

Dort steht dann auf dem Parkplatz der Jaguar zwischen hundert Lieferwägelchen wie ein Lipizzaner im Schafspferch.

Aber daneben braucht man natürlich noch viel Kleinkram, und so kauft auch heute wieder Romy, was auf ihrem Zettel steht.

Es ist diesmal nicht viel, deshalb geht sie in einen kleinen Discount, der gerade am Weg liegt und in dem sie vorher noch nie war.

Es gibt dort um diese Zeit kaum Kunden, an Personal nur drei Angestellte: einen jungen Mann, der Kartons auspackt; eine handfeste Frau, die Etiketts aufschießt und nebenbei die Kasse macht, und schließlich noch den Filialleiter. Der kann von seinem kleinen Büro aus durch Glaswände den ganzen Betrieb kontrollieren.

Romy schiebt ihren Gitterwagen durch die Gassen und beobachtet dabei eine junge Kundin, vielleicht siebzehn Jahre alt, die am Süßwarenregal einige kleine Packungen Schokolade und Pralinen in ihrer Manteltasche verschwinden läßt.

Ohne zu bemerken, daß der Diebstahl auch vom Filialleiter wahrgenommen wird, stellt sich Romy unauffällig neben das Mädchen und spricht es leise an:

»Sie sollten das nicht tun!«

Das Mädchen, sein Name ist Veronika Volk, erschrickt. »Was?«

»Wissen Sie doch!«
Und schon wird die Kleine aus Verlegenheit patzig: »Und warum nicht?«
»Weil ich dafür bezahle: Ladendiebstahl ist im Verkaufspreis einkalkuliert!«
»Bittschön: Wollen Sie'n Groschen?«
Romy bleibt freundlich: »Tun Sie die Sachen doch wieder unauffällig ins Regal zurück! Oder in Ihren Korb ...« Aber da sieht sie schon den Filialleiter kommen und seufzt: »... wenn's dafür nicht schon zu spät ist!«
In der Tat: es *ist* zu spät. »Meine Damen! Sie gehören doch zusammen!«
Romy und Veronika antworten gleichzeitig: »Nein!«
»Das wird sich herausstellen! Bitte kommen Sie mit in mein Büro!«
Offensichtlich passiert so etwas nicht zum ersten Mal, oder der Ernstfall wurde schon geübt oder zumindest besprochen.
Jedenfalls genügt eine kurze Kopfwendung des Chefs, und schon läßt der junge Verkäufer seine Kartons im Stich und eilt mit Anderthalbmeterschritten zum Ausgang. Dort baut er sich auf, breitbeinig wie ein Soldat der Schweizergarde, um jeden Fluchtversuch im Keim zu ersticken. Im Büro legt Veronika gleich unaufgefordert ihre Beute im Wert von etwa fünfzehn Mark auf den Schreibtisch. Dann fordert Herr Milchner, so heißt der Filialleiter, Otto Milchner, Romy auf, ebenfalls ›vernünftig zu sein‹.
Als Romy jedoch überhaupt keinen Grund sieht, diesem Kleiderständer im lindgrünen Arbeitsmantel den Inhalt ihrer Tasche zu zeigen, bleckt dieser grinsend die Zähne und greift zum Telefonhörer: »Ja, dann muß ich leider ...«
»... meinetwegen, gern!«
»Nein!« Veronika schreit leise auf und fleht Herrn Milchner

an: »Bitte! Ich habe doch alles zugegeben! Und gesagt, daß wir uns überhaupt nicht kennen!«
Da der gestrenge Chef unschlüssig zu werden scheint, leert Romy ihre Tasche kurz entschlossen über der Schreibtischplatte aus: »Um das Verfahren abzukürzen, da! Allerdings: Wenn Sie sich jetzt nicht *sofort* bei mir entschuldigen und mich dann gehen lassen, rufe *ich* die Polizei!«
Durch diese spontane Drohung der offensichtlich zu Unrecht Verdächtigten ist der Mann nun doch so verunsichert, daß er nur noch schlucken kann: »Also, Entschuldigung, aber Sie müssen verstehen – schließlich habe ich meine Vorschriften! Sie können selbstverständlich gehen!« Diese Niederlage veranlaßt ihn freilich, sich Veronika gegenüber um so gewaltiger aufzublasen: »Ihren Personalausweis bitte!«
Während er Nummer, Namen und so weiter auf einen Zettel schreibt, packt Romy ihre Tasche wieder ein. Dann geht sie, wartet aber draußen vor dem Geschäft auf das Mädchen, das ihr natürlich leid tut.
Wie sich gleich herausstellt, aus gutem Grund. Denn als die kleine Veronika herauskommt und Romy zum Wagen begleitet, ist ihr erster Satz: »Jetzt muß ich brummen!«
»Bestimmt nicht!«
»Doch! Der Richter hat gesagt, nächstes Mal gibt's Knast!«
»Nächstes Mal! Dann haben Sie also schon öfter...?«
»Und immer bloß Schokolade! Sie, das ist eine echte Krankheit! Die hat sogar einen Namen!«
Romy nickt: »Kleptomanie.«
»Genau. Und mein Opa schmeißt mich jetzt auch raus, gnadenlos!«
»Wohnen Sie bei ihm?«
»Ja. Und zu mir sagt man nicht *Sie*. Ich heiße Veronika.«
Als sie am Auto sind, meint Veronika kleinlaut: »Ich kann auch mit dem Bus!«

Romy öffnet ihr die Wagentür. »Steig ein, ich rede mit deinem Opa!«
Veronika setzt sich neben sie und bleibt skeptisch: »Ob das was bringt? Sonst verzeiht er mir meistens, bloß: Er sagt, für ihn ist Diebstahl schlimmer als Mord. Er war nämlich bei der Post.«
Jetzt erst realisiert sie, daß sie in einem Jaguar fährt. »Mann!! Das ist vielleicht ein Brummer! Was macht der denn Spitze?«
Romy weiß es nicht. Ein bißchen beneidet sie die Kleine um die Leichtigkeit, mit der sie über Schicksalsschläge hinwegkommt.
Inzwischen ruft Otto Milchner Veronikas Opa an:
»Ist das Ihre Tochter? ... Enkelin? ... Tja, ich muß Ihnen da etwas sehr Unangenehmes mitteilen ...«
Und Opas Geduld ist zu Ende: Zum vierten Mal hat sie nun die schlohweißen Westen seines Geschlechts ehrbarer Postbeamter besudelt.
Er stopft zitterig ihre Sachen in zwei große Koffer, schleppt sie mit knirschender Bandscheibe die drei Treppen hinunter, stellt sie vors Haus und sich daneben.
Als der Jaguar vorfährt, empfängt er das Kind, für das es keine Hoffnung mehr gibt, ungnädig: »Ich habe gesagt, dreimal ist genug. Es war das *vierte* Mal!« Dabei streckt er die Hand aus, Veronika legt die Schlüssel für Haus und Wohnung hinein. Dann geht er wortlos und kehrt in sein endlich sauberes Heim zurück.
Romy und Veronika bleibt nichts anderes übrig, als die beiden Gepäckstücke in den Kofferraum zu wuchten und loszufahren.
Wohin? Veronika hat keine Ahnung, und es regnet.
Also erst mal nach Grünwald, in die Kastanienallee 17. Dort weist Romy sie einstweilen ins Gästezimmer ein.
Dann geht sie ins Büro, wo sie Felix antrifft und ihn informie-

ren kann: »Der alte Herr war ganz hart: einfach den Koffer auf die Straße gestellt! Und wenn sie jetzt noch eingebuchtet wird, versackt sie vielleicht wirklich!«
»Wie lange, hast du gesagt, kann sie bleiben?«
Romy zuckt die Schultern. »Wir brauchen das Gästezimmer momentan ja nicht. Aber irgendwas muß man jetzt für sie tun!«
»Dieser Filialleiter...«
»... ist ein ganz böser Zwerg! Er ›hätte seine Vorschriften‹! Wahrscheinlich muß er irgendein Soll erfüllen an gefaßten Ladendieben!«
Felix wird nachdenklich. »Böser Zwerg, sagtst du?«
»Felix! Wenn *du* vielleicht mit ihm redest...«
»Gebongt, morgen schau ich mir die Figur mal an. Aber was anderes: die Kleine! Genau sowas suchen wir doch seit gestern!«
Romy stutzt: »Sag bloß, du willst die – unserem Baggerführer...«
»... unterjubeln, warum nicht? Auf dem bleiben wir sonst sitzen!«
Er steht auf, und Romy ruft ihm nach: »Felix, überleg dir, was du tust!«
Der grinst zurück: »Hab ich das schon jemals?«
Als erstes muß er sich die kleine Elster anschauen: Also geht er gleich zu ihr hinauf.
Sie ist dabei, ihre Klamotten auszupacken und in den leeren Kleiderschrank zu hängen. »Egal, wie lange ich bei euch bleiben kann: Das Zeug ist so verknuddelt...«
Felix setzt sich auf die Bettkante und fängt an, sie auszufragen. Dabei kommt er natürlich bald auf den Punkt, der ihn interessiert: »Du hast doch bestimmt irgendeinen Scheich!«
»Keinen richtigen.«
»Warum nicht?«

»Die wollen doch alle nur das gleiche! Und sonst nichts!«
»Es gibt auch andere. Und du *brauchst* einen!«
»Wer sagt das?«
»Ich! Dann hörst du nämlich auf zu grapschen, ihm zuliebe! Oder er treibt dir's aus!«
»Vielleicht. Aber so einer nimmt keine, die im Knast war!«
Felix kommt zur Sache. »Ich kenne einen, der war auch drin – weil er einen Tierquäler bestraft hat!«
Er steht auf. »Ich rufe ihn mal an. Frag ihn, was er dazu meint.«

Holger Lemming hat zwei Überstunden gemacht, kommt also kurz vor sieben nach Hause. Er bewohnt eine Zweizimmerwohnung, denn er verdient ganz gut.
Soll er gleich was essen oder erst duschen? Zu beidem ist er im Augenblick zu müde, es war ein heißer Tag; über vierzig Grad in der Kabine von seinem Bagger, und auch in den Ohren brummt es noch.
So dreht er erst mal die Glotze an. Es kommt zwar nur lauter Mist, auch um acht in den Nachrichten, aber er erholt sich dabei so weit, daß er wenigstens unter die Dusche kann; zehn Minuten lang immer abwechselnd kalt und wieder heiß. Davon wird man wieder wach und kriegt Hunger.
Hat er überhaupt noch was im Haus? Also nachschauen im Kühlschrank. Sonst notfalls in die Kneipe. Hoffentlich nicht, man müßte sich nochmal was anziehen.
Da läutet das Telefon: auch das noch! Es ist der Typ von dieser Partnervermittlung, wo er vorgestern Pech gehabt hat. Aber jetzt sei eine aufgekreuzt, sehr schleckerig und sonst in allem genau wie er.
Wie wär's mit morgen abend?
Holger fragt, ob das nicht heute noch geht. Was sowieso

sein muß, erledigt er immer gleich. In der Glotze ist nichts, und geduscht hat er sowieso schon. Also um neun ist er dort.

Felix und Romy beobachten von der Bar her die Dame, die seit fünf Jahren immer wieder neununddreißig wird, und den Herrn, der ihr Zwilling sein könnte.

Felix versteht nicht, daß die beiden sich seit zwei Stunden mit Traubensaft frustriert lächelnd anschweigen. »Wo klemmt's bei denen? Ich denke, sein Hobby ist Tennis und ihrs auch?«

»Die Konfession: er streng katholisch, sie genau so streng evangelisch.«

»Ist doch optimal: Da können sie ein ökumenisches Doppel spielen!«

Am Tisch daneben geht es um so wortreicher zu. Holger – vor einer Sorte Wurst, einer Sorte Käse und einer Flasche Bier – macht Veronika klar, daß er alles andere als ein Versager ist: »Zwovier netto. Mit Überstunden mach ich drei. Du, das ist Spitze!«

Veronika hat nichts, wenigstens nichts Positives, dagegenzusetzen. Sie klagt: »Und ich, was mach ich? Ich klau Schokolade!«

»Und, was noch? – Hör zu: Irgend 'ne Schwachstelle hat jeder Mensch! Ich zum Beispiel bin ein Schwein. Ehrlich! Zwölf, vierzehn Stunden Bau, da bin ich hinterher manchmal so schlaff, das ich ungewaschen in die Klappe fall! Ist doch eine Sauerei! Mit 'ner Frau dagegen – du kommst angerobbt, was siehst du: frische Socken, frische Unterhose, alles hängt appetitlich überm Stuhl, Mann: Da duscht du gleich freiwillig am laufenden Meter! Siehst du, und genau deshalb bleibt man nicht allein: Was der eine nicht schafft, bringt der andere!«

»Aber *meine* Schwachstelle ist eine richtige Krankheit!«

Holger wird wütend. »Verdammt nochmal, dann wirst du halt wieder gesund, dafür hat man ja Krankheiten!« Vor Aufregung nimmt er einen Schluck aus der Flasche, obwohl das volle Glas vor ihm steht. Das dämpft augenblicklich seinen Elan, und er meint ganz zahm: »Anders geht's ja auch gar nicht! Stell dir mal vor, wir haben Babies! Der Teufel will, die werden dann auch noch intelligent, müssen also ins Gymnasium – Kinder studieren lateinisch, Mami brummt wegen Schokolädchen. Wär doch ganz blöd! Und das biegen wir ja auch ganz schnell hin: Morgen mach ich blau!«

»Wie willst du das ›schnell hinbiegen‹?«

»Sag ich dir dann!«

»Warum nicht jetzt?«

»Hör mal: Zu deinem Mann mußt du Vertrauen haben! Hast du oder hast du nicht?«

Veronika weiß es noch nicht so recht. »Ein bißchen fängt's an!«

»Alles klar: Morgen kommst du zu mir! *Vor* dem Frühstück, das ist wichtig!« Er hebt Kopf und Stimme: »Ober, zahlen!«

Das ökumenische Paar schielt indigniert herüber. Gregor lächelt unmerklich und kommt.

Zur gewohnten Zeit, kurz nach Mitternacht, verlöschen die Lichter in der Kastanienallee 17.

Veronika, im Gästezimmer, schläft schon.

Auch Franziska und Gregor.

Nur Romy ist ein bißchen unruhig, sie schaut zur Decke: »Ich frage mich, ob das gut war: ein halbes Kind, dazu noch so labil...«

»Bei ihm ist sie das nicht lange – beides nicht. Und genau das braucht sie: ihren Baggerführer!« Er grinst: »Genau wie du!«

»Du bist kein Baggerführer!«

»Was denn?«
»Ein Bagger!« Sie seufzt. »Gott sei Dank meistens ein ziemlich müder!«
Felix dreht sich ihr zu: »Man muß nur den Motor anwerfen!«
Er spitzt die Lippen, Romy rückt zu ihm, küßt ihn schließlich.

Am nächsten Morgen um acht Uhr geht Holger in sein Lädchen um die Ecke. Dort kauft er heute fürs Frühstück aber nur eine Brezel, und die ißt er gleich auf.
Was er mitnimmt, sind fünf Tafeln Schokolade, ein Pfund Zucker und ein halbes Pfund Butter.
Felix geht später, denn der Discount, dessen Filialleiter er sprechen will, öffnet erst um neun. Er ist vorerst der einzige Kunde, auch Herr Milchner scheint noch nicht da zu sein, denn hinter der Glaswand seines Büros strafft sich ein Vorhang.
Die Frau, Beratung und Kasse, sortiert die neuen Zeitungen in den Ständer, der junge Mann mit den Riesenschritten schießt Preisüberkleberchen auf Preisaufkleberchen: *Sonderangebot.*
Felix holt sich einen Gitterwagen und fängt an zu arbeiten: Regal um Regal nimmt er sich vor, Warensorte um Warensorte, Flasche um Flasche, Dose um Dose. Dreht alles in den Händen, studiert die Beschriftungen. Nur selten kann er sich entschließen, irgendeinen Tomatenfisch, eine kleine Tiefkühlpizza oder ein plastikversiegeltes Mettwürstchen umständlich in seinen Gitterkorb zu legen.
Die beiden Angestellten lassen ihn gewähren. Sicher ein Junggeselle, wahrscheinlich arbeitslos. Mein Gott, so viel Zeit möchte man auch haben!
Unterdessen ist Veronika längst bei Holger, weisungsgemäß ungefrühstückt. Die Wohnung befindet sich in ihrem natürlichen, das heißt unbeschreiblichen Zustand: die Bettcouch

noch zerwühlt, überall leere Flaschen, Kassetten, Comics; auch Werkzeug.
Und dann die Küche! Um überhaupt frühstücken zu können, muß man erst mal Tassen und Besteck abwaschen!
Veronika tut es, auch mit allem andern: Töpfe, Pfannen, manches davon muß sie vorher eine Weile einweichen.
»Hast du überhaupt schon mal abgewaschen?«
»Meistens bloß kalt: Du siehst, ich brauche dich!«
»Hoffentlich nicht bloß als Putze!«
»Kannst du auch kochen?«
»Klar, beim Opa habe ich alles gemacht.«
»Okay, dann kriegst du von jetzt ab auch alles, ich meine, den Kies! Das heißt: was davon bleibt nach Miete, Strom und Auto!«
Veronika ist beeindruckt. »Mann! – Aber sag mal: Wann essen wir endlich was?«
»Wenn wir fertig sind.«
Kurz nach zehn haben sie es soweit geschafft, daß auch der Wohntrakt zumindest begehbar ist.
Um Reinlichkeit und Ordnung die Krone aufzusetzen, zerstört Veronika mit dem Besen zuletzt das an und für sich wunderschöne Netz, in das eine Spinne die Deckenleuchte eingewoben hat. Zuletzt schaltet sie den Fernseher aus, der noch vom Vorabend läuft.
Dann drückt sie die flache Hand auf den Magen und ruft in die Küche hinaus, wo Holger hantiert: »Jetzt muß ich mir aber was reinschieben! Oder frühstückst du überhaupt nicht?«
»Hab schon, bevor du gekommen bist!«
»Ach! Und was ist mit mir?«
»Bin dabei. Du kannst umrühren.«
Veronika kommt neugierig und ziemlich verärgert – und schreckt entsetzt zurück: Holger steht an einem Kochtopf, in

dem er das halbe Pfund Butter zerlaufen läßt. In diese brockt er die fünf Tafeln Schokolade und würzt den Brei mit reichlich Zucker.
Veronika ist entgeistert: »Was soll denn *das*?«
»Entziehungskur! Nach *dem* Schlangenfraß klaust du nie mehr Schokolade: Mein Onkel hat das mit mir auch gemacht, als ich acht oder neun war. Habe damals heimlich geraucht und mußte dann drei dicke Zigarren, hintereinander...«
Veronika verzieht das Gesicht: »Und auch noch Butter!« Sie schüttelt sich. »Und der viele Zucker!«
»Sonst kannst du drei Tage nicht aufs Klo: Schokolade stopft!«

Viertel nach zehn. Auch Felix in seinem Discount ist soweit: Ungefähr zwei Dutzend Dosen, Becher und Milchprodukte, dazu Fertiggerichte aller Art, liegen in seinem Gitterwagen. Der Filialleiter, der seit einer halben Stunde in seinem Glaskasten sitzt, ist froh, daß dieser geradezu krankhaft wählerische Kunde endlich zur Kasse geht, bezahlt und sich den Einkauf in zwei Plastiktüten füllen läßt.
Dann aber erschrickt er. Denn dieses ohnehin verdächtige Individuum verläßt nicht etwa sein Geschäft, sondern kommt zu ihm ins Büro.
Otto Milchners Beunruhigung erweist sich als übereilt: Felix von Trautwein stellt sich als Inhaber eines exklusiven Instituts für Partnervermittlung vor, dem ein Club angeschlossen ist, in dem auch gastronomische Betreuung geboten wird.
Deshalb hat also Herr von Trautwein unser Warensortiment mit solcher Akribie unter die Lupe genommen! Er will uns als Lieferanten gewinnen!
Die Vermutung bestätigt sich:
»Bisher haben wir vom Großhandel bezogen. Aber von vielem brauchen wir nur kleinere Mengen. Ihr Angebot

entspricht etwa unserem Bedarf, kurz und gut: Wir überlegen, ob wir nicht alles, einschließlich der Getränke, außer dem Wein, bei Ihnen...«

»... und wollen vermutlich einen Umsatzrabatt?«

»Warum nicht? Gegen Abnahmegarantie von – sagen wir mindestens fünftausend im Monat?«

»Hm. Da muß ich natürlich bei der Zentrale rückfragen. Wann brauchen Sie den Bescheid?«

Felix reicht ihm die Visitenkarte. »Könnten Sie heute abend vorbeikommen?«

Milchner begleitet von Trautwein zu seinem Wagen, einem silbermetallicfarbenen Jaguar des neuesten Modells, der Verkäufer trägt die beiden Plastiktüten.

Wie man sich doch täuschen kann! Er hatte den Herrn für einen x-beliebigen komischen Kunden gehalten.

Felix fährt nach Hause, wo ihn Gregor im Clubzimmer erwartet. Er ist bereits informiert und hat auch schon die genaue Liste vorbereitet, die man brauchen wird: Rubriken für Verpackungsmaterial, Preis, Sonderpreis, Verfallsdatum und so weiter.

Sie bauen das Sortiment auf dem Bartresen auf. Romy, die von dem Plan gehört hat, kommt dazu: »Also hört mal! Das ist nun wirklich lupenreine Erpressung! Er will nicht, er muß!«

Felix bleibt gelassen: »Das haben Erpressungen so an sich, daß einer muß, was er nicht will!«

»Jedenfalls drehst du da wieder mal ein ganz krummes Ding!«

»Ich? Schokolade klauen« – er deutet auf die Dosen – »und das da sind krumme Dinger! Aber die haben wir nicht gedreht, im Gegenteil: Die biegen wir jetzt wieder zurecht!«

Während Felix und Gregor die in dem von Otto Milchner geführten Discount erstandenen Musterwaren mit peinli-

cher Genauigkeit aufzulisten beginnen, hat in Holger Lemmings trautem Heim das Martyrium der Veronika Volk seinen Anfang genommen.
Der Baggerführer sitzt ihr am Tisch gegenüber und schaut ungerührt zu, wie sie sich mit großer Tapferkeit einen Löffel Schokoladenbrei nach dem andern in den Mund schiebt.
Die Fragen, die er ihr stellt, sind liebevoll pädagogisch, ohne eine Spur von Sadismus: »Mit Schokolade grapschen ist jetzt also Sense?«
Veronika nickt.
»Auch keine Pralinen?«
Veronika verneint.
»Nicht mal Würfelzucker?«
Schließlich läßt Veronika kraftlos den Löffel sinken: »Du, ich glaub, ich kann nicht mehr!«
Holger nickt: »Genauso war's bei mir auch: mit den Zigarren.«
Aber da springt Veronika schon auf. »Du, ich glaube, ich muß...«
Sie rennt, die Hand vor den Mund gepreßt, hinaus. Holger schlendert mit dem fast leeren Teller zur Spüle und stellt zufrieden fest: »So wird man Nichtraucher. Und so klaut man auch keine Schokolade mehr!«
Dabei scharrt er den Rest der pappsüßen Schokoladenbuttermasse unter den Wasserstrahl.
Das war der erste Teil des Martyriums der Veronika Volk aber eben nur der erste.
Der zweite Teil erreicht seinen Höhepunkt am Nachmittag zwischen 14 und 16 Uhr. Dann wird es rasch besser.
Ab 16 Uhr 30 liegt Veronika in Holgers Bett, hat auch seinen Schlafanzug an. Sie ist noch ein bißchen schwach und blaß, aber glücklich.
Holger sitzt auf dem Bettrand, mitleidig und mit etwas

schlechtem Gewissen: »Du meinst auch, sie hat hingehaun, die Entziehung?«
»Du bist mir doch nicht böse?«
»Ich dir – warum?«
»Weil ich alle fünf Minuten – gemußt habe?«
»Wahrscheinlich war doch zuviel Butter drin! Paß auf, ich hol dir Kohletabletten! Und Bananen!« Er steht auf, zieht seine Jacke an. »Und morgen geh ich zu dem Filialleiter und nehm ihn auseinander! Und wenn ich *zehn* Jahre krieg, diesmal!«

Im Club ist an diesem Abend eigentlich nur ein einziges Paar beachtenswert.
Denn da legt die, wie sich plötzlich herausstellt, äußerst zielstrebige Inhaberin eines Modehauses ihrem Partner ganz überraschend die Karten auf den Tisch, die sie beim Videointerview noch verdeckt gehalten hatte: »Wissen Sie, mit sechsunddreißig wird es höchste Zeit, und gerade Sie als Gynäkologe müssen mir da zustimmen, kurz und gut: Ich möchte ein Kind. Deshalb bin ich hier!«
Der Herr Doktor glaubt noch an einen Scherz: »Aber Sie haben mich doch nicht etwa nur – deswegen...?«
»Zunächst schon. Natürlich kann sich daraus dann auch eine gewisse *persönliche* Bindung entwickeln. Die Chance ist gegeben, zumal man sich bei diesem Akt sowieso irgendwie näherkommt« – sie lacht – »zwangsläufig sozusagen...«
Gregor, der gerade den vierten doppelten Whisky bringt, den sich die entschlossene Dame kommen läßt, hört das und hilft dem zur Nachzucht Ausersehenen unverzüglich. Er geht zur Bar, nimmt den Telefonhörer ab, erschrickt, legt wieder auf und kommt zurück: »Herr Doktor, Ihre Klinik! Drillinge in Steißlage! Sie möchten doch bitte unverzüglich...«
Der Herr schnellt hoch: »Sie müssen mich entschuldigen!«
Die Dame kippt ihren Doppelten: »Sowas Dummes!«

Und Gregor erntet den dankerfüllten Blick des Geretteten. Als er ihm in der Garderobe hastig in den Mantel hilft, kommt Franziska herein und nickt Felix, der mit Romy an der Bar sitzt, zu: »Er ist jetzt da!«
Otto Milchner wartet im Büro. Neben ihm auf dem Schreibtisch steht ein mittelgroßer Karton, dessen Inhalt jedoch noch nicht zu sehen ist, denn obenauf liegt die Liste mit den Rubriken, die man ausgefüllt hat.
Felix kommt herein, grüßt und bittet, Platz zu nehmen.
Während die beiden Herren sich setzen, beginnt der Filialleiter schon munter: »Tja, wollen wir das Geschäftliche gleich vorwegnehmen: Also, ich kann Ihnen die erfreuliche Mitteilung machen: sieben Prozent auf die Eßwaren, vier auf alle Getränke!«
Felix legt sein Gesicht in Falten, als sei ihm das alles sehr peinlich: »Herr Milchner! Die Mitteilung, die *ich Ihnen* machen muß, ist für *Sie* leider alles andere als erfreulich!«
Er nimmt die Liste vom Karton, so daß dessen Inhalt sichtbar wird: Was er im Discount gekauft hat, ist darin sorgfältig gestapelt.
Felix reicht dem verblüfften Filialleiter die oberste Dose; Hering in Tomatensauce. »Schauen Sie mal!«
Herr Milchner dreht die Dose in den Händen: »Ja und? Unbeschädigt, Preis einsachtundneunzig...«
»Pardon: Das Verfalldatum! Mai! Inzwischen haben wir September!«
»Oh, das war Pech! Entschuldigung, sowas kommt mitunter vor!«
Felix lächelt naiv: »Oft?«
»Natürlich ist das eine absolute Ausnahme!« Otto Milchners Stimme klingt noch ziemlich verletzt.
Felix deutet erschrocken auf den Karton: »Ach, da habe ich in Ihrem Discount ja lauter Ausnahmen erwischt!« Er reicht

ihm die Aufstellung. »Ich habe alles einzeln aufgelistet: Ware, Preis und Verfallsdatum! Es ist eigentlich nichts dabei, was noch angeboten werden dürfte!«

Während der plötzlich Verstummte abwechselnd auf die Dosen im Karton und in der Liste starrt, zählt Felix auf: »Der Thunfisch ist sogar vom letzten Jahr! Das Nasi Goreng, das im April abgelaufen ist, lag nicht mal in der Kühltruhe, sondern stand im Regal! Und so weiter und so weiter.«

Otto Milchner weiß, er sitzt in der Falle: »Jetzt ist mir auch klar, warum Sie so sorgfältig eingekauft haben!« Er steht auf. »Also, was wollen Sie? Einen höheren Rabatt?«

»Überhaupt nicht!«

»Oder – mir nur Ärger machen?«

Felix lächelt: »Das schon eher!«

»Und? Können Sie mir wenigstens sagen, warum Sie das tun?«

»Warum sollte ich?« Felix deutet auf den Karton. »*Sie* sagen mir ja auch nicht, warum Sie *das* tun?«

Die Antwort kommt unwillig: »Wir haben für abgelaufene Frischhaltedaten interne Rückgabequoten. Da will man nicht überm Durchschnitt liegen ...«

»... so wie zum Beispiel mit der Aufklärungsquote von Ladendiebstählen nicht *unterm* Durchschnitt!«

»So ähnlich ...«

Milchner bricht ab, als Romy eintritt. Er starrt sie an wie ein Kaninchen die Schlange. Und Felix grinst. »Du kommst genau richtig! Herrn Milchner kennst du ja.«

Romy lächelt dem Mann, der mit offenem Mund dasitzt und kein Wort herausbringt, freundlich zu und fragt dabei: »Und, wie weit seid Ihr?«

»Gerade dabei, einen Kompromiß zu schließen!«

Kurz danach bringt Felix den Filialleiter zur Haustür und verabschiedet ihn: »Alles klar: Sie ziehen die Anzeige gegen

Fräulein Veronika Volk zurück: schriftlich. Empfangsbestätigung bringen Sie uns. Sie kriegen dafür den Karton. Sie haben Zeit bis morgen mittag. Gute Nacht!«

Pedantisch, wie er ist, hält sich Otto Milchner exakt an die Abmachung, und so ist diese unangenehme Geschichte für die kleine Veronika Volk fast so schnell erledigt wie die Magenverstimmung nach ihrer Entziehungskur.
Mit seinem erpresserischen Handel hat Felix ihr Glück gebracht und somit auch ihrem Holger, darüber hinaus sogar dem Team, und das zeigt sich schon am nächsten Tag.
Da kommt der Baggerführer gleich nach Feierabend ins Büro, um dankeschön zu sagen. Denn er ist, nachdem seine Entziehungskur offensichtlich gewirkt hat, entschlossen, es mit dem Fräulein Volk jedenfalls mal zu probieren. Aber er hat was dagegen, daß Weiber von morgens bis abends daheim rumsitzen. *Er* muß ja *auch* schaffen. Andererseits, jetzt noch eine richtige Lehre anzufangen, das zahlt sich für Vroni nicht mehr aus.
Sie will ja Babies kriegen, und das sollte sie, solang sie jung ist. Nachwuchs muß her, sonst weiß man ja nicht, wofür man lebt.
Kurz und gut: »Erst mal muß ich jetzt einen Job für sie suchen, halbtags oder dreiviertel. Wissen Sie vielleicht zufällig was?«
Felix, Romy und Franziska schauen sich an: »Und ob wir was wissen!«
Es wird vereinbart, daß Veronika zweimal täglich kommt. Am Morgen von acht bis elf Uhr, da soll sie saubermachen, vor allem unten: Clubzimmer, Büro, Videothek. Und dann noch einmal nachmittags von fünf bis sieben als Küchenhilfe für Gregor.
Die kleine Vroni übertrifft alle Erwartungen.

Zum ersten Mal arbeitet sie regelmäßig, bei Leuten, die ihr was beibringen, sie loben, wenn sie's richtig macht; und anständig dafür bezahlen.
Fast immer ist sie viel früher fertig, und wenn dabei was kaputtgeht, putzt sie unaufgefordert schnell noch ein paar Fenster.
Und auch für Gregor erweist sie sich als brauchbarer, als er zu hoffen gewagt hatte. Sie ist sauber und begreift schnell. Zwar vergißt sie manches wieder, aber das war dann meistens auch nicht so wichtig.
Sobald sie nicht mehr so viel Geschirr zerbricht und so oft was verwechselt, will sie servieren lernen.
Der einzige, der erst mal unter ihrem jäh erwachten Ehrgeiz zu leiden hat, ist Holger. Er muß, wenn's irgend geht, über Mittag nach Hause: Von wegen kalt oder Henkelmann – damit ist's jetzt vorbei. Dazu gibts jeden Morgen zumindest frische Unterwäsche und Socken! Und Bier aus dem Glas und sogar extra Suppenteller: Wer eine Frau will, hat dann auch eine, und das nicht bloß im Bett. Und was der Haushalt kostet, zahlt *sie*. Das geht ihn nichts an!
Holger mault, zieht aber mit. Wenn die so weitermacht, hat er spätestens übernächstes Jahr seinen eigenen LKW mit Hänger. Das wär sein Traum!

Der Löwe von Mechili

Der Sommer neigt sich seinem Ende zu.
Ein September mit viel Sonne, aber auch genug Regen, so daß alle späten Rosen leuchtend aufblühen.
So auch die des fünfundsiebzigjährigen Franz Deibel. Dieser lebt in seinem Häuschen so weit draußen, daß er von der Stadt nur den nächtlichen Widerschein unterm Himmel wahrnimmt.
Als er 1944 aus dem Heimatlazarett entlassen wurde, haben ihm seine Eltern das kleine Anwesen gekauft, und seitdem haust er hier. Allein. Nur ab und zu besucht ihn der Enkel, der ihm am nächsten wohnt, und den deshalb die Familie damit betraut hat.
Franz Deibel ist zu hundert Prozent Kriegsinvalide. Für die wenigen, die ihn kennen, gilt er als verrückt. Aber er ist friedlich, solange man ihn nicht von seinem Dachschaden zu überzeugen versucht.
Man nennt ihn den *Afrikakämpfer*, und das aus folgendem Grund: Franz hat seinen Garten hinterm Haus dreigeteilt, gemäß den drei Hobbies, denen er nachgeht.
Das eine sind seine Rosen, das zweite die Kaninchen, von denen sich immer zwischen sechzig und achtzig in ungefähr fünfzehn Ställen tummeln, und das dritte ist sein *strategischer Sandkasten*.
Dieser nimmt als zehn mal zwölf Meter großes Rechteck etwa die Hälfte des Gartenareals ein.
Hierher hat er in den frühen fünfziger Jahren von einer zwei Kilometer entfernten Großbaustelle Hunderte von Schub-

karren übriggebliebenen Sand angefahren und diesen gleichmäßig über die Fläche verteilt. Auch Steinplatten und verkümmerten Schwarzdorn hat er angeschleppt.
So ist naturgetreu eine Wüste entstanden, wie sie für das östliche Libyen und das westliche Ägypten typisch ist: Sand, Fels, dazwischen Kameldornbüsche. Auch einen Wadi, ein tiefeingeschnittenes, vertrocknetes Bachbett, gibt es.
In der Mitte türmt sich eine Düne, auf der ein Klapphocker steht.
Von hier aus leitet Oberst Deibel die Operationen mit Feldstecher und Morsetaste – bei jedem Wetter, im Khakihemd, mit Tropenhelm. Wenn es regnet, kommandiert er unter einen auf dem Hocker montierten Schirm.
Die Einheiten, also auf der einen Seite die Kameraden und die Itaker, auf der anderen die Tommys, hat Franz aus Holz, Papier und Leim gebastelt, ebenso das Kriegsgerät: Panzer, Stukas, Achtkommaachtflak, LKWs, Feldküchen, Spähwagen und so weiter auf deutscher und italienischer Seite. Panzer, Hurricanes, Ratschburn (Artillerie) und der entsprechende Troß auf englischer.
So vollzieht er, oft mehrmals täglich, die Siege nach, die er seinerzeit als Stabsoffizier unter Rommel errungen hat.
Im Augenblick freilich ist er nicht auf seinem Kriegsschauplatz, sondern bei den Kaninchen, von denen eines frisch geschlachtet vor dem Stall hängt. Franz, ohne Tropenhelm und mit vorgebundener Lederschürze, zieht ihm gerade das Fell über die Ohren.
Sein Enkel Karl, in dessen Obhut er sich laut Familienbeschluß befindet, steht neben ihm.
Karl arbeitet als Mechaniker und ist in seiner verschmutzten Kombination mit dem Motorrad zu ihm herausgefahren:
»Schau Opa, der Chef weiß ja Bescheid und läßt mich weg. Aber ich kann nicht *jeden* Tag kommen!«

»Brauchst du auch nicht! Für uns gab's in der Grundausbildung überhaupt noch keinen Urlaub!«
»Irgendwer *muß* nach dir schauen!«
»Wieso? Ich bin kerngesund, seit der verdammte Tumor draußen ist. Willst du ihn sehen?«

»Nein!«

«... und die Gallensteine – einer groß wie eine Nuß ...«
»... und die Granatsplitter ...«
»... vierzehn Stück, willst du sie sehen?«
»Auch nicht!«
»Hätte mich nicht mein Adjutant ...«
»... Major von Kretzer ...«
»... hätte der mich nicht sofort ...«
»... zum Hauptverbandsplatz gefahren, Opa, das weiß ich! Das weiß ich doch alles!«
»Warum fragst du dann? – So!«
Er hat das Fell abgezogen und zeigt es Karl: »Das war Gisela.«
Während er sich die Hände wäscht, schlägt der Enkelsohn mit Blick auf die Kaninchenställe vor: »Meinst du nicht, du solltest sie allmählich abschaffen?«
»Abschaffen? Im Gegenteil: Nächstens schaff ich mir was an, und zwar eine Frau!«
»Nein!«
»Doch! Ich muß endlich wieder mit jemandem reden können! *Du* hörst mir ja schon lange nicht mehr zu!«
Karl ist konsterniert: »Wie willst du denn das machen? Per Annonce?«
Franz winkt angewidert ab: »Hab ich schon! Da melden sich bloß alte Weiber! Nein, ich habe gehört von einer Ehevermittlung in Grünwald, Kastanienallee ...«
Karl Deibel macht sich Sorgen. Er weiß, daß der Opa, getreu einem seiner Wahlsprüche ›Was uns nicht umbringt, macht uns stark‹, Entschlüsse nie widerruft.

So bleibt ihm nichts übrig, als nach Feierabend das *Institut Wunschpartner* aufzusuchen, um die armen Leute wenigstens vorzuwarnen.
Er trifft Romy und Franziska noch im Büro an und informiert sie in aller Offenheit.
Beide haben Verständnis, aber auch ziemliche Bedenken, Franziska überlegt: »Es gibt ja Seniorenheime mit entsprechender Betreuung...«
Romy stimmt zu und präzisiert: »... psychologischer, auch psychiatrischer.«
Aber der junge Mann bedauert: »Lehnt er alles ab. Und er ist ja auch nicht das, was man unter ›geistig behindert‹ versteht. Er kommt eben nur nicht los von – damals: dem Krieg, seinem Afrikakorps! Vor allem von seinem Kriegskameraden, Major von Kretzer! Ich sage Ihnen das bloß, weil... Natürlich weiß er, daß er andere damit nervt! Und deshalb rückt er selber damit vielleicht gar nicht gleich raus!«

Abendfrieden ist am Gittertor zu lesen, hinter dem in einem gepflegten Park die große, alte, aber einigermaßen instandgehaltene Villa liegt. Ein städtisch bezuschußtes Seniorenheim nicht eben der Komfortklasse.
Betagte Damen und Herren gehen, manche schon recht mühsam, spazieren oder ruhen sich in der angenehm milden Herbstsonne aus.
Auf einer der Bänke häkelt sich Frau Anni Schroth ein Wolljäckchen. Sie ist Witwe, vierundsiebzig und noch in jeder Hinsicht völlig auf der Höhe.
Das kann man von ihrer Freundin Norma Watzmann nicht behaupten, aber die ist auch schon sechsundneunzig.
Sie sitzt, in Wolldecken gewickelt, im Rollstuhl, ganz dicht vor Anni, denn sie ist trotz Hörgerät schon so schwerhörig, daß man sie anschreien muß.

Da auch die Augen nicht mehr mitmachen, muß Anni sie aus der Fernsehzeitung informieren.
»Mittwoch ist Krimi, danach kannst du nicht schlafen. Aber Donnerstag *Großer Preis*, ist das eigentlich mit Videotext?«
»Was?«
Anni wird lauter: »Hat *Der Große Preis* Videotext?«
Norma winkt ab. »Was die dazu sagen, interessiert mich nicht mehr!«
Sie sieht einen Schatten herankommen und vermutet richtig, daß das nur die Vorsteherin sein kann: »Aha, es ist soweit!«
»Du meinst...?«
»Sonst käme sie nicht!« Norma ruft der Dame entgegen: »Sie brauchen gar nichts zu sagen, ich seh's Ihnen an! Und Sie können ja auch nichts dafür!«
Die Vorsteherin ist unglücklich, denn sie hat ein Gerücht zu bestätigen, das schon lange kursiert: Aus Rentabilitätsgründen müssen künftig die größeren Zimmer doppelt belegt werden. Anni – Norma ist inzwischen eingenickt – protestiert zwar: »Aber auch die großen Zimmer sind doch einfach zu klein für zwei!«
Doch die Vorsteherin bedauert: »Die Kommission ist anderer Ansicht. Und wir brauchen den Zuschuß. Würden Sie zusammen mit Frau Watzmann...? Ich biete Ihnen das Eckzimmer an! Mehr kann ich leider nicht tun.«
Damit verläßt sie Anni, um ihre Hiobsbotschaft weiterzutragen.
Nach einer halben Stunde wacht Norma wieder auf, sichtlich erholt.
»Mir gefällt's dann hier auch nicht mehr, aber was soll's: Ich bin sechsundneunzig, da dauert's nicht mehr lang!«
»Bitte, der Arzt sagt, du hast das Herz einer Vierzigjährigen!«
»Dafür sind Augen und Ohren zweihundert, und die Beine liegen seit fünf Jahren im Sarg. Aber *du*! Weißt du, was ich,

auch mit über siebzig, nochmal gemacht habe: geheiratet! Und das war goldrichtig. Es wurden meine zwanzig schönsten Jahre! Und das solltest du auch tun! Als junger Mensch braucht man einfach eine Aufgabe!«

Anni lächelt: »Die habe ich doch!«

»Was?«

Anni muß wieder sehr laut werden: »Ich *habe* doch eine!«

Norma versteht und wackelt mit dem Kopf: »Mich hin und herschieben, dir dabei die Stimme ruinieren!« Und dann redet sie ernst und eindringlich: »Anni, probier's doch wenigstens nochmal.«

Und das tut Anni schon am nächsten Tag. Sie meldet sich im *Institut Wunschpartner* an, das ihr eine Bekannte, deren Tochter dort vermittelt worden war, empfohlen hatte. Es folgt die übliche Prozedur der Aufnahme, das Ausfüllen der Fragebogen und so weiter.

Dann in die Videothek: Franziska setzt sich zum Interview neben sie aufs Sofa, neben der laufenden Kamera steht Felix.

»Und seit dem Tod Ihres Mannes leben Sie...?«

Anni nickt: »... in diesem Heim. Und es ist dort auch relativ erträglich.«

»Aber trotzdem...?«

»Natürlich erwartet man in meinem Alter nicht mehr *das große Glück*. Das hatte ich, alles in allem, mit meinem Mann, obwohl er die letzten zehn Jahre krank war. Bitte, ich muß nicht um jeden Preis. Aber für mich wäre ein Partner noch die einzig lohnende Aufgabe. Und gerade ein Mann von, sagen wir, über siebzig braucht jemanden. Verstehen Sie mich nicht falsch: Ich bin nicht etwa auf der Suche nach...« – sie lächelt – »ich meine: Es muß nicht unbedingt ein Pflegefall sein...«

Zur gleichen Stunde ist Oberst Deibel im Einsatz. Er sitzt auf

seinem Klapphocker wie auf einem Regiestuhl: Kopfhörer – Morsetaster an den linken Oberschenkel geschnallt.
Es fängt an zu regnen, aber er hat jetzt keine Zeit, den Schirm aufzuspannen: Der Tommy ist zäh, und die Munition wird knapp.
Mit der Linken gibt er, natürlich verschlüsselt, die Funksprüche durch, mit der Rechten führt er die Befehle aus und bewegt unter sich – Knie gespreizt – die Panzer-Kampfstaffel, die das Wüstenfort zu stürmen versucht.
Sein Enkel Karl kommt, aber Franz hält ihn mit einer Geste zurück: »Moment, ich setzte einen Stuka ein!«
Er holt einen und kippt ihn zum Sturzflug: »Rrrrr – wumm!!«
So zerschmettert er mit dem Stuka in der Hand die Stellung samt Verteidigern. »So, das wär's!«
»Wollen wir nicht lieber rein? Du bist schon ganz naß!« Franz montiert sich den Morsetaster ab: »Und morgen haben wir wieder Schirokko! Fünfzig Grad im Schatten!« Er lacht auf: »Ha! Wo gibt's hier Schatten?«
Das Wohnzimmer ist gleichzeitig Gefechtstroß, Werkstattkompanie und Hauptverbandsplatz. Hier wird nach jedem Einsatz alles gleich wieder heil gemacht.
Die größten Ausfälle haben immer die Italiener, Itaker oder Spaghettis genannt. Keine schlechten Soldaten, aber miserabel bewaffnet und geführt. Doch auch die Tommys haben oft schwere Verluste, die Deutschen selten – Rommel heißt nicht umsonst *der Wüstenfuchs*.
Franz kommt mit Karl herein. Beide bringen mit, was der Stuka zerstört hat.
Franz setzt sich sofort an die Hobelbank, um zu kleben und zu leimen; Karl, der am Vortag vom Institut informiert wurde, schaut zu und fragt schließlich: »Du warst also dort?«
»Ja.«
»Und?«

»Ich sollte zwei Fragebögen ausfüllen. Das habe ich abgelehnt.«
»Warum denn?«
»Als Stabsoffizier kann ich mich nicht schriftlich festlegen! Geheimhaltung! Spionage! Außerdem hätte ich meinen Tumor angeben müssen. Willst du ihn sehen?«
»Nein!«
Franz deutet zur Tür: »Ich hab ihn drüben, in Spiritus!«
»Ich weiß, ich weiß!«
»Ja ja, ihr jungen Marschierer wißt immer alles! Aber wenn's dann drauf ankommt: volle Deckung! Nein nein, was die von mir brauchen, habe ich ihnen gesagt, in einem Filminterview.«
»Du warst hoffentlich nicht zu offenherzig?«
»Ich habe nur ja oder nein geantwortet!«
Trotzdem: Karl hat den Verdacht, daß auch die knappesten Antworten seines Großvaters schon zuviel gewesen sein könnten.

Und ähnliches befürchten Franziska und Romy, die das Interview mit Herrn Deibel gemacht haben. Ohne Felix – der war außer Haus, kennt also bis zur Stunde den neuesten Problemfall noch gar nicht.
Als Romy ihn heute informiert, denkt er natürlich wieder ans Nächstliegende: »Kriegt der Mann zum Beispiel plötzliche Anfälle?«
»Ab und zu einen depressiven Schub, sagt sein Enkel.«
»Jedenfalls müssen wir endlich wissen: Spinnt er, oder spinnt er nicht? Wenn ja, können wir ihn nicht vermitteln!«
»Aufgenommen haben wir ihn nun mal!«
»Okay, und weil wir keine Karteileichen führen, spinnt er auch nicht. Also wird er vermittelt! – Wie wär's mit der Oma von gestern, die eine *echte Aufgabe* sucht für den

Rest? Fragen wir sie doch einfach mal! Habt ihr ihn auf Video?«
»Ja.«
»Ist doch bestens! Dann kann sie sich den alten Knaben sogar anschauen!«
So geschieht es auch. Und Anni Schroth, telefonisch benachrichtigt, zögert nicht lange.
Sie kommt, und die vorsichtige Andeutung, der alte Herr sei zumindest ein Sonderling, der von seinen Erinnerungen ans Afrikakorps nicht loskomme, kann sie nicht erschrecken.
Im Gegenteil. Sie hat dafür sogar mehr Verständnis als zum Beispiel für ihren Schwiegersohn, der ausfällig werden kann, wenn er sich irgendwo Kriegserlebnisse anhören muß, der aber gleichzeitig die Beute seiner letzten Fotosafari immer wieder allen Leuten zeigt und seine Kommentare dazu für unheimlich wichtig und abenteuerlich hält.
Kurzum: Anni läßt sich das Videointerview zeigen, das Franziska mit Franz gemacht hat.
»El Mechili, ist Ihnen das ein Begriff?«
»Nein.«
»Aber Rommel, hoffentlich!«
»Der General? Ja!«
»Und Mechili ist eine Oase. Ich habe sie genommen, mit acht Mann, und gehalten, gegen ein Bataillon Sikhs: Indien war ja noch englisch.«
Er hebt bescheiden die Schultern. »Ja, und danach war ich der *Löwe von Mechili*. Kam sogar in der Wochenschau.«
Und mit großzügiger Geste zur Kamera fährt er fort: »Deshalb ist ihre Filmerei für mich auch nichts Neues mehr. Ja«, seufzt er betrübt: »Der *Löwe von Mechili* – und der ist jetzt ein alter Mann!«
Franziska muntert ihn auf: »Oh, Sie sind noch – bemerkenswert frisch!«

»Das ist ja das Elend:« schimpft er. »Wir treten nicht mehr ab! Wir überleben uns! Und was ist schuld? Die Medizin und das militärische Gleichgewicht! Früher ist man rechtzeitig verschwunden, will sagen: eines *natürlichen* Todes gestorben: der Mann in der Schlacht, die Frau im Kindbett ...«
Es folgen noch mehr fundamentale Weisheiten diese Art, so daß am Ende sogar Felix einigermaßen erschüttert ist. Er bekennt, während er die Kassette aus dem Recorder nimmt und Romy das Licht wieder anknipst: »Das ist allerdings ziemlich hart!«
Und Frau Schroth muß bestätigen: »Ja, seine Grundsätze und Ansichten sind schon – mehr als fragwürdig. Aber wenigstens hat er noch welche. Das findet man ja auch nicht mehr überall.«
Romy stellt klar: »Jedenfalls hätten wir vollstes Verständnis, wenn Sie – lieber Abstand nehmen möchten.«
»Ich weiß nicht«, Anni Schroth ist unschlüssig. »Vielleicht ist er so geworden, weil er niemanden hat. Aber wie soll man das jetzt schon beurteilen?«

Am folgenden Abend treffen sie sich im *Clubzimmer* – nur für eine Stunde. Das hat Frau Schroth zur Bedingung gemacht. Es soll vermieden werden, daß eventuelle Enttäuschungen und Mißverständnisse zu sehr hochkommen können und man sich auf die Nerven geht. Und sie will hinterher ja auch in jedem Fall noch einmal gründlich über alles nachdenken.
Das Team findet diese Vorsichtsmaßnahme sehr vernünftig, und sie kommt auch Franz Deibel entgegen: Einschließlich der beiden langen Fahrten kostet ihn der Besuch nämlich drei Stunden, und seine Kaninchen sind es gewöhnt, daß er sie pünktlich füttert.
Er erzählt ihr, was in einer kurzen Stunde unterzubringen ist:

wie er auf dem Markt von Bir Hakaim in der Cyrenaika ein Kamel gegen drei vierzehnjährige Beduinentöchter getauscht hat.
Oder wie ihm Lord Alexander direkt vor die Dreikommasieben-Kanone gelaufen ist und er ihn wieder freigelassen hat gegen Rückgabe einer Division eingekesselter Itaker. Die Schlüsselrolle spielt natürlich immer Major von Kretzer, sein Adjutant und Kamerad, dem er und der ihm mehrmals das Leben gerettet hat.
Auf Franz Deibels zivile Vergangenheit kommt die Rede erst ganz zum Schluß und am Rande, als Anni ihn fragt: »Was ich nicht ganz verstehe: Seit Kriegsende leben Sie doch völlig allein! Nun haben Sie aber immerhin fünf Kinder...«
Franz unterbricht: »Die kamen alle zwischen neununddreißig und vierundvierzig! Gnädige Frau, ich bitte Sie: Man war Soldat, hatte Heimaturlaub...«
Annis Taxi ist da, und auf Franz warten die Kaninchen. Das Paar verabredet sich auf morgen nachmittag vier Uhr bei Oberst Deibel zum Tee.

Anni schläft lange nicht ein, Franz sofort.
Heute hat er ihr alles gesagt, morgen wird er ihr alles zeigen und sie damit im Sturm erobern, wie eine Festung. Das muß man bei den Weibern, Franz erinnert sich.
Bevor er zu Bett geht, füttert er natürlich noch die Kaninchen. Bei einem Prachtexemplar verweilt er länger und steckt ihm eine überdurchschnittlich große Mohrrübe zu, die er sogar gewaschen hat: »Ja, Heinerle, morgen ist dein großer Tag! Deshalb kriegst du jetzt auch was Besonderes!«
Daß dieser Kaffeebesuch möglicherweise schon die Entscheidung bringen wird, spüren alle Beteiligten. Anni Schroth fragt sich besorgt, ob sie dem, was da auf sie zukommt, auf Dauer gewachsen sein wird. Und was ge-

schieht, falls sich irgendwann sein psychischer Zustand noch verschlechtert?
Franz Deibel arbeitet wie ein Berserker: Er putzt das Haus, mistet die Ställe aus, bringt die Truppen auf Sollstärke. Vielleicht kann er endlich Alexandria nehmen, und *sie* wäre dabei!
Sogar das Team beschäftigt sich beim Mittagessen noch einmal kurz mit dem Problem.
»Die Frau ist erste Sahne«, meint Felix. »Den komischen Oberst kenne ich ja nur vom Monitor!«
Romy ist wieder mal skeptisch: »Ich habe kein gutes Gefühl! Sie könnte bei ihm als Pflegerin, Haushälterin meinetwegen – aber er will sie ja *heiraten*!«
»Soll er doch!« Felix hat keine Bedenken. »Wo ist da der Unterschied? So ab sechzig fallen im Schlafzimmer sowieso keine Bilder mehr von der Wand!«
Aber da reagiert Franziska allergisch: »Also Felix, das ist jetzt wieder eines von deinen ganz dummen Vorurteilen!«
Gregor berührt unauffällig ihre Hand und lächelt: »Danke!«

Um 15 Uhr 30 hält am Seniorenheim *Abendfrieden* das Taxi; Anni Schroth wartet schon vor dem Gittertor, Norma Watzmann, im Rollstuhl, ist mitgekommen.
»O Anni! Ich beneide dich!«
»Aber es ist ja noch alles offen!«
»Was sagst du?«
Anni beugt sich zu Normas Ohr hinunter: »Ich habe mich noch nicht entschieden!«
»Das ist gescheit von dir: In deinem Alter kann man noch Ansprüche stellen!« Und sie fügt hinzu: »Wenn er dir zuviel redet, schick ihn zu mir: Ich höre sowieso nichts mehr!«

Der Fahrer kommt, läßt Anni einsteigen. Norma rollt eilig heran, denn sie muß der Freundin noch etwas sagen: »Als erstes verlangst du Gütertrennung!«
Anni lacht: »Aber ich hab doch nichts!«
»Eben deshalb! Dann glaubt er, du hättest was!«

Die Umgebung, in der Franz Deibels Häuschen steht, ist das Gegenteil von einer Wohnlandschaft: Ehemalige Schrebergärten und Lagerplätze, einst als Bauland vorgesehen und aufgekauft, dann aber doch nicht erschlossen. Also öde und überwuchert, soweit sie nicht als illegale Müllkippen für Schutt, Schrott und alte Autoreifen genutzt werden.
Trotzdem findet der Taxifahrer die Adresse ohne Schwierigkeit, eben weil dieses Häuschen hier weit und breit das einzige ist. Das Anwesen ist umgeben von einem Drahtzaun, an dem jeweils im Abstand von zehn Metern Schilder mit der Aufschrift *privates Sperrgebiet* angebracht sind. Bis vor dreißig Jahren stand auf den Schildern *militärisches Sperrgebiet*, dann wollte die Stadtverwaltung die Beschriftung entfernen. Um einen Prozeß zu vermeiden, ließ sich Franz auf den Kompromiß ein, das Wort *militärisch* durch *privat* zu ersetzen.
Der Tisch im Wohnzimmer ist gedeckt, der Tee hat die vorgeschriebenen hundert Sekunden gezogen. Der Kuchen, den Franz auf Annis Teller schiebt, ist noch ein bißchen warm.
Sie kostet ihn: »Danke, wirklich ausgezeichnet! Und so frisch!«
»War vor einer Stunde noch im Ofen!«
»Was, den haben Sie *selber*?«
»Ich backe mir sogar mein Brot.«
Anni ist des Lobes voll: »Und das Haus, und der große Garten, alles so gepflegt – und die Wäsche geben Sie nicht

aus.« Sie lacht. »Wozu braucht ein solcher Mann überhaupt eine Frau?«
»Ich muß ab und zu mit jemandem über alles reden!«
»über alles?« Sie lächelt: »Ich bin wirklich sehr erleichtert, daß Sie das können!«
»Warum sollte ich nicht?«
»Nun, gestern abend zum Beispiel haben Sie immer nur von Ihrem Afrikakorps erzählt.«
»Hab ich das wirklich? Das tu ich sonst nie! Ist ja auch höchste Geheimhaltungsstufe! Und als Stabsoffizier, das heißt: Vorher habe ich Kommandounternehmen durchgeführt. Mein erfolgreichstes: eine Oase ...«
»... El Mechili, ich weiß.«
»Das war kurz vor meiner Verwundung: Vierzehn Splitter, ich habe sie drüben, im Museum. Wollen Sie sehen?«
Ohne eine Antwort abzuwarten, steht er auf: »Kommen Sie!« Und schon geht er voraus, ins Zimmer nebenan. Er nennt es das *Museum*. Hier hat er sozusagen seine gesamten Erinnerungen in einer wahrhaft erstaunlichen Sammlung ausgestellt: ein riesiges Rommel-Porträt, vergrößerte Fotos von Kameraden, darunter mehrere des Majors von Kretzer, sämtliche Bücher, die zum Thema Rommel, Afrikakorps und so weiter erschienen sind, dazu Tropenhelme und Stiefel, Uniformteile, ausgestopfte exotische Kleintiere und eine Fülle von Handfeuerwaffen.
Franz steuert zielsicher auf eine flache Vitrine zu, in der, auf Samt geklebt, angerostete Metallsplitter verschiedener Form und Größe liegen, nummeriert von eins bis vierzehn. Er öffnet den Glasdeckel und demonstriert mit einem Bambusstöckchen:
»Das sind sie, wohlverstanden nur die Steckschüsse! Herausgenommen wurden sie in chronologischer Reihenfolge: die Eins Oberschenkel links und die Zwölf Brustbein, 4. 11. 42

Hauptverbandplatz, Uhrzeit?« Er zuckt die Schultern. »Die Sechs Unterschenkel rechts, Sieben Schulter links und Acht Oberkiefer Bengasi E-Lazarett 9.12.42, 8 Uhr 15 bis 9 Uhr 30. Die Drei Gesäßbacke links Lazarettschiff Hafen Catania 21.12.42, 4 Uhr 30 bis 4 Uhr 58. Die Fünf...«
Anni hört geduldig zu und irritiert ihn nicht durch Zwischenfragen, obwohl sie vieles von dem nicht versteht, was er ihr bei der *Museumsführung*, die sich nun anschließt, erklärt.
Nur einmal stellt er ihr eine Frage, als er einen ledernen Würfelbecher mit Inhalt zur Hand nimmt und ihn kräftig schüttelt: »Was, glauben Sie, ist da drin?«
»Vermutlich Würfel!«
»Falsch!« Er stülpt den Becher auf eine Tischplatte, deckt ihn auf: Er enthielt mehrere Steinchen unterschiedlicher Größe. »Gallensteine! Meine Gallensteine!« lacht er. »Ja! Für Späßchen bin ich immer zu haben!«
Doch dann verdunkelt sich plötzlich sein Gesicht: »Aber jetzt wird's ernst, bitter ernst!«
Er führt Anni zu einer säulenähnlichen Konsole. Sie ist als einziges Stück mit frischen Blumen geschmückt, die offensichtlich immer gepflegt beziehungsweise erneuert werden. Anni muß bei ihrem Anblick an einen Hausaltar denken. Die Säule dient als Sockel für eine kleine Phiole, und darin schwebt in hellblau eingefärbtem Spiritus eine ausgefranste Kugel von der Größe einer Walnuß.
Anni erschrickt: Hatte Franz Deibel gestern abend nicht auch von seinem Tumor gesprochen und ihr am Kopf die Narbe gezeigt?
Er hält die Phiole liebevoll und beinahe feierlich in der gewölbten Hand: »Ja, das ist er. Sieht doch aus wie ein Seestern!« Er schüttelt den Kopf. »Daß sowas Häßliches so schön sein kann! Zum Schluß ist er täglich um das Doppelte

gewachsen. Er hätte inzwischen die Größe eines kleinen Mondes: Durchmesser von hier bis Frankfurt!«

Dann senkt er plötzlich die Stimme, als verrate er ein Geheimnis: »Wer weiß, vielleicht ist so die Welt entstanden?«

Im gleichen Augenblick hat Anni das Gefühl, daß dieser Franz Deibel nicht einfach ein halb übergeschnappter ewiger Militarist ist, sondern daß ihm damals etwas zugestoßen sein muß – etwas, mit dem er nie fertig werden konnte.

Der Tee ist kalt geworden, und Franz scheint auf einmal sehr ungeduldig: Will er ihr noch was anderes zeigen? Natürlich, die Hauptsache: seinen *strategischen Sandkasten!* Er zieht sich nicht um, setzt nur den Tropenhelm auf, kniet auf dem *Feldherrnhügel* und lenkt mit beiden Händen die Schlacht. Dabei glüht er vor Kampfeslust und Anni steht am Rand der Wüste und weiß nicht, ob sie lachen oder weinen soll.

»Und jetzt die Zangenbewegung: Achtes Panzerregiment Stoß in die Flanke! Der Tommy: Entlastungsangriffe Mark zwo, unsere Achtacht steht wie eine Eins! Stukas auf die Ratschbum! Jede Menge Hurricanes, rrrr: Fünf holen wir runter! Meldung Major von Kretzer: Via Balbia wieder frei, Adjedabiya immer noch umkämpft. Ich sage: *Erwin*«, – er wendet sich erklärend an Anni –, »das ist Rommel! Keine Sau weiß heute noch, daß Rommel Erwin hieß! ›*Erwin*‹, sage ich also, ›die Spaghettis schaffen das nicht alleine. Da müssen *unsere* Männer ran!‹ Und er: ›Franz, du hast wieder mal recht!‹ Also, Fallschirmjäger, schschsch: päng, Adjedabiya ausradiert! Und der Tommy läuft! Und *wie* der läuft – sehen Sie!«

Mit den zwei Deutschen in seiner Rechten scheucht er die fünf Tommys in seiner Linken.

Aber dann bekommt er ganz unvermittelt einen Schwächeanfall, so daß Anni ihn gerade noch auf die Bank bugsieren kann, die vor den Kaninchenställen steht. Und dort erzählt er ihr dann, unzusammenhängend und manchmal bis zur Unverständlichkeit leise, wie es damals, in Afrika, mit seinem Major von Kretzer wirklich war. Anschließend verliert er sogar ein paar Augenblicke lang das Bewußtsein.

Als er wieder zu sich kommt, ist er natürlich mehr als verlegen: »Ich kann nur um Entschuldigung bitten…«

Anni versucht, seinen Zusammenbruch herunterzuspielen. »Aber das ging doch schnell vorbei!«

Und in der Tat erholt sich Franz fast augenblicklich, und fängt an, sich schimpfend abzureagieren: »So ein depressiver Schub ist doch einfach widerlich!« Aber dann stutzt er doch wieder, wischt sich ängstlich den Schweiß von der Stirn: »Habe ich irgendwas gesagt?« Er befürchtet es und wird trotzig: »Im Generalstab war ich *wirklich*!«

Anni nickt beruhigend: »…als Oberst! Und Major von Kretzer war Ihr Adjutant!«

Franz ist sehr erleichtert: »So, dann ist es ja gut!« Er steht auf, reibt sich schon wieder unternehmungslustig die Hände und verkündet: »Und jetzt, gnädige Frau, habe ich für Sie *noch* eine Überraschung! Die größte!«

Anni klopft das Herz.

Im Heim kommt es bei labilen Alten oft zu solchen spontanen Übergängen von der Depression in die Euphorie. Und auch diese ist dann hemmunglos und unberechenbar.

Franz bindet sich die Lederschürze vor: »Gleich bin ich soweit: Sie werden staunen!«

Anni ahnt es und bittet inständig: »Aber das können Sie mir doch nächstes Mal… Jetzt müssen Sie sich erst erholen!«

»Erholen? Nach meinem Schub bin ich immer wie neugeboren!« Er lacht zu einem der Ställe hinüber: »Na, Heinerle, dir schwant schon was!«

Anni faltet verzweifelt die Hände.

Sie läßt sich nicht in ihr Heim zurückfahren, wo jetzt natürlich die gute alte Norma neugierig wartet, und Anni wüßte auch nicht, was sie ihr in die tauben Ohren schreien sollte. Sie flüchtet nach Grünwald, in die Kastanienallee 17. Hilfe erwartet sie dort zwar nicht, aber das sind wenigstens Leute, mit denen sie darüber reden kann und die für ihre Ratlosigkeit Verständnis haben.

Als sie ankommt, ist es kurz nach 19 Uhr, also noch kaum Betrieb. Und da Romy, die ihr öffnet, sofort sieht, daß es hier nicht um Belangloses geht, bittet sie Anni ins Büro und holt Franziska und Felix dazu. Und Anni erzählt ihnen die Geschichte des Obersten Franz Deibel, der nicht Stabs*offizier* war, sondern Stabs*gefreiter* und nicht der *Vorgesetzte* des Major von Kretzer, sondern dessen *Bursche*. Und dieser von Kretzer war auch nicht sein bester Kamerad, sondern ein übler Schinder, der den gutmütigen Franz so lange schikaniert und gedemütigt hat, bis der keinen Ausweg mehr sah als eine Beschwerde beim Kommandeur. Resultat: der Major von Kretzer erhielt einen Verweis, der Stabsgefreite Deibel aber wurde auf einen Spähtrupp geschickt, ein sogenanntes Himmelfahrtskommando – und dabei auch prompt zusammengeschossen. Er wurde von Granatsplittern halb zerfetzt. Eine steckt noch heute in seinem Kopf – inoperabel.

Anni schließt ihren Bericht: »Das alles hat er mir in einem depressiven Anfall gebeichtet.«

Allgemeine Betroffenheit, Felix begreift eines nicht: »Und ausgerechnet dieses Schwein von einem Major macht er jetzt zu seinem lieben Gott?!«

Anni versucht, es zu erklären: »Vielleicht gibt es Erinnerungen, die so schlimm sind, daß man nur weiterleben kann, wenn man sie in ihr Gegenteil verkehrt!«

»Und was kam nach dieser Depression?«

»Da ist seine Stimmung ebenso plötzlich wieder umgeschlagen. Er wollte mir noch etwas ganz Besonderes bieten und hat...«, sie schlägt die Hände vors Gesicht und überwindet sich schließlich, »für mich sein Heinerle geschlachtet!«

»Sein was?«

»Ist das ..., war das eines von seinen Kaninchen?«

Anni nickt: »Sein liebstes. Und dabei hat er immer mit ihm geredet, noch beim Abziehen: ›Siehst du, Heinerle, du hast mir's nicht geglaubt!‹ ›Ja, Heinerle, so ziehen sie uns das Fell über die Ohren‹!« Sie seufzt: »Ich fürchte, es geht einfach nicht, ich ertrage das nicht den ganzen Tag! Aber genau das braucht er doch!«

»Sind Sie wieder mit ihm verabredet?«

»Morgen besucht er mich. Da muß ich ihm dann absagen – auch wegen Norma. Ich habe mir das nochmal überlegt.«

Romy erklärt Felix: »Norma ist ihre Freundin.«

Und Anni ergänzt: »Sechsundneunzig. Rollstuhl. Fast blind und taub. Sie jetzt alleine zu lassen, wäre einfach schäbig! Aber *ihn* im Stich lassen, mein Gott: Wie ich's mache, ist es falsch!«

Sie steht auf und entschuldigt sich: »Verzeihen Sie, daß ich einfach so mitten in Ihre Arbeit... Bitte, würden Sie mir ein Taxi bestellen?«

»Ich fahre Sie, ist ja nicht weit!«

Felix weiß in diesem Augenblick noch gar nicht, warum er das anbietet. Irgendwas zwingt ihn dazu.

Auf der Fahrt – Anni sitzt schweigend neben ihm – versucht er zunächst, das Mosaik seiner Informationen zu einem Bild zusammenzusetzen.

Also: Da ist eine Frau Anni. Sie hat eine Freundin Norma und seit gestern einen Freund Franz. Beide sind Pflegefälle: Norma physisch, Franz psychisch. Deshalb will Anni für beide etwas tun.

Und dann gibt's da noch einen Major von Kretzer, der

vielleicht längst tot, für Franz jedoch immer noch sehr lebendig ist. Warum also nicht auch den Major in die Strategie einbauen: Das ist zwar ein bißchen verrückt, aber nachdem dieser Franz auch nicht normal ist ...
Kurz bevor Felix die Villa *Abendfrieden* erreicht, hat er seinen Plan fertig und trägt ihn Anni vor.
Diese erkennt zwar die theoretische Möglichkeit an, aber in der Praxis: »Was Sie da vorhaben, ist so – geradezu schwindelerregend ...«
»Wieso? Wenn Sie beide mitspielen ...«
»Ich schon! Und Norma müßte eigentlich auch: Schließlich käme es vor allem ihr zugute!«
»Genau! Auf wann hat Herr Deibel seinen Besuch angesagt?«
»16 Uhr.«
»Sehr schön! Ich rufe Sie vorher nochmal an!«
Gleich nach dem Mittagessen wählt er das Seniorenheim an und verlangt Frau Anni Schroth.
»Ja, ich bin's! Alles klar! Bei Ihnen auch? ... Haben Sie Ihre Freundin informiert? ... Am besten, sie sagt gar nichts, freut sich nur! ... Ja, ich komme als Hauptmann, vielleicht können Sie das kurz vorher andeuten, aber sonst nichts!«
Er schaut auf die Uhr. »Welche Zeit haben Sie jetzt? ... Schön, dann kommen wir genau um 16 Uhr 15.« Dabei korrigiert er auf seiner Armbanduhr die Zeit.

Und wieder sitzt Anni im Park der Villa *Abendfrieden* auf derselben Bank wie vor vier Tagen. Aber heute ist nicht Norma Watzmann bei ihr, sondern Franz Deibel. Er hat ihr einen ganzen Arm voll Rosen mitgebracht, seine vierundsiebzig prächtigsten, denn er weiß, wie alt sie ist. Dazu von Heinerle einen Schlegel, fix und fertig gebraten mit Sauce in einer kleinen Schüssel, die sie nur zum Aufwärmen in die Küche zu geben braucht.

Anni schaut verstohlen auf die Uhr – sie zeigt 16 Uhr 14 – und erzählt dabei von ihrer uralten, gebrechlichen Freundin, die jetzt in ein Doppelzimmer muß.
Franz findet auch, daß das ein bißchen eng wird, obwohl: »Bei Capuzzo lagen wir mit elf Mann in einem Dreierzelt!«
»Aber ich bitte Sie: Norma ist sechsundneunzig!«
»Sechsundneunzig?« Sein Blick wandert nach oben. »Na ja, dann hat sie bald ein viel größeres Zimmer – da, wo sie gar keins mehr braucht!«
Anni schielt wieder auf ihre Uhr. »Übrigens, dieser Major, von dem Sie immer reden: Das muß ihr Sohn gewesen sein!«
Franz ist wie elektrisiert: »von Kretzer?«
»Ja, so hieß Normas erster Mann! Und sie hat auch davon erzählt.«
»Wovon?«
»Von ihrem Sohn, der in Afrika war, als Stabsoffizier!«
»Ungeheuerlich!«
Franz ist so überwältigt, daß es ihn hochreißt. Aufgeregt wandert er hin und her.
Auch Anni steht auf und folgt ihm: »Und seinen Sohn, also Normas Enkel, kenne ich sogar! Er ist Hauptmann, bei der Bundeswehr! Er kümmert sich rührend um seine Großmama und besucht sie regelmäßig, meistens donnerstags – ist heute nicht Donnerstag?«
Um eine nahe Hecke biegend, taucht Felix auf. Er schiebt die im Rollstuhl glückstrahlende Norma vor sich her.
Anni schlägt vor Freude die Hände zusammen und läuft Felix und Norma die wenigen Schritte entgegen.
»Ah, da kommt ihr ja schon!«
Felix und Norma sind inzwischen herangekommen. Franz steht stramm vor Felix, der zunächst Anni galant die Hand küßt.

Die strahlt: »Herr Hauptmann! Wie lieb von Ihnen, daß Sie wieder nach uns schauen! Darf ich vorstellen?«
Aber Franz kommt ihr zuvor und erstattet zackig Meldung: »Stabsgefreiter Deibel, fünfzehnte Division, Stabskompanie Panzerregiment acht, keine besonderen Vorkommnisse!«
Felix lächelt jovial: »Aber Herr Deibel, wir sind doch nicht im Dienst! Stehen Sie bequem!«
Franz steht ›rührt euch‹, was ihm nicht ganz leicht fällt, und Felix stutzt: »Fünfzehnte Divison: Rommel?«
Franz steht wieder stramm: »Zu Befehl, Herr Hauptmann!«
»Stabskompanie?« grübelt Felix, »da müßten Sie eigentlich meinen Papa...«
»Zu Befehl, Herr Hauptmann! Ich war sein Bursche!«
»Tatsächlich?«
Norma ruft Anni zu: »Was sagt er?«
Und Anni schreit ihr ins Ohr: »Er war der Bursche von deinem Sohn!«
»Nein *sowas*!« Norma kann es gar nicht fassen.
»Herr Deibel!« Felix hat nachgedacht.
»Hauptmann?«
Der Offizier legt Franz die Hand auf die Schulter und wird vertraulich. »Was ich Ihnen jetzt mitzuteilen habe, ist Geheimstufe eins!«
»Zu Befehl!«
»Ich bin vorerst zum letzten Mal hier: Abwehr, Sondereinsatz, Sie verstehen?«
»Abwehr, Sondereinsatz!«
»Bitte übernehmen Sie doch ab heute die Verantwortung für meine Großmama!«
»Verantwortung Großmama!«
»Vor allem: Sorgen Sie für ein besseres Quartier! Wie sind *Sie* denn untergebracht?«
»Zu Befehl: Habe ein Haus beschlagnahmt!«

»Na, bitte! Requirieren Sie doch einfach ein weiteres Zimmer!«
»Zu Befehl, Herr Hauptmann!«
Anni ist überglücklich: »Hast du gehört, Norma?«
»Was?«
Anni schreit sie an: »Wir dürfen *beide* zu ihm!«
»Nein sowas!« Norma ist selig.

Schon acht Tage später steht hinterm Haus von Franz Deibel ein Tisch mit drei Gartenstühlen. Und im *strategischen Sandkasten* wurde der *Feldherrnhügel* so verbreitert, daß auch Norma mit ihrem Rollstuhl darauf Platz hat und die Einsätze verfolgen kann. Heute muß wieder mal Adjedabiya genommen werden. Franz hat kaum noch Reserven, aber er gibt nicht auf.
Jedesmal, wenn er Norma anschaut, nickt diese ihm in staunender Bewunderung zu, von Zeit zu Zeit sagt sie: »Durchhalten!«
Dabei spielt sie auf ihrem Schoß mit der Strippe und dem Gehörknopf, den sie sich aus dem Ohr genommen hat.
»Panzerregiment acht Stoß auf die Via Balbia, der Tommy ist in der Zange! Vier Langrohr gegen elf Mark zwo, keine Chance! Stukas auf die Ratschbum, Kittyhawks holen wir runter, rrrrr!« Mit erhobenem Zeigefinger zu Norma: »Major von Kretzer meldet: ›Adjedabiya hält sich noch!‹ Ich sage: ›Erwin, die Spaghettis sind zu schwach, da müssen *wir* ran!‹ Und Erwin: ›Franz, du hast recht, wie immer.‹ Also: *Stoßtrupp Löwe von Mechili und Major von Kretzer*!«
Anni ist mit einem Tablett aus dem Hintereingang gekommen. Ein leckeres Menü. Gegessen wird allerdings aus Kochgeschirrdeckeln, und getrunken aus Feldflaschen.
Während Anni das Tablett auf den Gartentisch stellt, ruft sie fröhlich: »Stabskompanie: Essen fassen!«

Der Werbespot

Erinnern wir uns, wie alles begann:
Felix war zum Begräbnis seines Onkels aus Augsburg gekommen, wo er gemeinsam mit seinem Freund René und seiner Freundin Anita auf ziemlich dilettantische Weise Werbespots hergestellt hatte.
Und denken wir auch noch einmal zurück an den dritten Tag nach Gründung des Instituts, wie Anita nach einem Krach mit René zu Romys Schrecken in die Arme von Felix flüchten wollte, von diesem jedoch einigermaßen mühsam dem früheren Kompagnon rückerstattet werden konnte.
Nun haben die beiden ihre Firma vor vierzehn Tagen hierher nach München verlegt – in eine Altbauwohnung, die René von seinem nach Schwaben ausgewanderten Vetter überlassen worden war. Da sie nur ihre persönlichen Klamotten und das kümmerliche Mobiliar von Augsburg mitbringen und weil kein Geld für Renovierung da ist, unterscheidet sich das neue Atelier vom alten einzig dadurch, daß es keine großen, hellen Dachfenster hat.
Zur Kastanienallee sind es nur zwanzig Autominuten. Und so hat René nach dem Umzug gleich mal bei seinem Freund Felix vorbeigeschaut und diesen, um das Unglück voll zu machen, auch noch zufällig allein angetroffen.
Drei schnelle Bierchen, dazu drei Kurze, und Felix verspricht prompt einzuspringen, falls es mal eng würde.
Und natürlich ist es eng geworden. Vor ungefähr einer Woche hat René im Büro angerufen, Romy war am Apparat.

»Hier *Global-Werbung München*, Kilian. Ist Herr von Trautwein da?«
»Nein, kann ich ihm was bestellen?«
»Wir waren Kollegen, Werbespots. Da hat er versprochen: Wenn wir mal in der Klemme sind ...«
Romy informiert Felix, der sagt zu und das Team ist darüber gar nicht so unglücklich. Denn inzwischen haben sich die Verhältnisse im Institut soweit konsolidiert, daß von einer Arbeitsüberlastung nicht mehr die Rede sein kann.
Zu verdanken ist das hauptsächlich Veronika. Sie arbeitet in Haus und Küche schon so selbständig, daß alle andern sich auf ihre spezifischen Aufgaben voll konzentrieren können. Durch sie ist sogar noch eine weitere Hilfskraft dazugestoßen, nämlich Holger, der Baggerführer. Er hat sich angewöhnt, gleich nach Feierabend, also oft schon kurz nach fünf, aufzutauchen, um seine Vroni, sobald sie fertig ist, dann mit nach Hause zu nehmen. Und als ein Mann, der nicht sehen kann, wenn irgendwo der Wurm drin ist, werkelt er in den meist anderthalb Stunden irgendwo herum, flickt den Gartenzaun, wechselt kaputte Dachziegel aus, dichtet hier einen Hahn, setzt dort noch eine Steckdose.
Genau diese Arbeiten jedoch gehörten bisher mit in das Ressort von Felix, und so steht vor allem der jetzt nicht mehr unter dem Dauerstreß, den er so dringend braucht. Daher kommt er neuerdings auf die abenteuerlichsten Ideen: Will zum Beispiel nächstes Jahr im Garten ein Zelt aufstellen, sozusagen als zweites Klubzimmer, oder *Partnerexkursionen* veranstalten. Er hat mit Holger schon diskutiert, ob der sich nicht statt eines LKW besser einen Bus kaufen und dann, zusammen mit Vroni, diese Fahrten übernehmen soll.
Gott sei Dank ist seit letzter Woche von solchem Unsinn nicht mehr die Rede, denn seither verbringt Felix täglich mindestens zwei oder drei Stunden bei *Global* – wie ehedem als

Regisseur. Daneben liefert er natürlich auch wieder die meisten Ideen und textet die Spots.

Heute geht es um die Werbung für Tabletten, die ein astreines Naturprodukt sind, angeblich bärenstark machen und deshalb *Bioforte* heißen.

Das Arrangement: Vor einem Prospekt, Landschaft, auf einer Rasenmatte stehen sehr vornehm René im Frack und Anita im Abendkleid. Felix steht an der Kamera, die noch nicht läuft.

Anita hält eine große Packung mit der Aufschrift *Bioforte* vors Objektiv und setzt ihr Werbelächeln auf. »Bioforte macht vital!«

Und René versichert mit potenter Eindringlichkeit: »Wir nehmen täglich *Bioforte*!«

Während Anita die letzte Tablette aus der Packung holt, ruft Felix dazwischen: »Jetzt nicht mehr Ansage: Action! Dialog! Persönlich werden! Anita, du erschrickst maßlos!«

Anita tut es. »Oh, nur noch eine?«

»Jetzt: aggressiv werden!« befiehlt Felix. René wird es, will Anita die Tablette wegnehmen. »Her damit!«

Doch Anita denkt gar nicht daran. »Von wegen!!«

»*Und* jetzt: Kampf um die Tablette!« donnert Felix. Anita und René kämpfen um die Tablette.

»Gibst du mir meine *Bioforte*?!«

»Das ist meine!«

»Nein!«

»Doch!«

Felix bricht ab: »Okay!«

Anita und Renè hören auf zu agieren, Felix ist zufrieden: »Das Umkippen von der Ansage in den Dialog: noch härter! Sonst wie gehabt!«

»Drehen wir durch bis Ende?«

Felix schwenkt die Kamera: »Bis: ›du Aas‹!«

»Muß aber hinhauen: Dann sind nämlich die Klamotten kaputt!«
»Also: Aufnahme!«
Anita und René stellen sich in Anfangsposition.
»Fertig? – Kamera, Ton – läuft!«
Und Anita fängt an, wie geprobt: »*Bioforte* macht vital...«
Beim fünften Durchlauf klappt alles, der Spot ist im Kasten, Felix kann den Film herausnehmen. Anita und René ziehen sich um und säubern sich: Frack und Kleid sind zerrissen, die Haare zerzaust, die Gesichter zerkratzt, aber zum Glück alles bloß Schminke.
Felix schaut auf die Uhr: halb sieben, also höchste Zeit. Denn daß er ab 19 Uhr im Clubzimmer zur Verfügung steht, ist selbstverständlich!
»Also bis morgen!«
»Grüß deine Romy!« Anita feixt und fragt dann ebenso harmlos wie neugierig: »Oder weiß die noch gar nicht, daß ich wieder da bin?«
»Nein. Warum schlafende Hunde wecken?«

Felix sitzt bei Gregor an der Bar. Sie beobachten Tisch vier, wo Ina Kanzler, Mitte zwanzig, das *kleine Menü* speist, während ihr Partner, Lothar Eisenstroh, Ende vierzig, sich mit einer Käseplatte zufriedengibt.
Gregor fragt Felix: »Was ist sie denn von Beruf?«
»Kindergärtnerin. War zweimal verlobt.«
»Und er?«
»Tierpfleger in Hellabrunn.«
»Sehen aus wie Vater und Tochter.«
Felix zuckt die Schultern: »Sie will keinen Jüngeren mehr.«
»Nur weil sie damit zweimal Pech hatte?«
»Resignation ist immer ein guter Start: Es kann nur besser kommen!«

Und hier darf man es in der Tat hoffen. Zumindest scheint jene Spannung zu weichen, die auch Lothar und Ina wie den meisten, die sich hier kennenlernten, anfänglich zu schaffen machte. Ihre Mienen sind schon gelöster, ihre Gespräche unbefangener geworden.
Gerade fragt Ina, ob er sich schon immer für Tiere interessiert habe, und er antwortet: »Eigentlich wollte ich Tierarzt werden. Aber dazu hat's nicht gereicht.«
»Hier?« Ina macht mit Daumen und Zeigefinger die Geste des Geldzählens, aber Lothar tippt sich gegen die Schläfe: »Nein, hier!«
Ina ist beeindruckt. »Sind Sie immer so ehrlich?«
»Das wird man in meinem Beruf. Vor allem die Wüstentiere sind so sensibel ...«
»Wüstentiere? Ist das Ihr Ressort?« Lothar nickt. »Und die sind wirklich so schlau?«
»Denen kann man nichts vormachen. Ein Beispiel: Sie wissen, ich bin ein wenig gehbehindert: Das war Kleopatra.«
»Kleopatra? Ein Elefant?«
Lothar schüttelt den Kopf: »Ein Dromedar. Ich sollte sie von Nofretete trennen. Nofretete ist ihr Kind. Sie ist solange auf meinem Fuß stehengeblieben, bis ich ihr versprochen habe, daß Nofretete bleiben darf.«
Währenddessen räumen Romy und Franziska in der Clubküche Geschirr aus der Spülmaschine. Das Telefon unterbricht sie in ihrer Arbeit. Romy hat es hierher umgestellt, weil sie irgendeinen Rückruf erwartet.
Aber es ist *Global*: »Können wir ganz schnell mal den Felix an die Schnur kriegen?«
»Moment, ich gebe Ihnen das Clubzimmer, dort ist er wahrscheinlich!«
»Danke!«
Romy legt auf und weiß im selben Augenblick schon, wer das

war: Anita! Unter tausend Stimmen würde sie sie heraushören! Da müßte Kilian also dieser René sein! Aber die sind doch in Augsburg! Und Felix hätte gewiß auch längst was davon gesagt – oder vielleicht gerade nicht?
Romy kommt sich albern vor: Felix kann herrlich schwindeln, richtig angelogen hat er sie noch nie. Aber das tut er ja auch nicht in diesem Fall, denn sie hat ihn ja bisher gar nicht danach gefragt!
Wirklich zu blöd, eine solche Idee! Wenn da noch was wäre, hätte er die dumme Schnecke damals nicht weggeschickt! Andrerseits: Damals brauchte er was Neues, jetzt hat er's – seit beinahe einem Vierteljahr. Vielleicht ist das für ihn die äußerste Grenze!
»Sag mal, ist die Maschine kaputt?« Franziskas Frage schreckt sie auf.
»Wieso?«
»Spült sie nicht mehr sauber? Du räumst das Geschirr, das wir rausgenommen haben, wieder rein!«
Romy könnte sich den ganzen Abend lang selber ohrfeigen, weil sie von der Sache nicht loskommt, wo doch der Fall so einfach liegt: Entweder sie spinnt. Oder die beiden sind wirklich René und Anita. Dann hat ihr Felix nur deshalb nichts gesagt, weil er fürchtet, daß sie vielleicht wieder ausflippt, so wie damals, als dann alles ganz harmlos war. Diesmal wird sie nicht ausflippen, weil auch diesmal alles ganz harmlos wäre. Nur: Sie muß Klarheit haben! Vorher kann sie nicht einschlafen.

Felix liegt schon im Bett, als sie aus dem Bad kommt, hat sich Notizblock und Bleistift unters Kopfkissen geschoben, denn er muß sich noch einen Spot ausdenken für eine *Schokolade mit viel Sauerstoff*.
Als auch Romy unter die Decke schlüpft, fragt sie ihn betont

beiläufig: »Hör mal, dieser Kilian, macht der das ganz allein?«
»Mit einer Assistentin.«
»Ach, und die heißt nicht zufällig Anita?«
»Doch.«
»Und er René?«
»Hab ich dir das noch gar nicht gesagt?«
»Nein – ist ja auch unwichtig.«
Es ist ihr so unwichtig, daß sie, obwohl jetzt alles klar ist und völlig harmlos, am nächsten Morgen ziemlich übernächtigt zu Franziska kommt, um wie immer mit ihr den Frühstückstisch zu decken. Ob sie es der Mutter sagt? Vielleicht am vernünftigsten. Denn erstens erfährt sie's ohnehin, zweitens ist es vielleicht interessant zu sehen, wie sie reagiert, denn sie ist in der Sache ja völlig objektiv.
»Übrigens, diese Firma *Global,* diese Werbeklitsche – weißt du, wer das macht: ein gewisser René! Und seine Assistentin ist die Anita, du erinnerst dich?«
»Ich denke, die sind in Augsburg?«
»Nein, die sind jetzt hier!«
Romys Stimme klingt plötzlich so hart, daß Franziska einen Augenblick lang stutzig wird; dann aber lacht sie: »Also Romy, ich glaube kaum, daß dich das jetzt noch aufregen muß!«
»Ich weiß nicht, Mami: So ganz hundertprozentig sicher ist man ja nie! Und wir waren uns damals über eines klar: Die gibt nicht auf! Irgendwann kommt sie wieder – und jetzt ist sie da!«
»Nein, Romy«, Franziska zweifelt keinen Augenblick an Felix' Ehrlichkeit. »Wenn du an sowas denkst, da siehst du weiße Mäuse, wo's keine gibt!«
Romy ist Franziska dankbar. Wie konnte sie nur auf diesen schwachsinnigen Verdacht kommen? Wäre da wirklich was

dran, dann hätte Felix gestern abend ja gemerkt, daß sie dahintergekommen ist, und wäre dann mit Sicherheit nicht gleich danach friedlich eingeschlafen!
Und das ist er. Und was Romy natürlich *nicht* weiß: sogar in dem besonders beglückenden Gefühl eines völlig reinen Gewissens – besonders beglückend deshalb, weil er ein solches Unschuldsbewußtsein der jeweiligen Freundin gegenüber nie vorher erlebt hatte. Er kennt so etwas erst, seit er mit Romy zusammen ist.

Am späten Vormittag liefern René und Anita ihren Spot beim Auftraggeber ab. In dem winzigen Studio des winzigen Privatsenders, der mangels Werbekunden noch nicht starten kann, treffen sie den Chef an, einen alerten jungen Mann, und seine beiden Mitarbeiter. Der eine macht einen konservativen, der andere einen unsicheren Eindruck.
Während René die Kassette einlegt, und der Chef Stühle – sie reichen genau aus – vor den Monitor stellt, will der Unsichere genau wissen: »Der Slogan, ist der auch drin?«
»Fünfmal!« versicherte Anita.
»Zweimal Anfang«, präzisierte René, »einmal Mitte, zweimal Schluß!«
»Hauptsache unkonventionell!« betont der Chef.
Und René weiß schon jetzt: »Der Verbraucher wird aufhorchen!«
»Also: Fahren wir gleich ab!«
Dunkel – René stellt das Band an und setzt sich zu der Gruppe. Der Spot läuft wie geprobt:
Prospekt Landschaft, René im Frack und Anita im Abendkleid stehen auf dem Rasen, Anita zeigt die große Packung *Bioforte*, dazu der Text:
»*Bioforte* macht vital!«
»Wir nehmen beide täglich *Bioforte*!«

Anita holt die letzte Tablette aus der Packung, wendet sich erschrocken an René: »Oh, nur noch *eine*!«
»Her damit!«
»Von wegen!«
Sie rangeln um die Tablette. »Gibst du mir meine Bioforte?«
»Das ist *meine*!«
»*Deine*? Nein!«
»Doch!«
Sie hat ihm ein Bein gestellt, er fällt, zieht sie mit. Beide wälzen sich auf dem Rasenteppich, zerren sich an den Kleidern, an den Haaren. Er haut, sie kratzt und beißt.
»Aua!« schreit Anita.
Und René brüllt: »Du Aas!«
Schnitt: Beide stehen, sehr vornehm in die Kamera lächelnd, wieder nebeneinander. Aber die Kleider sind zerrissen, die Gesichter vom Kampf zerschunden.
Anita zeigt wieder die inzwischen natürlich ebenfalls zerfetzte Packung vor und flötet: »Haben Sie immer genügend *Bioforte* im Haus?«
René lächelt: »... für die ganze Familie? Sonst geht's Ihnen nämlich wie uns! Denn« rufen beide fröhlich »*Bioforte* macht *vital*!«
Spot Ende, Studio hell, René nimmt die Kassette aus dem Recorder.
Der Chef fragt seinen Mitarbeiterstab: »Was meint ihr?«
»Das Angebot war doch wohl unverbindlich?« Der Vorsichtige hält sich zurück.
Dafür wird der Konservative um so direkter: »Hoffentlich! Sowas ist doch total indiskutabel!«
»Wieso?« Der Chef ist anderer Meinung. »Ich finde den Spot super!«
»Super? Das ist nicht Werbung, das ist *Parodie* auf Werbung!«

»Muß es auch sein«, stellt René klar. »Werbung kommt überhaupt nur noch als Parodie an!«
»Auch beim Kunden?«
»Der hat das bloß noch nicht gespannt!«
»Genau!« Der Chef entscheidet: »Freunde, wir waren uns einig: Was uns Privaten fehlt an Geld und Technik, müssen wir ausgleichen – durch Ideen!« Er steht auf. »Und der surreal überzogene Spot *ist* eine Idee! Also unsere Chance!« Zu René: »Wir machen erst mal ein Dutzend von der Masche! Kommen Sie mit ins Büro, ich gebe Ihnen die Artikel – und den Vertrag!«

Das hatte *Global* noch nie: einen Vertrag über zwölf Spots! Und sogar einen, wenn auch kümmerlichen, Vorschuß! Einen Barscheck über DM 3000,–! Am Bankschalter kriegt René Herzklopfen und Schluckauf, gleichzeitig hatte er beides noch nie, und Anita muß sich unauffällig an ihm festhalten und dabei die Augen zumachen. Dann zeigt er ihr die dreißig blauen Scheine: Der Scheck war tatsächlich gedeckt, das Unfaßbare ist geschehen!
Und ein Sender, der schon im Dutzend Spots kauft und bezahlt, bevor er sendet, was wird der erst brauchen, wenn er dann Programme macht!
René hat vier halbe Drehbücher und über sechszehn Exposés in der Schublade, genau gesagt: in einem Karton! Einmalige Stoffe, hochbrisante Themen! Regie macht er natürlich selbst!
Und auch Anita kommt groß raus, endlich! Hollywood, englisch kann sie schon ein bißchen. Oder Dior. Vom Französischen hat sie zwar keine Ahnung aber das braucht man auch nicht als Mannequin. Und Miss Ingolstadt war sie eh schon vor sechs Jahren.
Ingolstadt, Augsburg: Provinz. Jetzt ist man in München, das

war die Superidee! Sie gehen schick essen und dann in ihr Atelier. Unterwegs kaufen sie eine Flasche Whisky. Eigentlich sollten sie gleich anfangen mit den Spots, aber erstens ist Felix noch nicht da, zweitens haben sie sich so lieb wie noch nie. Übrigens ist das bei Anita nach einem schicken Essen immer so, im Gegensatz zu René, der sonst in dieser Richtung, wenn überhaupt, erst am Abend ansprechbar wird, wenn er sowieso ins Bett muß.
Aber heute ist, wie gesagt, ein besonderer Tag für René und Anita. Ihre Zukunft hat begonnen, und sie schwören sich: Kein fremdes Reh wird jemals wieder in ihr Revier eindringen, und natürlich auch kein fremder Bock! Und wenn er Felix hieße, aber der hat ja seine neue Tante und anscheinend für alles andere jeden Biß verloren, und René ist ja auch viel besser – schade, der Whisky ist alle...

Es gibt noch ein anderes Paar, für das heute eine gemeinsame Zukunft beginnt. Keine so spektakuläre und leidenschaftliche wie für Anita und René, sondern eine unauffällige und stille, dafür jedoch realisierbare und solide.
Gemeint ist die Zukunft des Tierpflegers Lothar Eisenstroh und der Kindergärtnerin Ina Kanzler, die sich gestern im *Institut Wunschpartner* kennengelernt haben. Sie sind wieder verabredet, aber nicht erst für den Abend im Club. Vorher will er ihr seine Tiere zeigen. Über Mittag können sie sich eine Stunde freinehmen.
Sie treffen sich pünktlich um 12 Uhr 30 im Zoo am Seiteneingang zum Raubtierhaus. Lothar wartet schon. Er trägt Arbeitskleidung. Der große Schlüsselbund hängt ihm am Ledergürtel. Er führt Ina hinein in den langen Mittelflur. Hier ist Stroh gestapelt, Heugabeln stehen herum, Schubkarren, Futterkübel, Säcke und Wasserschläuche schlängeln sich über den Fußboden.

Links und rechts die, wie es Ina scheint, endlosen Reihen von Türen. Wie in einer großen Behörde, denkt sie. Dahinter stehen, hocken, liegen, spielen, brüllen die verschiedensten Tiere. Sie muß an ihren Kindergarten denken. Hier gefällt es Ina. Auch der Geruch stört sie nicht.
Lothar entschuldigt sich: »Ich kann jetzt nicht zu ihnen hinein, sie fallen mich sonst an!«
»Weil *ich* dabei bin?«
»Sie sind alle sehr treu«, nickt Lothar, »und entsprechend eifersüchtig.«
Dabei kommen sie zu einem Käfig, in dem ein uralter Löwe sie gleichgültig angähnt.
Lothar fährt bedauerd fort: »Er nicht mehr, seit dem Tod seiner Frau. Aber vorher!« Er greift sich ans linke Ohr. »Sie wissen, ich bin links taub, da hat er mir eine Ohrfeige gegeben. Dabei mußte ich mit ihr nur in einen Käfig nebenan, zum Zahnarzt. Aber das hat er uns natürlich nicht geglaubt!«

Daß dieser Tag mit ungewöhnlichen Turbulenzen enden wird, ahnt Felix zu dieser Stunde noch nicht, um so weniger, als er inzwischen beschlossen hat, seinen Kontakt zu *Global* zu lockern oder notfalls sogar ganz aufzugeben. Denn Romy hat Anita zwar nicht wieder erwähnt, aber sie ist heute nicht wie sonst, obwohl sie sich bemüht: so zu sein.
Ihm zu unterstellen, er könne mit der Anita tatsächlich... jetzt, wo er *sie* hat! Für so blöd kann sie ihn ja wohl nicht halten!
Aber vielleicht glaubt sie, er wolle sie mit der Schnecke ein bißchen nervös machen oder provozieren oder was weiß ich: Was soll's? Warum Oxer aufbauen, wo man's nicht nötig hat?!

Also Schluß mit *Global*. In Augsburg ging's ja auch ohne ihn. Ob sie dem Typ ihr *Bioforte* unterjubeln konnten? Heute geht er jedenfalls nicht hin!
Es ist am Nachmittag kurz vor fünf. Gerade vergleicht er mit Romy im Büro Persönlichkeitsprofile und Partnerwunschbilder.
Sie reicht ihm eines der Formulare: »*Literarisch interessiert* soll er sein; meinst du, er ist es?«
»Der da bestimmt nicht. Der hält die *Büchse der Pandora* für einen Porno!«
Das Telefon läutet, Romy nimmt ab und gibt den Hörer mit einem möglichst uninteressierten *»Global«* an Felix weiter. Felix versteht nicht viel, denn am anderen Ende der Leitung reden zwei Stimmen gleichzeitig, bis er das Durcheinander stoppt:
»Also im Klartext: zwölf Spots bis übermorgen, ist natürlich Klasse! Aber wie schaffen wir das? Fünf oder sechs habe ich auf der Schleuder! ... Okay, machen wir heute noch die ersten vier, ich bin gleich da, baut schon mal auf: den Nanga Parbat für die Schoko mit Sauerstoff – Roger!« Er legt auf.
Romy lächelt mit zweideutiger Harmlosigkeit: »Du kommst also wieder mal an?«
Felix merkt nichts. »Ja, mit unserer surrealen Masche liegen wir voll drauf!«
Zehn Minuten später ist er bei *Global*, und nach einer weiteren Viertelstunde wird der Schokoladenspot gedreht. Er war, ebenso wie der nächste, für eine Zahnpasta, zum Glück schon vorbereitet.
Also: Kamera steht vor einer fast senkrechten, eisbedeckten Felswand.
Ventilator und Tonband, für die Kamera off, produzieren Sturm.
Felix, für die Kamera ebenfalls off, läßt von hoher Leiter

herab aus einer Tüte Kunstschnee ins Bild rieseln. An die Felswand gepreßt und aneinandergeklammert, vermummt, die Gesichter von Strapazen und Verzweiflung gezeichnet: René und Anita.
Dazu Felix mit sonorer Sprecherstimme: »Nanga Parbat: Erstbesteigung im Januar! Direttissima! Achtzig Meter unterm Gipfel! Sie sind fix und fertig: *Aber* sie schaffen es!«
Während Anita und René eine übergroße Tafel *Nanga Parbat – die Schokolade mit viel Sauerstoff* erst der Kamera zeigen, dann die Verpackung aufreißen und hineinbeißen, wobei sich ihre Gesichter genüßlich aufhellen, steigert sich Felix:
»Denn sie führen *Nanga Parbat* mit sich: die Schokolade mit *viel Sauerstoff*! Ha, wie die schmeckt! Und der Sauerstoff geht sofort ins Blut! Der Achttausender: kein Problem!« Anita und René, strahlend wie Wahlsieger und behende wie gedopte Schimpansen, klettern weiter.
Und Felix verkündet: »Direttissima zum Gipfel: mit *Nanga Parbat*, der *Schokolade mit viel Sauer* ...«
Da passiert es: Das schrägstehende Lattengestell hinter der Felswand bricht zusammen, die Leinwand reißt. Anita kann noch abspringen, René nicht mehr. Er fällt durch das entstandene Loch in den Nanga Parbat hinein und hängt, offensichtlich erheblich verletzt, zwischen zersplitterten Dachlatten. Durchs rechte Hosenbein sickert Blut.
Felix und Anita zerren die Latten auseinander: »Ist noch was, außer dem Bein?«
»Die ganze rechte Seite«, stöhnt René, »ich krieg kaum Luft.«
Krankenwagen, nächste Klinik, erste Untersuchung. Alles geht bemerkenswert rasch: Schon kurz nach 18 Uhr kommt der Arzt aus der Ambulanz zu Felix und Anita heraus: »Schlüsselbein, drei oder vier Rippen, wahrscheinlich der Meniskus. Natürlich müssen wir erst einiges röntgen ...«

»Wie lange, glauben Sie, daß er stationär...?«
Der Arzt zuckt die Schultern: »Fragen Sie mich mal Anfang nächster Woche!«
Schon auf dem Weg zum Fahrstuhl denkt Anita nur noch an den Liefertermin für die Spots: Sie scheint nach dem Verlust des Mannes an ihrer Aufgabe zu wachsen.
»...und der Typ braucht übermorgen alle zwölf, als Block! Wenn das nicht hinhaut, ist unsere Chance gestorben! Wir *müssen* einfach!«
»Und wie willst du das, ohne Partner?«
»*Du* – du bist eh viel besser als der René!«
»Wir haben noch nicht mal die Dekorationen fertig!«
»Geht auch ohne: Text, Köpfe, Packung – Background neutral...«
»Und mindestens die Hälfte der Spots können wir sowieso nicht allein!«
»Dann machen wir halt *die* Hälfte, die wir können! Und morgen muß irgendwie ein dritter Mann her!«
Felix hatte vorher kalkuliert: heute noch vier, morgen die restlichen acht. Und das hatte er Romy auch gesagt, und daß er in spätestens drei Stunden zurück sei. Davon sind zwei Stunden um, der ganze Plan durch den Unfall ohnehin im Eimer. Jetzt noch weitermachen, das bringt nichts mehr. Aber da trifft ihn Anita mit einem so hämisch verständnisvollen Blick: »Oder *mußt* du nach Hause?«, daß er nicht anders kann, als souverän mit gespreizten Fingern die Haare zurückzustreichen: »Okay, Kompromiß: Machen wir heute noch drei, morgen sehen wir weiter.«
Zurück im Atelier, fangen sie gleich an, räumen die Trümmer des Nanga Parbat in die Ecke und arrangieren um für *Gourmadent*.
Zwischendurch ruft er natürlich Romy kurz an: »...Rippen gebrochen, gequetscht, jedenfalls Klinik. Und du weißt ja, die

Spots müssen raus! ... Kann deshalb natürlich auch *noch* später werden! ... So ist es! ... Klar, morgen auch!«
19 Uhr 30, Franziska ist mit Romy noch im Büro. Sie hört natürlich, worum es geht, und sieht, wie ihre Tochter dabei rote Ohren bekommen hat.
»Also Romy, dafür kann er nun wirklich nichts!«
»Natürlich nicht!« Sie wird heftiger: »Und für alles, was *dann* passiert, kann er genau so wenig!«
»Du meinst, weil der andere ...?«
»Ja. Von jetzt ab ist er mit ihr allein! Wer weiß, wie lange! Zwischendurch vielleicht Tag und Nacht! Und *die*: die hat doch nichts Gescheiteres in ihrem bißchen Kopf als ... und das schafft sie auch! Irgendwann schafft sie's! – Mami, ich frage dich: Muß das sein?«
Franziska denkt nach: »Dagegen gibt's wahrscheinlich nur eines!«
»Was?«
»Du machst einfach mit!«
»Ich? Werbespots??«
»Warum nicht? Bis der René wieder kann!«

Unterdessen ist im Atelier der Nanga Parbat beseitigt, der neue Spot wird gestellt. Er muß jetzt in der Weise arrangiert werden, daß er einschließlich der Technik von zwei Darstellern zu bewältigen ist.
Felix schreibt zur Vorsicht den Spot so um, daß nur noch er selbst Text hat, und Anita sich bis auf ihr ›nach *Gourmadent*‹ voll auf ihre Technik konzentrieren kann. Dann bereitet er die Requisiten vor. Er legt auf ein Tischchen – für die Kamera off, für Anita griffbereit: – zwei Happen Heringe – so groß, daß man sie gerade noch fast unzerkaut schlucken kann, zwei mit Honig gefüllte Eßlöffel und eine Knoblauchzehe. Damit ist die Aufnahme unproblematisch geworden.

»Also – können wir?«
Anita ist noch etwas aufgeregt: »Erst Heringe?« Felix nickt geduldig: »Hering – Honig – Knoblauch – Honig – Hering. Und nach ›machen wir den Test‹ kommst du ins Bild!«
»Okay...«
»Dann fahr ab!«
Anita läßt die Kamera laufen und schaltet das Mikrofon ein. Dann stellt sie sich ans Tischchen, um auf Stichwort zuzureichen.
Felix nimmt eine große Zahnpastatube *Gourmadent* zur Hand, zeigt sie in die Kamera und lächelt:
»Pflegen Sie Ihre Zähne mit *Gourmadent*? Tun Sie es! Sie bleiben zungenfrisch den ganzen Tag! Denn *Gourmadent* dominiert über jeden anderen Geruch! Probieren Sie's: Essen Sie einen Hering!« Anita reicht ihm, für die Kamera off, den Happen Heringsfilet, und Felix ißt ihn mit Genuß – »Dann einen Löffel Honig!« Gleiche Prozedur mit dem Löffel Honig – »Dann eine Knoblauchzehe!« – Felix zerbeißt sie herzhaft – »Dann noch einmal Honig!« Gleiche Prozedur mit dem zweiten Löffel Honig – »*Und* noch einmal Hering!« Gleiche Prozedur mit dem zweiten Hering – »Und jetzt: Machen Sie den Test!«
Anitas Kopf kommt ins Bild, sie läßt sich von Felix intim und hingebungsvoll küssen.
»Liebling, wonach schmeckt mein Kuß?« Und Anita haucht verzückt: »Nach *Gourmadent*!«
Sie zieht sich wieder aus dem Bild zurück, Felix zeigt der Kamera noch einmal die Zahnpastatube und schließt mit der apodiktischen Feststellung: »*Gourmadent*: die Frische, die keinen Beigeschmack duldet!«
Zwei Sekunden Tableau, dann gibt er sein Lächeln auf, geht zu Kamera und Mikrofon und schaltet beide ab. Anita rennt zum Waschbecken, gurgelt und spuckt das Wasser aus.

Während Felix nachkommt, um ihrem Beispiel zu folgen, schütttelt sie sich: »Bäh! Noch ein solcher Kuß, und ich hänge bis Weihnachten überm Klo!«
»Hast du einen Wodka oder sowas?«
»Wodka? Immer!«

19 Uhr 45 im Club: Um diese Zeit werden gewöhnlich schon die Vorspeisen serviert, aber heute ist Gregor etwas im Rückstand.
Daß Felix wegen des Unfalls bei *Global* später oder gar nicht kommen würde, weiß er und hat es eingeplant. Aber im Augenblick hilft ihm überhaupt niemand. Romy ist oben in ihrem Zimmer und Franziska bei ihr. Hätte er doch wenigstens die kleine Veronika gebeten, heute eine Stunde länger zu bleiben!
Den Gästen fällt die Verzögerung nicht weiter auf. Die meisten sind ja auch zum ersten Mal hier, und Gregor hat, zusätzlich zu den schon bestellten Getränken, reihum einen Aperitif ›mit besonderer Empfehlung des Hausherrn‹ spendiert.
Das Paar an Tisch vier tut sich immer noch ein bißchen schwer. Es sind der Tierpfleger und die Kindergärtnerin. Ihre Mittagspause bei den Raubtieren war zu kurz, als daß sie sich hätten viel mehr sagen können, als sie inzwischen ohnehin schon voneinander wissen.
Aber dabei hat sich bei Ina das unbestimmte Gefühl noch verstärkt, daß Lothars sympathische Bescheidenheit nicht nur seinem Naturell entspricht, sondern daß da noch irgendwas Spezifisches vorliegt. Aber was?
Er hat einen kaputten Fuß, ist auf einem Ohr taub, auch fehlt ihm der linke Daumen. Der mußte nach einem Schlangenbiß abgenommen werden.
Aber gibt es vielleicht noch was anderes? Physisch, oder auch

psychisch? Einen Defekt, den er in seinem *Persönlichkeitsprofil* verschwiegen hat?
Ina will endlich dahinterkommen. Und so spricht sie Lothar ganz unvermittelt und ganz unverblümt auf diesen Punkt an: »Gestern sagten Sie, im Umgang mit Tieren wird man ehrlich. Warum verheimlichen Sie mir dann etwas – das tun Sie doch?«
»Ich weiß, was Sie meinen. Aber…«
Lothar bricht ab, denn Gregor bringt den Aperitif. »Bitte um Entschuldigung, wenn Sie heute etwas warten müssen mit dem Menü: Wir sind nicht komplett.«
Und dann löst sich das von Ina angesprochene Problem ganz schnell und auf einigermaßen verblüffende Weise. Als Ina fragt: »Was gibt's denn Gutes?« Und Gregor antwortet: »Der Hauptgang ist Wildschwein in Morchel…«, schreit Lothar beinahe auf: »Nein!«
Zwar hat er sich sofort wieder unter Kontrolle – »Bitte, ich wollte nur sagen: Dann für mich lieber irgendwas anderes!« – aber dieser Ausbruch von Angst und Abscheu kam doch so überraschend, daß Ina und Gregor sich einen Augenblick lang konsterniert anschauen.
Dann reicht Gregor dem Gast, immer noch etwas befremdet, die Karte – »Selbstverständlich, gern!« – und geht.
Ina fragt Lothar mit aller Vorsicht: »Sie vertragen wohl kein Schweinefleisch?«
»Doch! Nur kein Wildschwein! – Überhaupt eben – kein Wild!« Und mit einem Anflug von Widerwillen setzt er hinzu: »Wenn ich das auch noch *esse*…«
Jetzt versteht Ina gar nichts mehr. »Was meinen Sie mit *auch noch esse*?«
»Fräulein Kanzler!« Lothar überwindet sich: »Das ist es, was ich Ihnen verschwiegen habe. Aber irgendwann müssen Sie es ja doch erfahren, bevor Sie – es bemerken!« Er stockt.

»Was?« Ina lächelt. »Vielleicht fällt es Ihnen leichter, wenn Sie Ina zu mir sagen?«
»Danke!«
Ina faßt seine Hand überm Tisch, muntert ihn auf: »Also Lothar! Vielleicht ist es gar nicht *so* schlimm?!«
»Ina ...«
»Ja?«
»Der *Wildgeruch*, der Geruch nach Wild ...«
»Was ist damit? Erträgst du ihn nicht am Essen?«
Lothar lacht gequält auf: »Ich? Die Frauen ertragen ihn nicht: an *mir*!«
Er ist so erleichtert wie damals, als ihm die Dromedarkuh endlich wieder vom Fuß gestiegen war. »So, jetzt ist es raus!«
»... aber ...«
»Nein nein, ich weiß, was du sagen willst! Aber fünfundzwanzig Jahre, da nimmt man das einfach an: der Körper nimmt es auf! Es gibt nichts«, klagt er, »was ich nicht ausprobiert habe an Seifen, auch an Waschmitteln für die Kleider! Es sitzt zu tief in den Poren und in den Stoffen – und eben nicht nur da!«
Ina ist allmählich ernsthaft beunruhigt. »Wo denn sonst noch?«
Lothar deutet sich auf die Stirn, dann aufs Herz. »Hier, und hier!«
»Und das hat dir – eine Frau gesagt?«
»Zwei. Und beide ganz offen. Die eine: ›Du riechst nach Löwe und Tiger‹, die andere: ›Im Schlaf siehst du manchmal aus wie ein Kamel, manchmal wie ein Schakal!‹ Und wahrscheinlich hat sie recht. Im Traum bin ich oft – eines von meinen Tieren.«
Ina hält mit einem Rundblick Ausschau nach Gregor. »Ob wir unser Essen noch abbestellen können?«
»Warum?«

»Ich muß wissen, ob das stimmt!«

Lothar hat eine Zweizimmerwohnung, in der nicht zu übersehen ist, daß er Tiere liebt, besonders exotische. Die großen, Elefanten, Giraffen und so weiter, hängen als Bilder an den Wänden, die mittleren, vor allem Affen und Vögel, stehen ausgestopft unter Glasglocken und die kleinen, Schildkröten, Geckos, ein Chamäleon, laufen, hüpfen, kriechen und krabbeln herum.
Lothar und Ina liegen seit einer halben Stunde im Bett, sie an ihn gekuschelt. Sie lächelt glücklich, ihre Ironie ist liebevoll: »Jetzt mußt du mir bloß noch zeigen, wie du im Schlaf aussiehst!«
»Wahrscheinlich wie das Tier, von dem ich gerade träume.«
Dann richtet er sich plötzlich noch einmal auf und fragt voller Angst: »Und das andere? Der Wildgeruch?«
Ina, ihr Gesicht an seinem Hals, atmet tief ein und stellt fest: »Ja, doch! So stelle ich mir den Duft vor«, sie atmet wieder ein, und ihr Gesicht verklärt sich, »in einer Oase, wo sie sich alle treffen.«
Lothar hat die Augen geschlossen. Er läßt das tiefe Schnurren eines Löwen oder Tigers hören, der sich sehr wohl fühlt.

21 Uhr 30 im Atelier *Global*:
Drei Spots sind im Kasten, einen will Felix heute abend noch hinter sich bringen: *World Cup,* ein Rasierwasser, das den Mann unwiderstehlich macht oder so ähnlich – den genauen Text muß er noch kreieren.
Deshalb, und weil Anita den Rest Wodka, der noch da ist, sowieso vorher braucht, machen sie jetzt eine letzte kurze Arbeitspause. Beide lagen, die Gläser in den Händen, nebeneinander auf der Rasenmatte, die sie schon vor dem Prospekt *Broadway bei Nacht* ausgelegt haben.

Anita meditiert: »Weißt du: René ist guter Durchschnitt. Wie soll ich sagen: Handelsklasse zwo. Auf Dauer für mich einfach zu schlaff! Zu wenig Action! Und er läßt sich auch immer bloß bedienen, sogar im Bett – ehrlich! Mann, wenn ich dabei an *dich* denke! Denkst du auch noch manchmal dran?«
»Lange her! Lange her – und gelaufen!«
»Ah, ob was gelaufen ist, weiß man nie!«
Felix wird deutlich, auch zu sich selbst: »Anita! *Die* Idee schmink dir mal ganz schnell wieder ab: Ich habe meine Romy, du deinen René ...«
»... eben!« Sie erschrickt. »René, mein Gott, was hat der Arzt gesagt: *Meniskus,* das ist doch das *Knie*! Felix, stell dir vor: Wenn er jetzt auch noch *hinkt* ...!«

Gleichzeitig in der Villa Kastanienallee 17:
Franziska ist natürlich längst in der Clubküche, und Gregor gibt die letzten Desserts aus. Die anfängliche Verzögerung ist also aufgefangen, die Gäste sind zufrieden.
Nur Gregor hat immer noch ein schlechtes Gewissen, denn er schreibt den überstürzten Aufbruch des Tierpflegers und der Kindergärtnerin seinem miserablen Service zu, obwohl ihn Franziska daran erinnert, daß das plötzliche Verschwinden eines Paares ja öfter vorkommt und nicht unbedingt negativ bewertet werden muß.
Romy ist noch in ihrem Zimmer.
Der mütterliche Ratschlag, bei *Global* einfach mitzumachen, leuchtet ihr nach wie vor ein. Wahrscheinlich ist das tatsächlich der einzige Ausweg.
Und ursprünglich, das heißt vor anderthalb Stunden, wollte sie den Plan auch spontan realisieren: einfach dort aufkreuzen und sagen ... ja, *was* sollte sie eigentlich dort sagen? Etwa ganz schlicht und ehrlich: »War schon wieder was

zwischen euch? Wenn nicht, habt ihr Pech gehabt: Von jetzt ab bin ich immer dabei!«

Blödsinn! Da kriegt er bloß die Wut, und das kleine Aas lacht sich kaputt!

Oder die naive Masche, die verlogene: »Felix, ich finde Werbespots machen ja auch irrsinnig aufregend! Und weil ihr sowieso jemand braucht…«

Genauso idiotisch! Denn natürlich hört er da schon beim ersten Wort die Nachtigall trapsen!

Nein nein, ihr Hübschen, heute ist das anders. Heute bin ich ganz cool und rede mit dir logisch, so logisch wie ein Rechenschieber!

»Mein Schatz«, werde ich sagen, »du bist vielleicht anderer Meinung, aber ich weiß es besser: Ihr Männer seid nun mal wie die Hunde. Ab und zu, wenn ihr eine Pfütze findet, müßt ihr euch darin wälzen!«

Er wird das natürlich abstreiten, behaupten: »Ich brauche diese Spots doch nur als Hobby, weil unser Club für mich kein Full-time-job mehr ist!«

»Genau! So wie ich keine Full-time-Frau mehr für dich bin! Wenn du dich also unbedingt wälzen mußt – oder gleich ganz abseilen…«

Wie gesagt: Romy hat anderthalb Stunden gebraucht, aber jetzt ist sie soweit, weiß auf jede Ausrede die Antwort, ist auf jede Überraschung vorbereitet.

Sie läßt ein Taxi kommen und fährt hin.

Ein großes Haus, nicht ungepflegt, der Eingang unten ist noch offen, zwei Dutzend Namensschilder blinken ihr entgegen. Eines davon trägt die Aufschrift *Global Werbung René Kilian/Anita Däubel.*

Sie läutet nicht, sondern geht zum Aufzug, fährt nach oben, kommt in eine große Diele. Nach einem erfolgreichen Werbeunternehmen sieht es hier weiß Gott nicht aus: keine

Glasabschlüsse, ringsum nur Türen – wie in einer Pension. Vielleicht war es mal eine.
An der fünften Tür steht, handgemalt auf Pappe und mit Tesafilm auf die Füllung geklebt: *Global*. Vermutlich ist es eine Doppeltür, denn man hört nichts.
Soll sie anklopfen oder einfach aufmachen? Wahrscheinlich haben sie den Schlüssel umgedreht. Oder sie sind gar nicht da. Jetzt nur nichts überstürzen! Warten, bis der Puls wieder unter hundert ist. Dabei noch einmal sämtliche Möglichkeiten rekapitulieren.

Im Atelier ist die Situation unverändert.
Felix hat versucht, für *World Cup* den Slogan zu kreieren, aber es fällt ihm nichts mehr ein: Diese Pause war einfach tödlich. Jetzt ist er nur noch müde.
Ganz im Gegensatz zu Anita.
Sie ist bei den Proben zu *Gourmadent* fast eingeschlafen, aber inzwischen hat sie der Wodka wieder wach gemacht.
Und dabei ist sie auch noch nostalgisch geworden und so verliebt wie noch nie in ihrem Leben. Natürlich in Felix.
»Spitze warst du auch manchmal direkt nach dem Frühstück...«
Felix nimmt ihr verärgert das leere Glas aus der Hand: »Verdammt, hör endlich auf! Quatschen wir hier eigentlich oder arbeiten wir?«
Anita ist maßlos enttäuscht: »Felix, du hast dich unheimlich verändert!«
»Du nicht, Gott sei's geklagt!«
»O doch! Seit ich weiß, daß ich null bin ohne dich!« Sie lehnt ihr Köpfchen an seine Schulter: »Felix, ich brauche dich so! Oh Felix, ich brauche dich wie sonst nichts!«
Felix will endlich diesen beschissenen letzten Spot, Text ist egal! So nimmt er ihr Köpfchen in die Hände, tupft ihr

gutmütig ein Küßchen auf die Lippen: »Aber das weiß ich doch...«

Am letzten Wort verschluckt er sich, denn er sieht Romy in der Tür, die sie lautlos geöffnet hat.

Felix ist im Bruchteil einer Sekunde alles klar: Romy traut ihm nicht, deshalb platzt sie rein.

Und er liegt neben Anita: Wodkaflasche, Gläser. Und Anita sagt zu ihm: ›Felix, ich brauche dich wie sonst nichts!‹ Und er zu ihr: ›Aber das weiß ich doch!‹

In flagranti ertappt: Da ist der Ofen aus. Da gibt's nichts mehr zu drehen, nichts mehr blitzschnell zu improvisieren – oder vielleicht doch noch?

Sein Blick schweift über den großen, schon griffbereit stehenden Flakon *World Cup* hinweg zu Romy, die traurig und voller Mitleid mit sich selbst lächelt: »*Das* hatte ich allerdings *nicht* erwartet!«

Aber da spürt er schon, wie geradezu automatisch in seinem Gesicht die freudige Überraschung sichtbar wird, daß Romylein so völlig unverhofft mitten in seine Probe für den letzten Spot hereinschneit; wie seine Beine sich anwinkeln, so daß der Körper erst zum Sitzen, dann zum Knien, dann zum Stehen kommt, wie seine linke Hand Anita hochzieht und dabei ihre rechte so kräftig drückt, daß sie weiß: Da passiert etwas, das sie zwar nicht kapiert, wo sie aber mitspielen muß, denn wenn sie jetzt blöde Fragen stellt, gibt's Terror; schließlich: wie seine rechte Hand zum Flakon *World Cup* greift und ihn auf die Rasenmatte stellt.

Und geradezu erstaunt hört er seine Stimme rufen: »Romy! Ja glaubst du denn, *ich* hätte das von *dir* erwartet – daß du mich hier *abholst*? Und genau im rechten Moment!«

Dabei schwenkt er auch schon die Kamera auf den Schauplatz der denkwürdigen Szene und erklärt Romy geschäftig: »Nur noch der letzte Spot, ist schon geprobt. Und wenn du

Kamera und Mikro machst, geht's noch schneller!« Dann im Befehlston zu Anita: »Alles wie zuletzt, auf der Matte! Leg dich schon wieder! Exakt gleiche Position und gleicher Text: War alles optimal!«
Anita ist so perplex, daß sie sich auf die Matte setzt und stammelt: »Text? Was für einer?«
Während Felix sich schon neben sie legt und den Flakon wieder zur Hand nimmt, korrigiert er noch einmal: »Vielmehr, wir werden *noch* lakonischer: Du sagst nur den letzten Satz: ›O Felix, ich brauche dich wie sonst nichts!‹ Und dann komm ich schon mit dem Slogan, alles klar? Oder willst du's vorher nochmal haben?«
»Was?«
»Was schon: die letzte Version!« Er wird sehr ungeduldig: »Wir wollen endlich nach Hause! Also, spuck schon aus: ›O Felix, ich brauche dich, wie sonst nichts!‹«
»O Felix, ich brauche dich, wie sonst nichts!«
»Aber das weiß ich doch! Und so weiter und so weiter. Also: Gehen wir in Position wie gehabt!«
Dabei zieht er Anita zu sich herunter, so daß beide wieder so liegen, wie Romy sie angetroffen hat. »Und jetzt: dasselbe mit Action! Und gleich Aufnahme! Bist du ready?«
Das letzte ruft er wieder Romy zu, die immer noch sprachlos dasteht, sich jedoch dunkel zu erinnern glaubt, daß sie ja gekommen ist, um *mitzumachen*. Warum also nicht? Sie geht zur Kamera, sucht und findet den Auslöser, während Felix Anita die letzte Anweisung gibt: »Und *sehr* verschmust das Ganze! Also: Kamera ab, Ton ab!«
Romy ruft wie ein Profi: »Kamera läuft, Ton läuft!«
Felix: »Action!«
Die Aufnahme:
Anita hat ihr Köpfchen an seiner Schulter und haucht: »O Felix, ich brauche dich, wie sonst nichts!«

»Aber das weiß ich doch!« – er hält den Flakon vor die Kamera – »Du brauchst mich! und mein *World Cup*! Denn mit *World Cup* nach der Rasur bin ich der Mann, den *jede* Frau braucht!«

Testfahrt

Fünf Minuten später sind Romy und Felix im schönen Jaguar auf der Rückfahrt in die Kastanienallee.

Beide schweigen.

Was Anita sich wohl dabei gedacht hat? Wahrscheinlich nichts! Denken ist anstrengend, und sie strengt sich nur an, wenn sie muß.

Beide wissen natürlich, was da los war, und bewundern sich gegenseitig:

Felix seine Romy, weil sie ihn gerettet hat – nicht vorhin, nein: Heute abend wäre nichts passiert, da war er zu müde. Aber irgendwann, bei irgendeinem Spot, hätte sie ihn erwischt!

Sonnenöl zum Beispiel. Oben oder ganz ohne. Atelier überheizt. Kuß immer noch nicht intim genug.

Und sowas geht dann ja blitzartig wie alles bei ihm!

Und Romy bewundert ihren Felix, weil sich wieder einmal erwiesen hat, daß er einmalig ist.

Die Situation war von nicht zu überbietender Eindeutigkeit – für sie selbst, ebenso wie für ihn: die klassische Sackgasse.

Und was tut er: Funktioniert den schwachsinnigsten aller Liebesschwüre ›ich brauche dich‹ – ›das weiß ich doch‹ um in den Spot für ein Rasierwasser.

Blitzartig, wie alles bei ihm!

Als sie nach Hause kommen, ist es kurz nach zehn. Ausnahmsweise sind nur noch vier Gäste da. Und mit denen werden Franziska und Gregor allein fertig. Romy und Felix können also gleich nach oben.

So früh sind sie noch nie schlafen gegangen.

Und schon am übernächsten Tag beginnt das Problem *Global* sich ganz von selbst und endgültig zu lösen.
Da taucht nämlich bei Felix im Büro sein alter Freund Pitt auf, der seit ein paar Tagen nicht mehr als Verkäufer im Autosalon König tätig ist: Er hat mit Gebrauchtwagen etwas zu selbständig gearbeitet und verdient und wurde gefeuert.
Was liegt näher, als ihn zu *Global* zu schicken, da er und Anita sich ja eh schon kennen? Und er versteht ja auch was von Kamera, hat Ideen ...
Das Ende dieser Geschichte: Acht Tage später kommt René aus der Klinik zurück. Zwar hat er das Bein von oben bis unten in Gips. Aber es geht jetzt auch ohne Felix. Und Anita ist so glücklich wie noch nie in ihrem Leben: In Pitt hat sie endlich den Mann gefunden, den sie braucht – zumindest, solange René noch den schweren Gips hat! Dann ist wahrscheinlich wieder alles offen!

Das geschah vor ungefähr vierzehn Tagen. Inzwischen ist es Herbst geworden.
Die Sonne hat nicht mehr viel Kraft, der Wind reißt gelbe Blätter von Büschen und Bäumen.
Nicht die vergnüglichste Jahreszeit und auch nicht die kurzweiligste, aber die Hauptsaison für Einladungen: solche, zu denen man leider bisher nicht gekommen ist, und solche, die man, Gott sei's geklagt, endlich absolvieren muß.
Verwandte, Freunde, Kollegen, Geschäftspartner werden solange es noch geht, im Garten oder in der Loggia, dann im Haus, am Kamin, versammelt.
Zu denen, die auf diesem Gebiet eine ganze Latte abhaken müssen, gehören Dr. Claus Köbler, Anfang vierzig, und Dr. Rebekka Thorn, Ende dreißig.

Beide leben seit ungefähr fünf Jahren zusammen, wohnen aber getrennt: in Harlaching, einem noblen Vorort nahe Grünwald.
Claus hat einen kleinen, exklusiv eingerichteten Bungalow, Rebekka ein ebensolches Penthouse.
Sie sind leitende Angestellte in einer Münchener Großbank und haben natürlich entsprechende Verpflichtungen, denen sie manchmal bei ihm, manchmal bei ihr nachkommen.
Heute hat die Party bei ihr stattgefunden, und alles ist gut gegangen. Kurz nach Mitternacht verabschieden sie vor der Haustür die Gäste, ein Ehepaar.
Wangenküßchen, nochmalige Versicherung, daß dieser Abend unvergeßlich bleiben wird, dann rollt der Sechszylinder dezent brummend davon. Nachwinken, Lichthupe als letzte Antwort.
Rebekka ist erschöpft: »Sie werden immer entsetzlicher!«
»Wir wahrscheinlich auch!«
Im Fahrstuhl auf dem Weg nach oben sinniert Rebekka: »Aber wenn er die Investments dazunimmt, kriegst du die Anlageberatung!«
»Und du die Kontenkalkulation. Und bist damit halb im Vorstand!«
»Bleibst du?«
»Nur noch auf einen Espresso.«
Rebekka nickt: »Den brauch ich jetzt auch!«
Im Kaminzimmer stehen noch die Reste: bestes *kaltes Büffet* für vier Personen.
Während Rebekka und Claus hereinkommen und routiniert gemeinsam die abgegessenen Teller und vollen Aschenbecher zusammenräumen, um sie hinauszutragen, bedauert Claus: »Nächsten Mittwoch kommen die Neuen.«
»Ach, der das Marketing übernimmt?«

»Das machen wir aber wieder bei mir!«
»Warum denn?«
»Haben wir doch so abgesprochen: Einladungen immer umschichtig.« Da sie seufzt, setzt er entschuldigend hinzu: »Ich weiß, ich werde immer pedantischer!«
Und Rebekka klagt: »Ich ja auch!«
Sie trägt das Tablett hinaus, er greift gelangweilt nach einer aufgeschlagenen Zeitung – und stutzt: Da ist irgendwo mit Rotstift eine kleine Annonce angekreuzt: *Institut Wunschpartner*.
Während Rebekka mit dem Espresso zurückkommt, um ihn in der Kaminecke zu servieren, zeigt ihr Claus das Inserat: »Ich sehe da zufällig... hast *du* das angekeuzt?«
»Ja. Und ich war auch schon dort!«
Das wird so beiläufig hingesagt, als handle es sich um etwas ganz Belangloses.
Das Problem steht schon lange zwischen ihnen. Bisher hat man nur sorgfältig vermieden, es anzusprechen.
Jetzt muß man wohl. Claus schluckt: »Na schön! Wir wußten ja beide: irgendwann – und jetzt ist es eben soweit.«
»Ja, jetzt ist es soweit!« wiederholt sie melancholisch.
Sie setzen sich, und minutenlang fällt kein Wort.
Sie hat die Täßchen gefüllt, er den Zucker zugegeben: ihr einen Würfel, sich selbst zwei. Wie immer.
»Hm... Hast du den Leuten gesagt, warum es zwischen uns... keine Zukunft hat?«
»Ich habe behauptet, ich sei Lehrerin, Oberstudienrätin, und es dürfte alles sein, nur kein Oberstudienrat!« Sie lächelt: »Das haben sie sofort verstanden.«

Das *Institut Wunschpartner* ist jetzt genau ein Vierteljahr alt und schon so etabliert, daß man eigentlich wünschen sollte, alles möge so weiterlaufen.

Der einzige, der bei solchen Zukunftsperspektiven eine Gänsehaut kriegt, ist Felix:
Romy hin, Romy her! Fünfzehn Jahre lang x Städte und ebensoviele Jobs. Und jetzt keine Aussicht mehr auf Tapetenwechsel, geschweige denn auf Luftveränderung!
Er weiß, das hält er auf Dauer nicht durch.
Zumindest seine *Partnerexkursionen* will er starten! Aber da gibt es eben Alternativen, und die sind neuerdings im Team Gegenstand kontroverser Meinungen.
Seinen spontanen Einfall, im nächsten Jahr unbedingt *Partnerfloßfahrten* auf der Isar durchzuführen, haben die anderen gleich einstimmig abgeschmettert.
Erstens, weil sich das von gleichartigen Veranstaltungen überhaupt nicht unterscheiden würde und zweitens, weil Partnersuche mit nassen Füßen unheimlich kuschelig ist! Und dann womöglich noch Schifferklavier und Weißwürst, dazu Gregor als Schankbursch – nein danke!
Ebenso ist man einig, daß solche Ausflüge sich auf die Dauer eines Tages beschränken müßten. Hotelbuchungen erfordern Organisation und provozieren – Einzelzimmer oder Doppelzimmer zum Beispiel – Situationen und Entscheidungen, die zu Mißverständnissen und Peinlichkeiten führen können.
Wozu also entschließt man sich – wenn überhaupt?
Holger und Vroni, die inzwischen schon halb zum Team gehören, plädieren nach wie vor für den Bus. Und dafür haben er und Felix auch schon in stundenlangen Nachtsitzungen konkrete Kalkulationen ausgearbeitet. Schließlich addieren sich die Kosten für so ein Ding – einschließlich Innenumbau, Tischchen, Stühle, Bar – auf eine sechsstellige Summe.
Vroni hatte natürlich gehofft, sie dürfe dabei Reiseleitung und Betreuung übernehmen, und es war nicht leicht, sie

davon zu überzeugen, daß sie dafür doch noch zu jung und zu unerfahren ist.
Nein, das müßte schon Felix übernehmen, denn Romy hat überhaupt keine Lust, Leuten, die sich kennenlernen wollen, Neuschwanstein zu zeigen, oder mit ihnen gar am Watzmann herumzukraxeln.
Und außerdem wäre das auch nur so eine Art *Partnerkaffeefahrt*: paradiesische Landschaft, fröhlicher Altstadtbummel, alles für DM 18,90 inklusive zum Mitnehmen: ein Lebensgefährte ofenfrisch mit Umtauschgarantie!
Nein, da gefällt ihr Franziskas Vorschlag noch besser: von der Bundesbahn einen ausrangierten Speisewagen zu erwerben und ihn an reguläre D-Züge anzuhängen. Gregor wäre bereit, Vroni für die speziellen Anforderungen und Möglichkeiten der Speisewagenküche auszubilden.
Das neuste und größte jedoch: Felix hat erfahren, daß in Riem eine Cessna Citation zu haben ist, ein zweimotoriges Geschäftsflugzeug, achtsitzig, fast neu, zum Spottpreis von 320 Mille. Das wäre natürlich nur was für potente Klienten, aber man hat ja welche. Und einen Pilotenschein braucht man eh irgendwann. Und auf die Villa muß eine Hypothek.
Das Team lehnt natürlich ab, so daß Felix nur davon träumen kann. Und das tut er, wenigstens die erste Hälfte der Nacht. Die zweite Hälfte verhandelt er gar mit dem amerikanischen Präsidenten über einen Flugzeugträger: Als Ausflugsdampfer – wegen des optimalen Promenadendecks. Kauf oder Leasing, das ist die Frage. Felix will kaufen, der Präsident zieht nicht mit: Wenn der Abrüstungsgipfel scheitert, braucht er sein Schiff wieder.

Das ist der Stand der Dinge im *Institut Wunschpartner*, als Dr. Claus Köbler sich im Büro bei Franziska anmeldet. Sie händigt ihm die Formulare aus – Vertrag, Persönlichkeits-

profil und Partnerwunschbild – und bittet ihn dann in die Videothek zum Interview.
Da zögert er: »Ist das obligatorisch?«
»Sagen wir: üblich. Und es hat sich auch bewährt. Auf diese Weise können sich unsere Mitglieder zunächst unverbindlich kennenlernen. – Und noch was: Sie sind leitender Angestellter in einer Bank. Möchten Sie, daß auch Ihre Partnerin aus – sagen wir mal: diesem *Umfeld*...«
Er unterbricht lebhaft: »Gut, daß sie mich fragen: auf gar keinen Fall!«
Dasselbe betont er dann noch einmal vor der Kamera und wird schließlich in die Liste der Klienten eingetragen, die baldmöglichst eine erste Kontaktaufnahme im Club wünschen. Auf dieser Liste steht natürlich auch Frau Dr. Rebekka Thorn, die sich ja zwei Tage zuvor in der gleichen Absicht hatte registrieren lassen.
Beim Mittagessen äußert Romy wieder einmal ihre Besorgnis, das Institut könne allmählich zu einem stinkelitären Verein ausarten, denn tatsächlich haben inzwischen etwa die Hälfte der Mitglieder akademische Berufe oder weit überdurchschnittliche Einkommen oder beides.
Franziska muß das bestätigen:
»Unsere beiden letzten sind auch wieder beinahe hochkarätig: Sie Oberstudienrätin, er Führungsposition in einer Bank.«
Gregor fragt nach dem Alter, aber Franziska winkt ab: »Käme hin, aber er und sie wollen möglichst weit weg vom eigenen Job. Ginge also nicht zusammen.«
Wie diffizil übrigens die Beziehung der eigenen Arbeitswelt zu der des künftigen Partners ist, wissen die meisten Interessenten selbst oder sie spüren es zumindest.
Ein Beispiel hierfür ist heute abend der Tisch fünf:
Max Reismüller, sportlicher Typ Mitte vierzig, Architekt; und

Judy Kratz, Mitte dreißig, Geschäftsfrau und keineswegs unattraktiv.
Auf seine Frage, was das für Geschäfte seien, die sie tätigt, antwortet sie: »Frischwaren. Import.«
»LKW?«
»Vier Züge laufen mit Obst und Gemüse, je zwei mit Fleisch und Fisch.«
»Respekt: harter Job, für eine Frau!«
»Mein Bruder hatte den Betrieb. Er ist verunglückt, und außer mir war niemand da. – Und *Sie:* bauen!«
»Vor allem Ferienhäuser, im Ausland – Spanien und so. Bin leider die Hälfte der Zeit auf Achse!«
»So wie ich. An den Umschlageplätzen muß ich natürlich selbst präsent sein, wenigstens von Zeit zu Zeit!«
»Hm. – Also ehrlich: Mein *Familienleben* habe ich mir mal ein bißchen häuslicher vorgestellt!«
»Ich mir meines eigentlich auch.«
Max Reismüller und Judy Krantz sind also skeptisch. Sie fürchten, ihnen könne ähnliches bevorstehen wie das, was Dr. Claus Köbler und Dr. Rebekka Thorn mit leidvollem Ergebnis hinter sich gebracht haben: Der berufliche Alltag deckt sich so weitgehend, daß man einander irgendwann nichts mehr zu sagen hat.
Beide Paare ahnen zu diesem Zeitpunkt noch nicht, daß es zwischen ihnen zu einer wechselseitigen Kontaktnahme kommen wird.
Und diese bahnt sich noch am gleichen Abend an: in der Sofaecke nämlich, in die sich Judy und Max zurückgezogen haben, um Romy und Franziska ihre Bedenken darzulegen.
Franziska entschuldigt sich einigermaßen verlegen: »Wir sagten uns: Unternehmerin und Architekt...«
»... optimale Verbindung!« assistiert ihr Romy.

Aber da haken beide schon ein: »*Verbindung*. Genau damit sprechen Sie unser Problem an!«
»Was ist das für eine *Verbindung*: Allenfalls am Wochenende treffen wir uns ...«
»... und wovon reden wir dann?«
»Ich von Großhändlern, Fahrern ...«
»... ich von Lieferanten, Bauleitern und so weiter.«
»Beides ist für den andern völlig uninteressant!«
Romy und Franziska schauen sich an, und Romy fragt ihre Mutter: »Woran denkst du?«
»An diesen Banker!«
»Komisch, ich an die Oberstudienrätin!«
Felix ist dazugekommen. Er hört, worum es geht, und wird natürlich sofort wieder pragmatisch:
»Haben wir die beiden nicht auf Video? – Schauen wir sie uns doch einfach mal an!«
Fünf Minuten später sitzen alle in der Videothek vor dem Monitor: Judy und Max, Romy, Franszziska und Felix.
Erst die Kassette Dr. Rebekka Thorn. Sie wurde von Romy interviewt.
Auf dem Bildschirm also Romy und die angebliche Oberstudienrätin.
»... und von diesem Herrn haben Sie sich jetzt also getrennt?«
»Ja, und ganz einvernehmlich. Wir haben beide eingesehen, daß Partner sich nicht in ihrer Mentalität *und* im Beruf völlig entsprechen dürfen.«
»War er auch im Schuldienst?«
»Die gleichen Fächer, das gleiche Gymnasium, natürlich die gleichen Kollegen – es war am Ende tödlich!«
»Kinder sind keine da?«
»Davor hatten wir immer Angst. Wir wußten ja ziemlich bald, daß es nicht gutgehen wird!«

So weit die Kassette Dr. Rebekka Thorn. Es folgt das Interview Dr. Claus Köbler. Ihn hatte Franziska befragt.
»... Ihre künftige Partnerin darf also berufstätig sein?«
»Soll sie sogar! Nur eben: eine völlig andere Tätigkeit! Sehen Sie: Die Frau, mit der ich gelebt habe, war auch leitende Angestellte in einer Bank.«
»Ich verstehe: auf die gleichen Probleme fixiert wie Sie selbst.«
»Auch außerdienstlich! Gleiche Interessen, gleiche Freunde und Bekannte. Übringes: Getrennt haben wir uns in aller Freundschaft.«
Das Ergebnis der anschließenden Diskussion ist positiv. Max sagt sich, warum nicht eine Lehrerin? Und Judy, warum nicht ein Bankmensch? Wenn die zwei uns so sympathisch finden wie wir sie – probieren kann man's jedenfalls mal!
Also läutet am nächsten Tag das Telefon, erst das im Büro von Rebekka, dann das im Büro von Claus. Beide werden gebeten, im Institut vorbeizukommen, um sich ein Videointerview anzuschauen. Sie das von einem gewissen Herrn Max Reismüller, er das von einer gewissen Frau Judy Kratz.
Rebekka und Claus sagen zu. Sie kommen über Mittag, und es ist ein kleines Wunder, daß sie dabei nicht im Institut aufeinandertreffen.
Dafür begegnen sie sich zufällig nach Dienstschluß, als sie fast gleichzeitig das Bankgebäude verlassen und zu ihren Autos gehen, die auf numerierten Plätzen nebeneinander parken.
Sie haben sich seit der Nacht von vorgestern auf gestern nicht mehr gesehen und sind zunächst unschlüssig, ob sie jetzt, quasi zwischen Tür und Angel, überhaupt darüber reden wollen.
»Malthetus«, bemerkt Claus, »hat er dich auch gefragt?«
Rebekka nickt: »Und ich bin ganz deiner Meinung: Er inter-

pretiert die Normen der Liquiditätssicherung viel zu optimistisch. Gab's sonst noch was?«
»Eigentlich nicht. – Doch! Ich habe mich inzwischen auch angemeldet!«
»Wo angemeldet?« Rebekka versteht – und erschrickt: »Claus, du bist wahnsinnig!«
»Wieso? Ich fand die Idee von dir ganz gut. Warum soll ich's also nicht auch probieren?«
»Aber doch nicht im gleichen Institut!«
»Warum nicht? Diese Leute sind zumindest aktiv: haben mich gleich auf heute abend bestellt!«
»Auf...?«
»Dich etwa auch?« Claus lacht. »Die gehen ja ganz schön ich die Vollen!«
»Aber das wird doch ausgesprochen peinlich!«
»Was wird peinlich? Die wissen ja gar nicht, daß wir uns kennen! Wer ist denn dein Opfer?«
»Ein Architekt!«
»Meine *Braut* ist Inhaberin einer Transportfirma. Hast du große Angst?« Claus grinst.
Und Rebekka wird wütend: »Ich! Angst? Wovor? Ich bin sicher, das wird irre komisch!«

Am Abend im *Clubzimmer*.
Rebekka und Max sitzen an Tisch drei, Judy und Claus an Tisch vier.
Während Max und Judy dem beziehungsweise der *Neuen* des bisherigen Parteners wenig Beachtung schenken, ist Claus natürlich schon ein bißchen neugierig, wie Rebekka wohl mit ihrem Architekten zurechtkommt. Und das gleiche gilt für Rebekka in Bezug auf die von Claus.
Von etwa aufkommender Reue, Eifersucht oder ähnlichem findet sich übrigens bei beiden keine Spur: Der Entschluß

war notwendig, die Entscheidung richtig, der Versuch vernünftig.
Und offensichtlich klappt es ja auch auf Anhieb!
An Tisch vier wird man gegenseitig die ersten Komplimente los. Claus vergleicht gerade: »Eine erfolgreiche, attraktive Geschäftsfrau und ein, wie auch immer: Büroangestellter...«
»Umgekehrt! Der Mann, obere Etage in einer Großbank, die Frau fährt Obst und Gemüse durch die Gegend, ja: In Notfällen sitze ich selbst hinterm Steuer!«
»Finde ich geradezu phänomenal!«
Und ebenso munter ist man auch schon an Tisch drei geworden. Da kontert Rebekka die Bedenken von Max: »Und daß ich relativ häufig unterwegs bin...«
»... ist doch gut! Da haben Sie immer was zu erzählen! Im Gegensatz zu mir! Glauben Sie mir: wenn es einen grauen Alltag gibt, dann ist es die Partnerschaft zwischen Beamten oder Angestellten! Jeden Abend wartet der eine auf den anderen...«
»Aber in unserem Fall, käme der eine meistens gar nicht!«
»Ja, aber *wenn* er dann kommt...«
Natürlich registriert auch das Team erleichtert den Erfolg der etwas ungewöhnlichen Manipulation, und in der Küche stellt Franziska fest:
»Daß wir den Architekten und seine Geschäftsfrau ausgewechselt haben mit den beiden Neuzugängen, scheint sich auszuzahlen, oder wie ist dein Eindruck?«
Gregor bestätigt es: »Für den ersten Kontakt ist die Stimmung jedenfalls recht locker, an beiden Tischen!«
Während Claus Judy erklärt, daß auch die Finanzierungsfazilitäten in sein Arbeitsressort gehören, und Judy es herrlich findet, sich unter Fazilitäten überhaupt nichts vorstellen zu können, flüstert Max Rebekka zu:

»Sie wundern sich vielleicht, daß die beiden dort drüben uns ab und zu beobachten. Die Dame war eigentlich für mich vorgesehen!«
»Aber?«
»Geschäftlich immer unterwegs, genau wie ich!« Er winkt vergnügt Judy hinüber und ruft ihr zu: »Alles okay?«
»Bestens!« ruft Judy zurück: »Und bei Ihnen?«
»Auch!«
Das hört Felix, und er läßt die Gelegenheit, ein heißes Eisen zu schmieden, natürlich nicht aus: »Warum setzen wir uns nicht alle noch ein bißchen zusammen? Ein guter Schluck auf den doppelten Erfolg ...«
Man ist einverstanden und zieht um in die Sofaecke. Was von nun an getrunken wird, spendiert das Haus.
Auch Romy kommt dazu, kurz danach Franziska, und Gregor bringt Bordeaux und Champagner, immer wieder.
Gegen Mitternacht gehen die letzten der anderen Gäste, man ist unter sich.
Und nachdem Gregor noch einen Calvados herbeigezaubert hat, der vielleicht älter ist als er selbst, sind alle vier Klienten überzeugt, daß sie im Lotto der Partnerwahl sechs richtige haben.
Ein bißchen aufpassen müssen nur Rebekka und Claus, damit sie nicht durch irgendeine Unvorsichtigkeit das Geheimnis ihrer bisherigen Zusammengehörigkeit preisgeben.
Und halbwegs nüchtern bleiben will auch Felix, denn er wittert eine Chance – Stichwort *Partnerexkursion*.
Was soll alles bisherige Gequatsche um Bus oder Bahn oder Floß oder Cessna: Anfangen muß man endlich! Sofort! Nächsten Sonntag, da haben wir sowieso zu! Und mit den Vieren geht das! Wie? Wohin? Keine Ahnung! Aber die kommt, wenn erst die Chance da ist!

Und diese ergibt sich, als Claus unvermittelt fragt: »Hatten Sie das eigentlich schon mal: Partner, bei denen bis in den Beruf hinein alles so stimmt, daß sie nicht zusammenkommen?« Und mit kurzem Blick auf Rebekka fügt er hinterlistig hinzu: »Oder nicht zusammenbleiben?«
Da wirft Felix die Angel aus: »Ja, das gibt's oft! Manchmal haben wir zwei solche Paare gleichzeitig! Die tauschen wir dann einfach aus!«
Er spinnt weiter! »Sogar Ehepaare haben wir schon umgepolt!«
Erneuter heimlicher Blickwechsel zwischen Claus und Rebekka, und Romy würde ihrem notorischen Angeber gern unterm Tisch gegen das Schienbein treten, fürchtet aber, daß sie ein falsches trifft.
Und zu bremsen wäre er damit sowieso nicht mehr: »Die nehmen wir dann meistens mit, übers Wochenende: kleine *Partnerexkursion*!«
»Partnerexkursion?«
»Ja! Das ist der optimale Übergang! So lernen sie sich kennen, alle vier, können sich informieren, auch kreuzweise, Tips geben! Machen Sie's doch auch!«
Romy hat begriffen, worauf er hinaus will, und Felix ist die Idee gekommen, wie er's anstellt.
So antwortet er auf ihr entsetztes »Nein!« erstaunt: »Warum nicht?« Und auf ihre hilflose Frage: »Aber wie denn? Und wohin?« noch erstaunter: »Wie? Wie immer: Am Samstag machen wir hier dicht! Und wohin? Wieder auf unsere Hütte!« Er nimmt einen Schluck Calvados und erklärt der versammelten Runde: »Wir haben da nämlich eine Jagdhütte, Nähe Chiemsee! Sehr zünftig, ein Schlafraum für Männer, ein Schlafraum für Frauen!«
Einwände wartet er erst gar nicht ab, sondern hebt noch einmal das Glas: »Also, auf übermorgen: Alles klar?«

Das war Donnerstagabend.
Über den Freitag ist wenig zu vermelden.
Eines vielleicht: Die beiden *neuen* Paare nehmen keinen, auch keinen telefonischen, Kontakt miteinander auf.
Jeder will sicher gehen, daß nicht vielleicht doch noch Bedenken gegen diesen Sprung ins kalte Wasser aufkommen.
Deshalb bleibt auch ein kurzes, unvermeidliches Gespräch zwischen Rebekka und Claus, die zufällig im Fahrstuhl aufeinandertreffen, bewußt an der Oberfläche.
»Wie fandest du sie?«
»Okay. Und du ihn?«
»Auch.« Er nickt. »Ja, so wird aus einer komischen Idee blutiger Ernst! Ist es doch jetzt für dich!«
»Natürlich! Für dich doch auch!«
»Was dachtest du?« Er lacht. »Mit dem Weekend in der Hütte haben die uns ja ganz schön überfahren!«
»War vielleicht gut: So wissen wir am schnellsten, wo's lang geht.«
»Genau!«
»Servus!«
»Bis morgen!«

Sie treffen sich, wie verabredet, in der Kastanienallee und starten pünktlich um 16 Uhr 30, nehmen die Autobahn bis Chiemsee, dann die Landstraße in südlicher Richtung. Sie fahren Kolonne, voraus Felix und Romy im stolzen Jaguar.
»Aber wir kennen sie doch gar nicht, diese Hütte von deinem Freund!«
»Ich weiß, daß er in Urlaub ist, und wo der Schlüssel hängt. Mehr brauchen wir nicht.«
Romy kann nur immer wieder den Kopf schütteln: »Und mit vier Leuten, die praktisch noch nichts voneinander wissen!«

»Deshalb machen wir's ja: eine Testfahrt sozusagen! Hoffentlich finden wir den Weg auf Anhieb, sonst merken sie was!«
Der BMW hinter ihnen gehört Max. Mit ihm fährt Rebekka. Das war so vereinbart: Die Männer stellen die Wagen, die Frauen die Verpflegung.
Max muß gerade Rebekkas Behauptung, er habe den Traumjob schlechthin, etwas zurechtrücken: »... zum Beispiel schlägt jede Baukrise erst mal auf Ferienhäuser voll durch!« Er lacht. »Ja, ganz so abgesichert wie Studienräte sind wir natürlich nicht!«
Auch im Mercedes, der die Kolonne abschließt, redet man vom Geschäft, und Judy seufzt im Spaß: »Schade, daß Sie nicht die Kredite machen!«
Claus versteht und lächelt: »Ach, Sie brauchen wohl einen?«
»Immer! Die Laster rollen auf Wechsel, der Gewinn wird investiert: So läuft das ja überall!«
»Gott sei Dank: Davon leben wir ja!«
Die Hütte liegt, als kleines, einstöckiges Blockhaus in einer Lichtung mitten im Wald.
Felix hat sich auf der letzten Wegstrecke über Sträßchen, Feld- und Waldwege zwar doch noch mehrmals gründlich verfahren, und Romy ist dabei fast gestorben, aber die andern haben wahrscheinlich gar nichts bemerkt.
Jetzt stehen die drei Wagen vor der Tür im hohen nassen Gras. Es regnet in Strömen.
Ein Kofferraum ist noch offen. Max holt den Rest heraus, schlägt den Deckel zu und flüchtet, wie vor ihm schon die anderen, ins Trockene.
Die Hütte verdient diese Bezeichnung: es sind, neben Plumpsklo und Abstellkammer, drei Räume: der große Wohnraum mit eingebauter Küche, der Schlafraum für die Männer mit breitem Matratzenlager, kleinem Schrank und Kleiderrechen, dazu ein entsprechender Schlafraum für die

Frauen. Immerhin gibt es – erstaunlich genug – elektrisches Licht.
Zu allererst haben Felix und, aufgeregter als er, Romy in sämtliche Zimmer, Nischen und Möbel geschaut, um sich auszukennen. Jetzt sind alle im Wohnraum.
Die Frauen packen auf den großen Tisch, was sie an Eßwaren und Getränken mitgebracht haben: von allem natürlich viel zu viel.
Max sichtet das Gebirge von Obst, Tüten, Dosen und Flaschen: »Ist ja der blanke Wahnsinn! Wer das alles vernichten soll, in anderthalb Tagen . . .«
Felix fummelt am Herd: »Die Kontrollampe vom Backofen tut nicht!«
Was Rebekka einen Schlag versetzt: »Aber ich habe doch Quiche Lorraine mitgebracht!«
Sie wickelt es aus einem dicken Zeitungspapierpanzer: ein tiefgefrorenes Fertiggericht zum Aufbacken.
»Gibt's hier Werkzeug?« fragt Max.
Und Felix weiß sogar schon, wo: »Dort, in der Kammer!«
Max geht, und Romy packt die Bettlaken aus, die sie mitgebracht hat. »Ich bezieh schon mal die Matratzen!«
»Und wir ziehen uns alle am besten gleich um«, schlägt Felix vor. »Raus gehen wir heute doch nicht mehr, bei dem Wetter!«
Claus und Rebekka wechseln einen raschen Blick: »Ich räum das noch rasch weg!«
»Darf ich helfen?«
Romy, Felix und Judy verschwinden, Claus und Rebekka sind allein.
Während sie den Tisch abräumen und alles in leere Wandregale stellen, kommen sie sich plötzlich ein bißchen komisch vor – so als sei das Ganze nur ein Spuk oder Witz oder Traum gewesen, als sei alles wieder wie zu Anfang der Woche.

Aber sie kaschieren das natürlich hinter geschäftsmäßiger Sachlichkeit: »Wie war die Fahrt?«
»Er hat einen großen Auftrag in Aussicht: Feriensiedlung, Portugal. Wenn es klappt, könnte ich theoretisch meinen Schuldienst aufgeben. Er will noch Kinder. – Und, wie war's bei euch?«
»Sie hätte am liebsten einen sechsstelligen Kredit, um den Betrieb so zu vergrößern, daß sie nicht mehr alles selber machen muß, sondern endlich Kinder kriegen kann!«
Aber da kommt schon Max mit dem Werkzeug zurück und setzt sich vor dem Herd auf den Fußboden.
»So, dann wollen wir mal!« Er grinst Rebekka an: »Gleich werden Sie sehen, daß Sie sich verbessern! Ihr abgelegter Studienrat konnte das bestimmt nicht!«
Mit dieser Feststellung, die Claus gar nicht so gern hört, beginnt er, Schalter und Frontplatte des Herdes abzuschrauben.
Inzwischen bezieht im Schlafraum der Frauen Romy das Matratzenlager mit Bettlaken. Judy kleidet sich schon um. Als sie gerade in die Hose ihres gelben Jogging-Anzugs schlüpft, stutzt sie: »Jetzt haut's mich hin: Ich habe seinen Vornamen vergessen!«
»Claus!«
»Stimmt! Wird nicht ganz einfach sein mit ihm, am Anfang. Ist so ein bißchen der Typ, der mit Krawatte ins Bett geht!«
Rebekka kommt herein, und Judy lächelt ihr zu: »Na, ist er okay?«
Rebekka lächelt zurück: »O ja. Und Ihrer?«
»Auch. Noch ziemlich viel Konvention! Aber das gibt sich. Und ein bißchen was davon brauche ich ja auch als Ausgleich!«
Im Schlafraum der Männer zieht sich Felix um. Claus kommt dazu und fängt an, sein Schlafzeug auszupacken. Erstaunlich,

wie viel an Toiletteartikeln er für die eine Nacht mitgebracht hat. Felix fragt ihn: »Schafft er's?«

»Den Backofen? Ja! Es sei nur irgendein Wackelkontakt.«

»Und – zufrieden?«

»Sehr!«

Es klopft an der Tür. »Kann ich reinkommen?«

»Klar!«

Es ist Romy, die auch hier die drei Schlaflager zurechtmacht. Claus kann nicht umhin, von Judy zu schwärmen: »Ich bewundere diese Frau, ihre Vitalität, ihre völlig unkonventionelle Offenheit, manchmal beinahe schockierend! Aber mit der Zeit gleicht sich das ja alles aus!«

Unterdessen wird es allmählich Nacht und draußen sogar wieder etwas wärmer, nachdem der Regen plötzlich aufgehört hat.

Die Frauen richten eine enorme Salatplatte an. Aber das Abendessen verzögert sich noch erheblich, nachdem klargeworden ist, daß im Backofen nicht nur das Kontrollämpchen einen Wackelkontakt hat und daß der Schaden weder von Max noch von Felix zu beheben ist.

So braucht die Quiche Lorraine nicht die vorgesehenen zehn Minuten, sondern hundert. Aber schließlich sitzt man doch am großen Tisch.

Vom Salat schafft man immerhin zwei Drittel, von der lauwarmen Quiche für acht Personen knapp die Hälfte. Ob von den zwölf Flaschen Beaujolais etwas übrigbleibt, wird der Verlauf des Abends zeigen.

Um es gleich zu sagen: Er verläuft viel ruhiger als der Abend vorgestern im Clubzimmer: Es ist nämlich einfach zu kalt. Zu Anfang merkt das keiner. Die Stimmung steigert sich erwartungsgemäß so weit, daß Felix um halb zehn verkünden kann: »Kinder, wir haben doch alle so schöne Vornamen! Meiner ist Felix!«

Er hebt das Glas, die andern folgen:»Judy!« – »Max!« – »Claus!« – »Rebekka!« – »Romy!«
Alle stoßen an, Max und Rebekka küssen sich ebenso wie Claus und Judy.
Aber dann fängt Claus zu niesen an, und Rebekka holt sich ein Jäckchen.
Judy stellt fest, daß das Thermometer außen vierzehn Grad zeigt und das innen nur zwölf. Romy ist wütend auf Felix.
Max findet vor der Hütte trockenes Stroh und feuchtes Holz für den Kachelofen, der durch Schächte nach allen Seiten sämtliche Räumlichkeiten heizt.
Ob die Holzscheite zu naß sind wegen des ›wetterbestimmenden Islandtiefs‹ oder der Schornstein zu wenig Zug entwickelt, jedenfalls qualmt der alte Ofen aus allen Öffnungen, und der komfortgewohnten Gesellschaft fällt nichts anders ein, als eine Gießkanne voll Wasser ins Feuerloch zu schütten und alle Fenster und Türen weit aufzureißen.
Als das allgemeine Husten nachläßt, schlägt Felix vor, einen Rotweinpunsch zu kreieren. Aber es stellt sich heraus, daß inzwischen der Backofen wieder zuverlässig heizt. Dafür geht jetzt überall das Licht aus, sobald man eine der Kochplatten einschaltet.
Doch hier sind ja sechs vernünftige Leute beisammen. Und der Streß der vergangenen Woche war für jeden groß. Außerdem geht es auf elf zu, und der Schlaf vor Mitternacht ist sowieso der gesündeste. Für morgen ist besseres Wetter angesagt. Warum also mit aller Gewalt ...?
Im Schlafraum der Männer zieht sich Max den Pyjama über die Unterwäsche, Claus über den Schlafanzug noch den Trainingsanzug, ehe sich beide unter den dünnen Wolldekken verkriechen. Dabei plaudern sie noch ein bißchen über die Zukunft.
Max stellt die Prognose: »Wenn bei mir alles gut läuft,

bleiben wir dann unten: Bungalow an der Algarve, oder eine kleine Insel ...«

»Und Rebekka? Ihr Job!« Claus ist da ein bißchen skeptisch.

Aber Max zuckt die Schultern. »Schuldienst hat sie danach ja nicht mehr nötig! Genau so wenig wie deine Judy den Betrieb!«

Dem stimmt Claus zu: »Zumindest kann sie den auf kleine Flamme schrauben. Muß ja nicht unbedingt Fernverkehr sein!«

Im Schlafzimmer der Frauen bietet sich ein entsprechendes Bild: Rebekka und Judy, Schlafanzug überm Dessous, Jäckchen dazu, schlüpfen unter ihre Decken und machen sich Gedanken, wie das jetzt werden soll.

»... andererseits, eine halbwegs abgesicherte Position, zum Beispiel Architektensozietät, hätte natürlich auch – zumindest was Beruhigendes!«

»... ob ich von jetzt ab auch ein bißchen in Aktien mache oder sowas! Wo der Claus doch an der Strippe sitzt ...«

»Aber das darf er ja gar nicht, als Banker!«

»Natürlich nicht selber! Nein, sowas ginge dann zum Beispiel über meinen Schwager... ob's hier noch irgendwo Decken gibt?«

Die beiden Gastgeber sind noch im Wohnraum; Felix inspiziert neugierig alles, was er sich noch nicht genau angeschaut hat, während Romy abwäscht, Aschenbecher leert und dann schon den Frühstückstisch deckt.

Sie hat nicht nur ein schlechtes Gewissen wegen des keineswegs rauschenden Festes, das sie ihren Gästen bieten konnten, sie ist auch schon mehr als nachdenklich geworden über gewisse Bemerkungen, vor allem der beiden Männer:

»Rebekka, fürchte ich, muß sich bei ihrem Ferienarchitekten gewaltig umstellen. Aber auch Judy!«

Felix hat eine Schranktür geöffnet: »Hier: Campingliegen und jede Menge Schlafsäcke!«
Während er einige Liegen und ein Bündel Schlafsäcke herausholt, ruft Romy erleichtert: »Deshalb gibt es also kaum Wolldecken!«
»Verteilen wir gleich und tun so, als hätten wir's bloß vergessen!«
So geschieht es.
Eine Viertelstunde später liegen alle sechs wohlig verpackt, und eigentlich könnte jetzt Ruhe einkehren in der Blockhütte. Doch weit gefehlt!
Es beginnt im Schlafraum der Männer, wo das Fenster weit offen steht, denn Felix und Max brauchen frische Luft. Aber Claus richtet sich auf und fragt Felix: »Du sagst, es gibt auch ein paar Campingliegen?«
»Drüben im Wohnraum. Warum?«
»Entschuldigt, aber ich kann nicht schlafen, wo's zieht!«
Auch bei den Frauen kündigen sich Komplikationen an, und hier ist Judy die Ursache.
Sie schläft zwar schon, aber so geräuschvoll, daß Rebekka und Romy bekümmerte Gesichter machen.
Endlich wacht sie mit einem besonders munteren Schnarcher wieder auf, setzt sich hoch und fragt entschuldigend: »Oh, habe ich geschnarcht?«
»Ein bißchen«, untertreibt Romy. Und Rebekka beruhigt: »Sowas hört ja auch immer gleich wieder auf!«
»Von wegen! Ich schnarche selten, aber wenn, dann ist das wie ein Sägewerk und dauert die ganze Nacht! – Romy, sagtest du nicht, ihr habt auch irgendwo Campingliegen?«
»Ja, im Wohnraum!«
So steigt auch Judy aus ihrem Schlafsack, geht hinüber in den Wohnraum, schaltet das Licht an – und ganz schnell wieder aus. Denn da liegt ja schon einer!

Claus setzt sich im Schlafsack auf seiner Liege auf: »Was ist? Kommen Sie, pardon, komm doch rein!«
»Geht nicht: *Du* bist ja schon da!« Sie knipst das Licht wieder an.
»Ich kann nicht, bei offenem Fenster ...«
»... und ich schnarche!«
»Ich glaube, mich stört das nicht. Wenn ich erst mal schlafe ...«
Claus steht auf, holt eine zweite Liege und klappt sie gemeinsam mit Judy auseinander. Dabei findet sich die Lösung des Problems:
»Okay, dann bleib ich einfach solange wach, bis du eingeschlafen bist!«
Romy hat immer noch kein Auge zugetan.
Denn Rebekka seufzt, dreht sich um, stöhnt: immer umschichtig. Und steht schließlich auf.
»Geht's nicht?«
Rebekka schüttelt den Kopf: »Der Schlafsack! Ich kriege sowas wie Platzangst in dem Ding!«
»Weißt du was: Ich hol dir von den Männern noch ne Decke oder zwei. Die brauchen sie ja jetzt nicht mehr!«
Rebekka drückt sie aufs Kissen zurück. »Bleib! Das kann ich doch selber!«
Sie schleicht in den Schlafraum der Männer, läßt aber die Tür offen, damit vom Flur her Licht ins Zimmer fällt und sie sich, ohne zu stören, die zwei Decken schnappen kann, die neben Max und Felix liegen.
Aber auch die beiden Männer sind noch wach, so daß Rebekka sich verlegen entschuldigt:
»Ich brauche Decken. Ich kann nicht im Schlafsack – da komme ich mir vor wie die Wurst in der Pelle!«: Sie wundert sich: »Wo ist denn Claus?«
»Im Wohnraum. Er meint, hier zieht's!«

»Wie? Judy ist auch dort. Weil sie schnarcht!«
Das ist neu für die Männer, und beide ziehen die gleiche logische Folgerung:
»Ach? Aber wenn die jetzt sowieso zusammen...«
»... dann können wir anderen doch auch...«
Rebekka versteht: »Aber ich müßte dann ja...« sie schaut Max ein bißchen verunsichert an.
Der fragt: »Warum nicht? Seh ich aus wie ein Lustmolch?«
Felix wartet ihre Antwort nicht ab: »Ich hol dir noch eure zwei Decken, dann hast du vier Stück!«
Während er geht, versichert Max: »Und ich verspreche feierlich, in meinem Schlafsack zu bleiben!«

Also haben es glückliche Umstände entgegen der ursprünglichen Absicht aller Beteiligten so gefügt, daß nun doch jeder Topf seinen Deckel hat: Romy und Felix liegen im Schlafraum der Frauen, Rebekka und Max in dem der Männer, Judy und Claus im Wohnraum.
Aber das menschliche Glück ist zerbrechlich, wie sich in diesem Fall besonders deutlich zeigen wird.
Zuerst im Wohnraum: Hier stehen zwei Klappbetten nebeneinander und Judy und Claus in ihren Schlafsäcken sind bald mitten in einer kontroversen Diskussion.
»Wie stellst du dir das vor, konkret?« will Claus wissen.
»Ich kapitalisiere mein Unternehmen, steige ein in die Börse, mit meinem Schwager als Strohmann...«
»Hör auf!« stöhnt der seriöse Banker entgeistert. »Das sind ja für mich geradezu apokalyptische Visionen!«
»Aber du willst doch selbst nicht, daß ich mein Geschäft so wie bisher...«
»Eben! Du kannst es ja weiterführen, mehr oder weniger als Hobby: Lieferwagen, Nahverkehr...«
Judy ist fassungslos: »Sonst noch was?«

»Mein Gott, ich will dir's ja nicht *ganz* verbieten!«
»Ach, das ist aber nett von dir!« sagt sie sarkastisch, steht auf, stampft sich wütend aus ihrem Schlafsack und faucht ihn an: »Damit du mir nicht auch das Schnarchen *ganz verbieten* mußt, lege ich mich raus auf die Veranda!«
Nächster Blick: in den Schlafraum der Männer.
Max im Schlafsack, Rebekka unter vier Wolldecken. Auch hier klaffen die Zukunftsperspektiven weit auseinander.
Rebekka sagt unmißverständlich: »Ich fände es jedenfalls besser, wenn du dich irgendwo fest anstellen läßt!«
»Im Klartext: Du willst mich zu einer Bürowanze machen! Also da bist du ja *ganz* falsch programmiert!«
»Oder du: von wegen Algarve oder kleine Insel: Was soll ich denn dort? Und was ist mit meiner Schule?«
»Kannst du dir doch alles an Hut stecken! Als meine Frau . . .«
Rebekka unterbricht trotzig: »Wenn ich das aber gar nicht will? Also ich fürchte: Deine Vorstellungen über Partnerschaft mußt du da schon noch ein bißchen revidieren!«
»Du deine aber auch!«
Sie dreht ihm demonstrativ den Rücken zu. Er steht auf und wurstelt sich aus dem Schlafsack: »Ich leg mich auf die Veranda! Da ist Platz und frische Luft!!«
Auch daneben, im Schlafraum der Frauen, ist man noch wach. Romy kann nicht einschlafen, weil sie dem kommenden Tag mit mehr Besorgnis als Hoffnung entgegensieht.
Felix freilich sonnt sich noch in seinem jüngsten Erfolg: »Wie schnell sich das zurechtarrangiert hat! Und ganz von selber!«
»Mir geht das alles *zu* schnell! Und zu glatt!«
»Bißchen naiv sind sie ja schon: Jeder glaubt vom andern, der läßt sich so einfach umkrempeln.«
Romy unterbricht heftig: »Felix, die sind nicht naiv! Die sind, alle vier, ganz schlicht auf dem falschen Dampfer!«
»Das wäre natürlich der Hammer!« lacht er. »Da müßten wir

sie ja alle *nochmal* umspulen: jeder auf den Partner vom andern!«

»Genau das meine ich!«

»Aber doch nicht im Ernst?«

»Doch!«

»Also Romylein, irgendwo gibt es ja Grenzen: sogar für *mein* Genie! Schlaf jetzt!«

Natürlich haben sie keine Ahnung, daß Judy und Max sich inzwischen bereits zurückgespult haben und daß sich die Zurückspulung für Rebekka und Claus kurz danach vollziehen wird.

Rebekka fühlt sich gar nicht wohl, so allein im Männerschlafraum. Deshalb steht sie auf und geht zum Fenster. Im fahlen Mondlicht sieht sie, wie auf der Veranda Judy und Max auf ihren Klappbetten sitzen und sich unterhalten.

Also muß Claus allein im Wohraum sein!

Sowie sie eintritt, setzt er sich auf: »Judy schläft draußen, bei Max.«

»Ich hab's gesehen und dachte, da könntest du doch zu mir rüberkommen. Ich bin jetzt ja auch allein!«

So ergibt sich die neueste und endgültige Konstellation.

Felix und Romy sind endlich eingeschlafen.

Auf der Veranda ist man immer noch wach. Judy prophezeit Max: »Diese Lehrerin ist ehrgeizig, und zwar in ihrem Job! Paß auf, daß du da nicht nebenherläufst!«

»Paß *du* auf, daß *du* nicht deinem Bankheini hinterherrennst!«

Und genau so warnen sich im Schlafzimmer der Männer Rebekka und Claus gegenseitig:

»Algarve oder kleine Insel: Ich seh dich schon im Dorfteich seine Socken waschen!«

»Bestimmt nicht! Aber *du* wirst auf dem Wochenmarkt ihr

Gemüse verkaufen! Claus, die buttert dich doch unter, gnadenlos!«
»Keine Gefahr! Aber daß er aus dir die grünste aller Witwen macht...«
Es ist noch früher Morgen, als Romy aufwacht. Sie hat eine unruhige Nacht hinter sich. Immer wieder hat sie Stimmen gehört, nebenan und von der Veranda her – vielleicht im Traum, vielleicht aber auch ganz real: Schon die ersten Differenzen?
Wahrscheinlich: Der Max paßt nicht zur Rebekka und der Claus nicht zur Judy!
Umgekehrt: ja, sofort!
Sie steht auf, leise, um Felix nicht zu wecken, geht zum Fenster, schaut hinaus, und wundert sich: Da draußen auf der Veranda, in der Dämmerung kaum zu erkennen, liegen ja zwei auf Feldbetten!
Sie muß mehrmals hinsehen, bis es keinen Zweifel mehr gibt: In den Schlafsäcken, das sind Max und Judy!
Das Innere der Hütte ist noch so dunkel, daß Romy die Taschenlampe braucht, denn Licht machen will sie nicht. Aber sie möchte jetzt doch gern wissen, wo die beiden anderen schlafen. Es gibt zwei Möglichkeiten: entweder Claus im Wohnraum und Rebekka im Schlafraum der Männer oder umgekehrt.
Sie öffnet einen Spaltbreit die Tür zum Wohnraum, leuchtet hinein, dann macht sie vollends auf.
Aber das gibt's doch gar nicht: Der Raum ist leer!
Da müßten ja auch *die* beiden miteinander... Und ein kurzes Hineinblinken in den Männerschlafraum bestätigt ihren Verdacht: Das Wunder ist vollkommen!
Nicht nur Max bei Judy, sondern auch Claus bei Rebekka! Die er noch keine drei Tage lang kennt! Und sogar mit ihr zusammen unter vier Decken!

Romy geht zurück, schlüpft wieder in ihren Schlafsack und versucht nachzudenken.
Soll sie nicht wenigstens Felix wecken, um ihn zu informieren?
Denn wissen kann er es noch nicht: Ihr Schlaf ist so leicht, daß sie es immer bemerkt, wenn er mal in der Nacht aufsteht.
Aber da reibt er sich schon die Augen, steigt möglichst geräuschlos aus seinem Schlafsack, geht schließlich zum Fenster, um nach dem Wetter zu schauen.
Romy verhält sich still, wird sehr neugierig: Wie wird *er* wohl auf das Wunder reagieren?
So wie sie selbst fünf Minuten zuvor, starrt jetzt auch Felix eine ganze Weile auf die Veranda hinaus. Und so wie sie verläßt auch er danach leise das Zimmer, kommt aber nicht wieder.
Nach einer Weile hört sie, wie er duscht, dann wie sein Rasierapparat schnurrt.
Danach kehrt er zurück, zieht sich leise an und stellt sich ans Fenster. Offensichtlich will er warten, bis sie aufwacht.
Da Romy ihre Neugier ohnehin nicht länger zurückhalten kann, tut sie ihm den Gefallen, räkelt sich und öffnet die Augen. »Du bist schon auf?« Sie setzt sich auf und tut verwundert. »Wie ist denn das Wetter?«
»Es wird ein schöner Tag!« Und nach wohlkalkulierter Pause: »Für mich der schönste bisher! Ich meine: der schönste Erfolg!«
»Ich versteh kein Wort«, sagt Romy, obwohl sie längst begriffen hat: Jetzt will sich der widerlichste aller Hochstapler also auch noch dieses Wunder an den Hut stecken!
Na warte: Jetzt dreh ich den Spieß mal um, du wirst staunen!
Während er kommt und sich zu ihr auf die Matratze setzt, schaut sie ihn so treuherzig wie möglich an: »Was für ein Erfolg?«

Felix doziert mit gewohnt lässiger Souveränität: »Du hast doch gesagt, sie sind alle auf dem falschen Dampfer! *Jetzt* sind sie auf dem richtigen!«
Er deutet zum Fenster: »Judy und Max!«
Triumphierend steht er auf und weiß: Gleich rennt sie zum Fenster und starrt die beiden Klappbetten auf der Veranda an!
Keine Spur! Sie nickt nur selbstverständlich und deutet gegen die Wand:
»Ja. Und Rebekka liegt nebenan bei Claus.«
»Woher weißt du...?«
»Aber das hast du doch selber vorgeschlagen: sie alle wieder *zurückzuspulen*!«
»Und?«
»...dabei hast du zugegeben, daß ›dein Genie nicht ganz ausreicht‹ oder so ähnlich.« Und fast entschuldigend fügt sie hinzu: »Da mußte *ich* das eben machen!«
»Was?«
»Sie zurückspulen! Du, das war ein hartes Stück Arbeit: sie erst wieder auseinanderdividieren, dann umpolen, einstimmen auf den neuen Partner...« Sie erzählt ihm haargenau die Story, die er ihr unterjubeln wollte!
Felix fehlen die Worte, und das hat er noch nie erlebt. Ob es stimmt, was sie da behauptet, denkt er. Dann war es eine reife Leistung!
Oder hat sie mir bloß die Show gestohlen? Aber dann war die Leistung ja noch reifer!
So oder so, jetzt steht endgültig fest: Sie ist in allem so gut wie ich. Sie kann sogar noch besser sein, wenn sie nur will!
Mein Verhältnis zu ihr sollte sich grundlegend ändern: Irgendwann muß sie Geburtstag haben. Ich werde Franziska fragen, was ich ihr schenken soll!

Beim Frühstück sind die beiden *wieder umgepolten* Paare ziemlich verlegen: Wie bringen wir unseren Gastgebern schonend bei, daß wir uns über Nacht und klammheimlich wieder zurückorientiert haben?
Aber das fangen Felix und Romy locker auf: »Wir haben natürlich schon längst bemerkt, daß es so besser ist!«
»Hatte sich ja sehr früh angebahnt ...«
»so daß wir hier eigentlich gar nicht mehr viel dazu tun mußten!«
Alle sind tief beeindruckt:
»Jetzt sagt bloß noch ...«
»... ihr hättet das schon vorgestern ...«
»... und uns deshalb ...«
»... auf die Hütte ...«
Romy und Felix sind sich einig:
»Klar!«
»Warum, glaubt ihr denn, hätten wir sie sonst mit euch gemacht ...«
»... diese Testfahrt?«

Bitte folgende Seite beachten!